HEYNE <

CHRISTOPH
MARZI

NIMMERMEHR

Erzählungen

Originalausgabe

WILHELM HEYNE VERLAG
MÜNCHEN

FSC
Mix
Produktgruppe aus vorbildlich bewirtschafteten Wäldern und anderen kontrollierten Herkünften
Zert.-Nr. SGS-COC-1940
www.fsc.org
© 1996 Forest Stewardship Council

Verlagsgruppe Random House FSC-DEU-0100
Das FSC-zertifizierte Papier *München Super*
für Taschenbücher aus dem Heyne Verlag
liefert Mochenwangen Papier.

Originalausgabe 11/2007
Redaktion: Uta Dahnke

Printed in Germany 2007
Umschlaggestaltung: Nele Schütz Design, München
Satz: C. Schaber Datentechnik, Wels
Druck und Bindung: GGP Media GmbH, Pößneck

ISBN 978-3-453-53275-5

www.heyne.de

Für alle, die Geschichten lieben
und wissen, dass Lügen wahr sein können.

Inhalt

Vorwort

Kurzgeschichten sind Sterne, die flackernd am Himmel funkeln. Man übersieht sie leicht, denn sie sind klein und zerbrechlich. Man hört sie kaum, denn was sie sagen, ist kaum mehr als ein Flüstern. Aber sie bleiben im Kopf, lange noch, nachdem ihr Ende verklungen ist und der letzte Satz gesprochen wurde, wie eine Sternschnuppe, die am Nachthimmel versinkt.

Kleinen Kindern erzählt man Märchen, die meist nicht mehr sind als kurze Geschichten. Wer erinnert sich nicht daran? Wenn die Eltern das Zimmer verlassen hatten, der Wind an den Fensterläden rüttelte und die knorrigen Äste an der Hauswand entlangschabten, wenn es richtig dunkel geworden war, dann kehrten all die Details zurück: das Gesicht der Hexe und die Hitze der Flammen, das ums Feuer tanzende Rumpelstilzchen und die Wölfe in den Wäldern. Kinder denken darüber nach, was ihnen eine Geschichte sagen soll. Sie fragen sich, was sie zu bedeuten hat. Erwachsene haben oftmals vergessen, wie so was geht. Erwachsene analysieren, aber sie haben zu fühlen verlernt. Kinder begreifen instinktiv, um was es in einer Geschichte geht. Für sie ist das alles lebendig, greifbar, wirklich. Und Kurzgeschichten sind länger, als sie scheinen. Manchmal viel länger, als Romane es je sein können. Niemand sollte den Fehler machen, die Länge einer Geschichte an der Anzahl der Wörter zu messen. Die Autoren meiner Kindheit – Wilhelm und Jakob Grimm, Hans Christian Andersen, Edith Nesbit, Rudyard Kipling, Roald Dahl, Astrid Lindgren –, sie alle konnten wirklich lange Geschichten mit nur so wenigen Worten erzählen, dass es pure Magie sein musste, was sie da taten. Und am Ende ist man doch noch immer das Kind, das gern Geschichten hört.

Im Grunde genommen hat es meine Mutter zu verantworten, dass ich Geschichten mag. Sie war diejenige, die mir stundenlang Geschichten vorgelesen hat. Ich war sechzehn, als ich mit dem Schreiben begann. Es waren kurze Geschichten, die ich auf der Kofferschreibmaschine meines Vaters tippte, damals. Später wurden die Geschichten länger, doch immer wieder kehrte ich zur kurzen Form zurück. Das tue ich noch heute. Die meisten der Geschichten in diesem Buch habe ich schlichtweg für mich selbst geschrieben. Einige andere sind auf Anfrage entstanden. Kurzgeschichten sind wie eigenwillige Kinder, die zum Leben erwachen und tun, was sie nicht bleiben lassen können. Ich mag sie, weil sie sind, wie sie sind. Und ich hoffe, Sie mögen sie auch.

Jede Geschichte hat ihren Rhythmus, besitzt eine eigene Stimme. Manchmal gibt es sogar Geschichten, die sich in Einleitungen verstecken, weil sie zu schüchtern sind, um an ihrem Platz zu stehen und vor aller Augen auf Applaus zu warten.

Dies hier ist so eine Geschichte. Sie heißt

und sie geht so:

Einst lebte ein König in den grünen Landen jenseits der weißen Klippen, und dieser König liebte eine heimtückisch herrschsüchtige Frau mit einem Gesicht, so wunderbar schön wie Alabaster. Ihr Lächeln war wie ein mohnrotes Gemälde und strahlte wie ein Abbild der Sonne, und doch vermochte es niemanden zu verzaubern.

Die Spiegel, die alle Wände des Schlosses bedeckten, waren ihre besten Freunde. Ihnen vertraute sie sich an, und das Gift, das ihr wie süße Worte von den Lippen troff, benetzte die Spiegelbilder, die vor ihrer unsagbaren Schönheit beinah leuchteten.

Doch als die Königin älter und ihr Gesicht zu dem Gesicht wurde, das sie wirklich besaß, da wuchs die Missgunst in ihr, wie sie es niemals zuvor getan hatte, und es sah aus, als zerfräßen Maden die einstmals so reine Haut.

Die Spiegel zeigten ihr Falten und Flecken und unstillbare Wut in den schmalen Augen.

Sie hörte das Krächzen der eigenen Stimme und aus der Ferne die lieblichen Gesänge der Mädchen auf den Feldern.

Das war der Moment, in dem sie die Spiegel befragte.

Und die Spiegel, die dumme Wesen sind und feige dazu, gaben ihr einen Rat, den sie dem König zutrug.

Sie weinte und raufte sich die Haare, so verzweifelt und so zornig war sie.

Dem König, der alt und gutmütig war, tat die Königin leid.

So schickte er seine Soldaten aus, auf dass sie der Königin frische Gesichter besorgten.

Scharfe Messer machten der Königin die jungen Gesichter der Mädchen vom Feld und aus den Dörfern zum Geschenk. Mit Nadel und Faden trug die Königin ein Gesicht nach dem anderen auf dem ihren, und wenn eines der neuen Gesichter alt und schäbig wurde, so ließ sie sich gleich ein neues bringen.

So kam es, dass sie wieder jung war und wunderschön und die Gesichter, die sie trug, an Liebreiz gewannen.

Die Menschen im Königreich indes begannen, die hübschen Töchter zu verstecken.

In den Nächten stahlen sich die Menschen aus den Dörfern und suchten das Weite.

Und viele von ihnen fanden ihr Glück im Königreich jenseits des Waldes, wo eine Königin herrschte, die weder Spiegel noch König hatte und glücklich war.

So begab es sich, dass die Soldaten eines Tages mit leeren Händen zur Königin zurückkehren mussten.

Es gab keine neuen Gesichter mehr im Königreich, und als das letzte der einstmals hübschen Gesichter auf dem wahren Gesicht der Königin gewelkt war, da lief sie schreiend im Schloss umher, und aus allen Spiegeln starrte sie ein Antlitz an, dass noch viel hässlicher war als jenes, das sie einst so verdammt hatte.

Sie starb, lange nach dem König, allein.

Man sagt, die Spiegel hätten ihr bis zuletzt Gesellschaft geleistet. Und die Schreie, die sie ausgestoßen hatte, waren an dem glatten Spiegelglas hinabgelaufen wie Tränen.

Der Sarg, in den man sie bettete, war aus Glas.

Und jeder, der Mutes genug hatte, konnte das Gesicht sehen, das sie schon immer besessen hatte.

Hier endet die Geschichte von der bösen Königin, der jeder schon einmal begegnet ist. Und man sieht, dass Märchen immer in der Wirklichkeit daheim sind (Frauen begegnen der bösen Königin wohl öfter als Männer, das lehrt die Erfahrung – wenn Sie ein Mann sind und mir nicht glauben, dann fragen Sie Ihre Frau oder Freundin).

So viel dazu. Die anderen Geschichten in diesem Band sind mutiger und stehen waghalsig im Scheinwerferlicht:

Scarlet

Ursprünglich wollte ich eine Geschichte schreiben, in der Mr Fox und Mr Wolf auf William Shakespeare treffen und ihm die wahre Geschichte Prinz Hamlets erzählen. Mr Fox und Mr Wolf, muss man wissen, waren bestens über die Geschehnisse von Elsinore informiert, da sie enge Freunde des Prinzen gewesen waren. Die Geschichte sollte »Rosenkranz und Güldenstern« heißen. Sie wurde zur Hälfte geschrieben, zur Hälfte nicht. Stattdessen machte ich eines Morgens die Bekanntschaft von Scarlet Hawthorne aus

St. Clouds, Minnesota, und ich wusste, was ich bis dahin nur geahnt hatte. Ich wusste, wie die Rückkehr in die uralte Metropole aussehen würde (und ich glaube, ganz ehrlich, dass nicht allzu viel Zeit bis dahin vergehen wird).

Die lügenhafte Liebe der Lady Lynx

»Frühstück bei Tiffany« ist, meiner Meinung nach, einer der schönsten kurzen Romane, die je geschrieben wurden, die ultimative Liebesgeschichte. Truman Capote hat eine junge Frau geschaffen, die wie Audrey Hepburn aussieht und eigentlich eine Katze ist (und darüber hinaus einen Kater namens Kater hat). Dies hier ist eine Geschichte mit einer Katze, die nicht Holly Golightly heißt, sondern anders, ihr aber nicht unähnlich ist.

Nachtfahrt

Meine ersten Berührungen mit dem Horror-Film fanden in Schwarzweiß statt: Filme von Jack Arnold, Howard Hawks, James Whale, Tod Browning und vielen anderen unvergesslichen Regisseuren spukten mir im Alter von zehn Jahren im Kopf herum (die meisten dieser Filme habe ich spätabends geschaut, heimlich in der Wohnung meiner Großmutter). Später dann, *in* der Schule (das darf man durchaus wörtlich nehmen), las ich Stephen King, Dean Koontz, Clive Barker und Peter Straub. Ich habe diese Geschichte für Werner Placho geschrieben, der etwas mit einem Monster oder einer Kreatur suchte, für eine Anthologie mit dem Titel »Creature«. Dass die Geschichte eine Hommage an Stephen King und viele weitere ist, dürfte kaum jemandem entgehen. Willkommen zur Nachtfahrt.

Wolfsgesang

Chris Weidler fragte nach einer kurzen Geschichte für die erste Ausgabe von »Phase X – Magazin für Phantastik« zum Thema »Helden«. Schon lange dachte ich, dass es an der Zeit sei, eine Werwolfgeschichte zu schreiben. So bekam er ein Märchen, in dem nicht der Jäger der Held ist, sondern Rotkäppchen selbst.

Sukkubus

Alisha Bionda suchte für eine Anthologie nach einer Geschichte voll düsterer Erotik. Die Anthologie ist nicht zustande gekommen. »Sukkubus« war mein Beitrag dazu.

Rauchzeichen, eine gewissermaßen indianische Geistergeschichte

»Rauchzeichen« ist in erster Linie eine Komödie, in der es um indianische Mythologie und Zigaretten geht. Ich bin Nichtraucher. Kann sein, dass man das merkt, wenn man die Geschichte liest.

The way it is

Der einzigartige Robert Zobel, Mitherausgeber des »Sperling«, erbat eine Geschichte zum Thema »Planeten« (so lautete das Motto der ersten Ausgabe). Entstanden ist eine Mischung aus Film Noir und Musical, eine beschwingt swingende Version der Schöpfungsgeschichte (mit der Musik der 80er Jahre, größtenteils).

Marten

Eine Geschichte, die als Mischung aus »Beowulf« und einem Adventskalender gedacht war. Ich fasste den Entschluss, an jedem Tag der Adventszeit ein Kapitel zu schreiben und in meinem Journal auf *www.christophmarzi.de* zu veröffentlichen. Vierundzwanzig kurze Kapitel für die Vorweihnachtszeit. So war das.

Briefe vom Abgrund

Eine Geschichte, die mit dem Schreiben zu tun hat. Mit den Dingen, die man sich von der Seele schreiben und doch nicht loswerden kann.

Vardoulacha

Eine längere Geschichte, die ich gern in »Lilith« untergebracht hätte: das Leben der Kaiserin Elisabeth von Österreich, so wie sie es al-Vathek verdankte. Wer wissen will, wo die Kaiserin abgeblieben ist, dem seien die Aufzeichnungen Eliza Hollands ans Herz gelegt.

Prinzessin Parvati und der Elefantenkopfgott

Tamara schenkte mir ein Notizbuch, dickes Papier in einem roten Einband. Der Gott Ganesh prangte silbern auf dem Einband, und das Büchlein duftete nach dem Nordosten Eivissas, nach Räucherstäbchen und exotischen Träumen von Palästen und Dschungel. Zwei Jahre lang nahm ich mir vor, irgendwann eine Geschichte in dieses Buch zu schreiben. Am Ende schrieb ich nieder, was Prinzessin Parvati erlebt hat.

Herbsttage singen ihre Lieder

Ein Gedicht über das, was noch immer da ist, wenn wir uns nicht zu schade sind, daran zu denken. Man muss nur die Augen schließen, und die Herbsttage von einst singen noch immer ihre Lieder. Versuchen Sie es einfach ... und hören Sie gut zu.

Wintermärchen

Wieder eine Geschichte, in der es schneit. Mit einem traurigen Ende.

Cheapanooka's Creek, written at 3:17 p.m. on a Monday in autumn and directed on a Wednesday and Friday afternoon (a few weeks later) by Alan Smithee

Früher habe ich mit meinem Bruder stundenlang wirklich schlechte B-Movies genossen. Besonders angetan hatten es uns jene Filme, in denen menschliche Nachlässigkeit und die Skrupellosigkeit hässlich schwitzender Kapitalisten dazu führt, dass sich die Natur gnadenlos an ihren Peinigern rächt. Ich meine die Filme, in denen Ameisen, Bären, Frösche, Schlangen, Vögel, Spinnen und Piranhas mutieren und ein abgelegenes Dorf oder eine noch abgelegenere Insel bedrohen. Cheapanooka's Creek ist so ein Ort. Und dies ist definitiv die Geschichte mit dem längsten Titel in dieser Sammlung. Ich habe sie in der Cala de Benirràs auf Eivissa geschrieben, in der Mittagsstunde, damit Alisha Bionda eine Kurzgeschichte für ihre Internet-Site bekam.

Nimmermehr

Wenn ich eine Lieblingsgeschichte habe, dann ist es diese. Wieder geht es ums Erzählen und darum, wie wichtig Geschichten für uns sind. Meine Großeltern haben mir oft Geschichten erzählt, und die Vergangenheit wurde erst dadurch lebendig. Nicht nur deshalb werden sie mir unvergesslich bleiben. »Nimmermehr« ist für sie: für Luzia und Peter Oster und für Elli Marzi (die immer da waren) sowie für Matthias Nachtsheim und Karl Marzi (die Großväter, die ich nur aus den Erzählungen kenne). »Nimmermehr«

ist nur eine erfundene Geschichte – und doch so wahr, wie es eine Lüge nur irgend sein kann.

Bevor es losgeht noch einige Worte an diejenigen, die mich auf meinem Weg durchs Land der Geschichten begleitet haben (und dies immer noch tun):

Ich danke Martina Vogl und Sascha Mamczak von Heyne, die sich mutig in und auf das exotische Gebiet der Kurzgeschichte wagten und mir ermöglichten, all diese Geschichten in einem Band zu vereinen. Ich danke Uta Dahnke, die Geschichten mag und liebevoll mit ihnen umzugehen weiß. Ich ziehe meinen Hut vor denen, die sich unermüdlich dafür einsetzen, dass Kurzgeschichten am Leben bleiben: Alisha Bionda, Werner Placho, Chris Weidler und Robert Zobel.

Der größte Dank aber geht, wie immer, an meine Familie: an Tamara, Catharina, Lucia und Stella, ohne die es keine Geschichten gäbe in meinem Leben, so einfach ist das.

Scarlet

Das Wasser, sagt man hier bei uns, kann gefärbt mit Himmel sein. Wenn man die Hand darin eintaucht, dann zerfließt das Firmament in kleinen Wellen, und etwas von der anderen Seite berührt einem still und zärtlich die Fingerspitzen. Man zieht die Hand zurück, ängstlich und mit einem stummen Schrei in den Augen. Das, was man gesehen hat, kann man nicht mehr vergessen. Das, was man gehört hat, wird zum Lied eines ganzen Lebens.

»Was ist das?« Mama fragte das immer, wenn ich am Klavier saß.

Immer!

»Geklimper«, lautete meine Antwort, jedes Mal.

»Es ist schön.«

»Es ist nur Geklimper.« Ich wusste, dass meine Stimme genervt klang. Klavier zu spielen war nie meine Stärke gewesen. Das alte Ding hatte in dem Haus in der Winnipeg Street gestanden, als wir eingezogen waren. Das Holz war voller Kratzer und hatte seinen Glanz schon lange verloren. Die Tasten, mehr gelb als weiß und grau als schwarz, waren ganz staubig und schmutzig. Bei manchen war die Farbe sogar völlig abgeblättert. Ich mochte es vom ersten Augenblick an, dieses hässliche Ding.

»Dein Geklimper ist trotzdem schön«, pflegte Mama zu sagen. Ja, sie konnte das wirklich gut. Dinge sagen wie diesen Satz. Dinge, die einem das Gefühl gaben, irgendwo hinzugehören.

»Es ist nicht mal eine Melodie«, gab ich dann zu bedenken.

»Das ist egal.«

»Mama!«

»Scarlet!« Sie konnte den Namen so aussprechen, dass ich mir vorkam, als lebte ich auf Tara.

Das war immer der Moment, in dem ich aufschaute. »Was ist denn?«

»Du spielst das, was dir im Kopf herumspukt.«

Da hatte sie recht.

Ich spielte einfach drauflos. Und es gab vieles, was mir im Kopf herumspukte, seit wir in St. Clouds lebten.

Vor vier Jahren waren wir hergekommen.

Mama hatte ein altes Haus gekauft, dort, wo der Wald beginnt und manchmal, wenn es besonders kalt ist, ein Schwarzbär durch die Straßen streift und die Mülltonnen umwirft. Es ist ruhig hier, fast schon idyllisch. Im Winter ist es eisig kalt und im Sommer sengend heiß. St. Clouds ist eine Stadt, in der sich die Menschen kennen und einander grüßen, wenn sie sich auf der Straße begegnen.

In den Gesprächen auf der Straße und über die Zäune hinweg werden nette Belanglosigkeiten ausgetauscht: Wie wird der Winter werden, wie der Sommer, wie der Herbst? Welcher Dünger ist gut für den Rasen, wer hat Probleme mit Moos oder Waldmurmeltieren? Man sieht Pick-ups mit großen Säcken, die reichlich Saatgut enthalten, und Männer mit karierten Hemden und Baseballmützen, die Budweiser trinken, manche schon am Morgen. Man spricht über Baseball, wenn die Saison beginnt, und immer noch, wenn sie vorbei ist. An den Garagen sind Basketballkörbe angebracht, in die Jungs Bälle werfen. Eltern treffen sich in Schulen und Kindergärten, um Kuchen zu backen oder Feste vorzubereiten.

Das ist St. Clouds.

Minneapolis ist nicht weit fort und doch Welten entfernt.

St. Clouds kann nicht verglichen werden mit den Orten, an denen wir vorher gelebt haben. New York, Indianapolis, Chicago – es hat uns immer weiter nach Westen verschlagen, wie die Siedler, die so lange vor uns gekommen waren. In Greenwich Downtown hatte Mama ein kleines Geschäft geführt. Sie hatte Steine und allen möglichen Krimskrams verkauft, damals. Ich war noch klein gewesen. Zehn oder elf Jahre. Alt genug aber, um mich zu erinnern. Es war eine schöne Zeit gewesen.

Dann sind wir weggezogen. Meine Freundinnen sind dort geblieben, und manchmal haben wir uns noch geschrieben, aber nicht oft. Jetzt kann ich mich kaum noch an ihre Namen erinnern.

Jetzt bin ich hier.

In St. Clouds.

Manchmal fahre ich mit dem alten Volvo, den ich seit der Highschool mein eigen nenne und der mich all die Jahre treu von hier nach Minneapolis gebracht hat, hinauf zu den großen Seen, die alle aussehen, als wären sie gern Ozeane. Sie riechen wie das Meer, obwohl es noch weit fort ist. Gänse, Enten, Raufußhühner, Fasane und Truthühner gibt es dort überall. Manchmal sieht man einen mächtigen

Weißkopfseeadler, doch öfter kommen Rotschwanzbussarde zum See, gleiten über die Wiesen oder sitzen im Geäst der Fichten, Birken oder Pappeln. Im klaren kalten Wasser der Bäche schwimmen einem Bachsaiblinge und Forellen um die Füße, in den Seen tummeln sich Barsche und Hechte und Muskellungen.

Wenn ich dort oben bin, dann frage ich mich, ob die Jahre an der Universität in Minneapolis nicht reine Zeitverschwendung waren. Die akademischen Gedanken und Arbeiten, das Gerede und die Eitelkeiten der Professoren. Man versucht die Natur zu klassifizieren und zwängt alles in ein Schema, das dem Leben die Luft nimmt. Nur weil Mama es so wollte, habe ich das Studium beendet. Sie hat mich darum gebeten, und ich liebe sie und deswegen war es nie eine Frage, den Weg zu Ende zu gehen.

Heute arbeite ich im Geschäft meiner Mutter.

»Hawthorne's Shop«.

Klingt toll, nicht wahr?

Wir verkaufen Blumen, Pflanzen und alles, was man so benötigt, wenn man es grün mag. Wir behaupten uns gut gegen die großen Einkaufszentren mit ihren bösartigen Mengenrabatten und kranken Pflanzen aus Übersee. Es ist uns noch genügend Kundschaft geblieben. Wir wollen nur überleben, und das gelingt uns gut. Die Leute kommen gern zu uns, und die meisten kommen, wenn sie einmal da gewesen sind, wieder. Das, was wir brauchen, haben wir. Hatten wir schon immer.

Immer hatten wir einander.

Das und die Natur.

Für Mama war das wichtig.

Und ich könnte mir kein Leben ohne Wiesen, Wälder und den Geruch von Tau und Morgen auf den Blättern vorstellen.

Wenn ich nachdenken will, dann fahre ich Richtung Grenze. Dort finde ich richtige Stille und weite Nadelwälder mit duftenden Pinien und Fichten, durchwoben von starken Birken und hohen Pappeln. Ich mag die langen Spaziergänge, und manchmal sieht man sogar einen Fichtenmarder durchs Unterholz laufen. Trotz allem muss man aufpassen.

»Du bist zu leichtsinnig«, mahnt Mama mich immer.

Ich weiß, was sie meint.

In Minnesota leben Weißwedelhirsche und überdies viele Elche, genug jedenfalls, um Wolfsrudel und Schwarzbären zu ernähren. Wenn man durch die Wälder streift, muss man eben immer die Augen offen halten.

Ich weiß das.

»Du brauchst dich nicht um mich zu sorgen«, sage ich ihr immer, wenn sie mir ihre Bedenken hinterherruft. »Ich bin jetzt groß.«

»Bist du nicht.«

»Bin ich doch!«

»Nein.«

»Ich bin fünfundzwanzig!«

Das ist der Punkt, an dem sie meist lachen muss.

»Trotzdem!«

Mama ist immer erst dann beruhigt, wenn ich mich wieder bei ihr melde. Es gibt hier oben Gegenden, in denen die Mobilfunknetze vor der Wildnis kapitulieren. Dort bin ich am liebsten.

So ist das.

Das bin ich.

Was ich gern mag, hat mich schon während der Highschool zu einer Außenseiterin gemacht. Mein Freund ist ein Anishinabe.

»Keanu Chinook.«

»Ein schöner Name.«

»Du bist die Erste, die das sagt.«

»Wenn es so ist.«

Wir lernten uns am See kennen. Sechs Jahre liegt das jetzt zurück. Er war zum Angeln dort und ich lief einfach nur so durch die Gegend und genoss die Ruhe. Wir stellten fest, dass wir beide in Minneapolis studierten. Und bald danach stellten wir fest, dass wir ineinander verliebt waren. Wir fuhren oft zu den Seen und schwammen darin, bis es dunkel wurde. Im Ufergras liebten wir uns und lauschten danach dem Wind und den Grillen. Wenn ich bei Keanu bin, dann fühle ich mich frei und lebendig.

Noch immer.

Von den Sioux, den Ojibwe und den Anishinabe erzählte er mir. Von den Siedlern aus Europa und dem misslungenen Aufstand von 1862. Am Ende wurden viele Sioux in Mankato gehenkt, viele andere nach Nebraska verbannt. Keanu ist eine Truhe voller Geschichten. Und er küsst wie ein Gott. Ich liebe ihn, weil ich mich nicht verstellen muss, wenn ich bei ihm bin.

»Du bist Scarlet«, sagte er, »und du bist widerspenstig.« Dann beugte er sich über mich und küsste mir die Stirn, die Nasenspitze. »Niemals sollst du anders sein.«

Jetzt haben wir beide unser Studium beendet.

Seit einem halben Jahr hilft Keanu in der Gärtnerei aus. Es ist schön, ihn immer dort zu haben. Es ist schön, ihn aus dem Bad kommen zu sehen, wenn die Arbeit vorbei ist.

Wenn ich aufstehe, dann ist er meistens schon dort, irgendwo zwischen den Säcken mit Erde und den Blumenkübeln. Ich finde ihn inmitten all der Blüten, deren Namen schon früher meine Phantasie beflügeln konnten. Der Laden ist ein Meer aus Pfingstrosen, Tränenden Herzen, Rittersporn und Türkischem Mohn. Weiter hinten, im Gewächshaus, riecht es nach Mädchenauge und Sonnenbraut und Brennender Liebe, nach Schafgarbe, Katzenminze und Astern. Mama hat mir die Bedeutung all dieser Pflanzen erklärt. Das, was sie nicht wusste, hat mir Keanu gesagt.

Er hat so viele Geschichten zu erzählen. Von den Indianern, denen dies alles, worauf wir leben, einmal gehörte. Die ehrten, was die Natur ihnen gab. Die wussten, was wir vergessen haben.

Das Gewächshaus ist ein grüner Dschungel, und in den Wintern, die in dieser Gegend bitterkalt sind, gehe ich oft dorthin, um zu lesen.

»Sie hat mich gefragt, ob ich dich heiraten will«, sagte Keanu eines Tages, nicht verärgert, sondern belustigt.

»Mama?«

Er nickte.

Ich war stinksauer!

»Wie kannst du ihn so was fragen?«, herrschte ich sie an, keine halbe Stunde, nachdem ich es erfahren hatte.

»Ich habe nur gefragt.«

»Das ist unsere Sache.«

»Ich dachte ja nur ...«

»Du hast Papa auch nicht geheiratet.«

Jetzt war es raus.

Sie zog ein Gesicht, und sofort tat mir leid, was ich gesagt hatte. Das war einer der Momente, in denen mir auffällt, dass es nicht mein Gesicht ist, in das ich blicke, wenn ich sie anschaue. Die Haarfarbe, ja, die gehört zu mir. Aber nicht die Gesichtszüge. Und auch nicht die Haut. Mama sieht gesund aus und ist immer voller Sonne. Ich bin eher der blasse Typ.

Es sind diese Augenblicke, vor denen ich mich fürchte, weil sie mich zwingen, an das zu denken, woran es keine Erinnerung gibt.

»Wo ist Papa?« Ich weiß nicht, wie alt ich war, als ich ihr die Frage zum ersten Mal stellte.

»Weit fort, in einem fernen Land. Er besteht Abenteuer wie die Helden in den Büchern.« Es war das, was man einem kleinen Kind erzählt, das nichts vom Leben weiß und sich mit einem Märchen zufriedengibt. Später, als ich älter war, fielen die Antworten kürzer aus: »Das ist nicht wichtig. Du bist zu neugierig. Ich weiß nicht. Frag nicht!«

Dennoch – es ist nicht zu leugnen. Wenn ich in den Spiegel sehe, dann kann ich mir ausmalen, wie mein Vater wohl ausgesehen hat.

»Du bist hübsch«, sagte Mama oft. Aber sagen Mütter das nicht immer zu ihren Töchtern?

»Bin ich nicht«, widersprach ich ihr stets.

Ich bin blass und schlaksig und habe nie zu den Mädchen gehört, um die sich die Jungs in der Highschool prügelten. Ich war nie eine von denen, mit denen Jungs hätten angeben können. Dafür gab es andere, die besser aussahen.

Mein Gesicht ist zu schmal und zu kantig und zu ernst, um wirklich hübsch zu sein.

»Du bist wie Sommerregen«, hatte Keanu gesagt.

Dafür hatte ich ihn geküsst.

Nicht hübsch zu sein, ist schlimm, solange man auf der Highschool ist. Nicht zu wissen, wer sein Vater ist, kann einem aber richtig zusetzen. Auch wenn man sich schon erwachsen fühlt.

»Du weißt nichts über ihn?« Keanu, der die Geschichte seiner Ahnen gut kennt, hatte mich ganz verwundert angestarrt.

»Sie spricht nie über ihn.« Ich hatte mich von ihm in den Arm nehmen lassen.

Seine Hand hatte mit meinem Haar gespielt. Ich mochte das. Wenn Keanu das tat, dann war ich daheim. Dann gab es nur uns und die Stille, und alles andere war weit fort.

»Ich habe Angst, dass sie ihn nicht geliebt hat«, sagte ich einmal.

Keanu sah mich nur an, mit seinen dunklen Indianeraugen. »Du bist, wie du bist. Und du wärst nicht so, wenn sich deine Eltern nicht aufrichtig geliebt hätten.«

»Woher willst du das wissen?«

Er erzählte mir, was die Sioux glaubten.

Dass all die Gefühle, die Eltern füreinander hegen, in ihren Kindern weiterleben.

»Wenn Eltern sich hassen«, sagte er mir, »dann hassen sich auch die Kinder. Weil sie das, was sie sind, nicht akzeptieren können. So wenig, wie die Eltern den anderen akzeptiert haben. Wenn sich die Eltern aber lieben, dann lieben sich auch die Kinder.«

»Sie akzeptieren sich so, wie sie sind, meinst du das?«

Er nickte, fuhr mir mit den Händen durchs Haar und küsste mich aufs Ohr. »Du bist Scarlet. Du bist außergewöhnlich. Du bist mein Sommertag. Und tief in deinem Herzen bist du froh darüber, so zu sein und nicht anders.«

Keanu findet für wirklich alles schöne Erklärungen.

Das tut er immer, das liegt ihm im Blut.

»Trotzdem wäre es toll, wenn ich mehr von meinem Vater wüsste.«

»Wünschst du dir das?«

»Ja.«

»Dann wird es geschehen.«

»Wann?«

Er lächelte. »Irgendwann, wenn du nicht daran denkst.«

Keanu macht mir manchmal Angst. Es gibt diese Augenblicke, in denen er fast weise wirkt. Doch dafür gibt es andere, in denen er hoffnungslos albern sein kann.

Auch gut.

Am Ende kam es aber so, wie er es mir prophezeit hatte.

Es war ein ganz normaler Tag, an dem die übliche Arbeit zu erledigen war. Man denkt immer, dass große Dinge sich ankündigen. Falsch! Tun sie nicht. »Wir müssen reden.« Ich kannte Mamas Stimme, jede Schwingung, und ich wusste, wann es ernst wurde.

Keanu war schon zum See hinaufgefahren.

Wir wollten uns dort treffen, am späten Nachmittag, und die Nacht über am Ufer zelten und angeln und allein sein. Vorher wollte er einige Ableger verschiedener Sträucher sammeln.

»Du wolltest nie darüber reden«, sagte ich zu ihr.

»Jetzt will ich aber.« Mama war zu mir nach hinten ins Gewächshaus gekommen.

»Warum gerade jetzt?«

»Frag nicht!«

Ich wusste, dass sie nie ein Wort über die Briefe verloren hatte. Früher waren sie in regelmäßigen Abständen gekommen. Mama hatte sie in einem Holzkästchen aufbewahrt. Vor sechs Jahren waren dann keine Briefe mehr gekommen, und das Holzkästchen wurde nicht mehr unter dem Schrank hervorgeholt. Damals war Mama für kurze Zeit sehr unruhig gewesen, doch es war vorübergegangen. Das war die Zeit gewesen, in der ich öfter von zuhause geflüchtet und auf einer meiner Wanderungen Keanu über den Weg gelaufen war.

Zufälle gibt es wohl nicht.

»Das Leben kann so seltsam sein«, flüsterte sie, »so gierig.«

Es war warm im Gewächshaus. Palmen und Rosen wuchsen um uns herum.

»Der Laden ist geschlossen, solange wir reden«, sagte Mama. »Ich habe das Schild vorgehängt.«

Wir setzten uns auf die Gartenstühle in der Ecke, wo auch das Telefon steht.

Dann begann sie zu erzählen.

Von der Stadt der Schornsteine am dunklen Fluss, wo sie Papa damals kennengelernt hatte, und den wunderbaren Monaten, die sie zusammen verbracht hatten. Wie ein Film aus Worten lief es vor mir ab. Die uralte Metropole von London erwachte zum Leben in der Stimme meiner Mutter. Es war seltsam, von diesen Dingen zu erfahren, die mit meiner Geburt endeten. Ich konnte mir gut vorstellen, wie Mama damals gewesen war. Wie heute, nur jünger. Aber ihre Augen waren bestimmt die gleichen gewesen. Ich weiß nicht, wie lange sie redete, aber sie redete lange. Sie erzählte mir alles, was ich immer hatte wissen wollen, einfach so. Ich musste nicht einmal Fragen stellen. Ich musste nur zuhören, und schon nahm alles Gestalt an.

»Wir haben uns getrennt«, sagte sie, und jedes einzelne Wort kam ihr viel zu langsam über die Lippen. »Wir mussten es tun. Einen anderen Weg gab es nicht.«

Ich brauchte einen Moment, bis all die Bilder und Worte bei mir angekommen waren. Sagt man nicht, dass jede Familie ihre Geheimnisse besitzt? Das von Mama über all die Jahre gehütete war schrecklich. Das Schicksal hatte die beiden auseinandergerissen, auf immer und ewig.

»Was ist aus ihm geworden?« Ich starrte die Pflanzen an, und mir wurde bewusst, dass ich gerade *meine* Wurzeln entdeckt hatte. Dass ich erfahren hatte, welches Glück meinen Eltern vergönnt gewesen war. Und wie schnell dieses Glück hatte sterben müssen.

»Es geht ihm gut.« Sie senkte den Blick. »Nun ja, es ging ihm gut.«

»Was heißt das?«

Mama rieb sich die Augen. Sie wirkte so traurig. Wie jemand, der mit dem Leben abgeschlossen hat. »Ich weiß nicht, wie es ihm heute geht. Als wir uns trennten, in jener Nacht, da brachte mich jemand, der es gut mit uns meinte, hinunter zu den Docks. Bevor ich aber an Bord des Schiffes ging, das mich fortbringen sollte, versprach er, mir Briefe zu schreiben.« Tränen standen ihr in den Augen.

»Die Briefe, die du immer versteckt hast.«

»Du hast sie bemerkt?«

Ich zog ein Gesicht. »Ich bin nicht dumm.«

Sie musste lächeln. »Ja, die Briefe, die in dem Holzkästchen liegen.« Sie atmete tief durch. »Nur vier kurze Worte waren es, mehr hat er nie geschrieben. *Es geht ihm gut.* Das war alles. *Es geht ihm gut.*«

»Wer hat dir die Briefe geschrieben?«

Sie winkte ab. »Was sind schon Namen?!« Sie seufzte laut. »Vor sechs Jahren kam auf einmal kein Brief mehr. Es hörte auf, einfach so.«

»Du glaubst, ihm ist etwas zugestoßen?«

Sie schüttelte den Kopf. »Nein, nicht deinem Vater, nicht ihm.«

Ich dachte an New York und die verschlungenen, düsteren Pfade Neu Amsterdams. An Greenwich mit seinen bunten Geschäften und Kneipen. An Lower Manhattan, die Hudson Märkte und die 5th Avenue Downtown mit ihren missgestalteten Zeitungsjungen. An die eifrigen Maulwurfmenschen von Great Central und die Cherokee-Händler von Liberty Island. Wie oft ich damals am Ufer gestanden und zum Meer hinausgesehen hatte, weil ich die Vergangenheit in der Ferne gesucht hatte. Und tatsächlich – irgendwo auf der anderen Seite des Atlantiks lebte mein Vater noch immer.

New York war Vergangenheit für mich.

»Maurice Mickelwhite«, sagte sie, »war ein zuverlässiger Freund, all die Jahre, auch wenn er nie mehr als vier Worte geschrieben hat.« Es war ein Name, der wie ein Geheimnis klang. »Ich glaube, dass ihm vor sechs Jahren etwas wirklich Schlimmes widerfahren ist. Deswegen kam kein Brief mehr.«

Ich fragte mich, wie schrecklich das Gefühl sein muss, wenn man dazu gezwungen wird, einen geliebten Menschen zu verlassen. Wenn man weiß, dass man ihn niemals wiedersehen darf.

»Wusste Papa, dass er dir geschrieben hat?«

»Er hat es ihm nie gesagt.«

»Aber ...«

»So lautete unsere Vereinbarung. Mortimer durfte es niemals erfahren.«

Dann erzählte sie mir noch etwas.

Mir schwindelte. Es war, als stelle sich mir das ganze Leben auf den Kopf. So viele schreckliche Dinge waren damals geschehen, und doch war nur wichtig, dass sich meine Eltern trennen mussten. Dass man ihnen keine Wahl gelassen hatte.

»Hast du ihn geliebt?«

Sie begann zu weinen, wild, verrückt und aus tiefstem Herzen. »Ich liebe ihn noch immer, Scarlet. Ich habe nie aufgehört, ihn zu lieben.« Sie sah mich an. »Er weiß nicht einmal, dass es dich gibt.«

Ich nahm sie in die Arme.

Wir weinten beide.

Dann vertraute sie mir ein Geheimnis an. Ihre Augen sahen auf einmal wieder jung und lebendig aus.

Ich musste lächeln, konnte gar nicht anders, obwohl ich noch weinte. Das, was sie mir gesagt hatte, war ein schöner Gedanke, würde es sein auf alle Zeit.

Sie löste sich aus der Umarmung.

»Und jetzt«, sagte sie, fasste meine beiden Hände so behutsam wie damals, als ich noch klein war, und drückte sie, »fahr zum See und denk über alles nach.«

Ich küsste sie. »Das werde ich, Mama«, versprach ich, »das werde ich.« Mir fiel auf, dass ich sie niemals Rima genannt hatte, sondern immer nur Mama. »Kann ich dich allein lassen?«

Sie nickte. »Nun fahr schon los.«

Ich verließ St. Clouds und fuhr mit dem Volvo zum oberen See.

Ans Klavierspielen musste ich denken, wie seltsam, gerade jetzt. An all die Töne, die nie zueinander gepasst hatten, doch es jetzt taten. An das alte Klavier, das einfach dort gestanden und das ich von Anfang an gemocht hatte.

Es gibt eben keine Zufälle im Leben.

Als ich ankomme, sehe ich Keanu, der unten am Ufer kniet und das Zelt bereits aufgebaut hat. »Wo hast du gesteckt?« Er kommt auf mich zu. Sein Haar trägt er jetzt offen. Das tut er immer, wenn wir hier draußen sind. Das tat er auch, als wir uns das erste Mal begegneten.

»Mama hat es mir gesagt.« Ich falle ihm um den Hals und halte mich an ihm fest.

»Scarlet, was hast du?«

Ich heule einfach so drauflos. »Ich weiß jetzt, wer mein Vater ist.«

Er hält mich fest.

Lange, lange.

Ach, so lange.

Als es dunkel wird und die Sterne sich aus ihren Verstecken trauen, liegen wir im Zelt, und ich rede. Die ganze Nacht über rede ich, und Keanu hört mir geduldig zu. Ich erzähle von Mama, von New York, von London und, ach, so vielem mehr.

»Ich liebe dich«, sage ich, als ich fertig bin.

Dann schlafe ich ein und träume vom Herzschlag des Mannes, der neben mir liegt.

Am nächsten Morgen gehe ich zum See hinunter. Nebel liegt noch über allem wie ein Hauch von Erinnerung.

Das Wasser kann mit Himmel gefärbt sein. Ich weiß es, glaubt mir. Wenn man die Hand darin eintaucht, dann zerfließt das blaue Firmament in kleinen Wellen, und etwas von der anderen Seite berührt einem still und zärtlich die Fingerspitzen. Man zieht die Hand zurück, ängstlich und mit einem stummen Schrei in den Augen. Und das, was man gesehen hat, kann man nicht mehr vergessen. Das, was man gehört hat, wird zum Lied eines ganzen Lebens.

Ich kenne jetzt mein Lied. Die Melodie, die gefehlt hat, ist endlich da. Ich weiß nicht, ob sie mich glücklich macht. Aber das bleiche Gesicht, das mich aus dem Wasser anstarrt, hat jetzt eine Geschichte bekommen.

»Lapislazuli«, flüstere ich leise mit brüchiger Stimme, als sei es eine magische Formel. So hat Mama ihn genannt, wenn sie bei ihm war, wie Keanu jetzt bei mir ist. So und nie anders.

Regungslos sitze ich da und warte darauf, dass die Sonne aufgeht und das Wasser des Sees die Farbe des Himmels bekommt.

Keanu kommt zu mir. Er küsst meine Schulter. Wir streifen die Kleider ab und gehen ins Wasser. Dann schwimmen wir im Himmel, der das Wasser färbt, und alles, was das Leben ausmacht, ist um uns herum und lässt mich bangend wünschen, dass es niemals anders sein wird.

Die lügenhafte Liebe der Lady Lynx

Meine erste New Yorker Wohnung lag an der Eastside, ganz in der Nähe des Tomkins Square Parks. Es war eine Bude direkt unter dem Dach eines der alten Backsteinhäuser, deren Rot diesen matten Schein besitzt, wenn die Sommersonne darauf herniederbrennt. Die Einrichtung bestand aus einer Ansammlung von Gerümpel, für die niemand mehr Verwendung zu haben schien. Miss Bedelia Lacey, die Wohnungseigentümerin, hatte mir die Möbel zur Verfügung gestellt. Bevor ich eingezogen war, hatte sie den Raum als Abstellkammer benutzt, und wenn ich ehrlich bin, dann sah es dort bewohnt noch genauso aus.

Eine rote Plüschcouch stand unter dem Fenster, durch das ich bei schönem Wetter den East River sehen konnte. Nachts diente mir die Couch als Bett, und tagsüber saß ich auf ihr und übte Riffs und Griffe auf der Gitarre, die ich bei einem Trödler drüben in Brooklyn erstanden hatte, damals, als ich in die Stadt gekommen war.

Überall auf dem Boden lagen Notenblätter herum, Zettel voller Textzeilen, die hoffnungsvolle Lieder werden sollten. Wenn es regnete, dann erfüllte ein sanftes Prasseln die Kammer, und die Regentropfen auf dem Fenster ließen die Welt draußen zu einer einzigen Unwichtigkeit verschwimmen.

In dem Winter, in dem ich Selina kennenlernte, war mein Leben genauso geordnet wie die Kammer, in der ich lebte. Nachts klapperte die alte Heizung unruhig, und auf dem Fenster hatten sich am Morgen Eisblumen gebildet. Der Wind heulte ums Haus, und wenn die Heizung lief, dann lag ein Duft wie nach warmem altem Holz in der Luft, der einen wie eine dunkle schwere Farbe umgab. Ich schloss dann die Augen und atmete tief durch, und meine Finger suchten in den Saiten nach einer Melodie, die ich mit bloßen Händen und einem abgeschabten Plektron zu fangen versuchte, bevor sie vollends verschwunden war. Die Songs, die ich komponiert hatte, durfte ich in einigen Clubs spielen, aber keiner davon war das, was man als Hit bezeichnet hätte.

Dass ich in jenem Winter keine vernünftigen Noten zu Papier brachte, lag gewiss nicht zuletzt an Selina.

»Ich bin wie eine Katze.« Das hatte sie mir gleich bei unserem ersten Treffen gesagt.

Ein wolkenverhangener Tag im Herbst war es gewesen, als sie an meiner Tür geklopft und sich vorgestellt hatte.

»Die Milch ist mir ausgegangen.«

»Hallo«, sagte ich und stellte mich vor.

Sie lächelte.

»Kaffee schmeckt ohne Milch wie die Nacht ohne Lichter.«

Das war Selina.

Sätze wie diesen hörte man andauernd von ihr.

»Sie sind die neue Mieterin von unten?«

Eine Hand wurde mir entgegengestreckt. »Ich bin Selina.«

So lernte ich sie kennen.

»Sie sind Musiker?«

Geschmeidig hatte sie sich in meine Kammer gestohlen und in den alten Platten herumgekramt. Dylan. Springsteen. Young. Cash. Nelson. Songwriter, Götter.

Ich deutete zur Gitarre. »Reich bin ich damit noch nicht geworden.«

Sie lächelte. »Kommt noch.«

»Na, hoffentlich.«

Wir redeten. Unwichtiges Zeug, aber es war besser, als bei Regen auf der Gitarre zu spielen.

Als sie ging, hatte ich zumindest gelernt, dass Kaffee ohne Milch wie die Nacht ohne Lichter war. Außerdem hatte mich ihr Lächeln verzaubert. Es gibt Momente, da passiert einem so was.

Dieser war so einer.

Selina wurde zu einem regelmäßigen Gast in meiner Kammer, weil es immer etwas gab, was ihr fehlte. Zucker, Kaffee, Batterien für den Wecker, eine Glühbirne, Stecknadeln, ein einzelner Schnürsenkel (braun, für einen Schuh mit zwölf Paar Ösen), Toast, Milch, Tomaten. Ja, so fing es an. Letzten Endes aber kam sie, glaube ich, einfach nur nach oben, weil sie nicht in ihrer Wohnung sein wollte.

»Es ist so leer da unten«, sagte sie mir.

Und meinte das, was sie sagte, genau so.

Denn in ihrer Wohnung befand sich kaum etwas. Außer einer Matratze und einem alten, riesigen Koffer, der Kleidungsstücke und ein Telefon enthielt, fand man sehr wenig. Es sah aus, als sei sie auf der Durchreise und habe es bisher noch nicht geschafft, ihren Koffer auszupacken. So leer war die Wohnung, dass Stimmen ein kühles Echo darin warfen.

»Ich bin so selten in der Wohnung«, sagte sie, »da lohnt es kaum, eine Einrichtung anzuschaffen.«

Sie arbeite in einem indischen Hotel in den East Seventies, dem *Si-Suwat*.

»Es ist nur ein Job.«

Sie wollte Tänzerin werden. Das war der Traum, für den sie lebte.

»Weißt du«, fragte sie eines Nachts, »wie das Meer riecht?« Sie schaute aus dem Fenster, als könnten ihre Blicke durch die Dunkelheit zum East River fließen und dann mit ihm hinaus ins Meer. »In Portland, wo ich aufgewachsen bin, da konnten wir oft das Meer riechen. Als ich klein war, da hatte ich Angst, dass es eines Morgens einfach nicht mehr da sein würde. Aber es war natürlich nie verschwunden. Jeden Morgen roch es nach Meeresluft. Das war das erste, was der Tag mir gab. Verstehst du das?«

Ich nickte nur. Und dachte an einen Song von Bob Dylan.

»Als ich nach New York kam, konnte ich mich nur noch an den Geruch erinnern. Hier riecht es anders. Nicht so frei. Und all die Menschen, die noch in Portland leben, können das Meer Tag für Tag riechen. Wenn ich daran denke, was ich verlassen habe, dann denke ich an diesen Geruch, den ich jeden Morgen vermisse.«

Ich küsste sie auf die Schulter.

»Spiel mir etwas vor«, bat sie mich.

Und ich stand auf und griff mir die Gitarre und spielte ganz leise den Dylan-Song, an den ich gedacht hatte. Selina hörte mir still zu, und als ich fertig war, da schlüpfte ich wieder zu ihr unter die Decke.

»Weißt du, warum Katzen im Dunkeln sehen können?«, fragte sie mich.

»Ich weiß wenig über Katzen.«

Eigentlich fast nichts.

»Da gibt es nicht viel zu wissen.«

»Außer?«

»Katzen sind kleine Frauen in samtweichen Pelzmänteln.«

Ich musste lachen.

»Warum können Katzen im Dunkeln sehen?«

Sie sah mich an, und mir war, als leuchteten ihre Augen. »Als die Erde erschaffen wurde, da waren es die Katzen, die als die ersten Lebewesen das Paradies bevölkerten. Und als die Nacht gemalt worden war und die Sterne in grellen Blitzen geboren wurden, da verfolgten die Katzen das Schauspiel, und das Licht, das sie sahen, brannte sich auf ewig in ihre Augen. Deshalb können die Katzen im Dunkeln sehen, und deshalb leuchten ihre Augen wie Edelsteine in der Schwärze der Nacht. Es ist das Licht der ersten Sterne, das noch immer in ihnen gefangen ist.«

»Eine schöne Geschichte.«

»Es gibt viele dieser Geschichten«, antwortete Selina. »Katzen erzählen sie sich, wenn sie zusammen sind.«

Ich küsste sie auf die Nasenspitze, die ganz kalt war.

Sie schnurrte.

»Du bist verrückt«, neckte ich sie.

»Katzen«, sagte sie, »sind immer auf der Wanderschaft.«

»Gestern noch in Portland, heute schon im Big Apple.«

Ihr Blick sagte mir, dass sie die Bemerkung nicht komisch fand.

»Kennst du die Geschichte von den Katzen und den Babys?«

»Nein.«

»Wenn ein Neugeborenes im Mutterleib zu leben beginnt«, erzählte sie mir, »dann wird irgendwo ganz in der Nähe ein Kätzchen geboren, dessen Aufgabe es ist, das Neugeborene zu finden und ihm auf Schritt und Tritt zu folgen. Die Katze muss das Kind vor allem Bösen bewahren, und weil die Menschen dazu neigen, ein unstetes Leben zu führen, und von einem Ort zum anderen ziehen, müssen sich auch die Katzen auf ewige Wanderschaft begeben.«

»Du meinst, dass Katzen unsere Schutzengel sind?«

Sie nickte. »Was ist so seltsam daran?«

Ich schwieg.

»Weißt du, was mein Lieblingsbuch ist?«

»Sag's mir.«

»Frühstück bei Tiffany. Eine alte Taschenbuchausgabe liegt drüben im Koffer.«

»Warum gerade das?«

»Weil ich bin wie Holly Golightly«, antwortete Selina. »Truman Capote wusste, wie man eine Katze beschreibt.«

Was sie mir damit sagen wollte, wusste ich nicht genau. Trotzdem nahm ich sie in den Arm, und wir schliefen bald ein. Einmal erwachte ich mitten in der Nacht und hörte sie im Schlaf schnurren, und es klang wirklich so, als sei sie eine Katze.

»Katzen«, sagte sie einmal, »haben ihre Geheimnisse.«

Oft war sie allein in der Stadt unterwegs. Und niemals sagte sie mir, wo sie hinging. Manchmal war sie nächtelang fort, und wenn sie wieder in ihrer Wohnung war, dann schlief sie ganz schnell auf der Matratze ein. Zusammengerollt wie ein Kätzchen fand ich sie dann am Morgen vor, eine Schlafmaske mit Blümchenmuster über die Augen gezogen.

»Wo hast du gesteckt?«, fragte ich dann.

Sie lächelte müde. Blinzelte ins Licht. »Ach, nirgendwo.«

Das war alles, was ich jemals von ihr erfuhr.

Sie gab mir immer einen Kuss auf den Mund.

Rieb sich die Augen.

Blinzelte.

»Du musst dir keine Gedanken machen. Es ist alles okay.«

Dann ging ich wieder nach oben in meine Wohnung und spielte Gitarre.

Und machte mir Gedanken.

Wir kannten uns länger als ein Jahr und waren nicht ganz ein Jahr das, was man ein Paar nennen mochte. Eines Abends dann ging ich hinüber zum *Si-Suwat*, wo sie gearbeitet hatte, und alles, woran ich bis dahin geglaubt hatte, veränderte sich in nur wenigen Augenblicken.

»Hey, Schwuchtel!«

Ich hatte keinen der Typen kommen hören, vermutlich hatten sie sich in einem der Hauseingänge versteckt gehabt. Was ich aber spürte, war der Schlag einer kräftigen Faust in die Magengegend. Ich schnappte nach Luft, und der nächste Schlag traf mich mitten ins Gesicht.

»Lasst mich in Ruhe«, keuchte ich und fügte ein halbherziges »bitte« hinzu.

Nicht dass ich geglaubt hätte, sie würden mich laufen lassen.

So was geschieht andauernd in einer Stadt.

In meinem Fall waren es drei kräftige Kerle in Daunenjacken.

Das *Si-Suwat* war zum Greifen nah.

Zwei der Typen hielten Baseballschläger in den Händen. Die tumben Gesichter ließen die Vorfreude auf das, was mir noch bevorstand, erkennen. Und noch während ich mich ängstlich fragte, wie ich den dreien würde entkommen können, hörte ich ein leises Fauchen.

Es kam von einer der Mülltonnen, die am Straßenrand standen.

Eine Katze hockte dort, und ihre schmalen Augen funkelten wütend im Halbdunkel der Nacht. Zwei weitere Katzen folgten ihr, und zu diesen gesellten sich weitere Tiere.

Die Schlägertypen hielten in dem, was sie mit mir vorhatten, inne, als sie die Tiere ebenfalls bemerkten. Etwas am Verhalten der Katzen schien die drei zu verunsichern.

Dann fasste sich einer der Schläger ein Herz, trat zwei Schritte vor und schlug mit dem Baseballschläger nach einer der Katzen, die sich mit einem flinken Sprung rettete.

Die anderen Katzen rückten daraufhin näher und zischten bedrohlich. Wie viele Katzen es waren, konnte ich nicht feststellen. Doch kamen sie von überall her. Ein Meer aus Fell und Klauen, blitzenden Augen und spitzen Zähnen. Es war, als erwache die Nacht zum Leben, als würden aus der Dunkelheit Katzenleiber geboren, die sich meinen Peinigern näherten.

Etwas zerrte an meiner Hose.

Eine Katze mit Augen, so wunderschön und voller Leben, schnurrte mich an.

Hellbraunes Fell zierte ihren grazilen Körper.

Dann schlug einer der Typen mit dem Baseballschläger zu, und das schöne Tier, das einen Moment nur unachtsam gewesen war, wurde gegen eine Hauswand geschleudert.

Schnell rappelte sich die Katze wieder auf.

Fauchte laut.

Und das Meer von Katzenleibern schlug wie ein Blitzschlag über den drei Wegelagerern zusammen. Ich hörte die panischen Schreie der Jäger, die nun Beute waren. Es dauerte aber nicht lange, und es wurde wieder still in der Straße. Die Katzen verschwanden so schnell, wie sie aufgetaucht waren. Zurück blieben die Leichname meiner Peiniger.

Mühsam erhob ich mich und ging zu der Katze mit dem hellen Fell und den wunderschönen Augen. Sie schnurrte leise und schien Schmerzen zu haben. Dann leckte sie mir mit ihrer rosa Zunge über die Hand und verschwand in der Nacht, die sie geboren hatte.

Nach einem letzten Blick auf die reglos auf dem Gehweg liegenden Körper lief ich zum Hotel.

»Selina ist nach Hause gegangen«, verkündete mir Miss Shoshti, die Inhaberin, »vor einer halben Stunde schon.«

Verwirrt und müde trat ich also den Heimweg an.

»Wo hast du gesteckt?« Selina erwartete mich bereits.

Ich nahm sie in die Arme, küsste sie.

Ihr hübsches Gesicht verzog sich ein wenig. »Aua.«

»Was hast du?«

»Nichts«, sagte sie schnell.

Doch der Verdacht, den ich seit einer halben Stunde in mir trug, erblühte aufs Neue.

»Komm!« Sie zog mich in die Wohnung hinein.

Kaltes Mondlicht flutete den fast leeren Raum.

»Katzen«, sagte sie, »lügen immer ein wenig. Aber was macht das schon aus, wenn man die Wahrheit sehen kann, die in den Lügen steckt.« Sie blinzelte. »Ich liebe dich, und deshalb war ich da, als du mich gebrauchst hast.« Dann zog sie das T-Shirt hoch, und ich konnte sehen, was sie meinte. Ganz blau war die Haut an den Stellen, an denen der Baseballschläger sie getroffen hatte.

»Du ...«

Sie legte mir einen Finger auf die Lippen. »Psst.«

Wir sahen einander an.

»Hör mir einfach zu«, bat sie mich.

Ganz brüchig klang meine Stimme. »Okay.«

»Du weißt nun, wer ich bin.« Es war eine Feststellung. »Ich bin in Portland aufgewachsen, wie ich es dir gesagt habe.« Mondlicht brach sich in den Katzenaugen. »Mein Vater fuhr oft mit mir zum Angeln. Und er machte sich keine Gedanken darüber, ob dies ein geeigneter Zeitvertreib für ein Mädchen war. An den Wochenenden fuhren wir hinauf zum Cape Cod. Er brauchte den Wind im Gesicht und den Geschmack des salzigen Meeres auf den Lippen. Er hat mir gesagt, dass dies sein Leben sei. Aber er hat niemals verstanden, dass mein Leben ein anderes war.« Sie ergriff meine Hand. Sah mich an. »Katzen sind rastlose Wanderer. Wer versucht, eine Katze festzuhalten, der wird sie vertreiben.« Dann lächelte sie. »Und wer sie nicht gerufen hat, der wird sie selten wieder los.«

»Dein Vater wollte dich nicht gehen lassen.«

»Er hat meinen Traum nie verstanden.«

»Aber du bist gegangen.«

»So wie meine Mutter vor mir.«

»Wer war sie?«

»Meine Mutter?«

»Ja.«

»Sie war gerissen.« Selina musste mit einem Mal lachen. »Dabei erinnere ich mich kaum an sie. Einmal nur hat sie mich mit in die Wälder nahe der Küste genommen. Wir sind umhergelaufen und haben uns frei gefühlt. Ja, sie war ein richtiger Luchs.«

Und ich hatte gedacht, dass ich sie kannte. »Ist Selina dein richtiger Name?«

»Die anderen Katzen nennen mich die Lady Lynx.«

Ich berührte die Stelle, an der sie verletzt worden war. »Für mich wirst du immer Selina sein.«

»Ich weiß.«

»Du hast mir geholfen.«

»Das ist es, was wir Katzen tun. Wir beschützen die Menschen.«

»Tut es noch weh?«

»Es geht vorüber.«

»Warum hast du das getan?«

»Dir geholfen?«

Ich nickte nur.

»Miss Shoshti, der das Hotel gehört, war einst eine Göttin in Indien. Sie ist nach New York gekommen und erfüllt ihre Aufgabe jetzt in Amerika.« Sie berührte die Stelle an meinem Kopf, an der man mich geschlagen hatte. »Das waren böse Menschen«, flüsterte sie. »Und es ist die Aufgabe der Katzen, die Dämonen zu vertreiben.« Dann schenkte sie mir ein zauberhaftes Lächeln. »Davon abgesehen habe ich es getan, weil ich dich liebe.«

»Wirst du bei mir bleiben?«

Sie senkte den Blick. »Ich bin eine Katze.«

Das war alles, was sie sagte.

Ich nahm sie in die Arme und roch an ihrem Haar, das hell war wie das meiner Retterin.

In der vergangenen Nacht hatte ich kein Auge mehr zugetan. Irgendwann war Selina in meinen Armen eingeschlafen und hatte träumend geschnurrt wie ein kleines Kätzchen. Erst als die Sonne ihre Finger nach dem Horizont reckte, übermannte auch mich der Schlaf.

Als ich erwachte, war es bereits heller Tag, ohne Wolken, und die Eisblumen auf dem Fenster glitzerten anmutig.

Selina war verschwunden.

Ich sah mich in der Wohnung um. Der Koffer, der immer an der gleichen Stelle gestanden hatte, war verschwunden.

Langsam erhob ich mich und wankte zur Tür. Beinah wäre ich über ein kleines Päckchen gestolpert, das jemand reglos auf die Schwelle gelegt hatte. In braunes Paketpapier war es eingewickelt.

Ich hob es auf und wog es in meiner Hand.

Mein Name stand auf dem Papier. In Selinas Handschrift.

Leer und abweisend starrte mich das Zimmer an, das immer schon leer gewesen war, dafür aber mit einem Koffer darin.

Meine Hände zitterten, als ich das Papier zerriss.

Mir schwindelte.

Es war ein Buch, das sie mir geschenkt hatte.

Die alte zerfledderte Taschenbuchausgabe von »Frühstück bei Tiffany«.

Sonst nichts.

»Holly Golightly«, hörte ich Selina sagen, »war eine Katze.«

Ich ging zum Fenster und ließ mich neben der rasselnden Heizung auf dem Boden niedersinken.

»Katzen«, hatte Selina mir erklärt, »sind ruhelose Wanderer.«

Jetzt wusste ich, was sie gemeint hatte.

Schneeflocken wirbelten durch die Luft. Ich ging durch die Straßen, und schließlich endete mein Weg im East River Park. Der Fluss sah kalt und grau aus an diesem Morgen. Die Schiffe, die den Fluss kreuzten, stießen dicke Rauchwolken aus, und hinter der Wand aus Schneeflocken und Rauch erkannte man die Lagerhäuser und Docks von Brooklyn. Der Verkehr auf der Williamsburg Bridge schickte seine Abgase in den Himmel, und es sah aus, als dampfe die ganze Stadt.

Der East River roch faulig, und ich fragte mich, wie Selina sich in Cape Cod gefühlt hatte.

Ein Schlepper tuckerte den Fluss hinauf und verschwand hinter einer Biegung. Wie seltsam, dachte ich. Wird dieser Schlepper doch nie mehr von der Welt zu sehen bekommen als die beiden Flüsse, die Manhattan umarmten wie ein Matrose sein Mädchen.

Plötzlich gefiel mir der Anblick des Schiffes nicht mehr.

Selina, das wusste ich, würde nicht auf mich warten, wenn ich nach Hause kam.

Katzen sind ruhelose Wanderer.

Und ich verstand, was sie gemeint hatte, als sie von der Wahrheit gesprochen hatte; jener Wahrheit, die sich in der Lüge verborgen hält und das Herz desjenigen, der sie entdeckt, zerbrechen kann.

Nachtfahrt

Stephen Edwin Milligan, der seit seinem fünften Lebensjahr von den Menschen, die ihn kannten, »Steve« gerufen wurde, betrachtete müde sein blasses Gesicht im Fenster des Busses, während draußen ein schemenhaft dunkles New England vorbeirauschte. Steve schloss die Augen und versuchte ein wenig Schlaf zu finden, bevor er Chester Springs erreichen würde.

Vor sechs Stunden noch hatte Steve mit Kopfschmerzen in der gigantischen Halle der Grand Bus Station von Boston gestanden und gedankenverloren die anderen Reisenden betrachtet. Männer, Frauen, Kinder, Ehebrecher, Geschäftsleute, wie er selbst. Sie standen da, starrten vor sich hin, verließen oder bestiegen die großen Busse, gingen missmutig ihrer Wege. Die Abgase der abfahrenden Busse – es gab Greyhounds, Trailways, Eastern Highways, Continental Expresses und American Pathfinders – hatten seine Kopfschmerzen (Mary, seine Frau, nannte diese Schmerzen immer nur die Stressschmerzen) ins Unermessliche gesteigert, und er war, bis zur Abfahrt seines Busses, in die Schalterhalle geflüchtet, die zwar überfüllt war, aber ohne den Gestank und die Motorengeräusche auskam.

Steve hatte an den Fall gedacht, der ihn nach Chester Springs führte. Und jetzt, nach fast siebenstündiger Fahrt, dachte er noch immer an den Fall. Als Mitglied von Yeahworth, Harris & Mill Consulting würde er zu retten versuchen, was noch zu retten war. Das war sein Job.

Die renommierte Beraterfirma belegte vier Stockwerke im Vanderbilt-Tower, einem der sieben Hochhäuser im North End der Stadt. Martin Yeahworth, der damals, Ende der 60er Jahre, einen Lehrstuhl für Management an der Harvard Busines School innegehabt hatte, hatte die Firma als eine Reaktion auf die zunehmende Dynamisierung der nationalen und internationalen Märkte gegründet. Die Firma hatte sich zu einer wahren Goldgrube entwickelt, gab es doch eine Vielzahl von Unternehmen, die einer Führung und Beratung bedurften – und gewiss nicht kleine Beträge zahlten, um neue Strategien entwickelt zu bekommen. Auf dem Markt für Beraterdienstleistungen an der Ostküste waren sie die Nummer zwei, immerhin.

Steve Milligan hatte vor fünf Jahren bei Yeahworth, Harris & Mill angefangen und war zum Leiter der Abteilung für Kommunikationsstrategien aufgestiegen. Er mochte seinen Job, seine Frau (die er vor sechs Jahren geheiratet hatte) – und, wenn es sich denn einrichten ließ, Aneta (die seit drei Jahren seine Geliebte war), der die Finanzabteilung unterstand.

Privatleben und Berufsleben trennte er strikt.

Alles andere wäre ineffizient gewesen.

So ineffizient wie das, was sich ihr größter Kunde derzeit leistete.

Steve, der (neben seiner Frau und seiner Geliebten) Sushi, dunkle Anzüge, iPods und Heinecken mochte, seufzte, während er an das dachte, was noch vor ihm lag. Der Besuch in der Niederlassung von ElCom-Systems, einem

Halbleiterunternehmen in stürmischen Gewässern, das seine F&E-Division nach Maine verlegt hatte, in ein trostloses Nest namens Chester Springs – Steves Reiseziel.

»Du schaffst das schon.« Diese salbungsvollen Worte hatte Bill Harris ihm mit auf den Weg gegeben.

»Dein Wort in Gottes Ohr«, war seine Antwort gewesen.

Deswegen saß er jetzt in dem schaukelnden Bus von American Pathfinder.

Und dachte erneut an den Fall.

Electronic Communication Systems – der GROSSE und EXTREM WICHTIGE Mandant – aus dem Silicon Valley konnte die typische Entstehungsgeschichte eines Halbleiterunternehmens sein eigen nennen.

Santa Clara County war eben schon immer eine Brutstätte neuer Technologien gewesen. Als Keimzelle des Valley gilt eine kleine Garage in Palo Alto, in der Hewlett und Packard 1938 einen neuartigen Soundgenerator entwickelten. Mit der Erfindung des Transistors keine neun Jahre später (durch, nebenbei bemerkt, Bardeen, Shockley und Brattain) wurde die nächste Generation der Elektronik eingeleitet. 1957 machte sich dann eine Reihe von Shockleys Mitarbeitern selbständig und gründete die Fairchild Camera and Instruments Corporation.

Steve seufzte.

Dachte an Mary, wenn auch nur kurz.

Ende der 60er Jahre kam es dann zur nächsten Zellteilung. Eine Reihe führender Fairchild Manager verließ das Unternehmen wegen Unstimmigkeiten mit neu hinzugekommenen Gesellschaftern. Ein Teil von ihnen gründete die neue Firma INTEL, andere wechselten zu National Semiconductor. Bis Mitte der 70er Jahre verlor Fairchild auf diese Weise Hunderte von Mitarbeitern, und das Know-how der Firma wurde auf das gesamte Valley verteilt.

Eine der neu gegründeten Firmen war ElCom Systems gewesen. Mitte der 80er wurde das aufstrebende Unternehmen Mandant von Yeahworth, Harris & Mill, die eine Konzentrationsstrategie empfohlen. Giganten wie Motorola und IBM wurden auf Teilmärkten angegriffen.

Seit zwei Jahren lag der Schwerpunkt von ElCom in der Entwicklung von neuen Basistechnologien. Zwei neuartige Chips ermöglichten eine nie dagewesene Miniaturisierung.

ElCom Systems wurde zum Marktführer für Cell Phones.

Steve rieb sich müde die Augen.

Denn kein Erfolg, das wusste er, ist von Dauer. Und die Jungs von ElCom wussten es jetzt auch.

Nach Ablauf der Patentschutzzeit begann sich der Wettbewerb zu verschärfen. Das Know-how der Branche glich sich an. Während ElCom Unsummen für die Forschung ausgab, konzentrierte sich die Konkurrenz darauf, die Produktionskosten und damit die Preise zu senken. ElCom wurde in einen Preiskrieg hineingezogen.

Steve Milligan und sein Team bekamen die Aufgabe zugesprochen, eine neue Strategie zu entwickeln.

Remember the Alamo, dachte Steve gallig.

Er hasste Preiskriege. Schwierig zu überleben, so was.

Wie auch immer – wegen dieser Angelegenheit saß er jetzt in dem American Pathfinder. Die nächsten Tage würde er weder seine Frau Mary noch Aneta Howland, seine Geliebte, zu Gesicht bekommen.

Nur Arbeit würde es geben.

Sogar am Wochenende.

Strategien und Statistiken.

Er seufzte.

Todmüde wie er war.

Er betrachtete die anderen Gesichter im Bus. Den bärtigen Mann, der einen Artikel über die Red Sox las. Den bebrillten Buchhaltertyp, der aussah, als sei er nach Innsmouth unterwegs. Die Frau mit den hochgesteckten Haaren und dem billigen Lippenstift. Die anderen Gesichter, die alle grau und unwichtig waren. Alle lebten sie ihr Leben.

Eine seltsame Welt, dachte Steve.

Pfade, die des Nachts sich kreuzen ...

Normalerweise arbeitete er, wenn er im Bus oder Zug saß. Das war effizient. Und Effizienz war das, worauf man nicht verzichten konnte. Niemals. Doch seit einer Stunde hatte er das Laptop im Gepäcknetz verstaut und gönnte seinen Augen ein wenig Ruhe.

ElCom ... die Firma hatte einfach Pech.

Fast schon hätte er schmunzeln müssen, wäre die Lage nicht so ernst gewesen.

Eine Umweltschutzorganisation namens EcoWarriors hatte behauptet, dass die neue Produktlinie krebserregend sei. Herrje, das hatte ihnen noch gefehlt. Das warf die gesamte Kommunikationsstrategie, die Steve mit seiner Abteilung entwickelt hatte, über den Haufen.

Fuck!

Deswegen musste Steve nach Chester Springs. Es musste etwas getan werden, und zwar schnell. Die Medien waren die Wölfe des 21. Jahrhunderts. Und der Speichel troff ihnen nur so von den Lefzen.

Das sanfte Schaukeln wirkte beruhigend.

Steve dachte an Aneta und das vergangene Wochenende. An Mary und die letzten vier Jahre.

Draußen erkannte er den Busbahnhof von Dowingtown.

Sie hatten also die Staatsgrenze von Maine erreicht.

Na, endlich!

Der Bus fuhr an, und Steve sank erneut in einen unruhigen Schlaf. Von Aneta träumte er, dann erst von ElCom, ein wenig später von der Berufung zum Leiter der Niederlassung in Los Angeles.

Der Bus schaukelte heftig.

Geradeso, als sei er über etwas Großes gefahren.

Steve riss die Augen auf und stellte fest, dass der Bus angehalten hatte.

Seltsamerweise kam ihm ein Lied in den Sinn. Etwas von Bruce Springsteen.

Outside the street's on fire.

War dies Chester Springs?

Nein, das konnte nicht sein!

Er sah auf die Uhr. Vor einer Stunde erst hatte der Bus Dowingtown verlassen. Wenn ihn seine Geographiekenntnisse nicht im Stich ließen, dann müssten die Orte Phoenixville und Royersford folgen.

Chester Springs sollte gegen zehn Uhr abends erreicht werden.

And in the quick of the night.

They reach for their moment.

Er blinzelte. Dachte für einen Augenblick an seine Frau.

Etwas stimmte nicht.

Nein, etwas stimmte *ganz und gar* nicht.

Steve schüttelte sich den letzten Rest Schlaf aus dem Bewusstsein.

Und sah, was er schon vorher hätte bemerken sollen: der Bus war leer.

Der bärtige Mann, der einen Artikel über die Red Sox gelesen und dann etwas in ein Notizbuch geschrieben hatte. Der bebrillte Buchhaltertyp, der in einem dünnen Buch gelesen und irgendwann nachdenklich aus dem Fenster geschaut hatte. Die Frau mit den hochgesteckten Haaren und dem billigen Lippenstift, die ihre Fingernägel gefeilt hatte. All die anderen Gesichter, die alle grau und unwichtig waren. Die Plätze, die sie besetzt hatten, waren jetzt leer. Einfach so.

DAS war es, was nicht richtig war.

Außer ihm war niemand mehr da!

Er starrte erneut nach draußen.

Demnach mussten sie einen der anderen Orte erreicht haben.

Tonight in jungle land.

Draußen jedoch erkannte er nur allerschwärzeste Dunkelheit. Bäume sah er, schemenhaft. Aber das war auch schon alles.

Nein, dies war kein Ort.

Es gab keine Lichter, gar nichts.

Dies war die Wildnis.

Das Pochen in seinem Schädel wuchs an. Er presste eine Hand flach gegen die Schläfe.

Wo, in aller Welt, waren die anderen Reisenden geblieben?

Da!

Etwas hatte sich dort draußen bewegt.

Steve konnte ein Schimmern erkennen, doch dann war es auch schon wieder verschwunden.

Er stand auf und ging mit langsamen Schritten nach vorn.

Nein, getäuscht hatte er sich nicht. Niemand war hier. Selbst der Busfahrer war verschwunden.

Dafür war die vordere Tür weit geöffnet.

Steve näherte sich ihr und sah nach draußen.

Vorsichtig.

And in the quick of the night.

Warme Luft schlug ihm ins Gesicht. Lauwarmer Wind im Dezember!

They reach for their moment.

Der Bus war umgeben von Bäumen, die nicht gerade wie richtige Bäume aussahen. Eher wie etwas, was wie ein Baum aussehen *sollte*. Riesig waren sie, mit einer schwarzgrünen Rinde, die wie Gummi aussah. Massige Stämme schoben sich in den Himmel, der ganz ohne Wolken und Sterne war.

Steve schluckte.

War dies ein Traum?

Tonight in jungle land.

Unmöglich!

Das wirklich Beunruhigende an den Bäumen war jedoch, dass sie den Bus förmlich *umschlossen*. Sie bildeten einen Kreis um den Bus, umzingelten ihn.

Und ... auf der Rinde der Bäume klebte etwas. In unregelmäßigen Abständen. Eine grünlich schimmernde Masse, die an manchen Stellen auch den Boden bedeckte. Den Boden, der ohne Laub war. Nur Wurzeln flossen dort unten entlang.

They reach for their moment.

Von den Ästen, die weit oben waren, hingen lianenartige Taue herab.

Steve war sich sicher, dass er noch niemals zuvor solche Pflanzen gesehen hatte. Es war, als gehörten sie einfach nicht hierher. Nicht an diesen Ort und auch nirgendwo sonst hin.

Sie sind *falsch*.

Das war es, was ihm spontan durch den Kopf schoss.

Sie sind falsch, falsch, falsch. *Nicht richtig.* Wie so einiges hier.

Steve betrachtete den Waldboden, die knorrigen Wurzelstränge, und beschloss, den Bus vorerst nicht zu verlassen.

Er betrachtete die Fahrerkabine.

Der Zündschlüssel steckte noch. Das Radio lief leise, und es erklang ein Song von Burt Bacharach und Ralph Carmichael. Bruce Springsteen schwieg.

Der Motor des Busses war ausgeschaltet.

Ruhe bewahren.

Das war jetzt das Wichtigste.

Durchatmen.

Logik war jetzt gefragt.

Effizienz! Das Zauberwort.

Steve seufzte.

Etwas schlug gegen die Windschutzscheibe und ließ ihn instinktiv zurückweichen.

Als er sich von dem ersten Schreck erholt hatte, betrachtete er das Ding, das da vorn an der Scheibe klebte. Es sah aus wie ein Klumpen grünlicher Schleim. Wie ein Wackelpudding. Wie rote Grütze in Grün. Aber es war *kompakt*. Das Ding sah aus wie Schleim, war aber keiner.

Es war etwas anderes.

Es ...

Steve spürte die Kopfschmerzen zurückkehren.

Es *atmete*!

Verdammt noch mal, was in aller Welt war das nur?

Es klebte an der Scheibe und schien tatsächlich zu *atmen*.

Die glibberige Masse hatte die Größe von Steves Hand und pulsierte. Es war die gleiche Masse, die auch an den Bäumen klebte.

Ein Preiskrieg ist eine gemeine Sache, erinnerte er sich unscharf. *Wenn die Spirale erst nach unten geht, dann sinkt meist mehr als nur ein Schiff. Dann ist das der Anfang vom Ende.*

Steve trat vor und suchte in der Fahrerkabine nach dem magischen Knopf.

ElCom darf nicht untergehen.

Nein, er würde nicht nach draußen gehen.

Zu WICHTIG und BEDEUTSAM.

Nein, er wusste nicht, was hier los war.

REGELN SIE DAS, STEVE!!!

Das Leben konnte richtig übel sein.

Nein, er hatte nicht die *leiseste gottverdammte Ahnung,* was hier vor sich ging.

Er drückte auf einen dicken Knopf, und mit einem lauten Zischen schlossen sich die Türflügel des Busses.

Denk nach, denk nach!

Er spürte die Nervosität lebendig werden.

Sei effizient!

Dies war eine Situation, die ungewöhnlich war. Und war es nicht seine Aufgabe, mit ungewöhnlichen Situationen fertig zu werden?

Steve atmete durch.

Dachte nach.

Rief sich die Landkarte ins Gedächtnis zurück.

Wenn er Dowingtown passiert hatte und die anderen Fahrgäste – dies nur einmal angenommen – in Phoenixville ausgestiegen wären, dann müsste dieser Wald irgendwo zwischen Phoenixville und Royersford liegen.

Gut und schön, feine Sache.

Nur ... er konnte sich nicht daran *erinnern*, dass es zwischen diesen Orten ein Waldgebiet hätte geben sollen. Kein Waldgebiet – und erst recht nicht diese Ausgeburt von einem Urwald.

Tonight in jungle land.

Also?

Was war hier los?

Es musste ein rationale Erklärung für dies alles geben. Meine Güte, die gab es immer. Es gab für alles eine logische Erklärung. So war die Welt nun mal. Es gab Naturgesetze und Regeln und ...

Plumps!

Ein weiteres Schleimding klatschte gegen die Windschutzscheibe.

Und die Bäume?

They just stand back and let it all be.

Umzingelten den Bus!

Tonight in jungle land.

Wie aber sollte der Bus – *und wir haben es hier mit einem gigantischen, riesigen, tonnenschweren Überlandbus der American Pathfinders zu tun,* schrie es in Steves Verstand, *das sollten wir nicht vergessen* –, wie sollte dieser verdammte Bus hierher gekommen sein?

Nur die Ruhe bewahren, denn ...

Vielleicht gab es ja doch einen Wald in der Nähe von Chester Springs? Oder Phoenixville? Oder Royersford? Vielleicht war dies ein gottverfluchtes *Naturschutzgebiet,* wer konnte das schon mit Sicherheit ausschließen?

Und das grüne Zeug?

Was war das?

Not even dead.

Eine bedrohte Spezies, die hier angesiedelt wurde, um sich endlich wieder in Ruhe vermehren zu können?

Blödsinn!

Dummes Zeug!

Und doch ...

Der Gedanke krallte sich fest.

Platsch!

Wieder schlug eines der Dinger gegen die Windschutzscheibe.

Und ... ja, es atmete.

Dann geschah etwas Seltsames.

Steve schnappte nach Luft.

Die beiden grünen Dinger flossen aufeinander zu und ... verbanden sich zu einem einzigen ... *Ding*. Wie dickflüssige grüne Regentropfen, die sich treffen und zu einem dicken Rinnsal werden.

Aus zwei kleinen grünen Dingern war jetzt ein größeres grünes Ding geworden.

Oh, fuck!

Es pulsierte immer noch – oder atmete – oder tat, was es eben tat.

MobileTech wurde im letzten Jahr verklagt, weil ein Krankenhaus in Boston angeblich nachgewiesen hatte, dass Cell Phones krebserregend seien. Und eine Klägergemeinschaft aus Texas hatte einen Energiebetreiber angegriffen, weil diverse Studien die Gefährlichkeit von Elektrosmog angeblich bestätigten. Ein heißes Thema, wenn so was in den Medien war.

Plötzlich kam Steve der Fall gar nicht mehr so wichtig vor.

Platsch!

Denn ...

Platsch!

Steve Milligan hatte Angst.

Ja, er gab es zu. Er musste es sich eingestehen. Eine Scheißangst hatte er mit einem Mal.

Platsch!

Diesmal kam das Geräusch von hinten.

Und Steve brauchte sich gar nicht erst umzudrehen, um festzustellen, dass ein weiterer grüner Schleimpfropfen gegen die Heckscheibe des Busses geklatscht war.

Wie in Trance stand Steve da.

Dann, langsam, ganz, ganz langsam, wankte er zu seinem Sitz zurück und ließ sich hineinsinken.

Schließ einfach die Augen, wisperte eine Stimme in ihm, die die Stimme von Burt Bacharach war, *und denk nicht mehr daran. Als Kind hast du das auch immer getan, wenn du dich gefürchtet hast. Siehst du das Monster nicht, dann sieht es dich auch nicht.*

Logik!

Ja, das war die Lösung.

Steve schloss die Augen.

Dachte nach.

Sekundenbruchteile wurden zu einer Ewigkeit.

Tonight in jungle land.

Als er die Augen wieder öffnete, stellte er fest, dass sich rein gar nichts geändert hatte.

Außer ... *ja, außer ...*

Außer dass sich die Zahl der an den Fenstern haftenden Schleimdinger vervielfacht hatte.

Ein Blick aus dem Fenster reichte aus, um zu erkennen, dass sich der Schleim auch *auf* dem Waldboden befand.

Und ...

Steve keuchte.

... er kroch auf den Bus zu.

Alles waberte, war in Bewegung.

Hungriger Wackelpudding, dachte Steve.

Er schwitzte.

Not even dead.

Wenigstens die Tür war jetzt verschlossen. Nicht auszudenken, was wohl geschehen wäre, hätte er vergessen, sie zu schließen.

Plumps!

Und ...

Plumps!

Und ...

Plumps!

Die Dinger flogen nur so gegen den Bus.

Woher auch immer sie kamen ...

Selbst die Bäume schienen ihre Äste in Richtung des American Pathfinder zu recken. Äste, die über und über bedeckt waren mit dem grünen, atmenden Schleimzeug.

Steve musste mit einem Mal an einen Film denken, den er als Teenager gesehen hatte.

Der *Blob.*

Ja, das war der Titel gewesen. Und der *Blob* war ... ja, was war der *Blob* eigentlich gewesen? Eine Kreatur aus dem Weltraum, die nur das Militär erledigen konnte? Eine Kreatur aus den tiefsten Ecken menschlicher Träume? Ein riesiger Klumpen Schleim, der eine ganze Kleinstadt (oder zumindest ein ganzes Kino) unter sich zu begraben drohte?

Der *Blob* ...

Er schaute die grünen Dinger an.

Ja, dies war der *Blob*.

Das Ding aus dem Film.

Oder?

Nein, es war anders. Irgendwie.

Dies hier waren ...

Die Kinder des *Blob*?

Die Rückkehr des *Blob*?

Steve Milligans Hände begannen zu zittern. Ja, dies hier war ein lebendig gewordenes B-Movie. Miese Effekte, atmender Schleim ... und er steckte mittendrin.

Die Bäume waren so *nah*.

Waren sie vorher nicht noch weiter entfernt gewesen?

Und die Windschutzscheibe ... sie war jetzt ganz von dem grünen Zeug bedeckt. Die rechte Seite des American Pathfinder ebenso. Steve versuchte sich nicht vorzustellen, wie das Dach aussehen mochte. Oder die Unterseite des Busses. Nein, er wollte sich nicht vorstellen, dass der ganze Bus von dem grünen Zeug eingeschlossen wurde.

Nein, nein, nein!

Steve zitterte.

Er war sich nicht mehr so sicher, dass es aus dieser Situation noch einen Ausweg geben würde.

Im Radio lief jetzt ein neues Lied.

Blue Öyster Cult.

The door was opened and the wind appeared.

Mit einem glasklaren Splittern implodierte die Windschutzscheibe. Langsam, wie Sirup, floss das grüne Zeug in den Bus hinein. Und zum ersten Mal seit dem Tag, an dem sein Hund gestorben war, schrie Steve.

Die grüne Masse

(Der *Blob*.)

floss weiter in den Innenraum hinein.

(Die *Kinder* des *Blob*.)

Äste bohrten sich vorn in die Sitze.

(Die *Rückkehr* des *Blob*.)

Steve heulte.

(Die *Rache* des *Blob*.)

Wo, verdammt noch mal, war der Rest der Welt geblieben? Was war nur passiert?

The candles blew and then disappeared.

Steve wich nach hinten aus, so gut es nur ging.

Die grüne schleimige Masse folgte ihm.

The curtains blew and then he *disappeared.*

Der Wald ...

Don't be afraid.

... drang langsam ...

Come on, Mary.

... in den Bus ein ...

And she had no fear.

... und ergriff Besitz von ihm ...

And she ran to him.

... wie vorher der Blob ...

And they started to fly.

... Besitz vom wilden, wüsten Wald ergriffen hatte.

She had taken his hand.

Ja, das verstand Steve irgendwie. So musste es gewesen sein. Nur so konnte es gewesen sein.

Steve schrie und schrie und schrie.

Come on, Mary.

Seine Stimme fabrizierte Laute, die nicht von ihm selbst zu stammen schienen. Laute der Reue. Laute der Furcht.

Laute der Verzweiflung. Laute, die Tiere von sich geben, wenn sie Beute werden.

Don't fear the reaper.

Steve schrie, als das grüne Zeug seine Füße erreichte und er nicht mehr zurückweichen konnte. Warm fühlte es sich an, das grüne Zeug, irgendwie sogar angenehm. Es tropfte in seine Schuhe und kroch ihm in die Hosenbeine.

Es wurde warm.

Don't fear the reaper.

Und Bruce Springsteen war wieder da.

And try to make an honest stand.

So warm.

But they wind up wounded.

Und es tat weh ...

Not even dead.

... so weh.

Not even dead.

Und es brannte ...

Tonight in jungle land.

... wie tausend Nadelstiche, so brannte es, überall ...

Tonight in jungle land.

... auf der Haut.

Die Fenster am hinteren Ende des American Pathfinder gaben nach. Grüne, klebrige Masse floss Steve Milligan in den Nacken und über den Kopf, streichelte sein Haar, kroch ihm in die Ohren und quoll ihm zur Nase wieder heraus.

Steve versuchte zu schreien, doch nicht einmal das gelang ihm mehr.

Tonight in jungle land.

Die Welt wurde dunkel, und Steve Milligans letzter Gedanke galt einem alten B-Movie, das er als Kind gesehen und an das er all die Jahre nicht mehr gedacht hatte und das jetzt zurückgekehrt war, um ihn zu holen und zu strafen.

Wolfsgesang

Es gibt Geschichten, die der Wind mit dem Heulen der Wölfe in die Nacht hinausträgt. Geschichten von Begebenheiten, die man sich an den Lagerfeuern und vor den wohlige Wärme verheißenden Kaminen der Dorfschänken zuflüstert, die Blicke allzeit wachsam und furchtsam zugleich in die Dunkelheit der Wälder gerichtet oder hinüber zur hölzernen Tür, hinter der sich die Wildnis verbirgt. Geschichten von Gräueltaten und Heldentaten sind es, die seit jeher die Menschen in den Wäldern beschäftigen.

Diese ist eine davon. Eine Geschichte, die sich inmitten dieser Wälder zugetragen hat, die ich meine Heimat nenne. Eine Geschichte, die so wahr ist wie der Aberglaube der Menschen in dieser Gegend. Die Geschehnisse, von denen ich berichten will, begannen in einem Winter vor vielen Jahren, der so eisig und kalt und zähneknirschend war, dass selbst die Wölfe sich des Nachts zwischen die Häuser der Menschen wagten und wie die Füchse in die Stallungen schlichen, um Tiere zu reißen.

Eines Tages fand man jenseits des großen Weges, der in die tiefen Täler und weiten Ebenen hinter dem Zerklüfteten Gebirge führt, die in Stücke gerissenen Leichen eines Bauern samt seines Knechts, und alle im Dorf wussten, dass der König der Wölfe aus der Dunkelheit der tiefen

Wälder gekommen sein musste, um die Seinen mit Fleisch zu versorgen.

Und es war Jakob, der Jäger, der das Dorf am Ende erlöste. Der die Bestie bezwingen sollte. Von seinen Heldentaten, meine Töchtertöchter, soll diese Geschichte künden. Von Jakob, dem Jäger und dem Mädchen Rose mit der roten Mütze und dem Kampf gegen die Bestie, die Jakob zum Helden machte.

Das Dorf lag mitten im Wald, und die tiefen Wälder waren die Welt, in der wir lebten. Wir wussten, dass es jenseits der Wälder, überquerte man das Zerklüftete Gebirge und folgte man den von den Alten angelegten Handelsstraßen, Länder mit weiten Ebenen geben musste, die sich bis zu den Ufern blauer Ozeane erstreckten, an deren Gestaden man Sonnenuntergänge von solcher Pracht bewundern konnte, wie wir sie niemals zu Gesicht bekamen. Denn die wogenden Wipfel der Bäume ließen nur spärliches Licht auf den Waldboden fallen. Die Schatten waren überall, und in ihnen wisperte Getier und wuselten Wesen, von denen kleine Kinder träumten und manchmal schreiend und weinend erwachten. Es war ein hartes Leben inmitten der wogenden Laubbäume und feucht flüsternden Tannen.

Doch wir liebten die Wälder, wie es schon unsere Ahnen getan hatten. Sie gaben uns Holz und Früchte, und die Jäger brachten das Fleisch nach Hause, das dann über den knisternden Feuern zubereitet wurde. Wir lebten im Schutz der Bäume, denn die Zweige, die sie ausbreiteten, schützten uns vor den Unwettern, die gerade im Herbst über die Gegend hinwegzogen, bis die dicken Wolken vor den Gipfeln des Zerklüfteten Gebirges hängen blieben, sodass Regen und Hagel und Sturm die Bäume krümmten und das Laub peitschten und die Tiere den Schutz ihrer Höhlen suchen ließen, bis der Sonnenschein die wilden Wälder allmählich wieder zu trocknen begann. Ja, die Wälder waren unsere Welt.

Manchmal, ganz selten, kamen Wanderer und fahrende Händler in das Dorf und brachten Neuigkeiten mit aus weit entfernten Ländern mit Namen, die so exotisch und wundersam klangen wie die Namen der Dinge, die jene Händler feilboten. Kinder sprangen auf dem Dorfplatz um die Händler herum und ließen sich die Geschichten erzählen, die sie selbst dann noch als Erwachsene an ihre Kinder weitergeben würden.

Doch sollte ich zurückkehren zu der Geschichte, die zu hören ihr euch um das Feuer geschart habt, meine beiden Töchtertöchter.

Nun, denn. So lauscht.

Denn die Geschichte beginnt wie die meisten Geschichten.

Es war einmal ...

Ja, es war einmal ein Mädchen namens Rose, das in unserem Dorf mit den schrägen Dachfirsten und schiefen Schornsteinen lebte. Das hinter den Wänden aus dicken Holzstämmen schlief und vom Kind zu einem jungen Mädchen heranwuchs. Es war ein außergewöhnlich hübsches Mädchen, müsst Ihr wissen. Mit roten Lippen und Wangen und einem sonnigen Gemüt und langem Haar, das außer an den warmen Sommertagen unter einer roten Mütze verborgen war, die des Mädchens Großmutter ihm gehäkelt hatte. Die jungen Männer im Dorf warfen Rose, wenn sie mit dem Korb über den Dorfplatz schritt, bewundernde und gleichsam sehnsüchtig entrückte Blicke zu, die Rose mit einem kecken Lächeln und manchmal auch mit einer dahingehauchten flotten Bemerkung beantwortete. Die Mutigen unter den jungen Männern sprachen ihr Komplimente aus, und die noch Mutigeren unterbreiteten ihr Einladungen. Ob man sie zum Tanze bitten oder zu einem Spaziergang überreden könne? Die Jünglinge lockten sie mit verheißungsvollen Worten, Versprechungen von oft zweifelhafter Absicht, die Rose mit einem Lächeln, das gar zauberhaft war, abwies.

Doch gab es auch einen Mann, dem Rose heimliche und bewundernde und gleichsam sehnsüchtige Blicke zuwarf. Dieser Mann war Jakob, der Jäger, der in einem alten Haus am Rande des Dorfes lebte und die meiste Zeit damit verbrachte, durch die Wälder zu streunen und dem Wild aufzulauern.

»Du bist so hübsch«, sagte er oft zu Rose.

Die dann lächelte.

»Und so keck.«

Rose schlug, wie es sich geziemte, die Augen nieder und ging ihres Weges.

Doch spürte sie des Jägers Blicke in ihrem Rücken.

Was ihr gefiel.

Es war eine heile Welt, in der Rose aufwuchs. Doch dann, in jenem Winter, kehrte der König der Wölfe nach langer Zeit in die Wälder zurück und führte seine Kinder in die Dörfer. Der Schrecken hielt Einzug, und die Menschen wussten allesamt von furchtbaren Dingen zu berichten. Von fleißigen Bauern, die auf den Feldern wilden Wolfsrudeln zum Opfer gefallen waren. Von unvorsichtigen Wanderern, deren blutige Überreste man abseits der Wege gefunden hatte.

Ein unheimlich großer, uralter schwarzer Wolf wurde in den Wäldern gesichtet. Die Abdrücke seiner riesigen Pfoten fanden sich im Schnee, oftmals dort, wo dunkles Blut das reine Weiß besprenkelte und die verwesenden Überreste von Dorfbewohnern im Unterholz verstreut lagen.

»Es ist ein Teufel.«

»Der König der Wölfe.«

»Ein Werwolf.«

Die Menschen begannen, die Türen und Fenster zu verriegeln, und niemand ging mehr allein in die Wälder hinaus.

»Wer vom Wege abkommt«, flüsterte man im Dorf, »den wird der große Wolf holen.«

Auch Rose kannte diese Geschichten.

Sie kannte die Bilder, welche die Kinder mit abgebrochenen Stöcken in den Schnee malten oder mit Ruß auf Steine schmierten. Bilder, die eine große Bestie mit zackigen Zähnen und zotteliger Mähne zeigten. Einen Schatten, in dessen Mitte sich boshafte Augen verbargen.

»Geschichten«, dachte sich Rose.

Denn anders als die Dorfbewohner fürchtete sich das Mädchen nicht vor dem tiefen Winterwald, der meistens so still war, dass man die eigenen Gedanken darin zu hören vermochte.

Dann, an einem Tag zu Beginn der heiligen Zeit am Jahresende, erkrankte die Großmutter, und Rose wurde von ihrer Mutter aufgetragen, heilsame Kräuter und blutiges Fleisch und süßen Wein zu der alten Frau zu bringen. »Sie ist alt und schwach und wird sich daran laben, und schon bald wird es ihr wieder besser gehen.«

Der Weg zur Großmutter führte durch den Winterwald, denn die alte Frau lebte seit Jahren schon allein in einer Kate mitten im Wald und weit abseits des Dorfes.

»Du darfst den Weg niemals verlassen«, schärfte die Mutter ihrer Tochter ein. »Denn sonst fällst du und zerbrichst das Glas, und das schöne Fleisch fällt in den Schmutz und lockt die niederen Tiere an, die im Unterholz hausen, und die Großmutter hat nichts mehr von all den Leckereien.«

Rose antwortete: »Ich werde alles richtig machen.« Sie lächelte, und die Mutter erwiderte das Lächeln.

»Hüte dich vor dem großen Wolf«, warnten sie die anderen Dorfbewohner, die sie auf ihrem Weg traf.

»Ich habe keine Angst vor dem Wolf«, entgegnete Rose.

Denn Rose, die langsam zu einer Frau erblühte, fürchtete sich nicht. Mochten die Wölfe doch kaum anders sein als die alten Männer, die ihr immer nachschauten und denen man die unzüchtigen Gedanken wohl anmerkte hinter all der väterlich anmutenden Freundlichkeit. Waren nicht auch sie geifernde Bestien, die allesamt mit nur einem Lächeln zu bändigen waren?

Rose trug ihr rotes Käppchen, wie sie es immer tat, wenn sie unterwegs war. Die Großmutter hatte es ihr einst geschenkt.

»Es ist so rot wie deine Lippen, Liebes«, hatte sie ihr gesagt. »So rot wie deine Wangen, wenn du lächelst.« Das faltige Gesicht der alten Frau hatte ganz glücklich gestrahlt, als das Mädchen seine Haare unter dem Käppchen versteckt hatte. »So rot wie Blut.«

Und Rose, die gewusst hatte, wie die Großmutter es meinte, hatte gelächelt und ihr einen Kuss auf die Wange gegeben.

Denn Rose liebte ihre Großmutter.

Die Wälder in jenen Tagen waren schneebedeckt, und wenn ein leiser Windhauch durch das Geäst fuhr, dann wirbelte feinster Schnee auf das Haupt des Mädchens herab, das mit seinem Korb den gewundenen Weg zum Tannengrün, wie die Gegend hieß, hinaufwanderte.

Am Bach, der nahe der Kate ihrer Großmutter verlief, stieß sie auf Spuren im Schnee. Wolfsspuren waren es. Groß und tief.

Rose blieb stehen und betrachtete sie neugierig und berührte eine davon sogar mit dem Finger.

Da legte sich ein Schatten über sie.

Rose erschrak und blickte in die rot funkelnden Augen eines riesigen Wolfes, der über ihr stand und die schwarzen Lefzen verzog. Speichel troff in den Schnee, und der Atem des Tieres roch nach dem verwesenden Fleisch seiner letzten Opfer.

»Du bist also der, vor dem sich alle fürchten«, sagte Rose höflich.

Der Wolf nickte nur und funkelte das Mädchen an.

»Du wirst mich doch nicht fressen?«

Der Wolf antwortete nicht.

Sein Fell war nicht so schwarz, wie die Leute behaupteten, denn es war ein sehr alter Wolf. Tief in seinen Augen spiegelte sich ein ganzes wölfisches Leben, und die Kälte zauberte eine Träne in das linke Auge der Bestie.

»Ich muss zur Großmutter«, sagte Rose und streckte die Hand aus, um dem Wolf den Weg zu weisen.

Der Wolf folgte dem Fingerzeig und schwieg.

Dann stieß er ein tiefes gutturales Knurren aus, das vieles bedeuten mochte. Die große Nase hielt er in den Wind, und die ergrauten Nackenhaare stellten sich auf.

Er jaulte laut.

Drehte sich um und verschwand flink im Winterwald.

Erst jetzt hörte Rose die Zweige knacken.

Sie trat auf den Weg, den sie kurz verlassen hatte, zurück.

Und da kam Jakob, der Jäger, durch den tiefen Schnee gestapft.

»Rose«, rief er überrascht aus und zog die Mütze vor ihr, und das trotz der eisigen Kälte.

»Jakob«, begrüßte ihn Rose und erklärte den Grund ihrer Wanderung durch den Winterwald.

»Es ist sehr leichtsinnig«, schalt Jakob das Mädchen. »Ein großer Wolf treibt sein Unwesen in den Wäldern. Um ihn zu erlegen, streife ich seit Tagen durch die Wildnis.«

»Du bist sehr mutig«, sagte Rose.

Jakob fühlte sich geschmeichelt. »Ich bin ein Jäger.«

»Du beschützt das Dorf.«

»Das ist meine Aufgabe.«

»Wenn du den Wolf erlegst, dann bist du ein Held.«

In den dunklen Augen des Jägers funkelte es freudig. »Erst einmal muss ich seiner Spur folgen.« Er schaute in den Schnee, kniete nieder und betrachtete die Spuren. Roch den frischen Speichel des Wolfes. »Er ist vor Kurzem hier gewesen.«

»Ich habe ihn nicht gesehen.«

»Ich weiß«, sagte der Jäger.

»Wie kannst du das wissen?«

Er lächelte wohlwollend. »Du dummes Mädchen, du würdest wohl kaum mehr mit mir reden können, wenn du dem Wolf begegnet wärest.«

Rose erwiderte nichts.

»Soll ich dich zur Großmuter geleiten?«, fragte Jakob.

»Ich finde den Weg schon allein.«

Doch wie es der Männer Art ist, blieb Jakob hartnäckig. »Die Wälder sind gefährlich, und du bist nur ein Mädchen. Nein, Rose, ich werde dich begleiten.«

So ließ es Rose eben geschehen.

Nebeneinander folgten die beiden dem gewundenen Weg durch den Winterwald.

»Du hast viele Verehrer.« Jakob wirkte ein wenig verlegen.

»Kann sein.«

»Du bist wunderhübsch.«

»Ach, rede nicht so.«

»Aber es stimmt.«

Der Waldweg schlängelte sich bergaufwärts.

Rose lauschte der Stille.

Schließlich sagte Jakob: »Auch ich finde dich hübsch.«

»Du redest viel für einen Jäger.«

»Der Wald ist leise im Winter, und man muss nicht schweigen, um die Geräusche zu vernehmen.«

»Das«, sagte Rose, »mag wohl so sein.«

Und sie gingen schweigsam weiter.

Sie erreichten der Großmutter Haus in der Mittagszeit. Die kleine Kate befand sich auf einer Lichtung nahe der Gegend, die im Dorf als Tannengrün bekannt war. Ein hoher weißer Zaun umgab das Grundstück. Wie Zähne ragten die spitzen Latten, auf denen Schnee lag, aus der Erde. Efeu rankte sich um das Haus bis hinauf zum Dach, das an manchen Stellen gar den Boden zu berühren schien. Rauch quoll aus dem Schornstein.

Und aus dem Haus erklang ein Heulen, das langgezogen und wehmütig die Stille des Schnees zerschnitt.

Jakob stellte sich schützend vor das Mädchen und griff nach seiner Flinte.

»Bleib hinter mir, Rose!«, befahl er ihr.

Langsam nur näherten sie sich dem Haus, in dessen Innern das Heulen zu einem lauten Knurren anschwoll.

Jakob vergewisserte sich, dass er das lange Messer griffbereit an seiner Seite hatte.

Und Rose traten leise die Tränen in die Augen, weil sie ahnte, was geschehen würde. Was geschehen war. Dass das, was sie insgeheim befürchtet hatte, nun eingetreten war.

»Du musst keine Angst haben«, beruhigte Jakob sie. »Denn ich bin bei dir.«

Rose sah den Jäger an.

Schwieg.

Die Tür stand weit offen, und im Schnee fanden sich Wolfsspuren, die bis hinein ins Haus führten.

Sie traten ein.

Jakob, der Jäger, zuerst.

In der Stube, die Rose so gut kannte, waren die Möbel umgestoßen. Im Bett, das am anderen Ende der Stube stand und in dem Rose oft übernachtet hatte, saß ein riesiger Wolf. Um ihn herum verstreut lagen die Kleider der Großmutter auf dem Boden.

Der Wolf knurrte, und seine roten Augen, die im Wald noch so sanft gefunkelt hatten, leuchteten im Schein des flackernden Kaminfeuers bösartig auf.

Jakob legte die Flinte an und zielte.

Der Wolf setzte zum Sprung an, da wurde die Stille im Winterwald von einem lauten Schuss zerfetzt.

Rose schrie auf.

Das laute Wolfsheulen erstarb mit einem Mal.

So geschah es, dass an jenem Wintertag der Wolf erlegt wurde.

Rose kniete neben dem Leichnam des Tieres nieder. Ihre Hand strich durch das graue Fell, und dicke Tränen liefen ihr über das Gesicht.

»Du musst nicht um die Bestie weinen«, tröstete Jakob sie und legte eine Hand auf ihre Schulter.

»Ich weiß«, antwortete Rose.

Sie weinte trotzdem.

Jakob, der dem Wolf, wie es der Jäger Art ist, eine Pfote abgeschnitten hatte, ging nach draußen, um sein langes Messer im Schnee zu reinigen. Rose indes kniete weiter neben dem Wolf und strich durch das dichte graue Fell und starrte in die toten Augen des einst so mächtigen Tieres. Weich fühlte sich das Fell an. Flauschig wie das Haar ihrer Großmutter, durch das des Mädchens Finger mit einem Mal glitten. An all die Geschichten musste Rose denken. An die Dinge, die ihre Großmutter ihr erzählt hatte in den langen Nächten, die sie beisammen gewesen waren. Von den Wesen des Waldes und ihren Eigenarten und der Furcht der Menschen vor der Andersartigkeit dieser Wesen.

»Die Menschen fürchten und hassen die Wölfe seit alters her, mein Kind.«

Die Stimme ihrer Großmutter war alt und stolz gewesen. »Und von Zeit zu Zeit muss man sie glauben machen, dass sie den großen bösen Wolf getötet haben. Nur so können die anderen von uns unbehelligt weiterleben. Das ist das Gesetz, dem wir uns beugen müssen.«

Rose verstand diese Wahrheit an jenem Wintertag im Winterwald auf die schmerzlichste Weise, als sie neben dem Leichnam ihrer Großmutter kniete und ihr durch das schlohweiße Haar strich und die allerbittersten Tränen weinte, zu denen ein Mädchen nur fähig war.

Der Abschied von der geliebten Großmutter aber durfte nur kurz dauern. Rose wusste, dass Jakob nicht sehen durfte, was aus dem Wolf geworden war. Was der Wolf schon immer gewesen war. Wer schon immer ein Wolf gewesen war. Und wer alles zur Familie der Wölfe gehörte.

So ging sie schnellen Schrittes zum Kamin und zog mit dem eisernen Haken, der gleich neben dem lodernden Feuer an der Wand hing, einen brennenden Scheit aus dem Feuer heraus und ließ ihn auf dem Teppich liegen.

Sofort züngelten die Flammen nach dem Stoff und den Vorhängen und allem, was ihnen Nahrung zu sein versprach.

Der Korb mit den Gaben lag draußen im Schnee, und als die Flammen die kleine Kate im Wald verschlangen, da stand Rose neben Jakob, der ihre Hand ergriff.

Rose ließ ihn gewähren, und mit einem Kuss konnte sie ihn davon überzeugen, die Pfote des Wolfs, die nunmehr die Hand einer alten Frau war, in die Flammen zu werfen.

»Niemand würde uns glauben«, sagte sie. Und später, als er sie bat, seine Frau zu werden, hauchte sie ihm in einer stillen Nacht zu: »Es war Einbildung gewesen, nichts weiter.«

Und Jakob, der Rose liebte wie sich selbst, glaubte ihr.

Im Dorf wurde Jakob als Held gefeiert. Die Dörfler trauerten um die alte Frau, die das letzte Opfer des Wolfes geworden war, und feierten das Ende der Bestie. Die Wölfe gaben Ruhe in jenem Winter, und der Wald war wieder, dem Jäger sei Dank, zu einem sicheren Ort geworden.

Bald darauf heiratete Rose den Jäger und empfing in den Jahren, die da kamen, zwei Kinder von ihm. Dann, eines Tages, fand man Jakob tot im Wald. In Stücke zerrissen. Von einem Wolf, der aus den tiefen Wäldern gekommen war. Rose trauerte um ihn und tauschte das rote Käppchen gegen ein schwarzes ein. Doch wenn sie allein mit ihren Töchtern in ihrer Hütte war und die süßen Kleinen an dem blutigen frischen Fleisch nagten, das sie ihnen heimlich vorsetzte, dann sah sie, wie sehr die Kinder nach der Mutter kamen, und war stolz auf die beiden. Und wenn sie des Nachts durch die Wälder streunte und den Mond anheulte, dann wurde ihr immer wieder bewusst, wie vergänglich der Menschen Geschichten vom Heldenmut der Männer waren.

Damit endet die Geschichte von Rose, dem heldenhaften Jäger und der Bestie. Wie ihr wisst, erzählt man sich diese Geschichte schon seit sehr langer Zeit. Jedes Kind kennt sie. Und nun, meine Töchtertöchter, kennt ihr sie auch. Denkt daran, wenn euch einmal ein Jäger begegnet. Erinnert euch der Geschichte, die ich erzählt habe.

Eine alte Frau bin ich nun, und wieder einmal schneit es in den Wäldern. Da, schaut nur aus dem Fenster. Grau ist mein Haar geworden, und wenn der Mond durch das Geäst scheint und ich durch das Unterholz presche, dann schimmert auch mein Fell so grau wie einst das meiner Großmutter. An jenem Tag vor langer Zeit, als sie aus Liebe zu den Ihren den Winterwald auf ewig verließ, wie auch ich es eines Tages tun werde.

Sukkubus

In Soho gibt es eine Straße, die gesäumt wird von Buchhandlungen und Antiquariaten. Gerade dort machte ich an einem stürmischen, verregneten Wintertag meine geheimnisvolle Bekanntschaft. Ich begegnete Leonore zum ersten Mal im *Charnas*, einem alten Buchladen am Leicester Square.

Ich war auf der Suche nach einer alten Ausgabe von Le-Fanu's »Carmilla«, als ich Leonore bemerkte. Sie stand zwischen den engen Regalreihen und hielt ein aufgeschlagenes Buch in den Händen. Sie trug einen langen schwarzen Mantel altmodischen Stils, dessen Saum fast bis zum Boden reichte. Ihr pechschwarzes Haar, durchsetzt mit roten Strähnen, lugte unter der Krempe eines ebenfalls schwarzen Hutes hervor und fiel, zu einem langen Zopf gebunden, über den hochgeschlagenen Kragen ihres Mantels. Sie wirkte wie ein Schatten in der muffigen, nach altem vergilbten Papier riechenden Buchhandlung. Ich stöberte in dem Regal vor mir herum, ließ meine Finger neugierig über die brüchigen Buchrücken gleiten und warf der jungen Frau verstohlene Blicke zu. Ihr Gesicht blieb mir verborgen. Etwas seltsam Mysteriöses ging von ihr aus. Sie stand fast regungslos da und starrte auf das Buch in ihren Händen, in welchem sie, wie ich mit der Zeit bemerkte, nicht einmal blätterte. Ich erhaschte einen kurzen Blick auf ihre Hand, auf lange geschmeidige Finger, die das Buch fast zärtlich zu berühren schienen. Doch außer dieser unmerklichen Bewegung verharrte sie in stiller Reglosigkeit.

An diesem Tag gab es nicht viele Kunden in dem Laden. Die hölzernen, bis hinauf zur Decke reichenden Regale und die dürftige, matte Beleuchtung erweckten den Eindruck, man befände sich in einer Höhle, irgendwo tief unter der Erde. Die überaus engen Gänge wirkten labyrinthisch, als bewege man sich durch einen Irrgarten aus Geschichten und Gedanken, der sich bis in den Keller des Hauses erstreckte. Die Stille wurde nur unterbrochen von behutsamen Schritten auf den löchrigen Dielen und dem stetig gegen die milchigen Fenster prasselnden Regen. Wenn überhaupt, wurde nur leise gesprochen. Es gab nie laute Worte in dem Laden, bloß dahingehauchtes Flüstern, das sich mit dem Geräusch in Büchern blätternder Finger zu einem Bild voller staubiger Farben vermischte. Kaufte jemand ein Buch, so erklang das trockene Klingeln der rostigen Registrierkasse, die neben dem Eingang auf einem massiven Schreibtisch stand und von einem bärtigen, nach Tabak riechenden Mann bedient wurde.

Für kurze Zeit bildete ich mir ein, leises Seufzen oder Schluchzen zu vernehmen, das Geräusch von jemandem, der verzweifelt versucht, kein Geräusch zu machen. Jedoch währte dieser Eindruck nur kurz und ich stellte erneut fest, dass sich meine Unbekannte keineswegs von der Stelle gerührt hatte. Noch immer stand sie regungslos da und war in ihr Buch vertieft.

Als hätte sie meine Aufmerksamkeit gespürt, drehte sie plötzlich den Kopf und sah mich an. Ich fühlte mich ertappt und war gleichsam gefesselt von ihren Augen, deren helles Blau von Tränen getrübt war. Es war ein von dezenter Blässe gezeichnetes Gesicht, in welches ich blickte, mit hohen Wangenknochen, einer spitzen Nase und schmalen zusammengepressten, ungeschminkten Lippen. Ein aristokratisches Gesicht, das eine altmodische Eleganz sein Eigen nennen durfte. Ich erwartete, dass sie etwas sagte, mich darauf hinwies, dass es sich nicht ziemte, sie heimlich zu beobachten. Stattdessen senkte sie den Kopf, gerade so weit, dass der Schatten, den die Hutkrempe warf, ihre Augen bedeckte, ohne jedoch verbergen zu können, dass ihr Gesicht tränenüberströmt war.

Ich fühlte mich genötigt, etwas zu sagen, und blieb stumm, starrte sie nur an. Noch immer hielt sie das Buch fest in ihren Händen. Der Einband ließ nur noch vermuten, dass er einmal aus elegantem, dunklem Leder gefertigt worden war. Die Seiten wirkten brüchig, an den Rändern zerfleddert und rissig und braungelb schimmernd.

»Ist alles in Ordnung?«, hörte ich mich schließlich fragen. Es war nur ein Flüstern, unsicher und besorgt.

Sie schwieg. Sah mich an. Sie wirkte zerbrechlich. Und jünger, als ich sie zu Anfang eingeschätzt hatte. Dann hob sie den Blick, ihre Augen tauchten erneut aus dem Schatten auf, und als das matte Licht sie erfasste, schimmerten sie für einen Sekundenbruchteil in einem klaren hellen Grün. Sie fixierte mich, klappte mit einer schnellen Handbewegung ihr Buch zu und hielt es fest gegen die Brust gedrückt, als wolle sie es vor mir schützen.

»Good Lady Ducayne«, nannte sie mir den Titel des Buches. »Ich habe es gelesen, als ich klein war.«

Wir standen da und schwiegen uns an, während das Prasseln des Regens den Raum erfüllte.

»Manche Bücher sind so wahr, dass es sogar weh tut, wenn man sich an sie erinnert.«

Dann machte sie abrupt auf dem Absatz kehrt und verschwand in einem Gang zu ihrer Rechten, ohne mir auch nur eine Sekunde weitere Beachtung zu schenken, geschweige denn, ein weiteres Wort mit mir zu wechseln.

Für einige Augenblicke verharrte ich an meinem Platz. Vergessen waren LeFanu und meine Arbeit in der Kanzlei. Meine Gedanken kreisten um die traurige Miss Mystery. Diesen Gedanken nachhängend, schlenderte ich geistesabwesend durch den Laden, versuchte zwischen den vielen Regalreihen einen Blick auf die dunkel gekleidete Gestalt zu erhaschen. Dies jedoch ohne Erfolg. Ich begab mich hinab in denjenigen Teil des Ladens, der sich in den Kellergewölben befand, und wandelte ziellos durch die engen Gänge, ließ meine Blicke und Finger über die unzähligen Buchrücken gleiten. Schließlich erreichte ich ein Regal mit kunstvollen Ausgaben englischer Klassiker, Werken von Byron, Rymer und Collins. Ich berührte die Bücher sanft, war fasziniert von der schlichten Eleganz ihrer Aufmachung.

Als mich die Hand an der Schulter berührte, zuckte ich unwillkürlich zusammen. Ich hatte mich in diesem Teil des Kellergewölbes allein gewähnt und war dermaßen in meine Gedanken versunken gewesen, dass ich niemanden hatte kommen hören. Überrascht und erschrocken sah ich mich der Unbekannten gegenüber. Sie stand dicht vor mir. Zu nah, wie es schien, für eine förmliche, unserem Verhältnis angemessene Begegnung. Sie hatte sich die Tränen aus dem Gesicht gewischt. Die Blässe jedoch war geblieben. Wieder fixierte sie mich, blickte mir direkt in die Augen. Mir war, als könne ich ihren Atem in meinem Gesicht spüren. Die Krempe ihres Hutes berührte fast meine Stirn.

Ohne den Blick abzuwenden, flüsterte sie: »Kommen Sie heute Abend ins *Sofra*. Ich werde Sie erwarten.« Ihre Stimme klang ruhig und gefasst.

»Wie heißen Sie?«

»Nennen Sie mich einfach Miss Mystery.«

Nachdem sie diese Worte an mich gerichtet hatte, verließ sie den Ort unseres zufälligen Zusammentreffens. Ihr überrascht nachschauend, hörte ich noch die sich entfernenden Schritte auf den steinernen Stufen der gewundenen Kellertreppe. Dann trat erneut Stille ein, und die vergangenen Augenblicke erschienen mir wie ein seltsamer Traum. Wer war diese Frau? Die modrige Kellerluft gab dieser Frage einen unangenehmen Beigeschmack. Ich wollte sie küssen und dabei unentwegt in diese blauen Augen schauen. Es kam mir vor, als wäre ich allein durch ihre Gegenwart hypnotisiert worden, als habe sie mich auf eine altmodische Art und Weise verhext. Die Intensität meiner plötzlichen und irrationalen Gefühle dieser Frau gegenüber ließ in der Tat den Verdacht aufkommen, hier sei Magie im Spiel.

Ich beschloss, das *Charnas* zu verlassen und nach Hause zu gehen. Dass ich mich am Abend zu dem von ihr vorgeschlagenen Treffpunkt begeben würde, stand außer Frage.

»Die Tür ist nicht verschlossen«, hörte ich sie sagen. Ein Kellner hatte mir eine Nachricht überreicht, in der eine Leonore mich bat, in eines der oberen Zimmer zu kommen.

Ich drückte die verschnörkelte Klinke nach unten, ließ die Tür zur Seite gleiten. Sie gab mir den Blick frei auf einen karg eingerichteten Raum. Unter dem kleinen Fenster stand ein Sofa, davor cin runder Tisch sowie zwei Sessel mit hohen Lehnen. In einem dieser Sessel saß meine Bekanntschaft vom Leicester Square. Sie saß da, die Beine übereinandergeschlagen, in ihrem schwarzen Kleid – und musterte mich neugierig.

»Miss Mystery?«

Sie ließ ein helles Lachen vernehmen. »Nein, nicht Miss Mystery«, sagte sie und erhob sich aus dem Sessel. »Mein richtiger Name lautet Leonore Beaumont.« Ihre Bewegungen waren geschmeidig und elegant. »Leonore.« Sie kam auf mich zu und blieb kurz vor mir stehen, sah mich erwartungsvoll an. Es schien, als wiederhole sich der Augenblick in dem Buchladen. Dann ergriff ich zur Begrüßung ihre Hand.

»Richard Crawford«, stellte ich mich vor.

Ihre Haut war weich und warm und sehr blass.

»Es ist gut, dass Sie gekommen sind. Dies alles erscheint Ihnen vermutlich seltsam, aber der Grund, weshalb ich Sie bat, hierher zu kommen, ist einfachster Natur. Ja, geradezu banal. Ich wollte Sie kennenlernen. Überrascht Sie das?«

»Wenn ich Sie nicht hätte wiedersehen wollen«, gab ich zur Antwort, »dann wäre ich wohl kaum hier.«

Sie forderte mich auf, in einem der Lehnsessel Platz zu nehmen, und bot mir Tee an. Earl Grey, heiß, mit einem Schuss Zitrone. »Ich mochte Ihren Geruch«, sagte sie und beobachtete mich abwartend. »Als wir uns im *Charnas* begegneten, nahm ich Ihren Geruch wahr. Gerüche sind wichtig. Jede Haut hat ihren eigenen Duft. Manchmal sind diese Düfte so stark, dass man am liebsten gar nicht mehr davon ablassen möchte.« Sie nippte an dem Tee. Ihre Katzenaugen besaßen für einen Augenblick wieder diesen grünen Schimmer. Mein Blick glitt an ihrem Hals hinab, und ich verspürte das Verlangen, ihre Schultern zu berühren. Es war, als entstünde dieses Verlangen erst durch ihre Stimme. Ihre Brüste bewegten sich im Takt ihres Atems unter dem festen schwarzen Stoff des Kleides.

»Was sahen Sie in dem Buchladen?«, wollte sie wissen. »Was sahen Sie dort, dass Sie der Einladung einer Unbekannten Folge leisteten?«

Einen Moment lang zögerte ich. Dann sagte ich: »Ich sah eine junge Frau. Schön, geheimnisvoll, traurig. Jemand, dessen Weg zufällig den meinen kreuzt.« Ich lachte. »Miss Mystery.« Wurde wieder ernst. »Jemand, den ich nicht einfach so wieder aus meinem Leben verschwinden lassen wollte.«

»Das klingt nicht nach einem belanglosen Gespräch zwischen zwei Fremden in der Nacht«, sagte sie. Ein angedeutetes Lächeln umspielte die schmalen Lippen. »Möchten Sie wissen, was ich sah?« Ohne meine Antwort abzuwarten, sagte sie es mir.

»Sie sehen einiges«, gab ich zu.

Dann redeten wir.

Leonore saß da, und ihre Augen hefteten sich an meine Lippen, neugierig und schweigsam. Ich ertappte mich dabei, wie ich ihr von meinem Studium der Rechtswissenschaften an der University of London erzählte, von meinem Job in der Midland Kanzlei. »Ein gewöhnliches Leben«, schloss ich meinen Bericht.

»Kein Leben ist ein gewöhnliches Leben«, stellte sie fest.

Ich stimmte ihr zu. »Und wer ist Leonore Beaumont?«

Sie wirkte nachdenklich. »Das bin ich«, gab sie mit leiser Stimme zur Antwort. Sie wirkte abwesend. Dann klärte sich ihr Blick wieder, als sei er nie so weit entfernt gewesen. »Ich bin mal hier und mal dort.« Sie schien eine Vorliebe für diese Art von Anspielungen zu haben. Ihre Stimme beschwor Geheimnisse herauf. Leonore Beaumont – allein der Name klang verheißungsvoll.

»Im *Charnas*«, sagte sie, »hatte ich das Gefühl, dass wir einander begegnen sollten.« Zögerlich senkte sie den Blick, fixierte die Tasse auf dem Tisch. »Sie überraschten mich in einem Moment, in dem ich«, sie suchte nach der passenden Umschreibung, »nun ja, in dem ich ein wenig die Fassung verloren hatte.«

Ich widerstand dem Drang, den Grund dafür zu erfragen.

»Es machte mir nichts aus«, fuhr sie fort, »dass Sie mich in diesem Zustand sahen.« Ihr Blick war immer noch gesenkt.

Stille trat ein.

Schließlich erhob sich Leonore langsam aus ihrem Sessel und ging zum Fenster, starrte nach draußen in die Dunkelheit. Regentropfen prasselten gegen das Glas und bildeten kleine Rinnsale. Leonores Gesicht spiegelte sich wie ein Schatten im Fenster. Ich folgte ihr, trat von hinten an sie heran, betrachtete ihren Nacken und spielte mit dem Gedanken, ihn zu berühren, die weiche Haut mit der Zunge abzutasten.

»Was wird nun passieren?« Meine Frage war nur ein Flüstern.

Unten von der Straße klang das unartikulierte Geschrei betrunkener Kneipenbesucher herauf, der jammervolle Versuch, ein Trinklied zum besten zu geben. »Hören Sie nur«, sagte Leonore nachdenklich. »Die Kinder der Nacht. Welch liebliche Musik sie machen.« Sie drehte sich zu mir um und zeigte ein süffisantes Lächeln. Instinktiv berührte ich ihr Gesicht, langsam, auskostend. Die schmalen Augenbrauen, ihre Wange, den Hals. Sie ließ es geschehen, beobachtete mich nur mit ihren blaugrünen Katzenaugen. Dann umfasste sie mein Gesicht mit beiden Händen »Was wird nun passieren?«, flüsterte sie. Ihre Augen begannen feucht zu glänzen, als sie die Frage stellte. Ihre Lippen öffneten sich kaum merklich. Sie atmete schneller. »Was geschieht nur mit uns?« Tränen traten ihr in die Augen. Es war der gleiche Gesichtsausdruck wie im Buchladen. Mit der rechten Hand griff sie in mein Haar, ließ ihre Finger langsam hindurchgleiten. Ihr Gesicht näherte sich dem meinen. Ich atmete den Geruch eines leichten Parfums, vermischt mit dem Duft ihrer Haut, und wollte nur mehr die Augen schließen, mich ganz und gar auf sie einlassen.

»Lass dich fallen«, hauchte sie.

Und wir ließen uns fallen – gleich dort und in dem Moment.

Den Abend des folgenden Tages verbrachte ich abwartend in meiner Wohnung in der Gainsford Street und versuchte die Zeit vergehen zu lassen. Die Begegnung mit Leonore Beaumont schien Jahre her zu sein. Rückblickend blieb die Unwirklichkeit des Tages, die nebelhafte Erinnerung an unser Gespräch und jene Berührung, die so jäh beendet worden war. Es gelang mir nicht im Geringsten, die Gedanken von Leonore abzuwenden. Ich suchte Ablenkung, fand sie jedoch nicht. Wenn ich Dickens las, dann schien es Leonore Beaumont zu sein, die durch die gaslichterhellten

Straßen des viktorianischen London irrte; lauschte ich klassischer Musik, dann gaukelte mir meine Erinnerung Leonores Stimme vor; starrte ich aus dem Fenster in die Nacht hinaus, wähnte ich sie irgendwo dort draußen.

Ich bewohnte einen Teil der zweiten Etage eines alten Lagerhauses in Bermondsey, am Südufer der Themse. Eine riesige Glasfront bildete die Außenwand meiner Wohnung, sodass sich mir ein ausgiebiger Blick auf den Fluss und die City darbot. In der Ferne, auf der anderen Flussseite, lag der hell angestrahlte Tower. Weiter westlich erhob sich die Kuppel der St. Paul's Kathedrale über den Dächern der Innenstadt. Einige wenige Schiffe befuhren zu dieser Stunde die Themse, winzige unruhige Lichter in der Dunkelheit. Regentropfen prasselten gegen das Glas und ließen das nächtliche London in Konturen und Lichterspielen verschwimmen.

Ich stand vor dem großen Fenster, ein Glas Rotwein in der Hand, und ließ die Ereignisse des gestrigen Abends erneut Revue passieren.

Auf meinem Rückweg vom *Sofra* nahm ich die Central Line bis Bethnal Green, ging von dort aus eiligen Schrittes in südlicher Richtung zur Whitechapel Station, wo ich die letzte Bahn Richtung New Cross erwischte. Dreimal in dieser Nacht hörte ich ein seltsames Heulen, das mich erheblich beunruhigte. Als ich die Central Line in Bethnal Green verließ, hörte ich ein Heulen im langen röhrenförmigen Gang, der zur Straße hinaufführte. Die weißen gekachelten Wände ließen den schaurigen Laut verhallen, sobald ich den Kopf wendete und lauschend verharrte. Als ich dann in Whitechapel durch den Regen hastete, war es ein zweites Mal da. Wieder verstummte das Heulen, sobald ich den

Eindruck erweckte, Kenntnis davon genommen zu haben. Außer mir schien jedoch niemand unterwegs zu sein. Die Straßen waren zu dieser Stunde (meine Uhr zeigte eine Stunde nach Mitternacht an) vollkommen menschenleer. Die Zeitungsberichte über die Morde, die in dieser Gegend verübt worden waren, kamen mir gerade in diesem Augenblick in den Sinn, was mich meine Schritte um ein weiteres beschleunigen ließ.

Ich erreichte Whitechapel Station, ohne dass ich die Schritte erneut vernommen hatte, und nahm die East London Line bis Rotherhithe, meiner Endstation. Von dort aus benötigte ich etwa fünfzehn Minuten, um zu meiner Wohnung zu gelangen. Als ich das Lagerhaus in der Gainsford Street erreichte, vernahm ich das Heulen zum letzten Mal, nun aber in nächster Nähe. Ich drehte ruckartig den Kopf in Richtung der Geräusche. Stille. Der Regen hämmerte auf die Straße, von überall her war leises Plätschern zu vernehmen. Ich spähte die Straße hinunter. Ich fühlte den schnellen Schlag meines Herzens im Kopf widerhallen und bemerkte, dass meine Hände zitterten. Es gelang mir nicht, etwas Ungewöhnliches zu entdecken, und so setzte ich das letzte Stück meines Weges fort. Am Lagerhaus angekommen, konnte ich es mir nicht verkneifen, einen letzten Blick hinter mich zu werfen. Es war nicht das Geräusch von Schritten, das mich zusammenzucken ließ, sondern eine schattenhafte Erscheinung, die sich blitzschnell im Schatten einer angrenzenden unbeleuchteten Gasse verbarg. Wie ein durchsichtiger Mensch, den der Wind durch die Gasse wehte, so sah die Erscheinung aus. Wie angewurzelt stand ich da und starrte in die Dunkelheit. Ich war mir sicher, nicht das Opfer einer Täuschung zu sein. Doch was, in aller Welt, sah aus wie ein durchsichtiger Mensch? Mit zitternden Händen öffnete ich die Tür, ließ sie hinter mir ins Schloss fallen, rannte die Treppe hinauf und machte nicht eher Halt, bis ich mich in meiner Wohnung befand, die Tür hinter mir sorgsam verriegelt und ich selbst schwitzend und außer Atem.

Was immer dieses Heulen auch verursacht haben mochte – am nächsten Morgen war die Neuigkeit jedenfalls der Aufmacher in allen Medien. In der Nacht hatte sich ein weiterer Mord zugetragen, dem Muster der vorangegangenen Verbrechen ähnelnd. In den frühen Morgenstunden hatten Angestellte der *London Regional Transport* die blutleere Leiche einer jungen Frau auf den Treppenstufen der Liverpool Street Station gefunden. Ich vernahm die Nachricht während des Frühstücks und begann mich zu fragen, was mit meinem Leben geschah, in welche Geschehnisse ich da hineingezogen wurde. Vielleicht aber suchte ich auch dort nach Zusammenhängen, wo keine zu finden waren. Unterwegs zur Arbeit lauschte ich den Gesprächen der anderen Fahrgäste in der U-Bahn.

In der Kanzlei angekommen, stürzte ich mich voller Tatendrang in meine Arbeit. Um die Mittagszeit steckte Miles Sheridan den Kopf in mein Büro.

»Du siehst elend aus!« Wenn es etwas gab, was Miles Sheridan unmöglich war, so war dies, seine Herkunft zu leugnen. Geboren in Dublin als Sohn eines Automechanikers, sah Miles aus, als hätte er das Licht der Welt erblickt, um Barkeeper in einer Kneipe zu werden. Auf dem kleinen, kräftigen, gedrungenen Körper saß ein eckiger Schädel, gekrönt von rötlichem, gelocktem, kurzgeschnittenem Haar. Eng zusammenliegende, zusammengekniffen wirkende Augen, kleine Ohren und die platte, breite rote Nase über den dünnen Lippen und dem markanten Kinn taten ihr übriges, um diesen Eindruck zu festigen.

Ich sah ihn in mein Büro poltern, rieb mir müde die Augen und unterdrückte ein Gähnen.

»Hallo, Miles.«

»Was machst du gerade?«

»Die Immobiliensache aus Hounslow East.«

»Klingt spannend.« Er grinste. Er sah aus wie ein Mechaniker, aber nicht wie ein Anwalt.

»Was führt dich her?«

»Es ist Mittagszeit«, verkündete Miles und klopfte sich auf den Bauch.

»Oh. Ist mir im Eifer des Gefechts völlig entfallen.«

Demonstrativ zauberte er hinter seinem Rücken einen Dartspfeil hervor. »Rituale sollten nicht in Vergessenheit geraten«, gab er mir mit einem Grinsen zu bedenken. »Dennoch verstehe ich deine Sorge. Während der letzten Runden hast du einiges einstecken müssen«, fügte er herausfordernd hinzu, »und nebenbei bemerkt, siehst du arg mitgenommen aus. Was, zur Hölle, hast du letzte Nacht getrieben?«

Ich brachte es auf den Punkt: »Ich habe kaum geschlafen. Bloß gegrübelt.«

»Darf man erfahren, worüber?«

»Du darfst raten«, schlug ich vor. »Über das Leben, die Liebe.« Nach einer kurzen Pause fügte ich vielsagend hinzu: »Und eine Frau.«

»Drei Dinge, von denen du absolut nichts verstehst.« Er schüttelte gespielt missbilligend den Kopf. Dann deutete er mit einer wissenden Kopfbewegung auf meinen Schreibtisch. »Du vergräbst dich also wieder in Arbeit.« Er kannte mich wirklich gut.

»Gehen wir essen«, schlug ich ausweichend vor. Miles war sofort überredet. Entlang der Fleet Street gibt es unzählige Cafés und Restaurants. Dort nahmen wir für gewöhnlich unser Mittagessen zu uns. Daran schloss sich dann meistens ein kurzes Dartsspiel in Miles' Büro an.

An diesem Tag erzählte ich von Leonore.

»Du bist verknallt?«

»Ich weiß es nicht.«

Manchmal wunderte es mich, mit ihm über diese persönlichen Angelegenheiten derart offen sprechen zu können. Miles war Anfang Fünfzig, verheiratet mit einer schönen walisischen Botanikerin und Vater einer fünfzehnjährigen Tochter. Sein Leben war von dem meinen so weit entfernt wie Henry VIII. vom Idealbild des vorbildlichen Ehegatten.

»Wie ist sie denn?«

»Alt genug.«

»Und?«

»Sie ist geheimnisvoll.«

»Sie möchte sich bloß interessant machen«, mutmaßte er. Ich war mit dem Werfen an der Reihe. »Du lässt dich wieder ablenken«, kommentierte Miles meinen Wurf. Als Rat gab er mir sodann die weisen Worte mit auf den Weg: »Warte einfach ab, was passiert.« Anschließend festigte er seinen ohnehin schon kaum aufholbaren Punktevorsprung mit einem letzten Wurf. »Der Sieg ist wieder einmal der meine«, freute er sich und warf mir ein Grinsen entgegen, welches von gespielter Schadenfreude nur so strotzte.

»Verdammter Ire«, entgegnete ich.

Er ließ sich von meiner Antwort nicht aufziehen. »Wir Iren haben es eben im Blut«, stellte er trocken fest.

Dem war nichts hinzuzufügen.

Abends dann ...

Ich war eingenickt, trieb zu den Klängen von Faurés *Cantique de Jean Racine* durch einen wirren Traum.

»Ich sagte doch, wir würden uns wiedersehen.« Schlag Mitternacht war kaum verhallt, als Leonore erneut in mein Leben trat, mit funkelnden, wachen Katzenaugen im Türrahmen stand, gekleidet in Mantel und Hut, einem vorbeihuschenden Schatten gleich. »Ich sah das Licht in Ihrer Wohnung. Nachdem ich derart oft um Einlass bitten musste, beschlich mich bereits der Verdacht, Sie wollten meine Gesellschaft meiden.« Sie lächelte, wissend, dass dem nicht so gewesen war. »Und nun – möchten sie mich nicht hineinbitten?«

Unnötig zu erwähnen, dass ich dies tat. Sie schlüpfte aus dem Mantel, ließ ihn über einen Sessel fallen und blickte sich in der unaufgeräumten Wohnung um. Bücher und Zeitschriften lagen in Massen auf dem breiten Glastisch vor dem Sofa, hinter dem man durch die Glasfront die nächtliche City sah. Die Wohnung bestand aus einem einzigen großen Raum, der von einer geräumigen Sitzgruppe direkt unter dem Fenster beherrscht wurde. In einer Ecke befand sich meine Arbeitsstätte, umgeben von stählernen Bücherregalen. Küche und Schlafzimmer verbargen sich hinter weißen Trennwänden. Riesige Grünpflanzen hauchten der vormaligen Lagerhalle Leben ein, durchbrachen die leere Weite mit einem Hauch Exotik.

»Ich bin noch immer hungrig«, sagte Leonore mit einem Lächeln, für das man keine Worte finden konnte. Der dunkle Anzug und das weiße Hemd einschließlich passender Krawatte erinnerten an die Mode der Vierzigerjahre und ließen sie zugleich distanziert und aufreizend erscheinen. Sie trug hohe, feste Schnürschuhe, die den Dielenboden knacken ließen, während sie mit langsamen, geschmeidigen Bewegungen in der Wohnung umherging, ihr Umfeld begutachtete und mich nicht aus den Augen ließ.

Den letzten Rest meiner Schläfrigkeit abschüttelnd, bot ich ihr den Tee an, den sie bereits am Vorabend bevorzugt hatte. »Darf ich erfahren, was Sie zu dieser Stunde hierher führt?«

»Wir sollten die Förmlichkeit ablegen«, schlug sie vor und ließ sich auf dem Sofa nieder, betrachtete das Buch, das aufgeschlagen auf dem Tisch lag, suchte meinen Blick und fügte hinzu: »Richard.« Sie ließ den Namen auf der Zunge zergehen. »Würdest du mir den Gefallen erweisen und mich Leonore nennen?«

Ich reichte ihr den Tee. »Leonore«, sagte ich.

»Danke«, sagte sie, und ich bezweifelte, dass sich diese Dankbarkeit auf den Tee bezog.

Ich ließ mich am anderen Ende des Sofas nieder. »Nun denn, darf ich erfahren, was *dich* zu dieser Stunde herführt?«

Sie nippte am Tee. »Das sagte ich bereits«, gab sie zur Antwort und zeigte ein Lächeln, das ihre Augen aufleuchten ließ. »Ich bin hungrig.« Überraschend ergriff sie meine Hand und hielt sie fest. Das Lächeln erstarb ganz plötzlich. »Ich habe Angst vor dem, was mit uns passiert.« Ihre

Stimme zitterte. »Dinge geschehen manchmal ohne unser Zutun.« Sie senkte den Blick, blinzelte unsicher. »Als sei da ein unsichtbarer Puppenspieler, der die Fäden zieht.« Draußen peitschte Regen gegen das Fenster, begleitet vom leisen Heulen des Windes, der sich anhörte wie das Heulen in den U-Bahn-Schächten.

Ich ließ meinen Finger sanft über ihr Handgelenk streichen. »Was ist dein Geheimnis, Leonore?« Die Stimme, die diese Frage stellte, schien nicht meine eigene zu sein. Der Augenblick war wie ein Traum; ganz so, als halte das Leben den Atem an.

»Es gibt kein Geheimnis«, sagte sie schnell.

»Was ist es dann? Was verbindet uns?«

»Seele, Herz.« Sie sah mich an, befeuchtete die Lippen. »Körper.«

Mein Blick fiel auf ihren schlanken Hals, den weißen Nacken. Als sie sprach, tat sie dies geistesabwesend, wie in die Dunkelheit der nächtlichen Stadt versunken. »Ich möchte dich spüren. Überall. Ich möchte, dass du *mich* spürst.« Diese grün schimmernden Katzenaugen. »Ich möchte dir nah sein.« Sie wirkte auf eine seltsame Art vertraut, und es war, als wäre dieser Moment unausweichlich gewesen von jenem Augenblick an, als der Zufall uns zusammengeführt und ich im Halbdunkel des Antiquariats die Tränen in ihren Augen gesehen hatte.

Ich ließ mich fallen, ohne nachzudenken. Wir verbrachten die Nacht gemeinsam bis zum Morgengrauen. Leonores Bewegungen waren die einer Katze. Es gefiel ihr, sich mir zu entziehen; ihr biegsamer Körper entwand sich fortwährend meinem Griff. Im Halbdunkel der Wohnung war mir, als leuchteten ihre Augen auf, denen eines Raubtieres gleich. Ihre Finger krallten sich in meinen Körper, und als sie mich in den Mund nahm, spürte ich spitze Zähne an meiner Haut, schmerzend und erregend zugleich. Benommen erkannte ich Rinnsale dunklen Blutes auf meinen Schenkeln und ihren Lippen. Die funkelnden Katzenaugen fixierten mich, und ohne den Blick abzuwenden, leckte Leonore mir langsam und genüsslich das Blut von der Haut. Während sie an mir saugte, ließen mich winzige Nadelstiche erschauern. Als ich langsam in sie eindrang und mich in ihr bewegte, spürte ich ihren würzigen Atem im Gesicht. Ihre Küsse schmeckten nach meinem eigenen warmen Blut. Ihr auf diese Weise nah zu sein, war wie Opium. Mein Verstand versank vollends in den Bewegungen ihres warmen Körpers, in ihren großen Augen, die sich erneut mit Tränen füllten, nachdem mein Bewusstsein keuchend zum letzten Mal in ihrer Hand explodiert war und sie mir mit feuchten Fingern die blutverschmierten Lippen benetzte.

Ihre Brüste hoben und senkten sich im Takt ihres ruhiger werdenden Atems. Während sie mit geschlossenen Augen auf mir lag, berührte ich ihren Hals, die Schultern, den Arm, strich ihr eine Strähne des dunklen Haars aus dem Gesicht. Sie öffnete die Augen. Ich wollte etwas sagen, doch sie legte mir sanft den Finger auf die Lippen, küsste mich fest auf den Mund und verbarg dann in einer Umarmung ihr Gesicht an meinem Hals. »Sind wir uns nah?« Es war ein heiseres Flüstern. »Fühlst du dich mir nah, Richard?«

Ich starrte an die Decke und berührte Leonores Hals, strich ihr durchs Haar. »Als wärst du immer schon da gewesen«, gab ich leise zur Antwort. Leonore war mir vertraut. Das zumindest gaukelten mir meine Gefühle vor. Sie besaß etwas Hypnotisches. Ein Teil des Verstandes erinnerte mich an die blutverschmierten Bettlaken, an die kleinen schmerzhaften Bisse, die mich in jenen lustvollen Rauschzustand versetzt hatten, der alles andere bedeutungslos hatte werden lassen.

»Ich bin ein wenig verschroben«, beichtete sie mir später.

»Deine Vorlieben sind nicht unbedingt«, ich suchte nach einer geeigneten Umschreibung, »gewöhnlich.«

»Extravagant?«

»Ja, ein wenig.«

»Das Gewöhnliche«, gab sie zu bedenken, »ist so langweilig. Wenn der Schmerz ehrlich ist, dann bringt er die Menschen einander näher. Nietzsche behauptete, dass nur das, was nicht aufhört, weh zu tun, im Herzen bleibt. Du kannst nicht leugnen, dass es dir gefallen hat.«

»Ich liebe dich«, flüsterte ich.

»Sag das nicht.«

Als mich Leonore bei Tagesanbruch verließ, wollte ich sie nicht gehen lassen. Die Angst, sie nicht wiederzusehen, bemächtigte sich meiner mit aller Heftigkeit. Obwohl wir des nachts kaum miteinander gesprochen hatten, ihre Person noch immer von Geheimnissen umgeben zu sein schien und mich die Fremdartigkeit ihrer Vorlieben in einen Zustand nervöser Verwirrung versetzt hatte, fühlte ich eine Nähe zu Leonore Beaumont, die ich lange Zeit bei keinem anderen Menschen mehr verspürt hatte. Zudem fühlte ich mich schwach und erschöpft, und als ich den Versuch unternahm, aufzustehen, um ihr Kaffee aufzubrühen, ließ mich ein Anflug jähen Schwindelgefühls ins Bett zurückfallen. Für wenige Minuten verlor ich das Bewusstsein. Nach meinem Erwachen aus dieser Benommenheit sah ich mich einer bereits angekleideten Leonore Beaumont gegenüber, die neben mir auf dem Bett saß und mir eine Tasse dampfenden Kaffees reichte.

»Du solltest dich ein wenig ausruhen«, riet sie mir. Ich nahm den Kaffee dankend entgegen und fühlte, wie mit den ersten heißen Schlucken das Leben in meinen Körper zurückkehrte. »Ich werde dich jetzt verlassen«, teilte sie mir mit. »Komm heute Abend ins *Filthy McNasty's*. In den ersten Stock. Zimmer 237.« Das Bild, welches ich den gesamten folgenden Tag vor Augen hatte, war Leonore, wie sie in ihrem Herrenanzug neben mir auf dem Bett saß, das Hemd leicht aufgeknöpft und die Krawatte lose um den Hals geschlungen, und mir den Kaffee überreichte. Ich erinnerte mich an ihr zerzaustes Haar, die undurchdringbaren Katzenaugen und an das Lächeln, das sie mir zum Abschied schenkte.

Als sie meine Wohnung verließ, sah ich ihr schläfrig nach. Ich hörte die schwere Eisentür hinter ihr ins Schloss fallen, und mit diesem Geräusch im Bewusstsein fiel ich in einen tiefen traumlosen Schlaf.

Überflüssig zu erwähnen, dass ich Leonore an dem Abend einen Besuch abstattete. Es war, als würde mein Denken vollständig von der Sehnsucht nach ihrer Gegenwart verzehrt. Ich harrte der Küsse und dahingehauchten Bisse, die meine Nächte erfüllten und die folgenden Tage zu Stunden des Wartens degradierten. Es käme einer Lüge gleich zu behaupten, dass ich meine Gespielin während dieser Treffen näher kennenlernte. Sobald wir uns sahen, suchten wir den Kontakt ineinander verschlungener Körper, gaben uns der phantasievollen Dunkelheit des Augenblicks hin. Leonore redete wenig, und tiefere Einblicke in ihr Leben gewährte sie mir schon gar nicht. Ihre Vergangenheit blieb ein durch schattenhafte Konturen gezeichnetes Bild.

Als ich sie in Zimmer 237 aufsuchte, öffnete sie prompt und zog mich in die Dunkelheit hinein. Sie trug nichts außer einem roten Seidenkimono.

»Wer bist du?«, fragte ich sie, nachdem wir auf dem kalten Boden in einem ersten warmen Aufbäumen zur Ruhe gekommen waren. Die durch das Fenster fallenden dürftigen Strahlen der alten Straßenlaternen tauchten Leonores schweißnassen Körper in mattes blaues Licht. Strähnen des schwarzen Haars baumelten vor ihren Augen, die mich wild musterten.

»Ich bin, die ich bin«, gab sie zur Antwort. »Ich bin Leonore.«

»Wer bist du?«, wiederholte ich leise meine Frage.

»Leonore Beaumont«, hauchte sie. »Miss Mystery.« Sie leckte mir über das Gesicht und zwinkerte mir zu. »Ich bin die Frau, die sich in dich verliebt hat, Richard.« Das Geräusch des Regens lag über der Stille. »Ich möchte dich in mir spüren. Ich möchte dich schmecken«, hauchte sie, und ihre Stimme ließ mich benebelt die Augen schließen. Dann spürte ich erneut ihre schmerzhaften, saugenden Küsse an meinem Hals. Ich riss die Augen auf, und die Katzenaugen funkelten grün über mir. Lange kalte Finger krallten sich in mein Fleisch. »Bleibe in mir«, flüsterte sie, und während ich ihrem Wunsch Folge leistete, lag ihr Atem an meinem Hals, ganz so, als habe sie sich dort festgebissen, ohne je wieder loslassen zu wollen.

Nach jedem dieser Treffen fühlte ich mich kraftlos und litt unter leichtem Schwindelgefühl. Leonore sorgte dafür, dass es mir an nichts fehlte. Sie wirkte besorgt, wenn sie meinen Zustand bemerkte, erkundigte sich scheinbar endlos nach meinem Befinden. Sie fütterte mich mit Vitamintabletten und einem nie verebbenden Nachschub an Toast mit Konfitüre, ertränkte mich förmlich in heißem Kaffee und milder Fürsorge. In diesen Augenblicken sah ich mich einem gänzlich anderen Menschen gegenüber. Es fiel mir schwer zu glauben, dass diese Leonore die gleiche Person war, die mich des Nachts mit sanften Bissen und einer morbiden Phantasie verhexte. In den Morgenstunden ließ ihr Verhalten in manchen Momenten den Verdacht aufkommen, es plage sie ein schlechtes Gewissen (welche Gründe dies auch immer haben mochte). Sie wirkte, entgegen ihren Neigungen bei Nacht, wenn auch nicht unbedingt schüchtern, so doch höchst zurückhaltend und in sich gekehrt.

»Du bist verrückt«, stellte Miles fest. »Sagte ich, du stündest auf verrückte Frauen? Nun, ich denke, dies hier«, er deutete auf meinen Hals, »bestätigt meine Aussage wohl zur Genüge.« Er schüttelte ungläubig den Kopf. »Hast du heute Morgen vielleicht schon einen Blick in den Spiegel geworfen? Du siehst aus, als wärst du letzte Nacht dem Tod von der Schippe gesprungen.«

In der Tat hatte mich das Gesicht, welches mir aus dem Badezimmerspiegel entgegengeblinzelt hatte, schockiert. Dunkle Ränder lagen unter geröteten Augen, die Kratzwunden auf meinem Rücken und die Wundmale an Hals und Schenkeln wirkten ebenso wenig beruhigend. Hinzu kam eine ungesunde Blässe. »Ich fühle mich ein bisschen krank«, gab ich zu. »Eine aufkommende Erkältung vermutlich.«

Miles nahm diese Erklärung wortlos zur Kenntnis.

Ich hing tagträumerisch meinen Gedanken nach.

»Richard Crawford«, riss er mich mit seiner rauen irischen Stimme in die Wirklichkeit zurück. »*Gräfin Bathory* steht auf der Liste deiner skurrilen Bekanntschaften zweifellos an erster Stelle.« Er zog die Stirn in Falten und fügte hinzu: »Ich hoffe für dich, dass du der einzige Mann bist, dem sie so die Nacht versüßt. Schließlich sind dies nicht die wilden 60er.«

Wir sahen einander schweigend an. Miles nahm einen weiteren Dartspfeil in die Hand und setzte zum Wurf an. Ein Auge zugekniffen, fixierte er das Ziel.

»Ich habe mich in sie verliebt«, gestand ich ihm.

Der Pfeil schoss durch den Raum und verfehlte die Scheibe um Millimeter. Vollkommen überrascht starrte Miles den auf dem Boden liegenden Pfeil an. »Ich habe daneben geworfen«, murmelte er ungläubig. »Ich habe noch *nie* daneben geworfen.« Er warf mir einen bösen Blick zu und tippte mir mit dem Zeigefinger auf die Brust. »*Deinet*wegen habe ich daneben geworfen.«

Ich verzog das Gesicht zu einem Grinsen. »Tut mir leid.«

»Du bist verrückt«, sagte er besorgt.

»Ja«, gab ich zur Antwort, »ich weiß.«

»Wie oft begegnen wir Menschen«, sagte Leonore später, »die unsere Blicke anziehen. Spürst auch Du nicht oft, dass fremde Blicke flüchtig deinen Körper streifen? Es bleibt viel zu oft bei dieser flüchtigen Begegnung, bei welcher man Blicke austauscht, um den anderen nie wiederzusehen. Und fragt man sich im Nachhinein dann nicht, was hätte passieren können?« Wir befanden uns in ihrer Wohnung über dem Laden, lagen auf der breiten Couch unter dem Fenster, das hinaus auf die Gasse ging. »Wie oft bleibt es bei diesem *Was wäre wenn*. Wie oft fühlt man Reue über die verpasste Gelegenheit, in das Leben eines anderen Menschen einzutreten. *Was wäre wenn,* Richard. Wir hätten es bei einem flüchtigen Blick belassen können, und es wäre eine Begegnung unter vielen geblieben. Unbedeutend, in Vergessenheit geratend.« Wir küssten uns, ihre Zunge benetzte meine Lippen. »Haben wir uns richtig entschieden?«, flüsterte sie. »Ist es nicht diese Frage, die man sich immer stellt? War unsere Entscheidung richtig?«

»Stünde ich vor der Wahl«, gab ich zur Antwort, »so würde ich erneut die Entscheidung treffen, dich im *Charnas* aufzusuchen.«

Leonore musterte mich ernst. »Das ist gut«, sagte sie leise. Der Ausdruck in ihren hell funkelnden Augen war schwer zu deuten in diesem Augenblick. Sie wirkte nachdenklich, wie so oft während der Stunden unseres Beisammenseins. In manchen Momenten schien es, als fürchtete sie sich vor den Dingen, die kommen mochten, und mich beschlich das Gefühl, als wüsste sie mehr über eben diese Dinge, als sie preiszugeben bereit war. Sie wirkte in der Tat ein wenig neurotisch und verschroben.

Als ich sie auf jenes Buch ansprach, das sie bei unserer ersten Begegnung in den Händen gehalten hatte und das offensichtlich der Grund für die Tränen in ihren Augen gewesen war, wich sie meinem Blick aus. »Es ist unwichtig«, war ihre ganze Erklärung dazu. »Manchmal trifft man überraschend auf alte Erinnerungen.« Als sie den Blick wieder hob, baten mich ihre Augen, keine weiteren Fragen zu stellen. Ich entsprach diesem Wunsch und ließ es dabei bewenden.

Am Ende kann ich keine Aussage darüber treffen, wie lange sie für mich diese geheimnisumwitterte Leonore Beaumont geblieben wäre oder wann sie sich dazu bereit erklärt hätte, mich an ihrer Geschichte teilhaben zu lassen. Es bleibt jedoch eine Tatsache, dass jenes grauenhafte Ereignis, dessen Zeuge ich eines Nachts in Whitechapel wurde, ausschlaggebend war für meine Einweihung in ein Wissen, dessen Existenz mich noch immer mit Erstaunen und tiefster Sorge erfüllt und welches mein Leben für immer verändern sollte.

Es war die Woche vor Heiligabend. London versank in einem in dicken Flocken herabrieselnden Weiß. Klirrende Kälte hatte sich der Stadt bemächtigt, und ich hatte seit über zwei Tagen nichts mehr von Leonore gehört.

»Ich werde dich anrufen, wenn ich hungrig bin.«

Unruhig wartete ich.

Lange Stunden saß ich tatenlos vor dem großen Fenster in meiner Wohnung, beobachtete die wenigen Schiffe auf der Themse und die vorbeiziehenden dicken Wolken, die neuen Schnee verhießen, und war mit den Gedanken fast immer bei Leonore.

Dass ich mit jemandem über dies alles reden musste, stand außer Frage. Dass derjenige Miles Sheridan sein würde, ebenfalls. Es gab nicht viele Freunde in meinem Leben, denen ich mich hätte anvertrauen können.

Wir trafen uns in einer Kneipe in der Whitechapel Road und tranken Guiness, wie Männer es nun einmal tun, wenn sie reden wollen. Dann schwiegen wir. Und tranken noch einige Guiness. Vermutlich hatte ich nicht einmal damit gerechnet, von Miles einen Rat zu bekommen. Der Barkeeper, ein fetter bärtiger Eastender, drehte die Musik ein wenig lauter: U2, die Chieftains, Sinatra. Ich ließ mich von den Klängen berieseln und spürte die erste Wirkung der vielen Guiness im Kopf.

Miles erzählte von seinen Problemen. Familienkram, doch irgendwie beneidete ich ihn darum. Miles wusste genau, wo er hingehörte. Er kannte Menschen, an deren Leben er teilnehmen durfte, so wie sie an dem seinen teilnahmen. Als ich ihn betrachtete, wie er neben mir auf dem Hocker saß, das frische Bier trank und mit müden Augen ins Dämmerlicht der Kneipe blinzelte, da wurde mir erneut bewusst, was er ausstrahlte. Es war ganz einfach: Miles Sheridan war glücklich. Zwar machten auch ihm die üblichen kleinen Probleme des Alltags zu schaffen, doch besaß er die Kraft, sie zu meistern. Er war glücklich.

Darum beneidete ich ihn von ganzem Herzen.

Und ich dachte mir, dass auch er das wusste. Denn auf seine bodenständige direkte Art versuchte er, mir etwas von diesem Glück abzugeben. Es waren nicht nur der Kaffee und die Dartsspiele und die langen Gespräche. Es war das Gefühl, dass sich jemand für mein Leben interessierte. Er nahm Anteil an meinem Leben.

Dafür dankte ich ihm.

Und deswegen hätte ich nie unehrlich ihm gegenüber sein können.

Als der Barkeeper mit einem Gast zu unserer Linken ein Gespräch begann, in dem sich die beiden über die Mordserie in der Stadt ausließen, schlug ich vor zu gehen. Es war nicht weit bis zur nächsten Station.

Wir gingen langsam die Treppe zur U-Bahn hinunter. Die Luft wirkte abgestanden, und schwüle Winde bliesen uns aus den tiefer gelegenen Schächten entgegen, wenn einer der Züge die Station erreichte oder verließ. Außer uns beiden war kein Passant zu sehen. Es war schon spät, und ich war froh, nicht allein auf den Zug warten zu müssen.

»Ich liebe Leonore«, gestand ich Miles.

Er sah mich resigniert an. »Dafür kennst du sie nicht gut genug.«

Der Klang unserer Schritte hallte in den langen röhrenförmigen Gängen wider. Es roch nach Urin und Abfällen, und die ausgefransten Plakate an den gekachelten Wänden wirkten wenig einladend.

»Ich habe mich in sie verliebt«, verbesserte ich mich.

»Ja, klar«, sagte Miles mit einem schiefen Grinsen. »Das ist immer so bei dir. Seit ich dich kenne.«

Wir betraten den Bahnsteig, und gerade wollte ich etwas erwidern, als die Kreatur, die wie ein Tier war und doch durchsichtig, meinen Freund ansprang und ihm ins Gesicht biss. Aus der Ferne hörten wir das Rattern des nahenden Zuges. Trockene Luft umwehte uns. Ein langgezogenes Heulen aus vielen Kehlen erfüllte plötzlich das Tunnelsystem.

Das Wesen mochte einmal ein Mensch gewesen sein. Doch jetzt sah es aus wie ein Mensch, der zu einem Tier geworden war, das langsam *durchsichtig* wurde. Es wirkte wie eine Geistererscheinung. Ein Paar geröteter wilder Augen blitzte mich boshaft an.

Instinktiv trat ich einen Schritt zur Seite.

Die Kreatur stieß ein markerschütterndes Heulen aus. Das Wesen hatte Miles die Nase abgebissen, und ich erkannte die Verwirrung in den Augen meines Freundes, dessen rechte Hand fest auf die Wunde gepresst war, während die linke versuchte, die Kreatur auf Abstand zu halten. Was ihr nicht gelang. Noch bevor ich richtig verstand, was dort passierte, sprang ihn das Wesen erneut an und riss ihn zu Boden.

Eine weiteres fast durchsichtiges Geschöpf trat aus dem Dunkel der Tunnelöffnung und sprang mit einem Satz auf den Bahnsteig. Es heulte wie gefangener Wind und kam auf mich zu. Es sah aus, als schwebe es über den Boden.

Der erste Angreifer hockte auf dem Körper meines Freundes und biss sich mit durchsichtigen Zähnen in dessen Kehle fest. Schwarzes Blut bedeckte den Bahnsteig. Die hellen Geisterfinger der Kreatur bohrten sich langsam in die Augen des armen Miles, dessen Schreie abrupt verebbten. Sein Körper sackte leblos in den Armen der Kreatur zusammen.

Wie gelähmt stand ich da und wurde mir des zweiten Angreifers bewusst.

Die Lautsprecheransage kündigte den nahenden Zug Richtung Earl's Court an.

Beim Geräusch der körperlosen Stimme hielt die auf mich zustürmende Kreatur inne und lauschte, während die andere vom Körper meines Freundes zu fressen begann, indem sie wahllos Stücke blutigen Fleisches aus dem Leichnam riss und gierig hinunterschlang.

Bevor die zweite Kreatur sich mir erneut zuwenden konnte, kam Hilfe in Form des einfahrenden Zuges. Mit Erleichterung erkannte ich eine Vielzahl von Mitfahrenden in Abendkleidung. Womöglich hatte im West End eine Premiere stattgefunden. Nach einigen vergnüglichen Stunden im Theater und dem anschließenden Besuch in einem der noblen Restaurants und den Kneipen in der Shaftesbury Avenue kehrten die Leute nun mit guter Laune und vom Alkohol beschwingt nach Hause zurück. Ich würde Schutz in der Menschenmenge finden. Ich war gerettet.

Schnell jedoch wichen meine Hoffnungsschimmer bei dem Anblick des Meeres geisterhafter Leiber, das sich aus den beiden Tunnelöffnungen ergoss. Es war nicht einmal zu erkennen, wie viele der durchsichtigen Geisterwesen es sein mochten. Sie sprangen schwebend auf den Bahnsteig und auf das Dach des nun zum Stehen gekommenen Zuges. Im hellen Licht der Waggons erkannte ich die verdutzten Gesichter der Fahrgäste, die das Heulen hörten und sich der entstellten Fratzen vor den Fenstern bewusst wurden. Mit einem Zischen öffneten sich die Türen, und die Geisterwesen quollen ins Innere.

Erst die panischen Schreie brachten mich wieder zu Bewusstsein und ließen mich rennen.

Ich wählte die erste Tunnelöffnung und hoffte, dass sie zum Ausgang führte. Hinter mir wurden die Schreie, durchsetzt vom Knurren und Fauchen, lauter. Die Menschen kreischten in Todesangst, und ich wusste, dass niemand dieses Gemetzel überleben würde.

Bangen Herzens fragte ich mich, wie viele von diesen gespenstischen, heulenden Geschöpfen in den Schächten der U-Bahn leben mochten. Doch wurde ich schnell aus diesen Gedanken herausgerissen, als ich mir der Geisterkreatur bewusst wurde, die mir folgte. Mit großen Sprüngen setzte sie mir nach.

Ich rannte. Die Lungen brannten mir. Vor mir machte der röhrenförmige Tunnel einen scharfen Knick. Ein Blick zurück zeigte mir, dass das heulende Gespensterding aufholte.

Wieder nach vorn blickend, rannte ich weiter. Als ich den scharfen Knick im Tunnel passierte, traf mich der Schlag völlig unvorbereitet. Etwas, was mich an der Brust getroffen hatte, ließ mich zu Boden gehen. Für Sekundenbruchteile wurde mir schwarz vor Augen. Ich schnappte nach Luft. Dann erkannte ich ein weiteres Gespenst, durchsichtig und die Zähne fletschend. Ich wälzte mich zur Seite, sodass das Geschöpf dicht neben mir auf den Asphalt prallte und laut heulte. Ich sprang auf und wurde einer Rolltreppe gewahr, die nach oben führte. Auf die Treppe zulaufend, bemerkte ich vier weitere Gespensterwesen, die aus den zwei anderen Gängen auf mich zustürmten. Und als ich die Treppe erreichte, machte mir ein lautes Heulen klar, dass auch weiter oben am Ende der Treppe eines der Wesen auf mich wartete.

Leonores Worte kamen mir in den Sinn. »Mich hungert nach dir.«

Am Fuße der Rolltreppe gelang es einem der Geschöpfe, mein Fußgelenk zu packen. Es riss mich zu Boden. Ich spürte die Bewegung der Rolltreppe in meinem Rücken und sah den durchsichtigen Gespensterkreaturen ins Antlitz, deren Zahl mittlerweile auf fünf angewachsen war. Ich dachte an den armen Miles, dem ich nicht hatte helfen können, und daran, dass mich nun das gleiche Schicksal ereilen würde. Doch während ich, schwitzend und verängstigt auf den Stufen der Rolltreppe liegend, langsam aufwärts fuhr, beobachteten mich die Kreaturen lediglich. Sie folgten mir, sprangen um mich herum und schnupperten. Ich erkannte die wilden Augen in den einstmals menschlichen Gesichtern. Am oberen Ende der Rolltreppe angekommen, kroch ich rückwärts auf dem Boden entlang, von den Kreaturen umgeben. Jaulend und heulend verständigten sie sich. Einige von ihnen fassten mich an und nahmen Witterung auf.

Dann ließen sie von mir ab.

Verschwanden, wie sie gekommen waren.

Es schien vorbei.

Nur von Ferne drangen noch leise verzweifelte Schreie an mein Ohr. Ich musste an Miles denken und erinnerte mich seiner Frau und seiner Tochter.

Dann übermannte mich eine schwarze Ohnmacht.

Erst danach war es wirklich vorbei.

»Es war leichtsinnig gewesen, die U-Bahn zu benutzen.«

»Das ist es immer«, antwortete ich.

Leonore fiel mir überglücklich um den Hals, als sie mich sah. »Es hätte Schlimmeres passieren können«, flüsterte sie und küsste mich stürmisch. Nach dem Desaster in der U-Bahn war ich in meine Wohnung zurückgekehrt.

Zu meiner Überraschung hatte Leonore dort auf mich gewartet.

»Sie haben mich nicht angerührt«, sagte ich.

»Weil du einer von ihnen bist, Richard.«

Ich starrte sie an. Mein Herz raste. »Was?«

»Du weißt es.«

Wir sahen einander an. Lange.

Die Erkenntnis war wie ein Schmerz, mit dem ich nicht gerechnet hatte.

»Du hast von meinem Blut getrunken«, sagte ich.

Leonore wich meinem Blick nicht aus. »Du verstehst es also?«

Mir schwindelte.

»Was waren das für Kreaturen?«

»Sukkubi.«

Sie ergriff meine Hand. »Sie spürten, dass du kurz davor bist, einer von ihnen zu werden.«

»Warum hast du das getan?« Meine Stimme zitterte. »Warum, Leonore?« Sie musste gewusst haben, welchem Schicksal sie mich überantwortete, als sie mein Blut trank und mich am Leben ließ.

Tränen traten in die blauen Augen. »Weil ich mich in dich verliebt habe, Richard. Ich habe die Kontrolle verloren. Ich wollte dir kein Leid zufügen, das musst du mir bitte glauben.«

»Was wird jetzt mit mir geschehen?«

Wortlos betrachtete sie mich.

»Du zitterst«, bemerkte ich.

Sie hielt etwas in den Händen, das auf den ersten Blick einem Kugelschreiber ähnlich war, doch als sie die Verschlusskappe abdrehte, erkannte ich, dass es eine scharfe Klinge war. Immer noch wortlos, schlitzte sie sich damit das Handgelenk auf. Ihr blasses Gesicht verzog sich kurz. Dann sah sie mich offen an und sagte mit fester Stimme: »Ich habe mich in dich verliebt, Richard.« Tränen liefen ihr über das Gesicht, als ich wie benommen ihre Hand ergriff und an meine Lippen führte. »Ich habe so etwas noch nie getan«, hörte ich sie sagen, als ich ihr Blut schmeckte. Ich spürte ihre Finger in meinem Haar.

»Es ist deine Entscheidung.«

Sie hielt mir den Arm hin.

»Bitte, bleib bei mir.«

»Du bist einer von ihnen?«

»Eine Sukkubus, ja. Irgendwie schon.« Sie überlegte. »Es ist komplizierter, aber ...«

Mich an ihrem Arm festklammernd, trank ich von ihrem Blut, und nie war ich Leonore näher gewesen als in diesem Augenblick. Ich spürte, dass es auch für sie schmerzhaft war. Dass es sie Kraft kostete, mich zu nähren. »Du wirst bald wieder völlig gesund sein«, versprach sie mir.

Als es vorbei war, lagen wir uns erschöpft in den Armen. Ich küsste sie, und als sich unsere Zungen berührten, fragte ich mich, was sie wohl beim Geschmack des eigenen Blutes empfand. Ganz fest drückte ich den warmen Körper an mich. Spürte ihn atmen. Leonore weinte.

»Was ist los?«

»Ich *bin* eine Sukkubus«, gestand sie mir. »Ich bin so geboren worden.«

Ich schwieg.

»Ich liebe dich, Richard.«

Wir sahen einander an.

»Manchmal passieren einem solche Sachen.«

Sie lächelte still.

»Ja, manchmal passieren Dinge einfach«, flüsterte sie hilflos.

Ich zog sie zu mir und hielt sie fest.

Was mir eine bessere Antwort zu sein schien als alle Worte dieser Welt.

Den nächsten Tag verbrachten wir gemeinsam. Die Wintersonne tauchte die Stadt in ein unwirkliches mattgoldenes Licht. Im Morgengrauen hatte es endlich aufgehört zu schneien. Eng umschlungen betraten wir das *Charnas*. Den Ort, an dem alles begonnen hatte.

Wie damals, so gab es auch an diesem Tag nicht viele Kunden, die sich zwischen den hölzernen, bis zur hohen Decke hinaufreichenden Regalen tummelten, um nach den kleinen Schätzen alter Buchdruckerkunst zu stöbern. Es wurden keine lauten Worte im Laden gewechselt. Das Flüstern vermischte sich mit dem Geräusch in Büchern blätternder Finger. Durch die milchig schmutzigen Fensterscheiben drangen die goldenen Sonnenstrahlen, die in der Luft umhertanzende Staubteilchen sichtbar machten.

Als wir den Laden betraten, grüßte uns der bärtige Ladenbesitzer, der fett hinter der rostigen alten Kasse hockte und über die Ränder seiner Brille hinweg die Kundschaft beäugte.

»Eigentlich«, sagte sie, »wollen wir doch alle nur jemanden an unserer Seite haben, der uns vor dem Einschlafen eine Geschichte erzählt.«

»Du bist wunderbar.«

Wir gingen dorthin, wo ich Leonore zum ersten Mal bemerkt hatte: zu dem Regal mit den Büchern von Dickens, LeFanu und Braddon. Heimlich kramte sie aus ihrer Manteltasche jenes Buch hervor, das für sie von so großer Bedeutung gewesen war. Ehrfürchtig berührte sie das einstmals elegante und nunmehr brüchig wirkende, dunkle Leder. Dann stellte sie es ins Regal zurück.

Als sie mich ansah, lächelte sie zaghaft.

»Das brauche ich jetzt nicht mehr.«

Ich nahm sie bei der Hand und führte sie in die benachbarte Regalreihe. Dort, in der Nähe des Fensters, zog ich einen Einband aus rotem Leder aus dem Regal, blies den Staub vom Buch und zeigte meiner Gefährtin den gut erhaltenen Roman, den ich ihr zum Geschenk zu machen gedachte.

»Du bist Leonore«, sagte ich, als wir das Antiquariat verließen und in den gleißenden Sonnenschein hinaustraten.

Sie umarmte mich freudig.

Das in braunes Papier eingewickelte Buch, das ich ihr gekauft hatte, hielt sie eng an ihren Körper gepresst, als wir vom Leicester Square in Richtung Regent's Park hinaufspazierten. Es war Daphne Du Mauriers »Rebecca«. Leonore wusste, warum.

Es endet in meiner Wohnung in Bermondsey. Draußen ist es kalt, und am Nachmittag hat es wieder zu schneien begonnen. Eine vergilbte Zeitung weht durch die enge Gasse. Die Schlagzeilen beschäftigen sich noch immer mit den Todesfällen in Whitechapel und Kensington. Zeugen, denen niemand Glauben schenkt, berichten von seltsam durchsichtigen Gespenstermenschen, die in der U-Bahn leben sollen. Das Weihnachtsfest steht vor der Tür, und die Menschen eilen durch die Nacht ihren Häusern entgegen.

Ich stehe am Fenster und betrachte die Silhouette der Stadt. Leonore tritt von hinten an mich heran, legt ihre Arme um mich. Die grazilen Hände ertasten mein Gesicht. Ich drehe mich um und sehe meine Gefährtin an. Die blauen Augen, die manchmal in einem so matten Grün glänzen.

Später, vor dem Einschlafen, nehme ich sie in den Arm und küsse ihre Nasenspitze. Meine Hand liegt auf ihrem Bauch, und manchmal spüre ich dort bereits das neue Leben. Dann erfülle ich ihr den Wunsch, der von Beginn an da gewesen ist. Leise flüsternd erzähle ich ihr eine Geschichte. Und selbst wenn ich spüre, dass sie bereits eingeschlafen ist, rede ich weiter.

Jede Nacht.

Nur für sie.

Rauchzeichen

(eine gewissermaßen indianische Geistergeschichte)

Es gibt viele Legenden. Die Krieger vom Stamme der Algokin erzählten sich an den Feuern Geschichten von Geistern. Die guten Geister lebten im Rauch der Pfeifen. Die bösen Geister lebten überall. So war es früher gewesen. Doch die Zeiten ändern sich.

Amelia Guttmundsdottier, Feministin und Nichtraucherin, saß an jenem denkwürdigen Tag an ihrem Stammtisch im »Chez Paul«, dem wohl delikatesten Nobelrestaurant der 5th Avenue, vertilgte geistesabwesend eine Portion norditalienischer Nouvelle Cuisine und beobachtete so unauffällig wie nur möglich den korpulenten Mann im schwarzgrauen Armani, der am Nebentisch genüsslich im Tagesmenü (gegrillten Crevetten in einer Marinade aus Schalotten, Weißwein und Waldpilzen) herumstocherte: ihr Opfer.

Der Mann war Philip E. Norris, seines Zeichens multimillionenschwerer Zigaretten-Tycoon, ein Dorn im Auge eines jeden Nichtrauchers, ein Verführer der Massen, ein Feind der Gesundheit, ein qualmendes Geschwür der Gesellschaft.

So jedenfalls sah es Amelia Guttmundsdottier.

So sah es ihr Freund.

Und ihre Gleichgesinnten.

Beim Gedanken an das Schicksal des Mannes, der keine fünf Schritte von ihr entfernt ahnungslos dinierte, lächelte Amelia still in sich hinein.

Ja, er war ihr Opfer.

Seit Wochen schon folgte sie ihm. Sie war sein Schatten. Glooskap, ihr Freund, hatte ihr das Anschleichen und unauffällige Beschatten beigebracht. Glooskap lebte in Brooklyn und gehörte dem Stamm der Algokin an. Er trug Bluejeans, mochte Johnny Cash und Willi Nelson und sammelte Vinyls von Marianne Faithful.

»Wir werden ihn fangen, wie man früher den unvorsichtigen Biber gefangen hat«, hatte Faithful (denn so nannte Amelia ihn insgeheim) gesagt und nie einen Zweifel daran gelassen, dass ihr Plan gelingen würde. »Wir müssen es tun, denn sonst bringt er Unheil über die Welt.«

»Du glaubst wirklich, dass es funktioniert?«

Stoisch hatte er genickt und die Arme dabei über der Brust gekreuzt.

Amelia vertraute ihrem Freund.

Deswegen war sie jetzt hier.

Stück um Stück hatten sie den großen Coup geplant.

»Sie«, das waren Amelia Guttmundsdottier, Faithful – und die Angehörigen, Mitverschwörer, Kreuzritter und Gleichgesinnten. Einen glorreichen Namen trug ihre Verbindung: sie waren die »Volksfront für ein raucherfreies Amerika«.

Ja, sie würden diesen dicken Mann bekehren, erretten, ihn wieder auf den rechten Weg zurückführen.

Angewidert verfolgte Amelia, wie sich Philip E. Norris eine phallusartige Zigarre in den Mund schob, sie entzündete und genüsslich daran zu saugen begann, sich im Sessel zurücklehnte und obszöne Rauchkringel in die Luft blies.

Wie abstoßend dieser Mann doch war. Faithful hatte ihr erklärt, dass der Rauch einmal voller guter Geister gewesen war. Die Pflanzen und die ganze Welt hatten durch den Rauch zu jenen gesprochen, die ihn eingeatmet hatten. Doch dann war der weiße Mann gekommen, hatte sich das Land zu eigen gemacht und mit dem Land auch den Rauch.

»Heute leben nur noch böse Geister in dem Rauch«, hatte Faithful gesagt. Und Faithful musste es wissen, denn Faithful wusste solche Dinge. Er war Algokin, da biss die Maus keinen Faden ab.

»Es ist das Schlechte im Menschen«, hatte Amelia geantwortet, »das der Rauch zum Leben erweckt.«

Faithful hatte genickt.

Wie recht er doch hatte!

Ein Schauer lief Amelia über den Rücken, als sie den Tycoon beobachtete. Es war widerlich, was er da tat, trotzte jedem guten Geschmack. Wie ein gestrandeter Wal lag er in dem Sessel und lutschte an dem braunen glimmenden Teil.

Sie wendete den Blick ab, ließ den Ober kommen und zahlte.

Sie musste bereit sein, wenn Norris zu gehen gedachte. Folgen würde sie ihm, schattengleich und schnell, wie die Schlange sich durchs hohe Gras bewegt. So, wie sie es seit Wochen schon tat. Nie hatte er Verdacht geschöpft, was an ihrem unauffälligen Auftreten liegen mochte: Hornbrille, zopfgeflochtene Haare, grauer Mantel. Es war ihr strenges, humorloses, emanzipatorisches Wesen, das die Männer das Weite suchen ließ. Sie war nicht der Typ Frau, dem die Männer wie räudige Rüden hinterherstarrten. Sie war kühl. Schlau. Faithful hatte das erkannt. Er hatte ihr hinterhergestarrt. Er hatte sie angesprochen. Faithful war eben ein Algokin-Indianer.

Wie auch immer – kurz nachdem sie die Rechnung beglichen hatte, verließ Norris das »Chez Paul«. Der rauchkringelpustende Fleischberg erhob sich schwerfällig, die wulstigen Lippen formulierten einen Scherz, ein Ober flitzte mit Mantel, Hut und Schal herbei und half dem Tycoon, in die Sachen zu schlüpfen. Das katzbuckelnde Personal lächelte, und Norris wankte nach draußen.

Amelia Guttmundsdottier, die jetzt wie eine Schlange im hohen Gras war, folgte ihm.

Ein eisiger Wind fegte durch die Straßenschluchten.

Der Big Apple war in einem schneelosen Winter erstarrt. Autos hupten wütend, und Passanten rasten ungeduldig. Die Luft war voller Rauchschwaden, Abgase, ekligen Gerüchen.

Ja, dies war die Welt des Philip Norris. Amelia schluckte wütend. Die Welt der Raucher, Abhängigen, Süchtigen, Gewalttätigen, Sexbesessenen. Es waren Leute wie Norris, die man dafür zur Verantwortung ziehen musste. Oh ja, Leute wie dieser kleine dicke Mann, der schnaubend und keuchend vor ihr den Gehweg entlangwatschelte.

Und es waren Leute wie sie, Amelia Guttmundsdottier, Faithful und all die anderen, die der Welt die Rettung bringen würden.

»Man muss böse Geister bekämpfen, wenn man sie sieht.« Hatte Faithful gesagt.

»Du siehst sie?« Eigentlich war es gar keine Frage gewesen.

»Ich bin Algokin«, hatte Faithful erwidert.

Gut so!

Norris jedenfalls ging Richtung Madison Square. Das tat er jeden Nachmittag, sein Ritual. Er latschte zur Pennsylvania Station, nahm von dort aus die Bahn und fuhr zu seinem Büro in Union City.

Doch heute würde er dort nicht angekommen. Heute würden sie zuschlagen.

Es war so weit.

Zwei Mitverschwörern war Amelia unterwegs begegnet. Zeichen hatten sie sich gegeben, geheime Signale ausgetauscht.

Norris war ahnungslos.

Die Falle konnte zuschnappen.

An der nächsten Ecke kam ein heulender und quietschender Chevy neben dem Gehweg zum Stehen. Drei maskierte Gestalten sprangen Ninja-gleich aus dem Wagen, packten den dicken Mann drohend und sich überaus wild gebärdend, zerrten ihn ins Wageninnere, zertraten seine Zigarre, knebelten ihn blitzschnell und gekonnt, verbanden seine Augen, machten ihm Angst.

Verwirrte Passanten beobachteten alles interessiert. Keiner rührte einen Finger.

Gut so!

Amelia stand inmitten dieser trägen Passanten (von denen einige rauchten).

»Tod den Rauchern!«, schrie einer der Maskierten (es war eine Frauenstimme).

Ein anderer Maskierter warf Flugblätter in die Luft.

Türen knallten, Reifen quietschten, der Motor heulte auf. Der Chevy verschwand im dichten Verkehr, wurde auch zu einer Schlange im Gras.

Perfekt!

Amelia atmete durch. Hoch erhobenen Hauptes verließ sie die Ansammlung Flugblätter lesender New Yorker – und ein wunderbarer Gedanke bemächtigte sich ihrer: Jetzt gehört P. E. Norris uns!

Glooskap war ein mächtiger Krieger gewesen. Er eroberte die Kewawkqu' und die Medocolins. Er war stolz. Er war groß. Er war ein Gott. Er fing den Sommer ein und den Winter und machte sie sich untertan. Doch die Zeiten änderten sich. Glooskap verließ die Plains und ging in die Stadt. Dorthin, wo die Geister im Rauch lebten. Dorthin, wo eine Schlacht zu schlagen war. Eine Schlacht, von der das Wohl der Menschheit abhing.

Dunkelheit umgab ihn. Feuchte, erdige Dunkelheit.

Etwas war dort, scharrte in dieser Nacht. Ein wuselndes, nagendes Etwas.

Wo war er?

Wohin hatten diese Irren ihn verschleppt? Was, zum Teufel, wollten sie überhaupt von ihm? Geld, so hatte ihm eine verzerrte Stimme verkündet, war es nicht. Was aber konnte es dann sein?

Norris hatte keine Ahnung, warum man ihn entführt und in dieses stinkende Kellerloch gesperrt hatte. Es war eine Frechheit, ungeheuerlich! Ihm gehörte der größte Tabakwarenkonzern der Welt. Er besaß Marktanteile, die Prozentrechnung nahezu überflüssig machten. Er war der Gott der Branche. Ja, ein Gott, verdammt noch mal!

Norris – allein sein Name war jenen, die rauchten, heilig. Er persönlich hatte die legendären Slogans »Test the Best« und »Heute schon geraucht?« erfunden. Er selbst hatte den feinporigen Filter kreiert, die Langzeit-Zigarette und den wasserresistenten kubanischen Zigarillo. Ganz zu schweigen von den sich noch in der Testphase befindlichen Produkten, Innovationen, welche die Welt noch nie gesehen hatte (besonderes Augenmerk lag auf den Ungefilterten für Asthmatiker). Er hatte die Branche revolutioniert. Er hatte dem Wort »rauchen« einen neuen Sinn gegeben.

War dies hier der Welten Dank für seine Taten?

Er war eine Persönlichkeit, Weltveränderer und Celebrity in einem.

Jetzt saß er in diesem Kellerloch fest und war ein Gefangener dieser Irren, die sich die »Volksfront für ein raucherfreies Amerika« nannten. VferA. Idioten! Er hasste Menschen dieses Schlags.

All das Gerede über Gesundheitsschädlichkeit war doch ausgemachter Blödsinn. Propagandageschwätz milchbubihafter Körnerfresser und spargeldürrer Kleie-Anbeter.

Herrje, was für ein Bullshit!

Er selbst, Philip Emilio Norris, hatte sein ganzes Leben lang geraucht. Er hatte als lederjackenstarker Jugendlicher damit begonnen, es als Student kultiviert. Mit einer Zigarette im Mundwinkel hatten sie den Vietcong in den Arsch getreten und Amerikas Ehre verteidigt. Mit Nikotin und Koffein hatte er die Spitze eines mittelmäßigen Tabak-Ex-und-Import-Geschäfts erklommen und die Firma dann auf Weltklasseniveau gebracht. Er rauchte vor dem Sex und danach (und manchmal auch dabei), und, bei Gott, er hatte niemals schlapp gemacht. Norris wusste es einfach: Rauchen war gesund! Die Werbekampagnen »Wir rauchen für Olympia« und »Kleinkinder atmen anders«, gekoppelt mit den Studien »Tabak und Talentförderung« sowie »Lernleistung zum Selberdrehen« (durchgeführt von namhaften pädagogischen Instituten), würden Neuland erschließen.

Er war ein Menschenfreund!

Punkt, aus!

Und nun das hier!

»Wir werden Sie heilen«, hatte einer der Irren gesagt. »Sie werden uns dankbar sein.«

Einen Teufel werde ich, hatte Norris gedacht, aber der feuchte Knebel in seinem Mund hatte ihm das Recht auf freie Meinungsäußerung verwehrt. Oh, diese verfluchten Hunde.

Was hatten sie bloß mit ihm vor?

Wollten sie ihn bekehren? War es das?

Nicht mit mir, grollte er trotzig und lauschte dem Scharren der Tiere in der Dunkelheit. Nein, nein, nein. Er würde ihnen die Zähne zeigen und sich ihnen widersetzen, was auch immer sie mit ihm vorhatten. Sie würden erfahren, was es hieß, sich mit ihm anzulegen.

Am Ende würden die Körnerfresser in den Knast wandern und dort die Seife aufheben dürfen.

Ja, der Gedanke gefiel ihm.

Nur ...

Vorerst geschah nichts dergleichen.

Das war etwas, was ihn ängstigte. Ein wenig nur, aber ...

Suchte niemand nach ihm? Was war mit der Öffentlichkeit? Seit mehr als vier Stunden hockte er in dieser Dunkelheit (glaubte er), und keine Menschenseele hatte sich mehr blicken lassen.

Norris wurde nervös.

Er war allein, einsam – und sauer, richtig sauer, weil er seit vier Stunden keine mehr hatte rauchen können.

Verdammt, verdammt!

Er seufzte.

Musste sich eingestehen, dass man ihn überlistet hatte. Die Gedanken hallten in seinem Schädel, und was sie riefen, gefiel ihm ganz und gar nicht. Er, der mächtigste Mann der Tabakwarenbranche, war in der Hand militanter Nichtraucher. Norris fiel im Augenblick nichts ein, was schlimmer hätte sein können.

Die guten Geister lebten im Rauch der Pfeifen, weil sie zu atmen begannen, wenn das Feuer die Gaben der Natur umarmte. Gräser und Sträucher wurden getrocknet. Manchmal auch Eulenfedern. Doch schon die Alten wussten davor zu warnen, dass man nichts Widernatürliches verbrennen sollte. Dann würden die bösen Geister im Rauch leben. Es gab Medizinmänner, die böse waren. Medizinmänner, die den Rauch beschworen. Auch davon wussten die Alten zu berichten.

»Er hat sich kaum gewehrt.« Peter kaute Pinienkerne.

»Er ist listig«, gab Faithful zu bedenken.

Amelia Guttmundsdottier nickte zufrieden. Sie schaute aus dem großen Fenster hinaus auf den East River. Manhattan qualmte vor sich hin, ebenso die Williamsburg-Bridge und der Rest dieser nikotinverseuchten Stadt.

Amelia und die anderen Mitglieder der VferA befanden sich in einem ausgedienten Lagergebäude im Hafengebiet von Brooklyn. Nach Meinung aller Beteiligten war dies ein gutes Versteck.

»Wir sollten jetzt nach unten gehen«, schlug Tim vor und strich sich eine Strähne des dichten blonden Haars aus dem bebrillten Gesicht. Amelia kannte Tim seit der gemeinsamen Studienzeit an der Columbia. Im Gegensatz zu Tim, der durchtrainiert und sportlich wirkte, war Peter der Nerd der Truppe. Die schlaksige Körperhaltung, das strähnige Haar und der abwesende, arrogante Blick hatten noch nie Zweifel daran aufkommen lassen, dass Peter dazu auserkoren war, bei den Naturwissenschaften zu landen.

»Amelia?«

»Du wirkst besorgt.«

Peter nickte. »Er könnte durchdrehen.«

»Dann dreht er eben durch.« Das war Nummer drei im Team. Anne deLillo war eine lesbische Schriftstellerin, deren letztes Werk, eine Dokumentation über die Diskriminierung der Frau im amerikanischen Zeichentrickfilm der 50er Jahre, heftig in die Kritik geraten war. Der Verlag hatte ihr den Vertrag gekündigt, weil sie, so behaupteten die Juristen, »unsauber recherchiert« habe. »Lasst ihn doch durchdrehen. Verdient hat er es.« Anne deLillo war Radikale. Von ihr stammte der Vorschlag, die Genitalien des Tabakwarentycoons in einer Packung »Norris' Echte« an den Konzern zurückzuschicken, um die Forderungen zu untermauern. »Wir sollten die frauenfeindlichen Aspekte des Rauchens stärker betonen«, war ihre Forderung gewesen.

Das Kollektiv hatte diesen Vorschlag abgelehnt.

»Vor einer Stunde brachten sie es auf NBC«, verkündete Faithful, als er den Raum betrat. Er wirkte stolz und stark, wie ein Häuptling, selbst hier in dem kleinen Raum, der einmal ein Büro gewesen war. »Topmanager von Nichtraucherbewegung entführt.« So lautete die Schlagzeile.

»Ich finde, das klingt zu harmlos«, schimpfte Anne. »Wir sind keine Bewegung, wir sind eine Volksfront.« Sie wirkte grimmig. »Wir sind radikal.«

»Du bist radikal«, entgegnete Faithful.

»Haben sie das Flugblatt vorgelesen?« Amelia konzentrierte sich auf das Wichtige.

Faithful nickte.

»Dann wissen sie jetzt, dass wir es ernst meinen.« Amelia Guttmundsdottier betrachtete die Runde der Verschwörer. »Wenn die Welt P.E. Norris wiedersieht, dann wird er das sein, was er sich nie zu sein erträumt hat.«

Anne und Tim grinsten breit.

Peter wirkte geistesabwesend.

Faithful wusste, wie dieser Gedankengang enden würde.

Und Amelia sagte: »Norris wird ein überzeugter Nichtraucher sein, wenn er uns verlässt.«

Die eiserne Tür zu Norris' düsterem Verlies öffnete sich mit einem rostigen Krächzen. Licht strömte in den muffigen Raum und blendete die empfindsamen Augen des Gefangenen. Norris nahm die Silhouetten von mehreren Personen wahr, die nun, eine nach der anderen, den Raum betraten. Wie viel Zeit vergangen war, seit sie ihn hergebracht hatten, vermochte er nicht zu sagen. In der Zwischenzeit hatte er zweimal seine Blase entleert, das Rebellieren seines Magens ignorierte er noch standhaft.

»Willkommen«, begrüßte ihn eine Frauenstimme. Die Silhouette dazu stand im Türrahmen.

Norris blinzelte ins grelle Licht.

Alle Personen – es waren vier – trugen Motorradmützen, die nichts als einen geschlitzten Blick auf die Augen der Träger erlaubten.

»Ich bin die Vorsitzende der VferA«, stellte sich die Frau vor. »Wir haben Sie hierher gebracht, weil Sie uns zu diesem notwendigen, wenn auch drastischen Schritt gezwungen haben.« Sie machte eine kurze Pause. »Ja, Mr Norris, die von Ihnen zu verantwortende zunehmende Verunreinigung der Welt mit Tabakwaren ließ uns keine andere Wahl.«

Norris hustete.

Ein Maskierter prüfte seinen Puls, nickte der Anführerin zu.

Norris war wütend. Was sollte dieses Geschwätz? Wollten sie sein Verständnis? Das bestärkte ihn nur in seinem guten Vorsatz, nicht die geringste Schwäche zu zeigen.

»Was wollen Sie von mir?«

»Wir wollen das, was alle Entführer bezwecken. Aufmerksamkeit. Wir wollen ein Ziel erreichen.«

»Wir haben Ideale«, sagte ein anderer Maskierter.

»Wir sind radikal«, sagte eine Frauenstimme.

»Lösegeld?«

»Nein!« Ganz entschieden.

»Spucken Sie es schon aus.«

Die Frauensilhouette seufzte. »Sie selbst sind ebenfalls Raucher, Mr Norris. Und das, obwohl Sie wissen, wie schädlich eine Zigarette ist. Ich persönlich betrachte ein derartiges Verhalten schlichtweg als dumm. Eine normale Zigarette enthält mehr als viertausend Schadstoffe verschiedenster Art. Mehr als fünfhundert davon sind nachweislich krebserregend. Hinzu kommen noch vielfältige Nebenwirkungen: Nervosität, schlechter Atem, Potenzstörungen, Antiintoxikation, gelbe Zähne. Die Liste ließe sich beliebig fortsetzen.«

»Dummes Geschwätz!«

»Ach ja?«

Jetzt war es wohl an der Zeit, einige Gegenargumente aufzuführen. »Jeder fünfte Mensch in unserem Land ist Raucher. Wollen sie alle diese Menschen als Idioten abstempeln? Die Menschen wissen, was sie tun. Es gibt Leute, die wirklich rauchen wollen.«

»Tabak ist eine Droge«, sagte die andere Frau. »Sie bringt das Schlechte im Mann hervor.«

Was sollte denn das?

»Die bösen Geister leben im Rauch«, sagte ein Mann, der bisher geschwiegen hatte.

»Was habe ich damit zu tun?«, fragte Norris.

»Es ist eine Sucht. Eine Krankheit. Menschen, die süchtig sind, sind nicht mehr dazu in der Lage, Entscheidungen zu fällen. Die Droge wird zum Mittelpunkt ihres jämmerlichen Lebens.«

»Die Geister ergreifen Besitz von ihnen«, sagte der Mann.

Und die Anführerin sagte: »Sie stellen die Droge her. Sie verkaufen sie. Sie sind der Dealer.«

Norris sog abfällig Luft durch die Nase ein und schnaufte wie ein Bison.

»Blödsinn!«

»Nein, Mr Norris, kein Blödsinn. Wäre uns diese Sache nicht so ernst, dann wären Sie wohl kaum unser Gast.«

»Pah, Gast.«

Die Vermummte überhörte die Bemerkung. »Wir werden kein Lösegeld verlangen. Nein, wir fordern etwas weitaus Sinnvolleres als schnöden Mammon.«

»Ich bin gespannt«, spottete Norris.

Die Vermummte schwieg kurz, sagte dann: »Der Norris Konzern erhält eine Auflage. Eine sehr strenge Auflage. Die Tabakproduktion soll um fünfzig Prozent gesenkt werden.«

Ein dürrer Vermummter sagte: »Angebotspolitik.«

»Das Angebot bestimmt die Nachfrage. Senkt man das Angebot, dann sinkt auch die Nachfrage. Das ist der erste Schritt.«

Wider Erwarten musste Norris grinsen, fleischig und breit. Die Kleiefresser waren wirklich verrückter, als er vermutet hatte.

»Ich sehe Ihrem Gesicht an, dass Sie uns nicht glauben.«

Er sagte nichts.

»Wenn der Norris-Konzern unseren Forderungen nicht innerhalb der nächsten fünf Tage nachkommt, dann wird dies weitreichende Folgen haben. Für Sie, Mr Norris, für Sie!« Ihre Stimme wurde bedrohlicher. Was Norris beunruhigte, war nicht das, was sie sagte, sondern der Tonfall, in dem sie es sagte. Ruhig, überlegen, die Stimme einer Fanatischen.

»Sollte der Konzern den Forderungen nicht nachkommen«, sagte die andere Frau, »dann wird jeden Tag ein Körperteil an das Management geschickt. Ein Teil Ihres Körpers, Mr Norris.«

Norris wurde bleich.

Ja, das traute er den Irren zu.

»Ist das Ihr Ernst?«

»Wir sind entschlossen.«

»Und radikal!«

»Lassen Sie den Blödsinn. Lassen Sie mich laufen, und die Sache ist vergeben und vergessen. Sie werden Ärger bekommen. Ich bin ein mächtiger Mann.«

»Nicht so mächtig, wie Sie denken«, sagte der große Mann mit der tiefen Stimme.

»Wir werden mit den Fingern der rechten Hand beginnen und fangen dann nächste Woche Donnerstag mit der linken Hand an. Jeden Tag ein Finger.«

Norris schluckte.

Er war in der Gewalt gewalttätiger Gesundheitsfanatiker. Was sollte er nur tun?

Plötzlich, wie ein Schlag in die Magengegend, übermannte ihn ein Drang, den er fast schon vergessen hatte.

»Ich kann Ihre Gedanken lesen«, sagte die Vermummte im Türrahmen.

Er begann zu schwitzen. Eine Zigarette, ja, das war es, was er jetzt brauchte. In Stresssituationen musste er rauchen – und ohne Zigarette war er der Ritter ohne Rüstung.

»Sie haben seit fünf Stunden nicht mehr geraucht.«

Norris kamen jetzt fast die Tränen.

»Hier!« Die Maskierte warf ihm eine Schachtel Zigaretten vor die Füße. Hektisch packte Norris die Schachtel, riss sie gierig auf und fingerte einen Stängel hervor.

»Wir werden Sie jetzt verlassen, Mr Norris«, sagte die Frauenstimme. Und ohne eine Antwort abzuwarten, verließen die Maskierten den Raum, und es wurde wieder Nacht.

Als sie fort waren, begann Norris die Taschen seines Anzugs zu durchsuchen, eine nach der anderen. Die Kippe hing ihm lose im Mundwinkel. Ganz heiß wurde ihm mit einem Mal. Dann begann er zu fluchen. Die Kleiefresser hatten ihn gefilzt. Sie hatten sein Feuerzeug mitgenommen. Die Streichhölzer ebenso.

Mein Gott, sie hatten ihn in der Hand!

Langsam kroch Norris durch die Dunkelheit zu seiner Matratze, kauerte dort und trauerte um das lebenswichtige Feuer. Die Zigarette hing kalt und nutzlos zwischen seinen Lippen.

Leise und wütend begann er schließlich zu weinen.

Glooskap suchte sich Verbündete in der Welt der Menschen. Denn er konnte die Geister nicht allein bekämpfen. Der Medizinmann, der die bösen Geister heraufbeschworen hatte, musste ihnen aus freiem Willen abschwören. Nur er hatte die Macht dazu. So war es immer schon gewesen.

»Glaubst du, er hat es geschluckt?«, fragte Anne.

»Die Sache mit den Fingern?«

»Ja.«

»Du warst überzeugend«, sagte Tim.

Anna und Amelia befanden sich in einem der ausgedienten Büroräume.

»Er wird die Geister sehen, die er heraufbeschworen hat«, sagte Faithful nur.

»Wann geben wir ihm sein Feuerzeug zurück?«, fragte Anne.

»In etwa einer Stunde«, sagte Faithful.

Bis dahin würden sie alle sich eine wohlverdiente Ruhepause gönnen. Tim bewachte das Verlies im Keller, und Peter verfolgte die Sache in den Medien.

Man muss die Zeit verstehen, dann wird sie zu einer Verbündeten. Das sagten die Huronen vom großen See. Glooskap kannte die Zeit.

Während Anna deLillo in ihrem Lieblingsbuch las (der Autobiografie einer Krankenschwester, die Ende der 50er Jahre in Providence eine Frauenbewegung ins Leben gerufen hat), hing Amelia ihren Gedanken nach.

Sie erinnerte sich.

An ihre Kindheit, die abrupt endete, als ihr Vater an Lungenkrebs starb. An den zweiten Ehemann ihrer Mutter, einen Polizisten, der von einem Halbstarken erschossen wurde, als er ihn beim Plündern eines Tabakwarenladens erwischte. An ihre Zeit an der Columbia, wo sie Philosophie und Nahrungsmittelchemie studiert und erstmals auf die Antiraucherbewegung »Grauer Sonntag« aufmerksam geworden war. An ihre erste große Liebe, den norwegischen Naturheilkundler Nils Guttmundsdottier, der nach zwei glücklichen Ehejahren ums Leben kam, als ein Truck, der Zigaretten transportierte, auf der Interstate 261 in seinen Buick raste. An die Gründung der VferA und die langwierige Planung der Aktion, die nun in vollem Gange war.

Amelia war zufrieden mit sich.

Immer wieder hatten Tabakwaren ihr Leben gekreuzt und verändert. Sie hasste das Zeug, und sie hatte Ideale, an denen sie festhielt. Jetzt war sie am Zug. Das erklärte Ziel der VferA war ein Amerika, in dem sich die Nichtraucher frei bewegen konnten.

Sicher – die Staaten waren bereits ein (in dieser Hinsicht) fortschrittliches Land. Anfang des Jahres lief bei Chrysler in Detroit das erste Auto ohne Aschenbecher vom Fließband. Die Regierung plante eine Verdreifachung der Zigarettensteuer, und die Food & Drug Administration hatte gute Chancen, Zigaretten per Gesetz als Droge ächten zu lassen. Strafgefangene konnten ihr Recht auf eine Nichtraucherzelle durchsetzen, und an immer mehr Arbeitsplätzen herrschte striktes Rauchverbot.

Aber war das genug?

NEIN!

Dies konnte nur ein Anfang sein.

Eine raucherfreie Gesellschaft – DAS war das Ziel, das die VferA anstrebte.

Amelia hatte die Augen geschlossen und dachte an Norris, der in seiner Zelle schmorte und ahnungslos war. SO ahnungslos, wie ein Mensch nur sein konnte. Er hatte den Bluff nicht durchschaut (wie hätte er das auch tun können?). Dabei hätte sie nie gedacht, dass es dermaßen einfach sein würde, ihn hinters Licht zu führen.

»Du bist voller Ideale«, hatte Faithful ihr einmal gesagt.

»Du bist ein wahrer Häuptling«, hatte sie lächelnd entgegnet.

Er hatte sie geküsst und gesagt: »Ich bin ein Gott.«

Amelia wusste nie, ob er scherzte, wenn er so etwas sagte. Sie fragte auch nicht weiter nach. Wenn sie allein waren, dann zeigte er ihr manchmal, dass er ein Gott war. Das sollte genügen.

Außerdem war das jetzt nicht wichtig.

In etwa einer Stunde würden sie die erste der fünf Phasen, in die Norris' Bekehrung aufgeteilt war, beenden. Die erste Phase bedeutete harten Entzug. Für einen Kettenraucher vom Schlage des Gefangenen bedeuteten zwei Tage ohne einen einzigen Zug schlichtweg die Hölle.

Phase zwei würde vier Tage andauern. Norris bekäme ausreichend Zigaretten, Zigarren und Zigarillos UND ein Feuerzeug. Er würde rauchen wie ein Schlot.

Dann käme die dritte Phase: sie würden Norris eröffnen, WAS er in den vergangenen Tagen geraucht hatte. Amelia konnte diesen Augenblick, den Ausdruck in seinen Augen, kaum mehr erwarten.

Phase vier und fünf würden das in Phase drei erreichte Ergebnis festigen.

Ein teuflisches Lächeln breitete sich auf Amelias blassem, vornehmem Gesicht aus.

Norris, dachte sie, wird nie wieder rauchen – und das Beste wird sein: er würde es, mehr oder weniger freiwillig, sogar der Öffentlichkeit mitteilen. Zur allerbesten Sendezeit.

Wenn man den bösen Medizinmann überzeugt hat, dann wird er die bösen Geister vertreiben. Dann wird aus dem bösen Medizinmann ein guter Medizinmann. Und der Rauch wird wieder rein sein.

Während Amelia Guttmundsdottier mit geschlossenen Augen ihren Gedanken nachhing, kauerte Norris, blind wie eine Amöbe, auf seiner Matratze, zermarterte sich das Gehirn mit Mutmaßungen über sein weiteres Schicksal – und hatte Angst. Die Kleiefresser hatten es doch tatsächlich geschafft, ihm Angst zu machen.

Sie hatten ihn in der Hand.

Seit Stunden oder Tagen (wer wusste das schon?) hatte er keine mehr geraucht. Er fühlte sich mies, wirklich dreckig ging es ihm. Immer wieder war er für kurze Zeit in unruhigen Schlaf gefallen, und wabernde Halluzinationen hatten ihn bestürmt. In seine Kindheit führten sie ihn zurück, zur allerersten Zigarette. Menschen mit qualmenden Nasenlöchern bevölkerten seine Welt, die Gesichter verschwammen im dichten Rauch zu losen Konturen. Das Bild eines langbeinigen Models tauchte auf, fiebernd fantasierte er sich in ihr Schlafzimmer, und als sie den Reißverschluss seiner Hose mit ihren langen Fingern öffnete, da ragte dort anstelle einer Erektion eine weiße, ihn verspottende Zigarette der Marke »Norris' Echte« aus seinem Unterleib.

Norris erwachte schreiend.

Er heulte.

Zitterte.

Irgendwann öffnete sich ein Licht in der Dunkelheit, und eine Kleiefresser-Silhouette warf ihm ein Feuerzeug vor die Füße. Worte wurden nicht gewechselt. Der Kleiefresser verschwand so schnell, wie er aufgetaucht war.

Es wurde wieder dunkel.

Mit gierigem Tastsinn kroch Norris über den schmutzigen Steinboden, und als seine wunden Finger das Feuerzeug fanden, da grinste er grimmig.

In hektischer Eile fummelte er an einer Schachtel Zigaretten, öffnete sie, zerrte eine Kippe heraus, führte sie zum Mund, erzeugte mit einem einzigen Fingerschnippen ein loderndes Aufflammen, begann zu saugen, zu inhalieren, zu paffen.

Er war wieder im Himmel!

Dennoch – etwas schmeckte nicht richtig. Anders, irgendwie. Unter dem altbekannten Geschmack schien etwas anderes zu liegen. Was, das konnte er nicht sagen.

Unwichtig!

Eine Kippe ist eine Kippe ist eine Kippe!

Norris begann sich zu beruhigen. Alles würde gut werden. Da war er sich sicher. Ja, jetzt würde alles wieder gut werden. Irgendwie.

Ein böser Geist ist wie ein Dachs, grimmig und hartnäckig. In seinem Erdloch kann man ihn nur schwer entdecken, den Dachs. Mit dem bösen Geist verhält es sich genauso.

Die Sache war in den Medien.

»Die Entführung ist DAS Thema überhaupt«, sagte ein stolzer Peter vor versammelter VferA. »Die Nation leidet, zittert, wartet, ist gespannt.«

»Noch zwei Tage«, stellte Anne fest, »und wir können Phase drei einläuten.«

»Sagten sie etwas über die Hunde?«

»Nein, nichts.«

»Gut.« Amelia lächelte.

Faithful stand mit verschränkten Armen da, ganz der Häuptling.

Die anderen Götter hatten ihn gefragt, warum er nach New York ging.

»Ich bin verliebt«, hatte Glooskap gesagt.

»In eine Menschenfrau?«

»Ich bin ein Gott«, hatte Glooskap erwidert. »Ich kann mich verlieben, in wen ich will.«

Die Öffentlichkeit wusste wenig über das Privatleben des mächtigen Tycoons. Und zu den vielen Dingen, die der Öffentlichkeit nicht bekannt waren, gehörte die Tatsache, dass Norris ein Hundeliebhaber war. Er vergötterte die kläffenden Vierbeiner, besaß eine eigene Zuchtstation für blaublütige Rassehunde, investierte in Windhundrennen und Fuchsjagden und hielt selbst fünf wettkampfprämierte Deutsche Schäferhunde in seinem Loft in Manhattan. Drei der Rassehunde waren auf rätselhafte Art und Weise verschwunden. Zwei Mitglieder der VferA hatten sie aus der Zuchtstation am MIT entwendet, nachdem die Rüden gerade ihrer Pflicht nachgekommen waren, ausgesuchteste adelige Windhundedamen zu besteigen und ihren edlen, einzigartigen Hundesamen der guten Sache zu spenden, in die Norris Unsummen investierte.

Nichts von alle dem erschien in den Medien. Keiner sah einen Zusammenhang zwischen der Entführung des Konzernchefs und dem Abhandenkommen der drei Hunde.

Amelias Plan ging auf.

Faithful hatte es gewusst.

In zwei Tagen würden sie Norris davon in Kenntnis setzen, was mit seinen Hunden geschehen war. Bis dahin mussten sich die Mitglieder der VferA in Geduld üben und den Dingen ihren Lauf lassen.

Otterherz war ein Jäger. Er fing Hasen, um den Wolf zu fangen. Er fing Fliegen, um den Fisch zu fangen. So ist nun mal der Lauf der Welt.

Die Tage vergingen für Norris in ewiger Dunkelheit. Das Verlies war feucht, erdig, beängstigend. Norris hatte jegliches Zeitgefühl verloren, da seine Tage finster waren wie die Nächte. In gewissen Abständen kam ein Kleiefresser ins Verlies und stellte ihm Nahrung in die Zelle. Fast Food, Salate, klebrige Körnerbreie, Obst, Säfte – kurz: nichts, was annähernd schmackhaft war. Kein Steak, keine Wurst, kein Wein. Kein Sushi, nicht mal das.

Dann, nach zwei Tagen (oder waren es drei Wochen, fünf Jahre?), öffnete sich die Eisentür, und die Mitglieder der VferA sprachen zu ihm.

Jemand drückte ihm einen Camcorder in die Hand.

»Mr Norris, wir haben Sie gut behandelt während der letzten Tage.«

Er grummelte eine Antwort.

»Nun bitten wir Sie, sich die folgende Aufzeichnung anzusehen.«

Mit diesen Worten startete sie das Gerät. Ein leises Surren erfüllte die Zelle.

»Ich werde Ihnen die Bilder erläutern, wenn Sie möchten«, sagte die Frau.

Was, zur Hölle, hatten sie jetzt schon wieder mit ihm vor? Sollte er sich einen Film über Lungenkrebs anschauen? Über die negativen Auswirkungen seiner Geschäftspolitik?

Oh, diese Kleiefresser!

Der Film begann.

Norris starrte mit rot geränderten Augen auf den Bildschirm.

Drei seiner Lieblinge tummelten sich in einem Zimmer. Brutus, Nero und Caesar. Wunderschöne Windhunde mit glänzendem Fell und spitzen Ohren, gesunden Zähnen, überschäumend vor Lebenslust und Vitalität. Sein ganzer Stolz, seine Kinder.

»Was ...«

»Ich denke, Sie kennen diese Tiere.«

»Was haben Sie mit ihnen gemacht?« Furcht lebte in seiner Stimme.

»Die Tiere wurden am gleichen Tag entführt wie Sie, Mr Norris.«

»Was soll das?«

Der Riese trat vor. »Ein indianisches Ritual«, dröhnte seine Stimme. Und dann sprach er es aus: »Mumifizierung.«

Norris schwindelte.

Die Tiere wirkten jetzt wie betäubt, viel zu ruhig. Sie saßen da und starrten in die Kamera. Dann ein neues Bild: ein steriler Raum, Tierarztatmosphäre. Ein Tisch aus Metall. Brutus auf dem Tisch.

»Haben Sie auf der Highschool jemals Pflanzen getrocknet?«, fragte die Frau.

Der Riese sagte: »Das hier ist so ähnlich.«

Norris schwieg.

Er sah, wie die Nadel einer Spritze in den Vorderlauf des Hundes stach. Er sah Dinge, die er gar nicht sehen wollte. Wie gelähmt wurde er Zeuge, wie ein Hund mumifiziert werden kann.

»Es ist ein uraltes Verfahren«, sagte der Indianer.

Es ging weiter und weiter.

In Zeitrafferaufnahmen wurden die Hunde zu Mumienhunden. Und die Mumienhunde zerfielen zu Staub. Norris sah Messer und Mörser und Hände, die flink ihr Werk vollendeten. Er sah, womit man den Tabak mischte. Er sah, was sie getan hatten.

Und er verstand, was passiert war.

Verstand, was ER getan hatte.

Norris hustete.

Die Zigaretten!

Die Anführerin der Verrückten klopfte nacheinander auf die drei Kisten mit Zigaretten, die im Raum standen. Die Kisten, von denen eine ganz und eine zur Hälfte aufgebraucht war.

»Brutus, Nero und Caesar«, hörte er die Frauenstimme sagen.

Norris hörte ihr gar nicht mehr zu.

Sein Verstand arbeitete jetzt ganz langsam. Er hatte geraucht, ja ... die Zigaretten, die in den Kisten waren, und das, was ... nein, nein, nein, das durfte nicht sein, das konnten sie nicht getan haben, das war ...

Ein Urschrei entrann seiner Kehle, stieg auf bis zur Betondecke und sank wieder herab.

Norris kotzte sich die Seele aus dem Leib.

Als er fertig war, umschloss ihn erneut Dunkelheit.

Er war allein. Allein mit der Gewissheit, getan zu haben, was er getan hatte. Allein mit der Schuld. Und dem Ekel. Der Verzweiflung.

Win-pe war ein Riese. Gedankenlos trat er auf die Pflanzen und zerstörte sie. Als er das erkannte, da fühlte er sich schuldig.

»Schuld«, sagen die Alten, »ist der erste Schritt zur Läuterung.«

»Er ist auf dem Weg der Besserung«, sagte Tim zwei Tage später.

Amelia schwieg.

»Ich glaube nicht, dass er noch einmal in seinem Leben eine Zigarette anrühren wird.«

Norris befand sich in Phase vier.

»Wenn er uns verlässt«, sagte Amelia Guttmundsdottier, »wird er ein überzeugter Nichtraucher sein.«

Wissen ist eine Waffe, die spitzer ist als der Speer und weiter reicht als der Pfeil.

Phase vier konfrontierte Norris mit dem, was er getan hatte. Während sein Bild allabendlich durch die Nachrichten geisterte, eifrige Polizisten erfolglos fahndeten und der gigantische Norris-Konzern, paradoxerweise oder einer seltsamen Art von Marketing folgend, den höchsten Absatz seit Jahren verzeichnete, hauste der einst so exaltierte Tycoon in dem muffigen, höhlenartigen Kellerloch, war dem Fieberwahn verfallen, litt an Halluzinationen, die von kläffenden Hunden und wimmernden Welpen bevölkert wurden, schiss sich die Seele aus dem Leib, würgte, kotzte, schrie, heulte – und entwickelte, wenn auch nur langsam, eine tiefe Abneigung gegen Tabakwaren jeglicher Art und

Form, eine Abneigung, die leise keimte und dann mit rasender Geschwindigkeit erblühte.

Fünf Wochen dauerte Phase vier – und genau so lange dauerte es, bis aus dem fettleibigen und hochnäsigen Oberhaupt des Norris-Konzerns ein reumütiger und tabakhassender Nichtraucher geworden war.

Glooskap wusste, dass er das Richtige tat. Das hatte er immer schon gewusst. Das hatte er immer schon getan. Er war ein Gott. Da biss die Maus keinen Faden ab.

Die VferA jubilierte.

P. E. Norris war bekehrt.

Als sie ihn aus seinem Verlies befreiten, da hatte er jede Ähnlichkeit mit dem Menschen, der vor sieben Wochen dort inhaftiert worden war, verloren. Er war mehr als zwanzig Kilogramm leichter, rank und schlank, wenn auch etwas mitgenommen. Mit wirrem Haar und irre blickenden Augen war er ihnen lichtscheu wie ein Kellertier entgegengekrochen.

Sein Aufenthaltsort glich einer schlammigen Kloake. Der Boden war mit dünnem, tabakdurchsetztem Kot bedeckt. Norris' Halluzinationen hatten ihn einen Großteil der übrigen, mit mumifiziertem Hundefleisch durchsetzten Zigaretten aufreißen und in verzweifelter Zerstörungswut wild verschleudern lassen. Die Luft stank nach Ausdünstungen jeder Art. Der Camcorder war in seine Einzelteile zerlegt. Mittendrin in diesem Chaos wirkte Norris wie ein neumodischer Kaspar Hauser, streckte die speichelnassen Hände hilfesuchend aus und winselte wie ein Hündchen.

Norris war – zweifelsohne – ein Fall für eine mehrere Wochen erfordernde psychologische Behandlung geworden. Doch dann, nachdem er gewaschen und hergerichtet worden war, zerstreuten sich die Bedenken, die sogar Anne anfänglich gehabt hatte.

»Er hat einiges durchmachen müssen«, stellte Amelia fest.

»Er trägt es wie ein Krieger«, sagte Faithful.

»Dafür ist er jetzt geheilt«, meinten auch die anderen.

Als sie ihn an der 5th Avenue freiließen, da hatte Norris seine Sprache verloren. Er war unfähig, auch nur ein einziges Wort hervorzubringen. Er stand nur da und sah seinen Peinigern hinterher.

»Die bösen Geister werden nicht länger im Rauch leben«, sagte Glooskap den anderen Göttern, »weil der Rauch nicht mehr böse sein wird. Der Rauch wird wieder sein wie das Leben in den Wäldern.«

»Bist du dir sicher?«, fragten ihn die anderen Götter (von denen es viele gab).

Glooskap nickte, verschränkte die Arme vor der mächtigen Brust und sagte mit lauter Stimme: »So wird es sein!«

Ein halbes Jahr, nachdem Norris wieder aufgetaucht war, besuchte er die Morning Show auf ABC.

Die Moderatorin bot ihm eine Zigarette an.

Ohne Vorwarnung kotzte Norris ihr aufs Kostüm.

Amelia Guttmundsdottier und die anderen sahen es, wie Tausende von Zuschauern im ganzen Land, während des Frühstücks.

Die Einschaltquoten, so hörte man später, waren hoch gewesen. Die Szene wurde auf allen Sendern wiederholt. Conan O'Brian und Jay Leno liebten die Szene.

Die Aktien des Norris-Konzerns sausten in den folgenden Wochen Richtung Hölle.

Es war vorbei.

»Die Welt wird wieder gut sein«, sprach Glooskap.

Und er hatte recht.

Ein Jahr später sitzt Norris erneut im »Chez Paul«. Er stochert im Tagesmenü. Es ist der Jahrestag seiner Entführung durch die VferA. Am Nebentisch sitzt eine junge Frau mit einem Mann, der wie ein Indianer oder ein Gott aussieht. Mit einem irgendwie wissenden Gesichtsausdruck scheint die Frau ihn zu beobachten. Der Indianer sieht einfach nur stolz und mächtig aus, wie ein Häuptling.

Norris hat die beiden noch nie gesehen.

»Wenn es vorbei ist«, sagte Glooskap zu den anderen Göttern, »dann ist es vorbei.«

»Wie wirst du wissen, wann es vorbei ist?«, fragten die anderen Götter.

Glooskap überlegte. Dann sagte er: »Ich bin ein Gott.«

»Das sind wir auch«, sagten die anderen Götter.

Glooskap überlegte. Dann sagte er: »Dann wisst auch ihr, dass es so ist!«

Amelia Guttmundsdottier und Faithful kennen ihr Gegenüber sehr wohl. Mit wonniger Genugtuung registrieren ihre wachsamen Augen, dass die Rauchzeichen, in denen die bösen Geister wohnten, auf immer verschwunden sind.

The way it is

Der Tag begann wie so viele andere auch. Als das Telefon klingelte, dachte ich nicht im Geringsten daran, dass sich heute etwas Besonderes ereignen sollte.

»Merkur?« Eine helle Stimme wie von jemandem, der aus der Umlaufbahn geworfen worden war.

»Wer will das wissen?«

Der Anrufer nannte seinen Namen. »Ich hab da was für dich.«

»Einen Auftrag?«

»'nen Job.«

Das war doch immerhin eine Neuigkeit.

»Kannst du singen?«

Was für eine bescheuerte Frage. »Ist ein schwarzes Loch ein heller Punkt?«

»Egal, du kennst den Club Solaris? Drüben im alten Viertel.«

Wer kannte ihn nicht?

»Fünf Uhr«, sagte der Anrufer. »Sei einfach dort.«

Ich drückte die Zigarette aus und trank den Rest des kalten Kaffees.

Seit Wochen schon hatte sich kein Kunde mehr in mein Büro verirrt, und so wie's aussah, würde das auch so bleiben. In so 'ner Situation ist jeder Job besser als keiner.

That's just the way it is.

Und der Club Solaris war nur einen Katzensprung entfernt für 'nen Typen wie mich.

Also ging ich hin.

Zu meinem Erstaunen waren die anderen aus meiner Branche auch schon da. Mars, Jupiter und Saturn hockten am Tresen und schütteten Fusel in sich hinein. Pluto, Uranus und Saturn umringten Solaris, den Chef des Ladens. Höfliche Konversation war eben schon immer ihr Ding gewesen. Erde, ein unscheinbares Landei mit Zöpfen und grauem Kleidchen, saß allein an einem Tisch und blickte schüchtern in die Runde.

»Hey, Merkur, du hier?«

Ich war überrascht. »Seit wann lässt man Kometen in diesen Schuppen?«

Halley grinste breit. »Beziehungen.«

Klar, was sonst.

That's just the way it is.

»Ist Venus schon da?«

»Vor wenigen Minuten mit Neptun auf die Toilette verschwunden.«

Ich zog ein Gesicht. Ließ sich mal wieder die Karten legen, die kleine Schlampe.

»Weißt du, um was es hier geht?«

Der Komet schüttelte den Kopf. »Solaris wird gleich 'ne Ansprache halten, denke ich.«

Venus und Neptun betraten den Raum.

Sie, ganz der Vamp, strich sich die Haare glatt.

Er sah nur cool aus.

Beide nickten zu mir rüber.

»Ich freu mich auch, euch zu sehen«, grummelte ich und zeigte ein Lächeln.

Dann hielt Solaris die Ansprache.

»Wie ihr alle wisst oder bereits ahnt, wird es heute einen Wettbewerb geben.«

Die anderen Planeten sahen nicht gerade so aus, als hätten sie den Plan.

»Die Regeln, Ladies und Gentlemen, sind einfach.« Solaris hielt einen großen Kübel in den Händen, ein silbern glänzendes Gefäß. »Alle, die am Wettbewerb teilnehmen, werden ein Lied singen. Wer beim Karaoke gewinnt, bekommt den Preis der Preise.«

Die anderen Planeten musterten ihn nur.

Tuschelten hinter vorgehaltenen Händen.

»Karaoke, was soll 'n das?« Mars war ungeduldig.

Solaris lächelte nur noch breiter. »Der Gewinn«, verkündete er, »wird das Leben sein, das sich hier in diesem Kübel befindet. Ja, Ladies und Gentlemen, der große Preis ist das Leben selbst. Und derjenige, der mit seinem Gesang die Suppe dazu bringt zu erwachen, wird der Sieger sein. Und darf sie mit nach Hause nehmen.«

Jetzt war die Katze also aus dem Sack.

Alle starrten Solaris an.

»Und, wer macht mit?«

Einer nach dem anderen hoben sie die Hand.

Ich auch.

Warum auch nicht?

Wenn ich schon mal da war, konnte ich auch singen.

Die Beleuchtung wurde angeworfen. Stimmungsvolles Licht flutete die kleine Bühne neben dem Tresen.

Es konnte losgehen.

Zeit spielt keine Rolle. Das tut sie niemals. Zeit ist das, was sich andauernd ändert. Und was gewesen ist und erst noch sein wird, war alles vereint im Club Solaris.

That's just the way it is.

Mars machte den Anfang mit seiner Version von »War«, die zu laut war, um wirklich gut zu sein, gefolgt von Jupiter, der mit einem wirklich schlechten Akzent »Bravo pour le Clown« zum besten gab. Saturn trat mit »The Battle of Evermore« an, und Uranus lieferte erwartungsgemäß den ersten Knaller des Abends mit »It's a Kind of Magic«.

Dann war ich an der Reihe. »Some things never change« schien mir irgendwie passend zu sein. Der Applaus fiel dürftig aus, und die Suppe in dem Kübel zu meinen Füßen zeigte nicht die kleinste Regung.

Venus war die Nächste. Mit ihrer rauchigen Stimme sang sie »Turn on me«, und es hätte nur noch gefehlt, dass sie sich beim Singen auszog. Die miese Nummer wurde jedenfalls nicht besser, nur weil Venus sie darbot. Manches ändert sich eben nie. Dafür erntete Neptun tosenden Applaus mit einem schwungvollen »Fly me to the Moon«.

Trotzdem. Die Suppe in dem Kübel zeigte keinerlei Reaktion.

Pluto war an der Reihe. Zu einer seltsamen Nummer namens »Tie a Yellow Ribbon Round the Ole Oak Tree« schwang er die Hüften, erntete aber nichts als Gelächter.

»Die sind genauso beschissene Sänger, wie ich es bin«, flüsterte ich Halley zu.

Der Komet schwieg, aber sein Gesicht sprach Bände.

Am Ende betrat das kleine Landei mit den Zöpfen die Bühne und begann zu singen. »Whatever will be, will be« war der Song, den sich die Erde ausgesucht hatte und den sie voll ehrlicher Leidenschaft sang.

Stille trat ein. Alle lauschten der Melodie.

Die Kleine hatte wirklich 'ne gute Stimme, und die Ursuppe schien gleicher Meinung zu sein, denn in dem Kübel begann es zu zischen und zu brodeln, und silberne Spritzer heißen Lebens schwappten über den Rand.

Als die Erde fertig war, stand sie einfach nur da. Irgendwie verlegen.

Applaus setzte ein.

Sogar die Kometen waren begeistert.

Solaris verkündete: »Das Leben findet seinen Weg.«

Nach und nach löste sich die Runde auf.

»Das«, sagte Halley zu mir, »war ein denkwürdiger Moment für diesen Teil der Galaxis.«

Ich zündete mir eine Zigarette an und lächelte der Erde zu. »Du sagst es, alter Junge. Du sagst es.«

Das Leben hatte seinen Weg gefunden. Wie es das Leben immer tat.

So ist das im Leben.

That's just the way it is.

Marten

1.

Es war bitterste Furcht, die mit der Dämmerung die kalte Wintersonne aus den Herzen der Männer vertrieb. Furcht vor dem, was sich in der Dunkelheit verbarg.

»Wenn die Lichter ausgehen«, sagte der Mann mit der Glatze, »dann wird es kommen.«

»Dann lasst die Lichter doch brennen«, schlug Marten vor.

»Geht nicht.«

»Warum?«

»Das hier ist ein Kaufhaus. Wir haben Vorschriften.«

Marten schüttelte den Kopf. »Dann wird es eben kommen«, stellte er nüchtern fest.

Der Mann mit der Glatze nickte aufgeregt. »Sag ich ja. Es wird kommen, und einer von uns wird verschwinden.« Mit »einer von uns« meinte er die Nachtschicht. »Seit zwei Wochen ist das so. Jede Nacht nimmt es einen von uns mit, und keiner weiß, wohin.«

Marten fragte sich, ob es eine gute Idee gewesen war, hierher zu kommen.

»Was sagt die Geschäftsleitung dazu?«

»Die stellen einen Neuen ein. Jemanden wie dich.«

Marten nickte nur. »Seit wann arbeitest du hier?«

»Seit drei Tagen.« Der Mann mit der Glatze schaute sich

um, als fürchtete er fremde Ohren. Dann flüsterte er: »Ich habe Geschichten gehört.«

Draußen kratzte die Nacht ans Fenster.

2.

Dies war die erste Nacht, die Marten im Kaufhaus verbrachte. Das Kaufhaus stand irgendwo in der Mitte der großen Stadt. Einer Stadt, die so weit im Norden lag, dass der Süden nichts weiter mehr war als eine dumpfe Erinnerung in den Träumen der alten Menschen. Marten war hierher gekommen, um zu vergessen. Und weil man ihn gerufen hatte, gewissermaßen. Ja, auch er hatte von den Geschichten gehört, die man sich erzählte. Von dem, was hier leben sollte. Hier, im nördlichsten Norden des Nordlandes. In dem Kaufhaus, einem riesigen Bauwerk, das weder Anfang noch Ende zu haben schien. Nur endlose Stockwerke, vollgestopft mit Dingen und Sachen. Marten kannte Orte wie diesen. Dort, wo er herkam, hatte es sie auch gegeben.

Aber jetzt war er hier.

Draußen wurde es dunkel, und er dachte an die Geschichten, die man sich an den Lagerfeuern zugeraunt hatte. An das, wovon auch die Geschichten kündeten, die der Mann mit der Glatze ihm erzählte.

3.

»Es hat hoch im Norden begonnen«, sagte der Mann mit der Glatze, der auch einen Namen hatte: Gunther.

»Wir sind hoch im Norden.«

»Noch nördlicher.«

»Die Stadt ist die nördlichste Stadt, die es gibt.«

Gunther sagte: »Jenseits davon.« Bedeutungsschwanger strauchelten die Worte in der trockenen Heizungsluft. »Hoch oben, wo die Mauern der Städte, wie man sagt, aus Schnee und Eis bestehen.«

Marten betrachtete sein Gegenüber. Gunther war doppelt so alt wie er und überragte ihn um mehr als zwei Köpfe. Ein dichter Bart verbarg die Hälfte seines Gesichts. »Auch dort gibt es Kaufhäuser, und man erzählt sich, dass es dort begonnen hat. Es kam mit der Dunkelheit, immer in der Winterzeit.«

»Hier oben ist immer Winterzeit«, gab Marten zu bedenken.

»Das ist das Problem«, murmelte Gunther. »Ja, genau das ist das Problem.«

4.

Die Nachtschicht begann am späten Nachmittag kurz vor Einbruch der Dunkelheit und endete am frühen Nachmittag des nächsten Tages, wenn die Sonne wieder aufging. Drei bis vier Stunden Pause lagen zwischen den Schichten. Wenn man mehrere Schichten hintereinander arbeitete, dann blieb einem nicht viel Schlaf. Marten wusste das. Unterschrieben hatte er trotzdem. Das Kaufhaus bezahlte gut. Und hoch im hohen Norden, wo immer Winterzeit war, hatte man nichts einzuwenden gegen eine Arbeit, die man in beheizten Räumen verrichten konnte. Die Sache mit dem, was mit der Dunkelheit kam, änderte nichts daran. Auch draußen gab es Gefahren, die in den verschneiten Ecken der Gassen lauerten.

»Niemand weiß, was geschehen wird«, sagte Gunther.

»Die Menschen«, gab Marten zu bedenken, »fürchten sich meist nicht vor den Dingen selbst, sondern nur vor ihrer Einschätzung der Dinge.«

»Was soll das heißen?«

»Dass Furcht nur dann entsteht, wenn man nicht weiß, womit man es zu tun hat.«

Gunther nickte.

Dachte nach.

»Kennst du die Geschichte vom Kaufhaus Hrothgar?«

»Nein.«

»Dann will ich sie dir erzählen.«

5.

Und Gunther erzählte: »Das Kaufhaus Hrothgar war eines der größten in der klirrenden Stadt jenseits der Schneewälder und Eisfelder. Unendlich breite Sortimente, so sagte man, habe man dort vorgefunden. Sortimente, so umfangreich, dass keinerlei Wünsche offen geblieben waren.«

»Was hat das mit dem zu tun, was nach Einbruch der Nacht geschah?«

»Nichts.«

Marten nickte nur.

»Zweihundertdreiundsechzig Angestellte haben dort gearbeitet, die Aushilfen und die Putzfrauen nicht mitgezählt.« Ernst schaute Gunther zu Boden. »Am Anfang verschwand ein Auszubildender aus der Gartengeräteabteilung im Kellergeschoss. Man fand seine Arbeitshandschuhe vor den Türen des Lastenaufzugs.« Er hob den Blick und flüsterte. »In der zweiten Nacht verschwanden fünf Mitarbeiter aus der Herrenoberbekleidung. In der dritten Nacht erwischte es die gesamte Buchhaltung.« In den dunklen Augen Gunthers schwamm die Furcht. »Nach zwei Wochen stand das Kaufhaus leer.«

»Was sagte die Geschäftsleitung dazu?«, wollte Marten wissen.

Gunther schüttelte den Kopf. »Es gab keine Geschäftsleitung mehr. Das Hrothgar öffnete eines Morgens einfach nicht mehr seine Pforten. Es blieb geschlossen.« Er schluckte, murmelte: »Nicht einmal Einbrecher, so sagt man, schlichen sich dort hinein.«

»Hat man die Vorfälle denn nicht untersucht?«

Jetzt ließ Gunther die Katze aus dem Sack. »Im letzten Winter kehrte nur ein einziger Handelsvertreter, der in die Stadt aufgebrochen war, von dort zurück. Den Verstand hatte der arme Kerl verloren, ja, so war es. Nur seltsames Zeug hat er gebrabbelt.«

»Was war das für Zeug?«

6.

»Er berichtete von Sirenen, höllischen Weibern mit Flügeln, die Lieder sangen. Lieder, so grausam, dass allein die Erinnerung daran einen redlichen Menschen in den Wahnsinn treiben konnte. Von Riesen, die bärtig und gewaltig durch die Straßen schritten.« Gunther sah sich erneut um, als befürchte er einen heimlichen Zuhörer. »Weißt du, was das letzte Wort war, das er ausgesprochen hat?«

Marten schüttelte den Kopf.

»Ragnarök«, flüsterte Gunther und nickte dabei überaus ernst. »Danach hat er nie wieder gesprochen.«

»Was ist mit ihm passiert?«
»Er hat sich umgebracht.«
»Wie?«
Gunther sagte es ihm.
Marten verzog das Gesicht. »Das ist keine gute Geschichte.«
»Das gleiche«, murmelte Gunther, »passiert jetzt bei uns.«
»Abwarten«, antwortete Marten.

7.

Ragnarök – der Tag des jüngsten Gerichts. Die Götter würden über die Erde wandeln und sich die Schädel spalten. Ungeheuer kröchen aus den Tiefen hervor, um die Menschen zu verschlingen. Kabelnetze würden zusammenbrechen und Automobile schluchzend verstummen. Die Toten würden ihre Körper durch die Straßen schleppen, und Verzweiflung wäre das Lied, das alle sängen. Das Internet wäre eine Sage, an die sich keiner mehr erinnert. Und Killerameisen träten in Scharen auf.

»Dummes Zeug«, grummelte Marten. Er hatte viele dieser Geschichten gehört, aber er glaubte nur wenig von dem, was ihm zu Ohren gekommen war. Die Menschen waren redselig und abergläubisch. Gerade im Winter. Und Winter war es immer hier oben, im Norden.

»Du wirst schon sehen«, sagte Gunther. »Einer von uns wird in den nächsten Stunden verschwinden.«

»Wir sollten der Sache auf den Grund gehen«, schlug Marten vor.

Gunther wirkte unentschlossen.
»Wo ist es geschehen?«
Gunther sagte es ihm.

8.

»Die anderen glauben, dass es in den Kellergewölben haust.«

»Was ist dort unten?«

»Die Warenannahme. Lager. Die Heizungsanlage. Und die Tiefgarage für die Angestellten.«

Marten seufzte. Er sah sich um. Gunther und er befanden sich in der Sportabteilung. Baseballschläger und Ski-Stöcke standen in den Auslagen. »Das sollte genügen«, meinte Marten.

»Du willst dort hinuntergehen?«

»Wenn das, was wir suchen, dort unten lebt, dann müssen wir wohl dort hingehen, wenn wir es finden wollen.«

Gunther stellte die entscheidende Frage. »Wollen wir es denn finden?«

»Ja«, antwortete Marten.

So viel war sicher.

9.

Die Nacht war jetzt da, tief und schwarz und mit eisigen Winden. Draußen wehte Schnee durch die Straßen der großen Stadt, und die Menschen verkrochen sich in ihren Häusern.

Im Kaufhaus hatten sich die Nachtschichtleute in den Aufenthaltsräumen versammelt, tranken heißen Tee, heißen Kaffee, heißen Schnaps, heiße Suppe. Hauptsache heiß. Einige von ihnen zitterten trotzdem.

»Der Neue ist seltsam«, sagte einer.

»Marten?«, fragte ein anderer.

Nicken.

»Er wirkt so furchtlos«, sagte eine junge Frau.

Die anderen sahen sie an, weil sie die Bewunderung in ihrer Stimme erkannten.

»Es gibt keine Helden mehr«, sagte der eine.

»Nicht in Kaufhäusern«, sagte der andere.

Die Frau sagte nichts. Lächelte nur versonnen.

10.

»Wie ist sie so?«

Gunther drehte sich um. »Wer?«

»Du weißt schon, wer.«

Gunther grinste. »Sie ist nicht vergeben.«

Marten nickte.

Freja war bei den anderen in dem Aufenthaltsraum im fünften Stock. Sie kontrollierte die Videoüberwachung.

»Schon seltsam«, bemerkte Gunther, »dass die Kameras nichts aufgenommen haben.«

»Ja«, murmelte Marten, »seltsam.«

Sie gingen weiter in Richtung der Lastenaufzüge. Jeder von ihnen war mit einem Baseballschläger und einem Ski-Stock bewaffnet. Man konnte nie wissen, was passieren würde.

»Bedeutet Freja nicht Wolf?«, fragte Gunther.

»Kann sein.« Oder auch nicht.

»Sind das die Aufzüge?«, fragte Marten.

Gunther nickte.

Die Lampen leuchteten auf. Der Aufzug stieg aus der Tiefe empor.

11.
»Klopf, klopf«, sagte Marten.

»Was?«

»Du musst fragen, wer da ist.« Manchmal musste man die angespannte Atmosphäre mit einem Scherz auflockern.

Gunther verdrehte die Augen.

Marten sagte erneut: »Klopf, klopf.«

»Wer ist da?«

Marten schüttelte den Kopf. »Du hast es nicht verstanden.«

Der Aufzug war da.

Die Türen öffneten sich.

12.
Eine Mütze lag auf dem Boden des Aufzugs. Beide wussten sie, wem sie gehörte. Sigurd. Er hatte die Parkdecks kontrollieren wollen. Die Mütze war alles, was von ihm übrig geblieben war.

»Da!«, sagte Gunther und hob den Ski-Stock.

Etwas hockte auf allen vieren neben der Mütze.

13.
»Eine Katze, verdammt.«

Marten raunte bloß: »Genau!«

Gunther atmete auf. »Komm, Kitty, Kitty«, sagte er erleichtert.

Die Katze rührte sich nicht.

Gunther ging auf sie zu. Marten blieb stehen, wo er war.

»Wo kommst du denn her?«, fragte Gunther die Katze, die hellbraunes Fell hatte. Die Katze sagte nichts.

Dinge, dachte Marten, sind selten so, wie sie scheinen.

Gunther beugte sich zu der Katze herab und wollte sie hochheben, als das Tier den Blick hob und wütend fauchte.

14.

»Verdammt!«, entfuhr es Gunther, der sah, was die Katze gesehen hatte.

Genau!, dachte Marten.

Die Katze sprang aus dem Aufzug und rannte an Marten vorbei in Richtung Sportbekleidung.

Das Licht im Aufzug ging aus.

Gunther schrie.

15.

Marten dachte an Freja und hielt den Baseballschläger mit beiden Händen fest.

Er hatte gesehen, was Gunther widerfahren war. Meine Güte, er hatte es gesehen!

»Komm her, du Schwein«, grollte er.

Das, was im Aufzug war, ließ sich nicht zweimal bitten.

16.

Es hielt den Kopf gesenkt. Die roten Augen funkelten in der Dunkelheit, und das gewundene verzweigte Gehörn vorn auf seinem Kopf schien sich sogar zu bewegen. Es fauchte wütend und trat auf Höllenhufen aus dem Aufzug.

»Was bist du?«, entfuhr es Marten.

Ein Knurren war die Antwort.

Die Kreatur näherte sich ihm, vorsichtig. Eine lange Zunge leckte über schwarze Lefzen. Spitze Hauer ragten dem Wesen aus dem Maul.

Marten blieb standhaft. Er wusste, dass dies der einzige Weg war. Deswegen war er hergekommen. Wegen der Kreatur, die des Nachts aus den Gewölben des Kaufhauses kam und die Menschen mit sich nahm.

Er hob den Baseballschläger und trat dem Monstrum entgegen. Wie ein Held, der sein Mädchen vor dem Ungetüm zu beschützen gedachte.

17.

Die Kreatur war stark. Und flink. Sie wich den Schlägen mit dem Baseballschläger geschickt aus. Marten drängte sie in den Aufzug zurück, und während sie einander bekämpften, fuhr die Kabine schließlich in die Tiefe hinab, aus der das Wesen gekommen war. Dort unten befand sich ein Labyrinth aus Lagerräumen und endlosen Gängen, erhellt von flackerndem Neonlicht. Dort würde die Kreatur ihr Ende finden. Marten packte das Scheusal mit aller Kraft und zwang es zu Boden. Stunden mochten es sein, in denen der Recke mit dem Ungetüm rang, doch am Ende obsiegte er gegen die rohe Gewalt der Kreatur. Schaurig gellten des Untiers Wutgeheul und Wutgebrüll durch die Katakomben des Kaufhauses.

Dann floh es kreischend in die Dunkelheit, und Marten blieb zurück, siegreich und doch wissend, dass, was immer sich soeben mit ihm gemessen hatte, bald wiederkehren würde.

18.
Er indes kehrte zurück nach oben in die Geschäftsräume. Das Wutgeheul und Wutgebrüll hatte die anderen zum Aufzug laufen lassen.

Freja war auch bei ihnen.

Als Marten aus dem Aufzug trat, da ging sie ihm entgegen. Ihre langen Haare waren wie Seide.

Sie lächelte.

Und hielt Marten einen Krug mit Met hin. »Der ist für dich«, sagte sie, und der Klang ihrer Stimme ließ den Helden die Stunden in der Finsternis vergessen.

»Danke«, sagte er. Stellte den Baseballschläger gegen die Wand.

Und während er trank, sah er Freja lange in die Augen.

19.
In der kommenden Nacht kroch die Dunkelheit wie eh und je durch die Gänge des Kaufhauses. Jeder, der sich in den unteren Stockwerken aufgehalten hatte, verschwand in jener Nacht.

»Das habe ich befürchtet«, sagte Marten.

Freja, die bei ihm im Aufenthaltsraum war und sich am Automaten eine Suppe gezogen hatte, wirkte beunruhigt. »Was?«, fragte sie ganz bang.

Marten sah sie nur an.

Und sagte: »Das!«

20.

Die anderen Angestellten sahen ihn an, wie Menschen einen Helden anschauen, wenn sie ihn in ihrer Mitte erkennen und dankbar sind, dass er da ist. Flehen und Furcht vereinten sich in ihren Blicken.

»Ich werde nach unten gehen und es unschädlich machen«, versprach Marten und sah sich fragend um: »Wer kommt mit?«

Blicke wurden getauscht.

Nur Freja hob die Hand.

»Du kannst nicht mitkommen«, sagte Marten.

»Warum?«

»Du bist ein Weib.«

Sie lächelte. Trat auf ihn zu. »Dein Weib, Marten. Deines allein.«

Er küsste sie.

Die anderen Angestellten bewunderten die beiden. Niemand war bisher so mutig gewesen, sich dem Unbekannten zu stellen.

»Lass uns gehen«, sagte Marten.

Und Freja, die sein Weib war, folgte ihm.

21.

Stunden um Stunden durchstreiften sie die Katakomben und Lagerhallen des Kaufhauses. Kisten voller Waren türmten sich bis unter die Decken der weiten und mächtigen Hallen aus Stein. Die unterirdischen Höhlen waren einst von Lagerarbeitern in die Erde getrieben worden, damit mehr und mehr Güter dort aufbewahrt werden konnten. Es war ein Kaufhaus, das keinen Anfang und kein Ende hatte. Eine eigene Welt, die ihre Geheimnisse barg.

Marten folgte der Blutspur des Untiers, doch bald schon verlor sich die Fährte in einem Gewirr aus Regalen.

»Wie sollen wir es finden?«, fragte Freja.

»Es wird uns finden«, antwortete Marten.

Er lauschte in die Stille, die eisig kalt war in den Tiefen der Lagerhöhlen. Man konnte förmlich hören, wie das Wasser in den Heizkörpern gefror. Frost lag wie eine weiße Decke über allem.

Dann hörte auch Freja es.

Ein Geräusch, so hell und klar wie Tausende und Abertausende von Eiskristallen, die in der Erinnerung an die alten Zeiten mit gellenden Aufschreien zersplittern.

22.

Beide hielten sie die Baseballschläger bereit.

Sie befanden sich in einer Lagerhalle, die angefüllt war mit seltsamen Gegenständen. Überall funkelte und glitzerte es. Gekrümmte und weißrot geringelte Stangen aus Zuckerwerk säumten die Wände. Schlitten in allen Größen standen zwischen den Regalen, in denen sich Kisten stapelten, die mit buntem Papier umwickelt waren.

»Das sieht schrecklich aus«, entfuhr es Freja. Sie hielt sich die Hände vor den Mund. »Was ist das für ein grässlicher Geruch?«

Marten bückte sich und hob einen Tannenzweig vom Boden auf. »Es riecht nach Gebäck«, stellte er fest, und Falten zerfurchten seine Stirn. »Nach Zimt und Zucker und heißem Wein.«

Dann zerriss ein lautes Knurren die Stille.

Marten und Freja schauten in die Dunkelheit jenseits der Lagerhalle. Rot glühende Augen funkelten sie an.

»Das ist es«, sagte Marten.

Schützend stellte er sich vor sein Weib.

Es war so weit.

23.

Das Scheusal näherte sich ihnen. Noch furchtbarer sah es jetzt aus. Das Kräftemessen hatte seine Spuren hinterlassen.

»Wer bist du?«, fragte Marten erneut.

Auch Freja war zum Kampf bereit.

Die Kreatur gab keine Antwort.

Dann fiel ein Schatten auf Marten und Freja. Ein Schatten, den ein mächtiges Wesen warf. Eine riesige Gestalt, die unbemerkt hinter ihnen aufgetaucht war. »Dies«, donnerte eine gewaltige Stimme, die Himmel und Erde erbeben ließ, »ist mein getreuer Diener.«

Marten und Freja drehte sich um. Und sahen dem Herrn des Scheusals in die großen Augen.

24.

»Rudolf«, sagte die donnernde Stimme.

Marten ließ den Baseballschläger sinken.

Die riesenhafte Gestalt eines Kriegers ragte vor ihnen auf. Ein stolzer Bart zierte das ernste Gesicht. »Ihr habt gewagt, euch mir zu widersetzen«, donnerte die Stimme. »Ihr habt Rudolf übel mitgespielt.« Des Scheusals rot glühende Augen troffen vor Wut. »Das hättet ihr nicht tun sollen.«

Marten fragte sich, was er diesem Riesen entgegenzusetzen hatte. Ihm fiel nichts ein.

»Wer seid ihr?« Es war Freja, die fragte.

»Ich bin ein Verfluchter«, sagte der Riese. »Einst war ich Thor, doch dann brachte mich das Gift eines Ewigen zu Fall. Haddon Sundblom war der Name der verschlagenen Schlange, die man auch Midgard nannte. Ja, es war die Midgardschlange, die mich zu einem Leben wie diesem verdammte.« Er hielt einen riesigen Hammer in der mächtigen Pranke. Sein rotes Gewand leuchtete im fahlen Licht der Neonröhren. »Jetzt bin ich derjenige, der Ragnarök zum Leben erweckt.« Er grinste, und der Irrsinn tanzte in den uralten Augen. »Das Ende der Welt«, grollte er. »Die Menschen werden übereinander herfallen wie die Tiere.« Er deutete zu all den Regalen. »Meine Waffen«, sagte er, »entstammen den tiefsten Tiefen der alten Welt. Neid, Missgunst, Habgier.« Er lachte. »Es gibt kein Entrinnen, es hat bereits begonnen.«

Marten dachte an die Geschichten, die er gehört hatte. An die Städte, in denen weiß gekleidete Sirenen mit Flügeln Lieder sangen. In denen die Menschen in die Kaufhäuser strömten, wo man sie bereitwillig empfing und ihnen mitgab, was abzuholen sie freien Willens gekommen waren.

»All die Menschen, die verschwunden sind ...«

Thor musterte Freja. »Sie tragen Ragnarök in die Welt hinaus.«

Rudolf näherte sich dem Donnergott.

Marten schwieg.

»Die Welt, wie ihr sie kanntet, wird vernichtet werden.«

»Das könnt ihr nicht tun.«

Thor, der Donnergott, streichelte Rudolf, die Rentierkreatur. »Ich habe es bereits getan.«

Freja standen Tränen in den Augen. »Das dürft ihr nicht tun.«

Thor, der in seiner eigenen Hölle lebte, lachte nur. So schallend, dass die Regale erbebten. »Fröhliches Ragnarök, meine Kinder!«

Marten hob den Baseballschläger.

Er war ein Held. Er würde kämpfen. So durfte es nicht enden. Nach einem letzten Blick auf Freja warf er sich dem Riesen im roten Wams entgegen. Das Knurren des Rentiers war mit einem Mal ganz nah. Freja schrie. Ein riesiger Hammer fuhr auf ihn hernieder, und das letzte Geräusch, das Marten, der Held, vernahm, war ein Donnern, das sich anhörte wie das Ende der Welt: »Ho! Ho! Ho!«

Briefe vom Abgrund

Liebste Julee,
endlich, nach all den kummervollen Tagen, in denen ich immer mehr zum Spielball meiner zwiespältigen Gefühle geworden bin und nach einem Ausweg aus diesem Dilemma suchte, habe ich nun den Mut gefunden, mich auf den Weg zu machen. Mein Zug hat vor einer halben Stunde Inverness verlassen, und wenn die Fahrt planmäßig verläuft (laut British Rail benötigt die altmodische Dampflokomotive, die den ganzen Sommer über auf dieser Strecke eingesetzt wird, etwas mehr als eine Stunde, um die Entfernung zwischen Nordsee und Atlantik zu überbrücken), dann werde ich das Küstenstädtchen Kyle of Lochalsh noch vor dem Mittag erreichen.

Ich sitze in einem verlassenen Abteil, das nach kaltem Tabak und roten Plüschsitzen riecht, und lasse mich vom monotonen Rattern des Zuges tragen. Draußen, vor dem schmutzigen Fenster, das so regentropfenbesprenkelt ist, dass man glauben könnte, der Zug habe eine abgrundtiefe Traurigkeit gestreift, gleiten die saftig grünen Hügel der Highlands dahin. Der Himmel ist grau, und ich schaffe es nicht, den Blick von dieser Landschaft abzuwenden. Fast ist es, als sähe ich in einen Spiegel hinein. Da draußen gibt es keine fröhlichen Farben, und das Gesicht, das mir aus dem spiegelnden Fenster entgegenstarrt, ist das einer Fremden. Jene Maxine MacLachlan, die Du einst kanntest, ist vom Angesicht der Erde verschwunden. Die Augen besitzen nicht länger die funkelnde Unbekümmertheit. Jetzt sind sie kalt und misstrauisch. Wie die Welt da draußen. Es würde Dir nicht gefallen, was aus Deiner alten Freundin geworden ist.

Trotzdem schreibe ich Dir (entschuldige die verwackelte Schrift, aber das andauernde Schaukeln des Zuges lässt mich keine graziösen Buchstaben zu Papier bringen). Fast glaube ich, dass ich es Dir schuldig bin. Mich einfach so davonzustehlen, ohne ein Wort des Abschieds, wäre nicht richtig.

Wie gern würde ich jetzt mit Dir reden. Vielleicht würde mir das helfen. Wir säßen auf der alten Matratze unter dem Fenster, in der Wohnung in der Govan Road, ließen die Blicke hinunter zum River Clyde treiben. Die guten alten Zeiten: Julee Baker und Maxine MacLachlan, das beste Team der Strathclyde University, verschwiegene Verschwörerinnen, schattenhafte Nachtschwärmer in den rauchigen Pubs von Glasgow. Damals hätte ich einfach über meine Probleme geredet, bei einer Tasse Tee mein Herz ausgeschüttet. Damals, nicht heute.

Ich habe alle Brücken hinter mir abgebrochen und stürme nach vorn.

Die Dampflokomotive lässt ein schrilles Pfeifen hören, das Zeichen dafür, dass der Zug bald an seinem Ziel sein wird: Kyle of Lochalsh, Fischerdorf und Tor zu den Hebrideninseln. Mit ein wenig Glück erwische ich die Zwölf-Uhr-Fähre nach Skye. Während der Überfahrt finde ich (hoffentlich) die Zeit, die Gedanken dieses Briefes fortzuführen.

Bis dahin

Deine Max

Lieber Thomas,
wundert es Dich, von mir zu hören? Die Entscheidung, Dir zu schreiben, fiel mir nicht leicht. Dann tauchte das Problem der Anrede auf: sollte ich Dich »Sean« nennen (wie in den Stunden stiller Zweisamkeit) oder besser »Thomas« (wie ich es immer dann tat, wenn ich verärgert war). Wie dem auch sei – es gibt mich noch. Ich habe die Reise angetreten. Man muss diejenigen Dinge tun, vor denen man Angst hat. Erinnert Du Dich? Deine Worte!

Es ist alles so erschreckend vertraut: die Küste mit dem Leuchtturm vom Hafen verschwindet langsam im wabernden Nebel, der auf dem unruhigen Wasser treibt; der tote salzige Geschmack des Meeres liegt in der kalten Luft; unter mir schaukelt die Fähre im Takt der See. Erinnerst Du Dich daran? Es waren glückliche Tage. Wir waren zu allem bereit gewesen, ehrlich und offen. Die Welt hatte uns gehört. Vielleicht möchte ich einen Hauch dieser Zeit schnuppern oder einfach nur an einem Ort sterben, mit dem ich eine wunderbare Erinnerung verbinde, an dem ich nichts weiter fühlen muss als die Vergangenheit. Eben stand ich an der Reling und blickte nach unten in die Tiefe, auf die in sich zusammenstürzenden Wellenkämme. Der Wind war in meinem Haar, das ich mir letzte Woche habe stutzen lassen (meine Kollegin konnte sich die Bemerkung, ich sähe aus, als wolle ich in die Armee eintreten, nicht verkneifen). Eine seltsame Stimmung: als wäre das Glück von damals noch da draußen, als könne ich es greifen und schmecken.

Hast Du Dir jemals Gedanken darüber gemacht, was aus meinem Leben werden würde? Ich hasse Dich! Für alles. Und ich vermisse Dich. Ich vermisse Deine Hände.

Erinnerst Du Dich? Ich umfasste Deine Handgelenke und führte die Hände an mein Gesicht, sodass die Fingerspitzen sanft die Haut berührten, Augen, Nase, Mund. Ich habe ihnen vertraut, Sean, Deinen Händen; ihnen und den strahlend blauen Augen. Dein irischer Blick. Ich vermisse ihn so. Ich hasse ihn. Ich wollte, es hätte ihn nie gegeben.

Deshalb bin ich jetzt hier, eine Reisende, die den Blick nach vorn richtet, dorthin, wo sich der keltische Nebel lichtet und die Sicht freigibt auf eine zackige, unregelmäßige Küste, wo das Meer tosend gegen die schwarzen Klippen schlägt. Die Insel Skye taucht aus dem Nebel auf, in all der Schönheit, die mir schon damals den Atem raubte.

Baleshare – es klingt fast wie ein Zauberwort. Erinnerst Du Dich an Baleshare? Dorthin reise ich. Dort wird alles enden.

Die Fähre läuft in den kleinen Hafen von Kyleakin ein. Die Zeit drängt. Mit welchen Worten soll ich diesen Brief nun beenden?

Lebwohl

Max

Liebste Julee,

ich habe Skye erreicht. Ich sitze an einem Anlegeplatz für die Fischerboote im Hafen von Kyleakin, einem tristen Ort an der Ostseite der Insel, den Rucksack zwischen den Beinen und den Notizblock auf dem Schoß. Die Leute hier werfen mir neugierige Blicke zu: ich bin eine Fremde. Ich hocke nur da und schnuppere die See, bewundere die massige Bergkette, die Cuillin Hills, tagträume mich in diese

Wildnis hinein. Eine seltsame Ruhe hat mich befallen. Da sind die Fischer, die ihre Boote be- und entladen; die wenigen Touristen, die gleichfalls mit der Fähre (die den poetischen Namen »Prince Bonnie« trägt) angekommen sind, lungern untätig herum, am Himmel versammeln sich Möwen in Schwärmen über den Kuttern und kreischen nervös. Für einen Moment habe ich die Augen geschlossen und gebe mich den Geräuschen hin: Vogelgekreisch, Wellenschluchzen und Motorengeknatter. Die Vergangenheit wird greifbar. Ich stehe mit Sean da, gleich dort hinten vor dem Haus der Hafenaufsicht, er hat seine Arme um mich geschlungen, wir sind eben erst angekommen, ich frage mich, was geschehen wird in den nächsten Wochen, die wir in einer Herberge in Porttree verbringen werden, um von dort aus die Inseln zu erkunden.

Was geschieht nur mit mir? Ich spüre das Leben und habe Angst davor.

Kyleakin werde ich bald hinter mir lassen. Ich werde einen Einheimischen darum bitten, mich nach Dunvegan mitzunehmen, einen Ort an der Westküste von Skye. Von dort aus nehme ich eine Fähre, die mich nach Lochmaddy auf der Insel North Uist bringen wird. Sechs Meilen entfernt von Lochmaddy an der Küste liegt Baleshare. Wenn ich dort angelangt bin, werde ich einen allerletzten Blick hinaus auf das Meer werfen.

Welches Gefühl wird es wohl sein? Ich fürchte mich vor diesem Augenblick.

Julee, ich muss mich auf den Weg machen.

Deine Max

Martin und Anne MacLachlan!
Ich hasse Euch! Um Missverständnissen vorzubeugen: ich bereue keinen meiner Schritte! Nicht einen einzigen! Alles missfiel Euch: meine Entscheidung, Theaterwissenschaften in Glasgow zu studieren, meine Beziehung zu Thomas. Alles, was mir am Herzen lag, musste ich mir gegen Euren Willen erkämpfen. Dass wir uns fremd wurden, hat sich nie vermeiden lassen. Es war Schicksal. Wie alles, was passiert ist. Als Tochter eines Parlamentsabgeordneten hat man es eben nicht einfach. Es ist wichtig, was die Leute denken. Eine seltsame Ironie, dass Ihr Thomas wenigstens »geduldet« habt (ausgerechnet ihn). Bittere Ironie, dass Daddy gerade bei ihm mit seinem Beruf angeben musste. Ironie und Schicksal. Letzten Endes brachte mich all das hierher. Ich werde Euch nicht vermissen. Ihr mich hoffentlich schon.

Die Tochter!

Liebste Julee,
der erste Tag der Reise neigt sich dem Ende zu. Ich habe Dunvegan erreicht. Ein Schafzüchter aus Uig, der in Kyleakin eine Ladung Stacheldraht abholte (die drei Rollen Draht waren ebenfalls an Bord der »Prince Bonnie« gewesen), bot sich freundlicherweise an, mich den halben Weg bis nach Dunvegan mitzunehmen. Der Mann war alt und wortkarg und fuhr einen klapprigen grünen Rover, der uns auf der schlammigen unebenen Straße unsanft durchschüttelte. Das Innere des Wagens roch scharf nach Schafen, Tabak und Torf. Zehn Meilen hinter Kyleakin gabelt sich die einzige Straße ins Innere der Insel. Dort stieg ich aus. Ein leiser Nieselregen lag wie ein grauer Vorhang über

der Insel, und das satte Grün der Gegend ließ mich tief durchatmen. Die nächsten drei Meilen legte ich zu Fuß zurück. Meine Stiefel versanken bis zu den Knöcheln im Schlamm, und das Gehen wurde anstrengender, als ich es mir vorgestellt hatte. Nach einer Stunde mühsamer Wanderung kam endlich ein Wagen die Straße entlanggekrochen. Der Fahrer, ein Fischer aus Dunvegan, der mitsamt Frau und quengelndem Kind den gesamten Platz in der engen Fahrerkabine seines Lasters beanspruchte, ließ mich nach hinten auf die Ladefläche klettern, wo ich den Rest der Reise zwischen geflickten Netzen, die allesamt nach Fisch stanken, verbrachte.

So erreichte ich etwa vor einer Stunde Dunvegan.

In der Ortsmitte, ganz in der Nähe der hölzernen Kirche, habe ich mich für die Nacht in einer Herberge einquartiert. Es ist so seltsam, hier zu sein. Damals, als ich mit Sean reiste, war Dunvegan nicht mehr als ein zehnminütiger Aufenthalt, ein Ort, an dem wir die Zeit totschlugen, bis das Schiff uns zu den äußeren Inseln brachte. Ich sitze hier in einem gemütlichen Raum mit niedriger Holzdecke und schmalen Fenstern und einem kalten feuerlosen Kamin und bringe schleppend diese Zeilen zu Papier.

Die Menschen sind einfach und freundlich. Ich fühle mich so allein.

Deine Max

Sir William,

in manchen Nächten verknüpfen sich lose Gedanken und zartes Verlangen zu einem lauen Traum, und hervor springen spontan geborene Zeilen, die umhertanzen im fahlen

Mondlicht einer Sommernacht, so wild und ungestüm, als sei ihnen köstliches Leben eingehaucht worden: *Wilder Duft nasser Blätter/ begleitet vom Rauschen/ hoch in den Wipfeln/ aufgeweichtes Laub/ kaltfeuchte Luft/ streift die Haut/ Netzwerk perlender Tropfen/ verwandelt mich eilends/ in ein Geschöpf dieser Welt.* Und weiter: *Fremde tierische Laute/ füllen meine gespitzten Ohren/ Wispern und Rascheln im Kopf/ schlage ich mich durchs Unterholz/ mein Haar zerzaustes Gras/ der Atem unbändig vor Freude/ hineinzutauchen in die Wildnis/ dem neuen Leben entgegen.* Und schließlich: *in dem ich fortan/ Puck gerufen werde/ auf alle Zeit.*

Und dienen werde ich nur Oberon, ihm und allen Wesen des Waldes, mit jedem Hauch meines Seins.

Maxine (einstmals »Puck«)

Liebste Julee,
das raue Wetter auf der Insel und die fremdartige Schönheit der Cuillan Hills lassen mich an die Theaterproben denken; es ist, als wehe die See all die Bilder in meinen Kopf. Du warst die Waldfee, Kyle spielte Oberon, und ich war der Puck. Als sei es gestern gewesen. Glasgow war meine perfekte Welt. Ich durfte Theater spielen, ich lebte mit der besten Freundin der Welt in einer Wohnung in der Govan Road unweit des Flusses, die Abende angefüllt mit endlosen Diskussionen, dem Vortragen selbstverfasster Gedichte und Gläsern voller Wein. Das Theater, die Proben in der kalten Wallace-Hall, die Streifzüge durch die Pubs. Das alles und noch viel mehr, liebste Julee. Dann lernte ich Thomas Miller kennen (ich nannte ihn Sean), und die

Dinge begannen sich zu ändern. Ich liebte Sean mit all seinen Eigenheiten: dem aufbrausenden Charakter, der unverhohlenen Sympathie für die Ziele der Sinn Fein, dem ur-irischen Starrsinn und der Vorliebe für alten Whiskey. Doch gab es auch den romantischen Sean, der Shakespeare und Joyce zitierte, der laut singend auf dem Tisch tanzte und es liebte zu kochen.

Es war eine schöne Zeit. Ich wünschte, sie hätte niemals existiert. Für uns alle wäre es besser gewesen. Nur das, was nicht aufhört, weh zu tun, bleibt im Herzen. Das jedenfalls schrieb Nietzsche. Nur diese Dinge bleiben. Und wir können nichts dagegen tun.

Max

An Sean Miller:
Letzte Nacht habe ich von Dir geträumt. Als ich aufwachte, musste ich weinen. Es ist zum Verrücktwerden.

Am Morgen verließ ich Dunvegan in aller Frühe in einem der auslaufenden Fischerboote. Der Besitzer des Kutters ist mit der Wirtin der Herberge, in der ich die Nacht verbrachte, verwandt. Allen Menschen, denen ich in Dunvegan begegne, erzähle ich die gleiche Geschichte: ich studiere schottische Geschichte, befände mich auf den Spuren des Rebellen Bonnie Prince Charlie, der im Jahre 1746 nach der denkwürdigen Schlacht von Culloden auf die Äußeren Hebriden flüchtete. Im Steuerhaus des Kutters sitzend, schlürfe ich eine Tasse heißen Tees mit einem Schuss Glenfiddich und kritzele die wackligen Zeilen unsicher auf das sich vor Feuchtigkeit wellende Papier. Bonnie Prince Charlie war ein Mann nach Deinem Geschmack, was? Jemand, der für die Freiheit seines Landes kämpfte, ohne die Konsequenzen zu scheuen.

Du hast mir nie viel über Deine Kindheit erzählt. Was geht in einem Kind vor, das in seiner Heimatstadt an jeder Straßenecke bis zu den Zähnen bewaffnete englische Soldaten patrouillieren sieht? Als ich Dir in Glasgow in einem der Kurse über das moderne Szenario begegnete, hielt ich Dich für einen der vielen Iren, die sich von einem Studium außerhalb ihrer Heimat ein besseres Leben erhoffen. Später erst sprachst Du (wenngleich auch nur sehr oberflächlich und kurz) über die Kindheit im Belfast der 70er Jahre.

Wie hätte ich ahnen können, dass unsere Begegnung kein Zufall gewesen war?

Ich war einfach dumm und naiv. Und ich bezahle dafür. Tun wir das nicht alle?

Max

Liebste Julee,
vor zehn Minuten habe ich Lochmaddy erreicht. Ich befinde mich jetzt im Gaidhealechd, dem Land der Gälen. Der Kutter, der mich herbrachte, ist bereits wieder ausgelaufen. Ich sitze auf einer Bank vor dem einzigen Laden des Ortes und schaue dem Kutter hinterher. Von Lochmaddy aus sind es zehn Meilen Fußweg bis nach Baleshare. Es gibt auf der Insel nur eine einzige Straße, deren Verlauf sich der ständigen Bewegung der Moore anpasst. Wenn ich mich sofort auf den Weg mache, werde ich gegen Mittag dort sein. Ich werde den Weg zu Fuß zurücklegen. So verbleibt mir noch ein wenig Zeit.

Die Landschaft hier ist noch um ein Vielfaches trister als auf Skye. Nicht einmal Bäume gibt es. Nur Gras, Felsen und düstere Moore. Ich krame eine Flasche Glenfiddich aus meinem Rucksack hervor und nehme einen langen Schluck. Das Brennen in der Kehle tut gut. Ich stelle mir vor, wie das malzige Feuer die Eingeweide verbrennt und mich langsam aushöhlt. Dann verschließe ich die Flasche, stecke sie zurück in den Rucksack, wo sie gegen die kleine Ampulle stößt, die meinem Leben ein Ende bereiten wird.

Ich muss mich auf den Weg machen.

Deine Max

An Holden Caulfield!

Falls Du wirklich meine Geschichte hören willst, dann möchtest Du bestimmt nicht wissen, wo ich geboren wurde und wie ich meine verflixte Kindheit verbrachte, und ich habe auch gar keine Lust, mich über all diese Dinge auszulassen. Aber ich will Dir vom Mitternachtsball erzählen, jenem Ball, den es seit unzähligen Studentengenerationen gibt und mit dem man das vergangene Jahr verabschiedet und das neue begrüßt. Die Teilnehmer tragen alte traditionelle Masken. Es wird getanzt, bis dann Schlag Mitternacht die Masken fallen und die wirklichen Gesichter der Tänzer zum Vorschein kommen. Julee und ich trugen selbstgeschneiderte Kostüme aus der letzten Macbeth-Inszenierung, dazu düstere Masken, die die Gesichter vollständig verbargen. Kyle (Julees Freund) und Sean erschienen in geliehenen Smokings mit Augenmasken. Wir tanzten wild, hüpften zu schottischen Volksweisen umeinander, emsig bemüht, den Partner, in dessen

Armen man sich Schlag Mitternacht wiederfinden wollte, nicht aus den Augen zu verlieren. Sekunden vor dem Glockenschlag stand Sean dann vor mir, neben ihm eine fremde Frau, die beiden eng umschlungen. Ernste Augen blickten mir durch die Schlitze der Masken entgegen. Ich tat nichts, stand nur da und starrte den beiden entgegen.

Es war eine Zeitlupe: die Zeiger der Uhr fallen beide in die Senkrechte, um uns herum reißen sich die Menschen die Masken vom Gesicht, ebenso Seans Unbekannte, die er mir als seine Verlobte vorstellt, jeder Glockenschlag ist wie ein Schuss in meinem Kopf, alles dreht sich, ich werde es verstehen, sagt Sean, und die Frau an seiner Seite schweigt kalten Blickes, ich verstehe nicht, was da passiert, behalte meine Maske auf, kämpfe mich durch die Massen lachender betrunkener Gesichter zur Bar, bestelle einen Whiskey und kippe ihn hinunter, frage mich, wo Julee und Kyle sich herumtreiben; später findet mich Julee in der Toilette, ich kotze mir die Seele aus dem Leib und heule, und dann reißt der Faden der Erinnerung mit einem zischenden Ton ab.

Der Mitternachtsball: der Anfang, das Ende – wie immer man es nennen mag. Julee und Kyle brachten mich nach Hause. Die Tage, die folgten, waren die Ewigkeit. Keine Nachricht von Sean. Keine Erklärung. Nichts. Seans Wohnung in der Duke Street war verlassen. Er selbst verschwunden. Drei Wochen später dann erreichte mich ein Brief aus Belfast: Seans Abschied, patriotisches Geschwätz eines Menschen, den ich nicht kannte, der meine Nähe gesucht hatte, weil mein Vater Abgeordneter im Parlament war und unsere Beziehung eine absolute Notwendigkeit für die Freiheit Irlands gewesen sei. Es war alles ganz einfach: Sean hatte mich benutzt. Er war an die Informationen gelangt, nach denen es ihn verlangt hatte. Als der Kontakt zu meinen Eltern im Herbst letzten Jahres abgebrochen war, verlor er dann das Interesse an mir.

Das ist alles, was ich erzählen wollte. Ich könnte zwar noch erzählen, wie es weiterging, aber ich habe keine Lust dazu. Komisch. Man sollte nie jemand etwas erzählen. Sonst fangen sie alle an, einem zu fehlen.

Maxine MacLachlan

An Sean Miller:

Letzte Woche sah ich Dein Bild in den Spätnachrichten der BBC. Sie zeigten es, und im Hintergrund erkannte man eine brennende Häuserzeile. Die beiden Bombenattentate auf die Pubs in Newcastle upon Tyne: blutige Leichen unter schwarzen Plastikfolien, verkohlte Gegenstände, Pfützen, in denen sich Lichter spiegeln, Notärzte, umherlaufende Polizisten, weinende Menschen, Sanitäter in blutverschmierten Anzügen. Ich habe Dich geliebt, Thomas Miller. In der linken Bildhälfte blendeten sie Deinen Namen ein. Die IRA bekannte sich zu den Anschlägen. Zwei der Terroristen konnten identifiziert werden. Man stellte sie im Hafen von Carlisle. Sie zeigten die Leichen der beiden.

Ich habe um Dich geweint, Sean. Was soll ich nur der Kleinen erzählen?

Lebwohl

Deine Max

Liebste Julee,
vier Stunden Fußmarsch über eine Straße, die unter meinen Schritten federte; die Moore sind überall, wie der dunkle Geruch nach Torf. Ich habe Baleshare erreicht. Es ist seltsam, wieder hier zu sein. Baleshare, der Strand, an dem mir Sean die Zukunft versprach.

Ein sonderbarer Ort: die Wiese vor mir ist nur so mit Blumen übersät und geht nach zweihundert Metern in einen steinigen Strand über, Schrott sticht aus dem Boden hervor, Wildblumen wachsen im Führerhaus eines verlassenen Kipplasters, Schafe laufen neben einem liegengelassenen Möbelwagen herum, überall werden die Zeichen der technisierten Zivilisation von der Natur überwuchert. Ich selbst bin ins Führerhaus des Kipplasters geklettert, wo mir der Regen nichts anhaben kann. Die Plastiksitze sind noch gut erhalten. Alles in allem ein gemütlicher Ort, um zu rasten.

Weit und breit ist keine Menschenseele zu erkennen. Nur das Meer ist allgegenwärtig mit seinem Rauschen, da sind die Schafe und der wolkenverhangene Himmel, der am Horizont mühelos in das eintönige Grau der See übergeht. Der Rucksack liegt zu meinen Füßen, die Flasche Glenfiddich ruht neben mir auf dem Fahrersitz, die Briefe sind säuberlich im Rucksack verstaut, wo sie sich den Platz mit der winzigen Ampulle voller Arsen teilen müssen.

Ich habe Angst vor dem letzten Schritt.

Nachdem ich Glasgow verlassen hatte, verließ mich alle Lebenslust. Ich kehrte dem Theater den Rücken, weil es mich wahnsinnig machte, in andere Rollen zu schlüpfen. Ich ging nach Inverness und nahm die erstbeste Anstellung an, deren ich habhaft werden konnte. Tagsüber arbeitete ich, abends und nachts saß ich allein zuhause, ließ die Zeit verstreichen und sah mir Filme an, in denen Menschen starben, nahm Anteil an diesen fremden erdachten Schicksalen, ging nicht mehr aus, fühlte mich elend und spürte das neue Leben in mir.

Als ich den Bericht der BBC sah, zerbrach etwas in mir drinnen, etwas, was man behüten sollte. Es tut mir leid. Die Welt ist so hässlich, Julee. Ich rasierte mir die Haare ab, beobachtete, wie die Locken ins Waschbecken fielen, dann verbrannte ich sie, und der Gestank war ekelhaft. Ich kaufte mir ein Ticket (One Way) nach Kyle of Lochalsh. So begann die Reise.

Jetzt bin ich hier. Baleshare ist ein wunderbarer Ort. So fremd. Eigenartig. Schön. Seit über zwei Stunden sitze ich bereits untätig im Führerhaus des Lasters und betrachte die Wellen, die über die Steine am Strand schwappen. Auf der Kühlerhaube des Lasters wachsen Blumen (frage mich nicht, wie das möglich ist, es ist eben so). Was soll ich tun? Julee, hilf mir! Meine Hand umfasst krampfhaft den Bleistift, der nur mehr ein stumpfer Stummel ist: abgenutzt. Ich selbst: leergeschrieben. Der Notizblock hat nur noch zwei Blätter. Was zu sagen war, ist gesagt worden.

Ich denke, ich werde noch eine Zeitlang einfach nur so dasitzen, auf die See hinausschauen und mich dem Augenblick hingeben.

Es sollte schnell und schmerzlos geschehen.

Lebwohl

Deine Maxine

An Dylan Thomas:
Wie ein windabgeworfenes Licht stehe ich am Strand von Baleshare, zu meinen Füßen die Linie des Wassers, das schluchzend die kleinen Steine überflutet und meine Stiefel, in den Händen halte ich die während der letzten beiden Tage geschriebenen Briefe, betrachte sie, meine Hände zittern dabei, und meine Augen haben sich mit Tränen gefüllt. Kalter Regen fällt mir ins Gesicht. Ich nehme die Briefe, lockere den Griff und schaue zu, wie einer nach dem anderen ins Wasser fällt, von den Fluten ergriffen wird. Die Blätter werden langsam weich und durchsichtig, ein Teil der grauen See. Einige der Briefe bleiben am Strand, wickeln sich um die größeren Steine, andere werden von den Wellen nach draußen getrieben. Ich greife nach der Ampulle. Mit aller Kraft werfe ich sie von mir weg, schleudere sie hinaus in die Fluten, wo sie mit einem glucksenden Geräusch untergeht.

Eine Zeitlang starre ich auf jene Stelle, wo sie versunken ist. Dann gehe ich zurück zu dem rostigen blumenumwucherten Laster. Auch dieser Brief wird den anderen folgen.

Max

Liebste Julee,
das letzte Blatt. Der Bleistift gibt seinen Geist auf.

Ich komme zurück.

Deine Maxine

Vardoulacha

Ich möchte Ihnen eine Geschichte erzählen. Aus diesem Grunde sind Sie schließlich hier. Seien Sie ohne Furcht. Nicht umsonst hat Sie das Schicksal zum Iszten Szek geführt.

Lehnen Sie sich zurück und lauschen Sie meinen Worten. Lassen Sie mich Ihnen von Korfu berichten.

Die schöne Insel. Meine Zuflucht. Korfu – der Ort, den ich zeitweise meine Heimat nennen durfte.

Ich erinnere mich an die langen Spaziergänge durch die kleinen Wälder und hinunter zum Strand. An das wilde Rauschen des Meeres und das Tosen der Wellen an den Klippen. An die seligen Morgendämmerungen, die ich allein verbrachte. Ich saß im Säulengang und im Garten des kleinen Schlosses, das ich zu Ehren des Achill hatte errichten lassen, träumend und dichtend.

Achilleion.

Allein der Name schon.

Sie müssen wissen, dass ich ihn bewunderte.

Niemals wird man verstehen, wie sehr ich ihn bewunderte.

Von all den strahlenden Heroen der Vergangenheit war Achill derjenige, der für mich die griechische Seele und die

Schönheit der Landschaft und der Menschen personifizierte. Achill war stark und trotzig und verachtete alle Könige und Traditionen und hielt die Menschenmassen für nichtig – gerade gut genug, um wie Halme vom Tode abgemäht zu werden. Er hielt nur seinen eigenen Willen heilig und lebte nur seine eigenen Träume, und seine Trauer war ihm wertvoller als das ganze Leben.

Wie gut ich mich erinnere.

An jene Stunden.

Tage.

Es roch nach Kräutern und Pinien, nach frischer Erde und feuchtem Gras, nach dem salzigen Atem Poseidons. Dies alles war so weit entfernt von meinem anderen Leben, jenem Leben im Geschirr – mit diamantenbesticktem Staatskleid und einem Diadem im kunstvoll frisierten Haar. Dieser Gefangenschaft in der Hofburg, in deren Mauern ein jeder meiner Schritte argwöhnisch registriert wurde. Wo Ärzte fortwährend glaubten, meinen Körper untersuchen und mich mit weisen Ratschlägen malträtieren zu müssen. Wo aristokratische Affen vor mir buckelten, um hinter meinem Rücken zu lästern und zu intrigieren.

Wien.

Wie ich es verabscheute.

Damals.

Wie ich zu entfliehen versuchte.

Doch selbst jenes Leben auf der Insel war Änderungen unterworfen. Man merkte auch dort den Hauch des Lebens, der Altes hinwegfegte und eine noch fremdere Welt gebar.

Die Welt starb.

Geradeso wie ich selbst. Immer schneller.

Als ich meinen Fuß zum ersten Mal auf die Insel setzte, im Sommer des Jahres 1861, war bereits ein Teil von mir gestorben.

Ich befand mich in der Begleitung zweier Grafen mitsamt eines dreißigköpfigen Gefolges und meines Mannes Bruders, der sich besorgt um mich kümmerte, da mein Gesundheitszustand der Anlass für diese Reise gewesen war. Die eifrigen Ärzte – darunter der kaiserliche Leibarzt Dr. Seeburger und Dr. Fischer, der Hausarzt der bayerischen Herzogsfamilie – hatten händeringend nach Gründen für meine Misere gesucht. Häufige Fieberanfälle, eine allgemeine Schwäche und anhaltende Appetitlosigkeit ließen die Besorgnis in meiner Umgebung gedeihen. Sie verordneten mir Ruhe und Meeresluft. Lange Spaziergänge auf der Insel sollten mich gesunden lassen.

Wie hätten sie auch nur ahnen können, dass die fiebrigen Träume, die mich seit Monaten plagten, dort auf der Insel ihre Manifestation erfahren sollten?

Ihren Blicken entnehme ich Verwirrung.

Kaum verwunderlich.

Wahrlich, ich sollte meine Gedanken ordnen und zum Anfang zurückkehren. Wie eine geübte Scheherazade.

Zurückkehren zum Anfang.

Wie lange ist das nun her?

Zum Beginn.

Zu dem kleinen Mädchen, das seinen Vater, Herzog Max in Bayern, so sehr vergötterte, diesen Vater, der das Abenteuer liebte, der Pferdedressuren in einer Manege in dem Palais in München vorführte, der ferne Länder bereiste und lange Berichte darüber verfasste. Wie so viele

Wittelsbacher verachtete er die Menschen und liebte das Land und die Natur, kümmerte sich wenig um standesgemäße Gesellschaft und verabscheute die höfische Etikette. Meine Mutter hingegen, Herzogin Ludovika, litt unter meines Vaters Hang zu Affären und beschränkte ihre eheliche Rolle mehr und mehr auf die Erziehung ihrer Kinder.

Wir lebten selten in München. Die meiste Zeit des Jahres verbrachten wir am Starnberger See, an dessen Ufer das Sommerschlösschen meiner Familie lag.

Possenhofen.

Allein der Klang dieses Namens weckt herrliche Erinnerungen.

Abseits vom höfischen Zwang wuchs ich inmitten meiner sieben Geschwister auf. Ich konnte reiten, schwimmen, angeln, bergsteigen, sprach den bayerischen Dialekt und hatte unter den Bauernkindern der Nachbarschaft viele Freunde. Es war ein unbeschwertes und unschuldiges Leben. Ich spielte die Zither und dichtete eigene Verse und machte mir keine Gedanken um das, was vor mir liegen mochte.

Als dummes fünfzehnjähriges Landmädchen glaubte ich dann erstmals, mein Herz verloren zu haben. Er war ein junger Graf, der mich zuerst verzauberte und bald darauf verstarb, was mich in tiefen Liebeskummer stürzte. Die Folge dieser Melancholie war eine Reise nach Ischl, von der sich meine Mutter Abwechslung für mich erhoffte. Der eigentliche Zweck der Reise jedoch war das Kuppeln gewesen. Die Schwester meiner Mutter, die österreichische Erzherzogin Sophie, suchte nach einer Partie für ihren Sohn, den jungen Kaiser. Wäre es zu einer Heirat zwischen ihm und meiner Schwester Helene gekommen, so hätte dies das Bündnis zwischen Bayern und dem Habsburgerreich gestärkt und zudem diesen Zweig der Wittelsbacher aufgewertet. Außerdem sollte auch ein passabler Gatte für mich gefunden werden (meine Mutter hatte bereits des Kaisers jüngeren Bruder ins Auge gefasst).

Doch dann passierte etwas Unverhofftes.

Ja, Sie wissen es. Ahnen es. Ganz Europa weiß es heute.

Damals indes war es etwas höchst Unerwartetes.

Der junge Kaiser verliebte sich in *mich*.

Zumindest bewunderte er meine Natürlichkeit.

Ich sei frisch wie eine aufspringende Mandel, und welch herrliche Haarkrone mein Gesicht umrahme. Was ich für liebe, sanfte Augen habe und Lippen wie Erdbeeren. Das soll er seiner Mutter gegenüber geäußert haben. Wir saßen beim Tee zusammen, und ich bekam vor Aufregung nicht einen Bissen hinunter. Am nächsten Abend, dem Vorabend des kaiserlichen Geburtstages, fand ein Ball statt. Der Kaiser tanzte eine Polka mit mir. Später dann überreichte er mir sein Bukett – ein traditionelles Zeichen dafür, dass ich nun seine Auserwählte war. Nur wenige Stunden später, nach der mittäglichen Promenade des folgenden Tages, ließ der Kaiser über seine Mutter bei meiner Mutter nachfragen, ob eine Heirat in Aussicht gestellt werden könne.

Welch Frage!

Natürlich konnte sie das.

Einem Kaiser von Österreich gibt man keinen Korb. Das war meiner Mutter Meinung dazu.

Und der Kaiser erschien am folgenden Morgen um acht Uhr im Ischler Hotel, um mir erneut seine Liebe zu gestehen und um meine Hand anzuhalten. Unnötig zu erwähnen, dass ich einwilligte und dies in dem festen Glauben tat, den jungen gutaussehenden Mann, der in seiner eleganten Militäruniform vor mir kniete, zu lieben.

Dabei geschah alles so schnell.

Wie grauenhaft!

Liebesgeschichten zu lesen war den Mädchen der Wittelsbacher strengstens verboten gewesen, um unnötige gefühlsmäßige Verwirrung zu vermeiden. Wie hätte ich also ahnen können, welch widersinnige Einrichtung die Ehe ist. Als fünfzehnjähriges Kind wird man verkauft und tut einen Schwur, den man nicht versteht und dann dreißig Jahre oder länger bereut und nicht mehr lösen kann.

Wir verließen das Hotel und besuchten gemeinsam die Pfarrkirche, gefolgt von der Gemeinde und der anwesenden Aristokratie. In diesem Augenblick hätte ich ahnen müssen, wie abstoßend die Zuwendung der Öffentlichkeit war. Ich fühlte mich beobachtet und verlegen. Es war ein Gefühl, welches ich vorher so nicht gekannt hatte. Ich stand im Mittelpunkt und fürchtete mich vor dem, was auf mich zukommen würde. Der Kaiser indes erbat den Segen für sich und seine zukünftige Braut. Die Massen bejubelten uns, und es begann der »göttliche Ischler Séjour«, ein Fest, das über eine Woche andauerte.

Am 31. August des Jahres 1853 trennten sich unsere Wege im festlich geschmückten Salzburg. Der Kaiser kehrte nach Wien zurück. Und ich wurde in meiner Heimat auf die bevorstehende Hochzeit vorbereitet. In den kommenden Monaten versuchte man alles, was jahrelang in meiner Erziehung und Ausbildung versäumt worden war, nachzuholen. Man ließ mich Sprachen erlernen und vor allem die österreichische Geschichte studieren, lehrte mich Etikette und Ausdrucksweise.

Dennoch ahnte ich noch immer nicht, was mir längst Gewissheit hätte sein sollen. Dass mein altes Leben beendet und die Person, die ich bis zu jenem Zeitpunkt gewesen war, schon längst gestorben war.

Der Glanz der Kaiserhochzeit sollte die Massen verzaubern. Infolge einer Missernte gab es eine Hungersnot und wachsende Arbeitslosigkeit im Reich. Armut und politische Unfreiheit sowie die akute Gefahr, in den Krimkrieg hineingezogen zu werden, nährten die Angst im Volk. Österreichs Probleme mit Aufständischen in Ungarn und Böhmen erforderten ein hartes Eingreifen des Kaisers, der mit meiner lieblichen Erscheinung Hoffnung nähren und Elend vergessen machen – und nicht zuletzt seinem eigenen Bild in der Öffentlichkeit Gutes tun wollte.

Um diesem politischen Ansinnen zu genügen, verließ ich meine Heimat am 20. April des Jahres 1854. Ein Dampfschiff brachte mich bis nach Passau, wo mich die kaiserliche Delegation empfing und bis Linz eskortierte. Dort erwartete mich ein großer mit Rosengirlanden und blauweißen Flaggen verzierter Raddampfer mitsamt der Hochzeitsgesellschaft. Jubelnde Menschenmassen säumten die Donauufer auf dem Weg nach Wien. Ich tat meine Pflicht und winkte ihnen unermüdlich zu. Glocken läuteten, sobald das Schiff die Ortschaften passierte. In Nußdorf bei Wien angekommen, erwartete mich ein pompöser Empfang. Nebst meinem zukünftigen Gatten, der zu mir auf das Schiff sprang, noch bevor dieses richtig angelegt hatte, standen Würdenträger des Reiches, Mitglieder des Hauses Habsburg-Lothringen, Aristokraten und Kirchenvertreter unter einem Triumphbogen bereit.

Die Erzherzogin Sophie betrat gleich nach dem Kaiser das Schiff.

Da war sie also – die »heimliche Kaiserin«, wie sie von jedermann genannt wurde. Eine kleine Frau mit herrischen Zügen. Bereits damals empfand ich sie als kalt und unnahbar. Ich wurde gemäß der Etikette begrüßt, und es folgte der Einzug in die Stadt.

Die Erinnerung daran und an die Tage, die folgten, ist wie ein langsamer böser Traum: erneut jubelnde Massen, die sich neugierig drängeln, um einen Blick auf die von neun Lippizanern gezogene Prunkkarosse zu werfen. Lautes Glockengeläut. Dröhnende Artilleriesalven. Fast so, als sei man im Kriegsgetümmel. Ungeschickt bleibe ich beim Ausstieg mit dem Diadem an der Türfassung des Wagens hängen und strauchle. Dann die von tausenden Kerzen taghell erleuchtete und mit rotem Samt drapierte Augustinerkirche. Siebzig Bischöfe und Prälaten, die dem Kardinal assistieren. Die feierliche Zeremonie. Die Rückkehr zur Hofburg, wo der Empfang beginnt. Ich sitze im Audienzzimmer und lasse die Botschafter und Gesandten sich vorstellen. Dann der Hofstaat. Mein erster Nervenzusammenbruch. Ich ziehe mich tränenüberströmt in ein Nebenzimmer zurück und gebe dem Tratsch neue Nahrung. Später dann das Diner. Das Ende der Feierlichkeiten. Die Bettlegeszene. Man führt meinen Mann an mein Bett. Verlegene Stille, unsere Mütter mitsamt Teilen der Dienerschaft wachsam lauschend im Nebenzimmer. Am nächsten Morgen das Frühstück mit den beiden Müttern. Der Erzherzogin kritische Blicke beim Untersuchen der Bettlaken und die Zufriedenheit der Schwiegermutter, als sie nach der dritten Nacht endlich Blutflecken und Körpersäfte entdeckt. Immer neue Empfänge. Das Gefühl, eine Fremde zu sein, auf deren Körper und jeder seiner Bewegungen die gierigen Blicke Vieler ruhen.

Und letztendlich die bitterste aller Gewissheiten.

Ich bin in einem neuen Leben gefangen.

Die Türen des Käfigs hatten sich an jenem Tag geschlossen und dem Vöglein die liebliche Stimme auf immer genommen.

Ihren erstaunten Blicken entnehme ich, dass Sie nun zu ahnen beginnen, wer ich bin. Und entschuldigen Sie die Impertinenz, mit einem süffisanten Lächeln hinzuzufügen: nachdem Sie bereits vorige Nacht erfahren haben, *was* ich bin.

Vermutlich kam Ihnen mein Antlitz bekannt vor. Wie man mir mitteilte, waren Sie einige Wochen Gäste im schönen Wien. Bevor es Sie zum Iszten Szek verschlug. Kaum anzunehmen, dass Ihnen meine Porträts entgangen sind.

Nachdem Sie also nun ahnen, *wer* ich bin, werden Sie sich natürlich fragen, wie aus mir das werden konnte, *was* ich bin. Erneut bitte ich Sie um etwas Geduld. Wenngleich ich zu Ausschweifung neige, werde ich mir dennoch Mühe geben, nicht allzu sehr vom Kern der Geschichte abzuweichen. Verstehen Sie, es verschlägt nicht viele Gäste in diese Region, und der Drang, sich mitzuteilen, ist ... nun ja ... *menschlich*.

Doch bitte lassen Sie mich fortfahren.

Mein neues Leben war ein Leben voller kleiner Kämpfe – und der Gegner war zumeist des Kaisers Mutter. Es waren kleine Kämpfe, in denen ich versuchte, mich zu behaupten und ein kleines Stückchen Freiheit zu bewahren. Ich weigerte mich, meine Schuhe nach einmaligem Tragen zu verschenken. Ich hasste es, mich von den Zofen ankleiden zu lassen. Ich liebte es, mit dem Kaiser durch die Säle und verwinkelten Gänge der Hofburg ins alte Burgtheater am Michaelerplatz zu gehen. Auch dies wurde uns verboten, weil ganz bestimmte Hofbeamte uns dorthin zu geleiten hatten. Ich musste mich ständig umkleiden, je nach Erfordernis der Situation. Ich musste Empfänge geben und mich den Massen zeigen. Der Tagesablauf wurde mir minutiös von der Erzherzogin diktiert. Sophie bewahrte mit eisernem Willen die kaiserliche Würde. Sie hatte sich selbst zu deren Hüterin ernannt und befürchtete ständig, dass die ungeschickte Kaiserin dem Ansehen des Herrscherhauses schaden könne.

Und der mich treu umsorgende Gatte, mein »Franzl«? Er war seiner holden Mutter hörig. Von frühester Kindheit an hatten er und seine Brüder die Autorität der Mutter ohne Zögern anerkannt. Niemand wagte Widerspruch. Sophie hatte Franz auf den Thron gesetzt, nachdem sie ihren geistesschwachen Mann zum Verzicht bewogen hatte. Sie war diejenige, die die Fäden im Reich zog; sie war es, die die alte Ordnung festigte, die dafür Sorge trug, dass das Gottesgnadentum der Herrscher fortbestand und jeglicher Volkswillen niedergerungen wurde.

Aus ihrer Geringschätzung, meine Person betreffend, machte sie kein Hehl. Ich war die junge naive Kaiserin, deren vornehmliche Aufgabe darin bestand, sich der Öffentlichkeit zu präsentieren und dem Kaiser einen Erben zu gebären.

Zumindest diesbezüglich stellte ich sie im Jahr nach der Hochzeit zufrieden, als ich einer Tochter das Leben schenkte. Wenngleich die kleine Sophie nicht der erwünschte Sohn war, so stellte sie doch wenigstens meine Gebärfähigkeit unter Beweis (und dies, nachdem Sophie mich während der Schwangerschaft mehrmals in den Garten des Schlosses Laxenburg getrieben hatte, damit ich den flanierenden Massen meinen Bauch präsentieren konnte).

Wie beruhigend, dass ich wenigstens zum Fortbestand des Geschlechts würde beitragen können. Dem ersten Mädchen, das ich kaum zu Gesicht bekam, weil ihre Großmutter die Erziehung an sich riss (was zu ersten Differenzen mit meinem Gemahl führte), folgte zwei Jahre später das nächste, Gisela getauft (welches ebenso der Obsorge der Erzherzogin anheimfiel). Ein Jahr nach Giselas Geburt verstarb Sophie. Die Kaiserinmutter trauerte (wohl auch, weil sie sich dem Kind sehr verbunden gefühlt hatte), doch als ich im Folgejahr einen gesunden Sohn zur Welt brachte, linderte dieser Tatbestand ihre Trauer über alle Maßen.

Endlich hatte ich mich bewährt. Des Kaisers Thronfolger lag atmend in meinen Armen: Kronprinz Rudolf, den der stolze Vater selbst in die Arme nahm und dem wartenden Hofstaat und seinen militärischen Beratern präsentierte (wohingegen er nach den Geburten meiner Töchter enttäuscht das Gemach verlassen hatte).

Es war nicht ungewöhnlich, dass mein Gemahl sogleich nach der Geburt des Jungen dessen Zukunft festlegte: Ich will, dass der durch Gottes Gnade mir geschenkte Sohn von seinem Eintritt in diese Welt an meiner braven Armee angehört. Vielleicht war es aber auch des Kaisers Mutter, die das Leben meines Sohnes plante – so, wie sie alles lenkte und plante.

Nicht ahnend, wie sehr die Dinge sich ändern sollten.

Die Welt begann zu sterben.

Sichtbar für alle, die den Blick nicht niederschlugen.

Der Kaiser indes tobte sich in der Stadtplanung aus. Das Kind sollte ein größeres, neues und eleganteres Wien vorfinden, wenn es heranwuchs. Die mittelalterlichen Stadtmauern wurden eingerissen und ein neues System von Ringstraßen angelegt. Das Ansehen des Kaisers beim Volk musste sich unbedingt verbessern. Österreich und Wien sollten wieder glänzen. Die Menschen schrien nach einer neuen Verfassung, und in den Provinzen brodelte es. Die Geburt eines Kronprinzen hätte ausreichend sein müssen, um die Massen vorerst zu befriedigen. Jedoch wurde nach Rudolfs Geburt nicht gleichsam alles besser, wie es sich mein Mann erhofft hatte.

Fast war es, als würde die Unruhe, die mich befallen hatte, das gesamte Land erfassen. Ich kämpfte mit Schlaflosigkeit und verfasste nächtelang melancholische Gedichte, wanderte rastlos in den Gemächern umher.

Ich reiste mit dem Kaiser nach Böhmen, in die Steiermark und nach Kärnten. Während einer Italienreise spürte ich den Hass der Bevölkerung, die unter der österreichischen Besatzung litt. Es hatte Putschversuche und viele Hinrichtungen gegeben, und die Steuerlast erdrückte die Menschen. Unser Besuch war eindeutig eine Machtdemonstration, und edelmütig übersahen wir die Unfreundlichkeiten und Sabotageakte der Bevölkerung. Kurz nach dem Besuch in Italien reisten wir nach Ungarn, wo die Menschen ebenfalls nach Unabhängigkeit schrien. Mein Lehrer Graf Mailáth hatte mich mit der Geschichte der Magyaren vertraut gemacht, und ich brannte darauf, die Orte, von denen ich nur gehört hatte, mit eigenen Augen zu besichtigen. Der Stolz dieser Menschen und ihr Widerwillen, sich einer fremden Macht zu unterwerfen, ließen einen Zorn im Volk entstehen, den ich nur allzu gut nachempfinden konnte. Während eines Balles in der Hofburg konnte ich mit dem Grafen Esterházy endlich eine Quadrille tanzen, folkloristische Musik und Tänze genießen und die wundervollen Speisen kosten. Meine Vorliebe für das Reiten schien die meisten Adeligen gleichsam zu überraschen und zu beeindrucken. Wie gern wäre ich länger dort geblieben, doch erforderten dringende Staatsgeschäfte die Abreise nach Wien.

Die Schatten wurden schmerzhaft länger in jenen Tagen.

Nisteten sich in den Gesichtern der Menschen ein.

Nach Beendigung des Krimkrieges hatte sich die Beziehung zu Russland verschlechtert. Meine jüngere Schwester Marie musste unter Tränen den impotenten, geistig schwachen und religiösem Wahn nachhängenden Kronprinzen von Neapel und Sizilien heiraten. Sie wurde siebzehnjährig zur Königin eines Landes, dessen Sprache sie nicht einmal beherrschte – kurz bevor es dort zum offenen Konflikt mit Österreich kam. Ohne zu zögern, schickte der Kaiser Truppen nach Italien und musste eine blutige Niederlage bei Magenta hinnehmen. Kurze Zeit später übernahm er persönlich das Oberkommando über die Truppen. Auch in Ungarn kam es zu ernsthaften Unruhen.

Während die Welt in Stücke zerfiel, mein Mann an der Front kämpfte, die kleine Marie um ihr Leben fürchtete, die Kinder unter der Obhut der Erzherzogin standen, tagtäglich Hunderte von Verwundeten die Spitäler erreichten, gab meine Schwiegermutter Tees und Diners für die feine Gesellschaft, um von der misslichen Lage abzulenken. Ich selbst ritt täglich stundenlang aus und begann mit Hungerkuren, weil ich hoffte, so der inneren Unruhe, die immer stärker an mir zu nagen begann, Herr zu werden. Disziplin, so sagte ich mir, würde mir den Halt geben, den ich so nötig hatte und den mir zu geben niemand bereit war. Die Kinder bekamen mich kaum zu Gesicht, und der karge Briefwechsel mit meinem Mann zeigte mir nur mehr, dass ich diesen Menschen, der so felsenfest an die Überlegenheit des Militärs glaubte, nie verstehen würde. Die Differenzen mit des Kaisers Mutter wurden immer offener ausgetragen, sodass nun auch der dümmste Lakai davon erfuhr. Der Tratsch um meine Person wuchs und gedieh vorzüglich. Obgleich nicht einmal Dr. Seeburger zugegeben hätte, dass Einsamkeit als eine Krankheit zu bezeichnen war, so konnte ich doch vor mir selbst nicht leugnen, dass je einsamer ich mich fühlte, ich umso weniger Kontakte suchte. Die Pferde waren die einzigen Wesen, in deren Gegenwart ich es aushalten konnte.

Dann, in der Nacht vor der Heimkehr meines Mannes, hatte ich den ersten jener mysteriösen Träume.

Es waren katzenhafte Augen in einem makellosen Grün, die über meine Haut zu schweifen schienen. Fast war mir, als spüre ich tatsächlich die Berührung dieser stechenden Blicke. Dann wurde ich der Gestalt gewahr, die von Schleiern umhüllt in meinem Gemach stand. Es war eine hochgewachsene Frau mit langem rotem Haar. Mondlicht brach sich auf ihrer weißen Haut. Die schmalen Lippen öffneten sich leicht, wenn sie lächelte. Verwundert fragte ich sie nach ihrem Namen. Sie schien diese Frage amüsant zu finden. *Ich habe viele Namen,* säuselte sie. *Doch nennt mich, wie es Euch beliebt.* Sie kam auf mich zu, und jetzt war es ihre Hand, deren Berührung ich an meinem Arm spürte und die mich erschauern ließ. *Ich bin diejenige, nach der es Euch verlangt,* flüsterte sie. Unsicher fragte ich erneut nach ihrem Namen. *Namen sind Staub,* gab sie zur Antwort. *Doch nennt mich, wie Ihr es bereits in Gedanken getan habt.* Stumm hauchte ich den Namen. Die kalten Finger der Gestalt berührten meine Lippen, und ich hörte sie flüstern: *Carathis.* Ihr Flüstern wurde zu einer Melodie. Einem Lied, das in den Bewegungen ihrer Hände, ihres Körpers eine Form fand. Etwas war in mir. Es schlängelte sich lustvoll in meinen Körper und raubte mir Verstand und Atem. Nie zuvor hatte ich Derartiges verspürt.

Als ich zitternd und ohne Orientierung erwachte, stellte ich überrascht fest, dass meine Monatsblutung bereits eingesetzt hatte. Verwirrt sank ich ins Kissen zurück. In den folgenden Nächten tauchte die wunderschöne Frauengestalt erneut in meinen Träumen auf. Ähnlich sinnlich wie im ersten Traum, berührte sie mich jedes Mal und ließ mich mit einem lustvollen Schaudern erwachen. Der Kaiser bemerkte indes nichts von diesen nächtlichen Phantasien. Ruhig schlummernd lag er neben mir und wunderte sich allenfalls über die Blässe meiner Haut und die zunehmende Erschöpfung und Appetitlosigkeit, die mir tagsüber zu schaffen machten.

Dr. Seeburger tadelte mich, weil er die Ursache für die Krankheit in den seiner Meinung nach sinnlosen Hungerkuren und übermäßig belastenden allmorgendlichen Turnübungen sah. Nachdem ich auch in den folgenden Wochen immer weniger Nahrung zu mir nahm, diagnostizierte er Bleichsucht und allgemeine körperliche Erschöpfung. Darüber hinaus wurde der Lungenspezialist Dr. Skoda konsultiert, weil zu den herkömmlichen Symptomen noch starker Husten hinzukam. Der Kaiser und die Ärzte waren sich einig, dass die andauernden Nervenkrisen und die selbstauferlegte Disziplinierung meines Körpers eine lebensgefährliche Krankheit hervorgerufen hatten, deren Art ihnen jedoch vollends unklar war. Man entschied sich am Ende, dass ein wärmeres Klima hilfreich sein würde.

So kam es, dass ich im November 1860 nach Madeira aufbrach, um endlich zu genesen. Die Einsamkeit in der gemieteten Villa am Meer tat den Nerven gut. Ab und an trafen Kuriere mit Briefen vom Kaiser und meinen Verwandten aus Bayern ein – und jeder der Kuriere beklagte die mangelnde Abwechslung auf der Insel. Niemand konnte verstehen, dass ich mich gerade danach so sehr gesehnt hatte. Es war, als sei ich nach Possenhofen zurückgekehrt. Den größten Teil des Tages verbrachte ich mit meinen Tieren. Es gab Ponys, Papageien und einige große Hunde. Ich spielte Mandoline und Karten mit meiner Schwester Helene und Lily Hunyady. Letztere hatte einen Bruder, den feschen Grafen Imre Hunyady, einen ungarischen Edelmann, der mich umschwärmte, als sei ich das Licht und er die Motte. Es tat gut, in den Genuss dieser ehrlichen Verehrung zu kommen. Doch blieb es bei den vielsinnigen Gesprächen, da mir nicht an einer Affäre gelegen war.

Diese Distanz zum Hof und die Nähe zur Natur änderten allerdings meinen Gesundheitszustand nur unwesentlich. Zwar wurde die Haut rosiger, und der Appetit steigerte sich ein wenig, doch blieben die Hustenanfälle und die Erschöpfung.

Selbstredend berichtete ich keiner Menschenseele von den Träumen, die mich nach wie vor heimsuchten. Da mich ohnehin viele für seltsam hielten und sich über meine Neigungen mokierten, wäre es nicht klug gewesen, sich jemandem anzuvertrauen. Also versuchte ich, jene rätselhafte Frauengestalt allein zu deuten. *Nennt mich Scheherazade.* Doch entgegen dem Bildnis, welches ich von der berühmten Erzählerin des Kalifen hatte, wies diese Gestalt Züge auf, die ich schon beinahe als grausam bezeichnen konnte. Die Fahrt zur Insel hatte ich mit der Lektüre von Rider Haggards Afrikaabenteuer »Sie« verbracht, und manchmal schien mir die Traumgestalt der grausamen Dschungelgöttin aus der Geschichte höchst ähnlich zu sein.

Im wachen Zustand mochte ich mir anfangs kaum eingestehen, wie sehr mich der weibliche Körper in Verzückung versetzt hatte. Scheherazades kalte Brüste, die sich gegen meinen Bauch drückten, und die Berührungen ihrer Zunge ließen mich wollüstig erschauern. Sie war eine Schönheit, so edel und anmutig, dass es einem schier den Atem rauben konnte. Sie gaukelte mir flimmernde Bilder vor. Mir war, als würde ich einer Festung im Wüstensand gewahr. Wesen, die ich nur schemenhaft erkannte und die mich gleichsam ängstigten, tummelten sich darin. Dann glaubte ich, durch einen dichten Dschungel zu irren, mit lauernden Tieren in der Dunkelheit, um mich kurz darauf in der Gluthitze einer Tiefebene zu befinden, die Pyramiden und das starre Antlitz einer Sphinx bewundernd. Weit fort flogen wir, bis an einen Ort, den sie Zmargad nannte, wo Schlachten tobten zwischen allen Arten von Engeln.

Nach jedem Erwachen stellte ich fest, dass die Blutungen erneut eingesetzt hatten. Es gab keine Regelmäßigkeit mehr, und ich suchte in den schwer durchlittenen Schwangerschaften nach einem etwaigen Grund für die Blutflecken auf den Bettlaken. Immer öfter dachte ich auch tagsüber an jene wunderschöne Göttin und harrte ihrer nächtlichen Wiederkehr in meinen Träumen.

Ihren Äußerungen entnehme ich, dass Ihnen diese Geschichte bekannt vorkommt. Natürlich habe auch ich Kenntnis von einigen der orientalischen Märchen. Mein Vater erzählte mir einst viele dieser Geschichten, und ich ließ mich bereitwillig von ihnen einlullen. Jedoch – und da werden Sie mir wohl nicht widersprechen – eignen sich manche der alten Erzählungen kaum dazu, ein Kind in den Schlaf zu wiegen.

Doch lassen Sie mich fortfahren.

Schließlich wollen Sie erfahren, wie meine Geschichte endet.

Nach meinem Aufenthalt auf Madeira traf ich den Kaiser in Triest, ließ mich nach sechsmonatiger Trennung umarmen und freute mich, meinerseits die Kinder in die Arme schließen zu können. Doch die Rückkehr nach Wien brachte die Fieber- und Hustenanfälle zurück. Außenminister Rechberg beklagte dem Kaiser gegenüber meinen tiefen Abscheu vor Nahrung. Ich äße nichts mehr, und meine Kräfte erschöpften sich umso mehr, als der Husten andauere, und starke Schmerzen raubten mir den Schlaf. Meine Umgebung nahm dergleichen interessiert zur Kenntnis.

Kurze Zeit nach meiner Rückkehr kam es zu einem Zusammenbruch, nach welchem dem Kaiser die Schlafzimmertür verschlossen blieb. Allein mit meinen lustvollen Träumen verbrachte ich die Sommernächte. Denn Scheherazade kehrte stets zurück.

Im Juni stellte Dr. Skoda betrübt und aufgeregt eine galoppierende Lungenschwindsucht bei mir fest und ordnete als letzte Hoffnung einen Aufenthalt auf Korfu an. Der Kaiser begleitete mich bis nach Miramar bei Triest, und ganz Wien beklagte meine erneute Abreise. Die Menschen bedauerten den armen Kaiser, der mich so abgöttisch verehrte und liebte, dass es ihn schmerzte, mir Lebwohl zu sagen.

Was wusste denn schon der Pöbel?

Der Kaiser, mein mich so innig liebender »Franzl«, hatte immerhin noch seine Liebschaften. Die diesbezüglichen Gerüchte machten in den Kaffeehäusern schon seit Monaten die Runde. Für meine Trotzhaltung der Erzherzogin gegenüber hatte niemand Verständnis, für die Liebesabenteuer des Kaisers dafür umso mehr. Da Vernunftehen die Regel waren, zur Aufrechterhaltung makelloser Stammbäume unbedingt notwendig, bestanden üblicherweise Liebesaffären neben diesen Ehen. Jede Ehefrau wusste davon, und wenngleich sie sich revanchieren konnte, wurde ihr nicht das gleiche Mitgefühl entgegengebracht.

Als ich auf dem Schiff stand und die grüne Insel sich näherte, dachte ich an die zurückliegenden Wochen und die Träume. Der Kaiser hatte mir niemals jenes Gefühl der Lust vermitteln können, welches meine Scheherazade hervorzauberte. Der Kaiser, wenngleich von klein auf in Liebesdingen geschult (es gehörte zur Erziehung der Habsburger, im Alter von zwölf Jahren von einer erfahrenen Professionellen angelernt zu werden), agierte während der geschlechtlichen Vereinigung leidenschaftslos und pflichtbewusst, gerade so, wie er sich auch sonst zu verhalten pflegte. Romantische Sinnlichkeit, die kaiserliche Ehe betreffend, existierte nur in den Köpfen des Pöbels.

Doch als ich die grüne Küste Korfus erblickte, war mir, als fege die salzige Brise der mediterranen See all jene misslaunigen Gedanken hinfort. In meinem Gepäck befanden sich einige Werke Heines und Lamartines, wie auch Rousseaus »Confessions«, deren Lektüre mich auf andere Gedanken bringen sollte. Dem Kaiser und der Erzherzogin missfiel es sichtlich, dass sich die Kaiserin mit derartigen Ideen befasste. Rousseau war ihm zu reaktionär, Shakespeare zu dramatisch und Heine schlichtweg zu jüdisch. Doch hier würde ich tun können, was mir beliebte.

Unterkunft bezog ich in der Villa des Grafen Carvahel, des reichsten Grundbesitzers der Insel. Zu meinen Begleitern gehörte neben der üblichen Gefolgschaft erneut jener fesche Graf Hunyady, der mir bereits während der Überfahrt eindeutige Avancen machte. Die junge Marie Festetics, die mir von all den Hofdamen am meisten ans Herz gewachsen war, zählte ebenso zu meiner Begleitung wie der Graf Mitrovsky, dessen Aufgabe es war, dem Berater des Kaisers, Graf Grünne, permanent Bericht über der Kaiserin Verfassung zu erstatten. Die Tentakel der Wiener Hofburg machten demnach nicht einmal vor der ionischen See und ihren Inseln halt.

In den ersten Tagen meines Aufenthalts verbrachte ich viele Stunden mit Imre Hunyady. Wenn er sich meiner Gegenwart bewusst war, dann waren seine Augen voll Enthusiasmus, und seine Worte zeugten von wilder Schwärmerei. Er war ein höchst belesener Mensch und gut darin, kontroverses Gedankengut zu diskutieren. Zudem war er schön anzuschauen mit seinen edlen Gesichtszügen, dem dunklen Haar und der stolzen Haltung. Den Blicken der anderen entging diese Sympathie keineswegs, was einen flüchtigen Besuch Graf Grünnes nach sich zog, der mich dezent tadelte und mir die Pflicht ins Gedächtnis rief, dem Kaiser allzeit zur Seite zu stehen.

Bald reiste Grünne wieder ab, den jungen Imre Hunyady, auf den Aufgaben in der Heimat warteten, im Schlepptau. Dem Kaiser missfiel es offenbar, wenn sich die Aufmerksamkeit seiner Gemahlin zu sehr von seiner Person entfernte.

Trotz der Enttäuschung über die unverhoffte Abkommandierung des jungen Grafen gehörte die Einsamkeit der Insel wieder mir allein. Was hätte wohltuender sein können?

Ich unternahm lange Spaziergänge, durchstreifte die Wälder und Wiesen, kehrte in kleinen Gaststätten ein und fühlte mich frei. Es geschah während einer dieser Wanderungen, dass ich einem Mann begegnete, der für mein weiteres Leben wegweisend sein sollte.

Ich schlenderte auf einem Pfad entlang, der sich an den steilen Klippen der Ostküste Korfus nach Norden schlängelte. Es war heiß, und das Rauschen des Meeres vermischte sich mit dem lauten Gesang der Zikaden. Meine Gedanken wanderten über die See nach Griechenland, zu den alten Göttern, die sich huldvoll vom Olymp am Leiden der Menschen ergötzten. In meiner Vorstellung nahm der Krieger Achill die Gestalt Imre Hunyadys an, was mich die eigene Imagination belächeln ließ. Da wurde ich der Gestalt gewahr, die an einer der Klippen stand.

Innehaltend betrachtete ich den Mann, dessen Rücken mir zugewandt war und dessen Stiefelspitzen fast den Rand des Abgrunds berührten. Er schien versunken zu sein in den Anblick der Brandung tief unter ihm. Er trug einen eleganten Gehrock und schien mir gut gesittet zu sein. Mich gerade noch fragend, weshalb er dort am Abgrund stand, bemerkte ich, dass er einen Schritt nach vorn zu machen gedachte. Erschrocken schrie ich auf, weil ich seine Absicht zu erkennen glaubte.

Der Mann drehte sich langsam um und blickte mich erstaunt an. Ich lief auf ihn zu und tadelte ihn aufgeregt. Er habe mir einen furchtbaren Schrecken eingejagt. Daraufhin entschuldigte er sich, jedoch ohne seinen Platz an der Klippe zu verlassen. Wütend erkundigte ich mich nach seinem Namen, ohne mich selbst vorzustellen.

Er lächelte spöttisch. *Namen sind Staub,* gab er zur Antwort. Erschrocken wich ich zurück, als er sich mir näherte. Seine braunen Augen musterten mich neugierig. Der dunkle Teint und die ernsten Züge ließen ihn gleichermaßen verwegen und elegant erscheinen. *Doch nennt mich Vathek.* Er ließ eine Verbeugung erkennen, die zu oberflächlich ausfiel, um wirklich höflich zu sein. *Ich habe Euch einiges mitzuteilen,* sagte er, und ohne den Blick von mir abzuwenden, fügte er spöttisch hinzu: *Kaiserin.*

Die Ausstrahlung des Fremden nahm mich augenblicklich gefangen. Ein einziger Blick in seine Augen ließ mich glauben, ihm bereits früher einmal begegnet zu sein. Namen sind Staub, hatte er gesagt. Die Erinnerung an die Träume und jenes Verlangen beflügelte meinen Geist, als er diese Worte sprach.

Der Name Vathek ließ mich an arabische Nächte und märchenhafte Gefilde des Orients denken. Er mochte etwa vierzig Jahre alt sein. Seine Stimme war es, die mich in ihren Bann zog. Leise und bestimmend, süß wie Honig und zugleich herablassend und arrogant.

Er habe mir einiges mitzuteilen, doch dies könne er erst zu einem späteren Zeitpunkt und an einem – wie sagte er doch? – intimeren Ort. Er benutzte tatsächlich diese Vokabel. Ohne eine Antwort meinerseits abzuwarten, verabschiedete er sich und ging seines Weges. Seltsamerweise tat ich nichts, um ihn daran zu hindern. Jungmädchenhaft stand ich da und gaffte ihm hinterher. Eine Szene, die sich wahrlich als einer Charlotte Brontë würdig erwiesen hätte.

Doch verblieb mir kaum Zeit, mich über die mysteriöse Begegnung an den Klippen zu wundern. Bereits in der folgenden Nacht schreckte ich aus einem wüsten Traum auf und begann in mein Kissen zu weinen. Mir träumte, dass jene bleiche Göttin sich an meinem Blut ergötzt habe. Wenngleich mich dieselben lustvollen Empfindungen bestürmten, so vermischten sich diese nun mit tiefem Ekel. Ich spürte die Kraftlosigkeit meines Körpers und dachte schon, es gehe mit mir zu Ende. Zitternd und verängstigt klammerte ich mich an mein Kissen und starrte in die Leere meines Schlafgemachs. Der Mond malte lange Schatten an die Wände, und mir war, als sähe ich inmitten eines dieser Schatten ein paar glühende Augen, die mich fixierten. Ich wollte nach Marie Festetics schreien, doch eine süße Stimme wisperte Verse der Anbetung. Eine Gestalt schälte sich aus den Schatten und trat an mein Bett.

Ich erkannte jenen Vathek, der sich neben mich auf das Bett setzte und mich mitleidig musterte. Starr vor Angst folgte ich jeder Bewegung Vatheks, der einen krummen Dolch zückte und sich mit einem schnellen Schnitt die Pulsadern öffnete. Mit geschmeidiger Schnelligkeit griff er meinen Kopf und presste sein Handgelenk gegen meinen Mund, sodass sein warmer Lebenssaft mir die Lippen benetzte.

Ihr werdet leben, flüsterte er und streichelte zärtlich mein langes Haar. Ich schluchzte und würgte, während er mich fest in seinen Armen hielt und beruhigend auf mich einredete: *Habt keine Angst.* Ich spürte Kälte und sank in eine tiefe Bewusstlosigkeit.

Erwacht, die Sonnenstrahlen des neuen Tages im Gesicht und den Duft der Kräuter aus dem kleinen Garten in der Nase, hielt ich jene fiebrigen Bilder natürlich für die eines Traumes. Verwunderlich war nur, wie ausgesprochen gut ich mich an alles erinnern konnte. Das Gesicht jener nächtlichen Gestalt, jenes Vathek, stand mir so deutlich vor Augen, als wiederhole sich in meinem Geiste die Begegnung, die ich an den Klippen hatte. Ich erinnerte mich an die kräftige Adlernase mit dem hohen Nasenrücken und den seltsam geschwungenen Nasenflügeln. Er besaß eine hohe, gewölbte Stirn und sehr dichtes Haar, das sich nur an den Schläfen etwas lichtete. Seine Augenbrauen waren buschig und stießen fast über der Nasenwurzel zusammen. Der Mund war, soweit ich ihn unter dem dichten Schnurrbart sehen konnte, scharf geschnitten und zeigte einen teils grausamen, teils spöttischen Ausdruck, der in Mitleid umschwang, als er mir auferlegte, von seinem Blut zu kosten.

Mich an jene Tage – oder vielmehr: jene Stunden – zu erinnern kommt der Verlorenheit am Scheideweg nahe. Still steht man an der Gabelung des Weges und fragt sich, welche Richtung man einschlagen soll, wohl wissend, dass man sich ins unentdeckte Land begibt. Dabei hatte ich in meinem Leben nie das Gefühl gehabt, eine Wahl zu haben. Es war normal, dass andere Menschen für mich die Entscheidungen fällten, dass ich ein Spielball weitaus größerer Interessen war. Selbst hier, in dieser Welt der dunklen Träume, nahm mich ein Fremder bei der Hand, um mich zu geleiten.

Denn Vathek kehrte zurück, und dies bereits am nächsten Tag. Er klopfte an die Pforte des Anwesens und bat um Einlass, der ihm, der sich als ein türkischer Pascha vorstellte, gewährt wurde. Man führte ihn zu mir, und verwirrt erkannte ich, dass der Traum kein Hirngespinst gewesen war. Ich blickte in die strengen Augen Vatheks und schmolz dahin, akzeptierte die Dinge, die er mir vortrug, so seltsam und befremdlich sie auch klangen. Vielleicht war es seine Stimme, die mich wie warmes dunkles Holz umfing und selbst in meinen Gedanken wisperte. Vielleicht war es die Aufrichtigkeit, die ich in seinen Augen zu entdecken glaubte. Vielleicht war ich aber auch bloß einfältig. Letzten Endes hatten die Menschen vielleicht recht mit ihrer Behauptung, ich sei eine Verrückte.

Das wäre immerhin eine plausible Erklärung dafür, dass ich all dies so bereitwillig hinnahm.

Vathek leistete mir im Salon der Villa Gesellschaft und verkündete ohne Umschweife, dass er sich auf einer Suche befände – einer Suche, die ihn schon seit langer Zeit voller Unrast umherstreifen ließ, um diejenige zu finden, der er einst inmitten eines Sandsturmes begegnet sei. Er beschrieb sie als einer Göttin gleich, so liebreizend und doch so grausam. Schnell erkannte ich in seinen Beschreibungen die Frau, die ich insgeheim als Scheherazade bezeichnet hatte. Jene Traumgestalt, die ungekannte Gefühle der Wollust in mir hatte entstehen lassen. Ihr Name sei Carathis, sagte Vathek. Sie sei in den alten Zeiten eine Herrscherin gewesen, Gebieterin eines Volkes jenseits des Sinai, eines Wüstenstammes, dessen Versteck sich inmitten eines dunklen Gebirges befände. Während einer beschwerlichen Reise in seiner Jugend sei Vathek auf ihr Versteck gestoßen, eine Festung, die er ehrfürchtig flüsternd Ghulchissar nannte. Dort habe Carathis ihn aufgenommen – dort habe sie einen Ghul aus ihm gemacht. Seit jenen Tagen wandere er umher, einer erneuten Begegnung mit der dunklen Schönheit harrend.

Stattdessen hatte sie mich gefunden.

Auf die Frage, warum sie mich beinahe getötet hatte, konnte sich selbst Vathek keine Antwort geben. Er machte mir indes deutlich, dass ich es seinem beherzten Eingreifen zu verdanken hatte, noch am Leben zu sein. Was immer ich auch glauben mochte, wurde er nicht müde zu wiederholen, genau das sei es, was ich fühlte: Das Leben. Ich sei lebendig. Voll seiner Kraft, die meinen Körper durchflutet hatte, als ich von dem Blut getrunken hatte. Ekel kam in mir auf, als ich mich an die nächtliche Szene erinnerte. An den Geschmack des dunklen Nass auf meinen Lippen, in meiner Kehle. An das warme, wohlige Gefühl, welches mich durchdrungen hatte.

Vathek behauptete, ich sei nun ein Wiedergänger. Eine Vardoulacha, wie die Griechen jene unserer Art nennen.

Eine Harpye. Glaubte man dem Wort Gottes, so soll selbst Adams erste Frau Lilith unserer Gattung angehört haben. Mit einem spöttischen Grinsen verwies Vathek auf den großen Menschenfischer und Aufrührer, jenen arroganten Märtyrer, der in der römischen Provinz angeblich den Tod gefunden hatte und dessen Leichnam aus dem Grab verschwunden war. Selbst die Schreiber berichteten davon, wie er den ihm am nächsten Stehenden von seinem Blut zu kosten gab.

Denn das Blut ist das Leben. Das ewige Leben. Es nährt uns, gibt uns Kraft, ist die Behüterin vor dem Verfall. Es ist uns natürlich möglich, Nahrung wie jeder andere Mensch aufzunehmen. Doch benötigen wir den warmen Lebenssaft, um nicht zu sterben.

Verstehen Sie mich richtig, meine geduldigen Zuhörer, es ist keine Krankheit. Kein Übel und auch nicht die Plage irgendeiner Gottheit. Es ist nicht böse. Nicht schlecht. Warum tötet der Wolf? Warum reißt der Löwe die Antilope? Warum zehren Heuschreckenschwärme das Leben ganzer Landstriche auf? Warum sticht die Wespe? Die Antwort ist simpel: weil es ihre Natur ist. Sie verbreiten den Schrecken, weil es ihre Natur ist, sich auf diese Weise zu ernähren. Nicht, weil sie böse oder weil sie schlecht sind.

Es ist ihre Natur. So lautet die Regel.

Wir Wiedergänger ernähren uns vom Blut anderer Menschen. Das ist unsere Natur. Wir ernähren den Pöbel, und der Pöbel ernährt uns. Der ewige Kreislauf. So lautet die Regel seit frühester Zeit.

Wer diese Regel aufgestellt hat? Eine berechtigte Frage!

Wer stellt die Regeln auf? Wer haucht der Natur den Atem ein? Belebt das Wort Gottes, niedergeschrieben auf

Pergament, den toten Lehm? Wen kann man dafür zur Verantwortung ziehen? Wer ist der Schöpfer? Gibt es überhaupt jemanden, der diese Fragen beantworten könnte?

Vathek glaubte daran.

Er berichtete mir von den alten Sagen unserer Art. Von der ersten Frau Adams, die, weil von Grund auf böse, aus dem Paradies vertrieben wurde. Später soll jene Lilith der Schlange begegnet sein, und weil gleiches von gleichem angezogen wird, vereinigten sich die beiden und zeugten in einem neun Tage und Nächte andauernden Akt eine Tochter, die so wunderschön anzusehen gewesen war, dass selbst Gott vor Neid erblasst sein soll. Doch fehlte ihr der göttliche Atem. Darum gierte das wunderschöne Mädchen nach dem Atem der Mutter und trank ihren Lebenssaft. Da ihr Hunger aber noch immer nicht gestillt war, tötete sie auch die Schlange, die ihr Vater war. Das Böse, dem bis zu diesem Zeitpunkt in Schlange und Mutter Gestalt verliehen worden war, ging so auf die Tochter über. Nach der Freveltat verließ sie den Ort ihrer Zeugung und wanderte über die Erde, dazu bestimmt, das Blut der Menschen zu trinken, um überdauern zu können.

Dies ist die Legende. Eine Sage, so wahr wie eine Überlieferung aus alten Tagen nur sein kann. Doch wie in allen Mythen, so ist auch hier ein Funken Wahrheit zu finden. Vathek glaubte, dass die mystische Tochter, deren Schönheit selbst Gott sündige Gedanken auferlegt hatte, die Herrscherin jener Wüstenstadt war.

Carathis.

Vathek mutmaßte, dass sie aufgrund ihres unermesslichen Alters über das Wissen verfügen müsste, nach dem es ihn dermaßen dürstete. Zudem war sie diejenige, von der Vathek selbst abstammte. Sie hatte ihm von ihrem Lebenssaft zu trinken gegeben und ihn damit zu einem ihrer Art gemacht. Von ihr erhoffte er sich viele Antworten.

Und so war er ihrer Spur gefolgt, Hunderte von Jahren hatte er die alte Welt bereist, immer ihrer Fährte folgend, ohne je fündig zu werden. Wie ein flüchtiger Schatten entwand sie sich seinem Griff, entschlüpfte in immer entferntere Regionen, ließ neue Mythen entstehen, suchte neue Völker heim und verbreitete ihre Kinder über die Welt.

Ob er mir die Wahrheit erzählte? Die Welt ist eine Lügnerin, und manchmal ist sie mehr als nur Lug und Trug.

Eine schöne Geschichte, nicht wahr?!

Doch sehe ich Ihren Gesichtern an, dass noch weitere Fragen Sie quälen.

Geduld, meine Zuhörer. Sicherlich werden Sie sich fragen, weshalb ich all dies so bereitwillig akzeptiert habe. Ein fremder Orientale, der plötzlich in mein Leben tritt und behauptet, dass ich mich vom Blut anderer Menschen ernähren müsse, um zu überleben. Glaubt man einer solchen Person? Oder zeugt es von Irrsinn, sich auf jenes Spiel einzulassen?

Ihrer Betroffenheit entnehme ich, dass auch Sie mit dieser Vorstellung zu kämpfen haben. In eben diesem Augenblick stehen Sie vor der gleichen Gabelung des Weges. Und glauben Sie mir, auch Sie werden denjenigen Pfad wählen, der noch unbegangen ist. Doch wie akzeptiert man das Unbekannte? Neugierig? Wütend? Oder abwartend? Hörten Sie nicht auch leise Stimmen, die in Ihren Gedanken süße Lieder sangen? Natürlich taten Sie es. Jene unserer Art besitzen die Kraft, die Gedanken anderer ihr

Eigen zu machen. Wir können uns dort bewegen wie Fische im Ozean und die Menschen für kurze Zeit Dinge tun lassen, deren sie sich kaum bewusst sind. Wir können den Geist einlullen, um ihn bereit zu machen, jene Dinge zu akzeptieren, denen er sich sonst verwehren würde.

Dies tat Vathek, als er mich aufklärte. Unter Ausblendung all dieser seltsamen Vorkommnisse musste ich mir bereits damals eingestehen, dass mich dieser Pascha anzog. Er hatte das Gebaren eines gefallenen Engels. Carathis hatte von meinem Blut getrunken, und in jener Nacht wäre ich gestorben, hätte nicht Vathek mir von seinem Blut zu trinken gegeben. Ich bin von einem gefallenen Engel gerettet worden. Sie müssen wissen, dass wir uns auf diese Weise vermehren. Kostet ein Mensch vom warmen Blut eines Wiedergängers, so verwandelt er sich selbst in ein ebensolches Wesen.

Um alle Zweifel zu beseitigen, meine Zuhörer. Auch Sie gehören nun zu unserer Gattung. Sie alle sind Wiedergänger und werden Blut trinken. Sie werden sich am Lebenssaft Ihrer Mitmenschen laben und noch über diese Erde wandeln, wenn all Ihre Lieben zu Staub zerfallen sind. Ein Schicksal, mit dem man sich erst einmal anfreunden muss.

Akzeptieren Sie es.

Einen anderen Weg gibt es nicht. Für keinen von uns.

Doch ich schweife ab.

Was ich Sie alle zu entschuldigen bitte.

Ich hoffe, dass Sie auch weiterhin geduldig meinen Worten lauschen. Kehren wir also erneut zurück an die Gestade der mediterranen See. Zu jenen Tagen, die länger und länger wurden.

Keiner meiner Begleiter bemerkte eine Veränderung in meinem Verhalten. Helene, meine Schwester, und Marie Festetics hatten den Pascha kaum zu Gesicht bekommen. Regelmäßig trafen besorgte Briefe des Kaisers ein, der sich nach meinem Wohlbefinden erkundigte und darlegte, wie sehr er mich vermisse. Unnötig zu sagen, dass ich ihn nicht vermisste. Die Kinder jedoch misste ich schmerzlich. Wie hätte ich ahnen können, dass der Kontakt zu meinen Kleinen schon bald verderbt sein würde? Doch es gab weitere Nachrichten. Österreich musste die Lombardei, seine ehemals reichste Provinz, abtreten. In Ungarn drohte erneut eine Revolution. Die Lage meiner kleinen Schwester Marie in Neapel verschlechterte sich. Mit ihrem schwachsinnigen Gatten zog sie sich in die Festung von Gaete zurück, ihre letzte Zuflucht. Die Welt, die mir so weit entfernt zu sein schien, zerfiel langsam, doch stetig, in Stücke.

Doch sollte ich meinem Bericht nicht vorgreifen.

Ich sollte Ihnen von Eléni Gúrnia berichten, einer jungen Wirtstochter aus Dragotiná. Die Kleine war eine Schönheit, die ich während einer Wanderung im Süden der Insel traf. Ihre sonnengebräunte Haut roch nach frischen Kräutern, und ihre festen Brüste zeichneten sich unter dem Kleid ab. Sie hatte bemerkenswert dunkle Augen und dichtes lockiges Haar. Wir trafen sie auf einem schmalen Pfad, während wir auf das Dorf Dragotiná zuwanderten. Sie habe Zitronen in einem nahen Hain gepflückt, erklärte sie und bot uns die herrlichen Früchte und die Gastfreundschaft ihrer Eltern an. Selbst Vathek war überrascht, als ich sie unvermittelt anfiel. Ich kann mich noch erinnern, ihr ein Kompliment bezüglich ihres Haars gemacht zu haben. Dann biss ich, einem Drang folgend, in ihren Hals, riss an dem festen jungen Fleisch und spürte das warme Blut über meinen Körper sprudeln. Sie hatte keine Gelegenheit zu schreien. Wie ein Tier trank ich ihr Blut und grub meine Finger in ihren Körper. Ich hörte kaum die Stimme Vatheks, der mir laut und entsetzt Einhalt gebot. Es war ein Rausch aus Gier und Machtgefühl. Den Arm des Mädchens konnte ich ohne Mühe aus dem Gelenk reißen. Meine Hand grub sich in den Brustkorb der Kleinen und zerrte an den Eingeweiden. Ich erinnere mich, wie ich einen Teil ihres Herzens zwischen den Zähnen zermalmte. Dann spürte ich die starken Arme Vatheks, der mich von der Kleinen wegzog. Er warf mich zu Boden, und ich bemerkte den Abscheu in seinen Augen. Er schalt mich, einem Tier ähnlicher zu sein als einem Wesen unserer Art. Es sei unehrenhaft, seine Beute derart zu schänden. Voller Scham starrte ich auf den Mädchenkörper, der zerfetzt im hohen Gras lag, in dessen leeren Augen und nassen Eingeweiden sich die Mittagssonne brach. Zikaden sangen leise, und das Rauschen der Zitronenbäume vermischte sich mit den Vorwürfen des Paschas. Nur langsam beruhigte ich mich. Mein Körper zitterte vor Erregung. Nie hatte ich derartiges verspürt. Es war die Macht, die der Adler verspürt, wenn er aus den Lüften herniederstößt. Die Macht, über Leben und Tod zu gebieten.

Einzig das Entsetzen in den Blicken Vatheks rief mich zur Besinnung. Nie habe er erlebt, dass ein Wiedergänger seine Unschuld so verloren habe. Er ermahnte mich, niemals wieder die Kontrolle über den Trieb zu verlieren. Wir seien keine Tiere, auch wenn die Menschen uns als solche ansähen. Wie jeder Jäger hätten wir die Pflicht, die Beute zu ehren, weil wir nur durch sie das Leben geschenkt bekämen. Die Wut in seinen Augen trat unverkennbar zutage. Das ist es, woran ich mich noch deutlich erinnere. An den Zorn und die Verwirrung in den Augen des Paschas.

Wegen dieses Vorkommnisses unternahmen wir bereits am Folgetag einen Ausritt ins Gebirge. Der Pantokrátor ist ein Berg im Norden der Insel. Dorthin führte mich Vathek.

Ich war guter Laune an jenem Tag, da am Morgen ein Brief des Kaisers eingetroffen war, in dem er mir mitteilte, die Kinder schon bald in Venedig sehen zu können. Da ich mich geweigert hatte, nach Wien zu reisen, empfand ich diesen Vorschlag als ein Zugeständnis an meine Überzeugungskraft. Das Erlebnis des vorigen Tages hatte ich zu verdrängen versucht. Es hatte uns Mühe gekostet, unbemerkt zur Villa zurückzukehren. Meine blutdurchtränkte Kleidung hätte immerhin für unliebsames Aufsehen sorgen können. Doch hatte ich mich gesunder gefühlt als während der letzten Wochen. Der Lebenssaft der Kleinen hatte mir tatsächlich neue Kraft geschenkt.

Nichtsdestotrotz war des Paschas Laune schlecht. Mit Nachdruck hatte er darauf beharrt, mit mir diesen Ausritt ins Gebirge zu unternehmen. In den frühen Morgenstunden machten wir uns auf den Weg. Schmale Pfade führten uns im Schatten uralter Olivenbäume zum Bergdorf Petália. Da Vathek während des gesamten Aufstiegs schwieg und mit grimmigem Blick voranritt, erfuhr ich nichts von seinen Beweggründen, mich zu diesem Ort zu führen. Einmal trafen wir eine alte Frau, die Reisig auf dem Rücken schleppte. Als ich mich nach dem Dorf erkundigte, bekreuzigte sich die Alte nur und ging schnell ihres Weges. Der Pascha indes sah mich wissend an und ritt weiter, ohne ein Wort über die Reaktion der alten Frau zu verlieren.

Am späten Nachmittag erreichten wir dann Petália, das hoch über den grünen Wiesen und Hainen der Insel lag. Wie für korfiotische Dörfer üblich, gab es keinen markanten, großen Dorfplatz wie auf den Inseln der Ägäis, sondern nur zwei kaum merkliche Gassenerweiterungen im unteren Dorf. Ein Gebirgsbach plätscherte durch das Dorf, und hier und da standen Körbe mit verfaultem Obst in den Ecken der Häuser. Der Kadaver einer Ziege lag neben einem der kleinen Ställe. Eine tote Katze fanden wir zwei Gassen weiter. Eine merkwürdige Stille lag über diesem Ort. Seltsamerweise gewahrte ich keine einzige Menschenseele. Es schien, als hätten alle Einwohner diesen Ort verlassen.

Vathek bedeutete mir abzusteigen. Folgsam tat ich wie geheißen. Ich folgte dem Pascha, der unwirsch mit dem Stiefel die hölzerne Tür zu einem der Häuser eintrat, sodass sie beinahe aus den eisernen Angeln gerissen worden wäre. Augenblicklich erklang ein langgezogenes Geheul, welches die Pferde ängstlich scheuen ließ. Das Jaulen wurde zu einem tiefen Knurren, als Vathek den Fuß in das Haus setzte. Mit zitternden Knien folgte ich dem Pascha in die Dunkelheit der Behausung.

Ähnlich wie in meinem Traum, bemerkte ich rot glühende Augenpaare in der Dunkelheit. Nachdem ich mich an das kümmerliche durch die Tür hereinfallende Licht gewöhnt hatte, erkannte ich mehrere zusammengekauerte Gestalten. Ihre langen fettigen Haare hingen ihnen in die Gesichter, deren Züge zu grausigen Fratzen entstellt waren. Gelbe, scharfe Zähne wurden gefletscht, gefolgt von einem tiefen, bösartigen Knurren. Die Kreaturen, wenngleich einst menschlich (nur wenige von ihnen trugen noch zerrissene Kleidung), glichen in ihrem Verhalten eher wilden oder tollwütigen Hunden. Ruckartig schnellten ihre Körper nach vorn. Eine verzweifelte Drohgebärde, die jedoch kaum verbergen konnte, dass sie sich vor uns fürchteten.

Vathek ging zu einem der Fenster, das ebenfalls verschlossen war. Mit einer kräftigen Armbewegung riss er die Läden zur Seite, und grelles Sonnenlicht flutete in den einen Teil des Raumes. Ich konnte beobachten, wie diejenigen Kreaturen, die vom Licht getroffen wurden, vor Schmerz aufschrien und sich in Krämpfen am Boden rollten. Ihre schmutzüberzogene Haut wurde in Windeseile von rötlichem Ausschlag bedeckt, der alsbald kleine Bläschen entstehen ließ. Verzweifelt versuchten die Kreaturen, sich in die Dunkelheit zu retten. Nur einer gelang dies. Die anderen Gestalten krümmten sich weiter zu unseren Füßen. Die Haut begann zu eitern, und Blut rann ihnen aus den Augenwinkeln. Es war ein durch und durch erbärmlicher Anblick. Das Knurren wurde zu einem Winseln, und nach wenigen Augenblicken trat Stille ein.

Ich blickte ins Angesicht des Paschas.

Vatheks heisere Stimme erklärte mir, dass dies Kreaturen seien, die man in seiner alten Heimat mehr gefürchtet habe als den Zorn des Propheten. Es gab viele Namen für das, was sie waren. Hyänenmenschen – so hatten die Ägypter sie genannt. Vlkoslak werden sie von den Serben genannt. Und die Bewohner des Isten Szek sprechen von den Vrolok.

Später gab mir Vathek das Buch eines Engländers zu lesen: Kipling. Dort erfuhr ich eine seltsame Geschichte von einem Mann, der König hatte werden wollen und mit seinem Gefährten nach Kafiristan gegangen war. Auch sie trafen auf die Kreaturen, die überall in der Welt zuhause zu sein schienen.

Doch was sind dies für Kreaturen? Es sind Schatten. Weder Mensch noch Tier. Einen Menschen, dessen Blut von einem Wiedergänger getrunken wird, gelüstet nach kurzer Zeit selbst nach dem Lebenssaft. Doch wird er nicht gleichsam zu einem unserer Art. Ihm fehlt das reine Blut des Wiedergängers. So wird er losziehen und reißen, was ihm anheimfällt. Ob Mensch oder Tier, kümmert ihn nicht. Jene Menschen oder Tiere, die er nicht tötet, werden auch zu einem Schatten. Sie folgen dem Ruf des Blutes. Doch bald schon werden diese Kreaturen krank und schwachsinnig. Sie verwandeln sich in Tiere, werden wild und tobsüchtig. Das Licht des Tages schadet ihnen, und deshalb kommen sie erst in der Dämmerung hervorgekrochen, um zu jagen. Oft erkranken ganze Dörfer. Es breitet sich schnell aus. Doch ebenso schnell sterben die Kreaturen.

Deshalb, so erklärte mir Vathek, töten die Wiedergänger ihre Beute. Wir laben uns an dem Blut und töten augenblicklich. Nur so kann die Seuche gebannt werden.

Nur, wen wir für würdig erachten, machen wir zu unseresgleichen.

Ich hoffe doch, Sie alle verstehen dies als Kompliment.

Wie dem auch sei – Vathek wurde nicht müde, mir die Notwendigkeit zur Mäßigung vor Augen zu halten. Die Gier musste kontrolliert, der Trieb gebannt werden. Wir dürfen uns nicht dem Blutrausch hingeben. Niemals, so betonte Vathek erneut, habe er erlebt, dass ein neuentstandener Wiedergänger seine Beute derart zerfleischt hatte. Der Kreaturen eingedenk, sah ich natürlich ein, dass dem nicht zu widersprechen war, dass die Regeln zu befolgen waren. Jedoch das Gefühl, welches mich befallen hatte, jener süße Rauschzustand – in diesem Augenblick hätte ich alles dafür getan, ihn erneut zu erleben. Und doch verspürte ich Gewissensbisse. Es war Unrecht. Meiner nicht würdig. Ich würde mich verhalten, wie man es von mir erwartete. Als mir dies bewusst wurde, ärgerte ich mich, und Vathek wurde zum Ziel dieser plötzlichen Aggression. Genauso wie die höfische Gesellschaft in Wien machte auch er mir Vorschriften. Das Gefühl, die Fäden des eigenen Schicksals von fremden Händen ziehen zu lassen, war unerträglich. Die aufgestaute Wut der letzten Jahre, die sich eigentlich gegen den Kaiser und seine grässliche Mutter und Graf Grünne und wie sie alle hießen hätte richten müssen, entlud sich in der kleinen Hütte in dem verfluchten korfiotischen Dorf.

Ich schrie und beschuldigte den Pascha, mich ins Verderben zu stürzen. Mein Toben ängstigte die Kreaturen, die sich noch weiter in die Dunkelheit des Hauses zurückzogen. Vathek indes nahm mich rasch in die Arme, während ich in Tränen ausbrach. Er flüsterte beruhigend auf mich ein und streichelte mein Haar. Überrascht bemerkte ich, dass er in meinem Bewusstsein flüsterte. Es war, als bewege sich ein wunderschöner Vers im eigenen Verstand, als würde die Seele umarmt, fast schon zärtlich und vertraut.

Nach einiger Zeit beruhigte ich mich, und wir verließen die Behausung. Die Pferde blickten ängstlich umher, spürten zweifelsohne die Gegenwart der Kreaturen. Wir stiegen schnell auf und verließen Petália in der Gewissheit, dass diese Kreaturen bald sterben würden.

Am Abend schlief ich unruhig. Die Bilder hatten sich in meinem Kopf festgesetzt. Ich hatte in den Abgrund geblickt, und während die Schatten der Olivenbäume an der Decke des Schlafgemachs tanzten, begann ich langsam zu akzeptieren, dass ich selbst nun ein Teil dieser neuen Welt geworden war.

Vathek verschwand schon bald darauf. Er hinterließ eine Nachricht in der Villa, in welcher er versprach, mich in Kürze wiederzusehen. Seltsamerweise dürstete es mich in den folgenden Wochen nicht nach dem Blut anderer Menschen. In meiner Umgebung nahm man den verbesserten Gesundheitszustand der Kaiserin freudig zur Kenntnis, und als ich meinen Gatten in Venedig traf, fand auch er mich besser aussehend. Ich freute mich, Gisela und Rudolf erneut in die Arme schließen zu können. Ansonsten spürte ich wieder einmal die alten Zwänge. Die Last der Repräsentation. Überall bemerkte man in Venedig die gereizte Stimmung gegen Österreich. Nachdem ich den Kaiser auf dem Markusplatz getroffen hatte, mied die Bevölkerung diesen Ort. Glücklicherweise benutzte der Kaiser seinen Aufenthalt eher zu Truppeninspektionen und Paraden (zu denen er zu meinem Leidwesen oft den kleinen Rudolf mitnahm), sodass ich mich nicht genötigt sah, meine Zeit mit ihm zu verbringen; der Gedanke, den ehelichen Akt mit ihm ausführen zu müssen, erfüllte mich nur mehr mit tiefem Abscheu. Stattdessen bekämpfte ich die Langeweile mit dem Kartenspiel und dem Sammeln von Fotografien schöner Frauen. Seit der Begegnung mit Carathis zogen mich graziöse Frauenkörper an. Ich betrachtete die Formen, genoss die makellosen Gesichtszüge, liebte die Vorstellung, jene weiche Haut berühren zu können. Ich genoss diese Schönheit um ihrer selbst willen. Selbst nach meiner Rückkehr ins verhasste, kalte Wien frönte ich weiterhin dieser Tätigkeit, ließ mir von österreichischen Diplomaten aus allen Teilen Europas Fotografien von schönen Frauen senden.

Doch war mir während all dieser Beschäftigungen klar, dass ich nur mein Leben zu vergessen versuchte. Erst einmal nach Wien zurückgekehrt, schienen die Ereignisse von Korfu immer unwirklicher zu werden. Das unstete Leben entsprach meiner Rastlosigkeit. Bald musste ich zur Kur nach Bad Kissingen, da Dr. Fischer eine Krankheit der blutbereitenden Organe Milz und Lymphdrüsen diagnostiziert hatte. Danach flüchtete ich für kurze Zeit nach Possenhofen, um letzten Endes doch nach Wien zurückkehren zu müssen. Dort wartete der beischlafbereite Kaiser, der zur Sicherung der Thronfolge einen weiteren Sohn zu zeugen gedachte. Ich fügte mich in mein Schicksal und lebte in dieser dreckigen Baustelle, in die Wien sich verwandelt hatte. Mehrere Male stahl ich mich im Schutze der Dunkelheit davon, streifte unerkannt durch die engen Gassen Wiens und nährte mich von einsamen Passanten. Streng befolgte ich dabei die mir vom Pascha auferlegte Regel und tötete jedes meiner Opfer augenblicklich, nachdem mein Hunger gestillt war. Ich genoss jene nächtlichen Ausflüge, das Zittern und Aufbäumen der Beute, bevor ihr Körper schlaff und leblos zu Boden sank. Immer öfter harrte ich jenes Rausches, den das warme Blut des Pöbels heraufbeschwor. Vom Pascha indes erreichte mich keine Nachricht.

Dann jedoch, drei Jahre nach Korfu, machte ich die Bekanntschaft eines ungarischen Mädchens. Der Wiener Hof ließ eine Liste ungarischer Aristokratinnen zusammenstellen, die man für die Position einer Gesellschafterin würdig erachtete. Als mir nach Tagen dann endlich die Liste vorgelegt wurde, befand sich unter den in kalligraphischer Schrift aufgeführten Namen ein weiterer, siebenter Name. Niemand wusste, wer diesen Namen handschriftlich auf die Liste gesetzt hatte. Es war jedoch klar, dass er keineswegs von den Hofstellen ausgewählt worden war. Instinktiv wählte ich diesen siebenten Namen.

So lernte ich die süße dreiundzwanzigjährige Ida Ferenczy kennen, die nicht einmal von Adel war. Sie war eine dunkelhaarige Schönheit von makelloser Gestalt, und es waren ihre Lippen, die mir die lang ersehnten Grüße vom Pascha überbrachten. Wer hätte ahnen können, daß die liebliche Ida Ferenczy ebenso wie Vathek ein Wiedergänger war. Sie wolle mir eine treue Freundin sein, gestand sie schon bald nach unserer ersten Begegnung. Der Graf habe ihr aufgetragen, sich meiner anzunehmen. Auf meine Rückfrage, weswegen sie Vathek als Grafen betitelte, antwortete sie nur mehr mit einem schmunzelnden Lächeln und verwies auf die Dinge, die da noch kommen mochten. Während unserer langen Spaziergänge in Schönbrunn erfuhr ich von Idas Kindheit im kleinen Dorf Kecskemét und ihren vier Schwestern, von der Armut und dem Widerwillen der Magyaren, sich einer fremden Krone unterzuordnen. Vor wenigen Jahren hatte man die ungarische Königskrone wiedergefunden; ein Symbol, welches den Nationalstolz erneut entfacht hatte. Durch die Augen der lieblichen Ida gewahrte ich ein Land, welches ich vorher so nicht gekannt hatte. Die Lehrer am Hofe in Bayern und in Wien hatten mir die ungarische Geschichte ganz im Sinne der österreichischen Rechtfertigung der Okkupation beigebracht. Ida berichtete mir von geheimen Treffen, von bitteren Tränen verletzten Stolzes, von Hungersnöten und der missglückten Revolution, die Österreich so blutig niedergeschlagen hatte. Mit leuchtenden Augen erzählte Ida von den Helden ihres Landes, den Revolutionären Franz Déak und Gyula Andrássy, die erst seit kurzem aus der Verbannung zurückgekehrt waren, weil der Kaiser eine Begnadigung ausgesprochen hatte. Vom Galgen, dem sie nach Paris entflohen waren, errettet, suchten sie wieder nach einem (diesmal politischen) Weg, das ungarische Volk zu befreien. Durch Ida wurde ich auf die ungarische intellektuelle Szene aufmerksam, deren Texte man am Hof verboten hatte. Sie besorgte mir Schriften von Josef Eötvös und Stefan Széchényi, ließ mich die Manuskripte des »Zászlótarto« verschlingen und machte mich auf den Journalisten Max Falk aufmerksam, der für die Zeitung »Pesti Napló« arbeitete und den ich als neuen Sprachlehrer engagierte.

Um eine lange Geschichte kurz zu machen – Ida gewann mein Herz, für sich selbst und für ihr Land. Mir war, als würden sich meine eigenen Gefühle im Schicksal jenes kleinen trotzigen Landes manifestieren. Wir begannen uns in Idas Sprache zu unterhalten, und da kaum jemand am Hof des Ungarischen mächtig war, verfügten wir gleichsam über eine Geheimsprache. Zudem berichtete mir Ida von ihren ersten Erlebnissen als junge Wiedergängerin. Während ihrer Schilderungen vom ersten nächtlichen Beutezug und der Euphorie beim Kosten des Blutes wurde mir jedoch bewusst, dass sie nicht jene intensiven Gefühle verspürt hatte, die mir einen so großen Genuss bescherten. Auch war sie nie einem Blutrausch erlegen. Ida nährte sich mit bedächtiger Vorsicht. So wie Vathek es ihr aufgetragen hatte. Denn auch sie stammte vom Pascha ab. Vor kaum mehr als fünf Jahren hatte er sie zu einem Wiedergänger gemacht.

Wenn sie von ihm sprach, vom »Grafen«, wie sie ihn mit leuchtenden kindlichen Augen nannte, wurde mir bewusst, dass sie etwas vor mir verheimlichte. Wenn ich sie darauf ansprach, gab sie lediglich zu bedenken, dass der Graf ihr aufgetragen habe, über manches zu schweigen, und dass sie ihm unbedingt Folge zu leisten habe. Erst zwei Jahre später sollte ich erfahren, um welches Geheimnis es sich handelte.

Zwei lange Jahre später – der Kaiser hatte die Militärgerichtsbarkeit in Ungarn aufgehoben und eine Amnestie für Pressevergehen erlassen. Nach wie vor verlangten die Magyaren die Neueinsetzung ihrer alten Verfassung und die Krönung des Kaisers mit der Krone des heiligen Stephan. Gyula Andrássy wurde zum Nachfolger des »Weisen« Déak, und der Kaiser konnte nicht umhin, jenen Aristokraten zu treffen. Dabei war die Antipathie gegen diesen vor sechs Jahren aus dem Exil Zurückgekehrten unverkennbar. Unter dem Befehl des aufrührerischen Kossuth hatte Andrássy 1849 bei Schwechat gegen die kaiserlichen Truppen gekämpft. Er war nach Konstantinopel gereist, um die Türken als Verbündete gegen Österreich zu gewinnen (wenngleich Spötter behaupteten, er habe nur die Geheimnisse des Harems erkunden wollen). Während seines Aufenthalts dort wurde die Revolutionsarmee geschlagen und Andrássy in Abwesenheit wegen Hochverrats zum Tode verurteilt. Statt ihn zu erhängen, musste man sich damit begnügen, seinen Namen an den Galgen zu nageln. Er reiste nach London und später nach Paris, wo der »beau pendu« seine Frau, die Comtesse Katinka Kendeffy, kennenlernte. Mit ihr kehrte er schließlich nach Budapest zurück. Er war Bohemien und Kavalier, ein Märtyrer der Revolution, dem Ämter und Würden nachgetragen wurden. Ohne viel dafür tun zu müssen, wurde er zu einem politisch mächtigen Mann mit ausgezeichneten Kontakten zur liberalen Presse des Landes. Der Kaiser musste ihn akzeptieren, wenn auch mit allergrößtem Widerwillen.

So kam es, dass sich unsere Wege im Januar des Jahres 1866 zum erstenmal kreuzten. Eine Delegation des ungarischen Landtages reiste mit dem Fürstprimas von Ungarn nach Wien, um mir eine Einladung zu einem Besuch in Budapest und nachträgliche Geburtstagsglückwünsche zu überbringen. Andrássy, der damals Vizepräsident des ungarischen Abgeordnetenhauses war, gehörte dieser Delegation an. Schon am Morgen jenes Tages harrte ich der Audienz. Zu Ehren unserer Gäste trug ich ungarische Nationaltracht und umgab mich ausschließlich mit ungarischen Palastdamen.

Dann kam der große Augenblick – Gyula Andrássy im goldbestickten Prachtgewand der magyarischen Aristokratie, mit edelsteinbesticktem Mantel, über die Schulter geworfenem Tigerfell und Stiefeln mit Sporen; neben ihm der Fürstprimas und der griechisch-orientalische Bischof. Er wirkte weltmännisch und zugleich zigeunerhaft wild. Es war der Moment der Erkenntnis. Fast schwindelte mir, als ich in die dunklen magischen Augen blickte und die vertraute Stimme hörte. Die Erinnerung an Korfu kehrte mit einem Mal zurück. Dies war also Idas kleines Geheimnis gewesen. Es war *ihr* Graf, der sich vor mir verbeugte. *Graf* Gyula Andrássy. Derselbe, der mir von seinem Leben zu kosten gegeben hatte.

Er brachte mir Glückwünsche dar, und es war des Paschas Stimme, der ich lauschte. Vathek war mit der ungarischen Abordnung nach Wien gekommen, um offiziell der Kaiserin von Österreich-Ungarn vorgestellt zu werden.

Ich begrüßte ihn in seiner Muttersprache und hielt eine kurze Ansprache, die unsere Gäste mit begeisterten Éljen-Rufen quittierten. Dann, während des sich an die Hoftafel anschließenden Cercles, gelang es uns erstmals, ein längeres Gespräch zu führen. Es waren die Belange Ungarns, von denen er berichtete, und ich gab ihm höchst direkt zu verstehen, dass er in mir eine Fürsprecherin für seine Sache gewonnen hatte. Ich versprach zudem, Budapest baldigst einen Besuch abzustatten.

Als mich der Kaiser am Abend rügte, weil ihm meine Sympathie für diesen »lächerlichen Attila«, wie er den Grafen zu nennen pflegte, missfiel, entgegnete ich ihm wütend, dass ich das tat, was ich für richtig hielt, und fügte ein trotziges *»az már nem én lennék«* hinzu, um mich sodann in meine Gemächer zu begeben.

Es gab so vieles, worüber ich in Ruhe nachdenken musste. Die Begegnung mit Andrássy hatte alles verändert. Er lebte dieses Leben, kämpfte für die Freiheit eines Landes, das nicht einmal seine Heimat war. Doch hätte mich dies nicht überraschen sollen. Hatte ich nicht selbst mein Herz ans Ungarnland verloren? Wie leicht war mir dies gefallen. Plötzlich fragte ich mich, ob mir das Leben geschenkt worden war, um als Kaiserin jener Sache zu dienen. War ich gerettet worden, um den Prozess des Ausgleichs voranzutreiben? War ich von Andrássy benutzt worden? Ida gab zu bedenken, dass ich allem und jedem gegenüber Misstrauen hegte – und sich der Graf nun in diese Ansammlung nicht vertrauenswürdiger Figuren einzureihen drohte. Dagegen, so Ida, müsse ich ankämpfen. In der Tat *wollte* ich Andrássy vertrauen. Ich *wollte* in seinen Absichten keine Selbstsucht erkennen. Kein menschliches Wesen (und obschon ich mein Dasein als Wiedergänger akzeptiert hatte, sah ich mich noch immer als Menschen) kann gänzlich ohne Vertrauen leben. So tat ich, was ich immer tat, wenn die Gedanken und Zweifel zu laut wurden in meinem Schädel: ich disziplinierte meinen Körper. Jeden Morgen in der Frühe unternahm ich einen langen Spaziergang durch den Park Schönbrunn, von dem mich selbst die eisige Kälte des Januars nicht abhalten konnte. Ich absolvierte meine Turnübungen und ritt lange aus, frisierte stundenlang mein Haar und aß wenig. Ich zügelte meinen Hunger nach dem frischen Blut des Pöbels und kämpfte gegen den Drang an, auf Beutezug zu gehen.

Dann, im Januar 1866, begleitete ich den Kaiser nach Budapest, wo Andrássy uns in der Hofburg in Buda empfing und einen Ball ausrichtete. Viele der Wiener Hofbeamten belustigten sich voller Missgunst und Schadenfreude an den »schäbigen Kostümen« der Magnaten, den »lächerlichen Attilas« und lästerten über den »schamlosen Csárdás«, der auf der Burg getanzt wurde. Es passte zum Kaiser und seinem Klüngel, dass sie dem Temperament der Ungarn mit Unverständnis begegneten. Es wird mir auf ewig verschlossen bleiben, wie sich jemand an der

Begeisterung der einfachen Leute, die uns herzlich mit ihren Éljen-Rufen empfingen, nicht erfreuen kann. Die Freudentränen der Menschen waren ohne Scham und Spiel. Es war, als hörte man das Herz dieses Volkes schlagen.

Einzig die Kälte setzte mir in Budapest zu. Erneut plagten mich heftige Hustenanfälle und Schwäche. Ida legte mir nahe, bald wieder auf die Jagd zu gehen. Sie pries die verschlungenen Gassen und Pfade der großen Stadt, die schattenhaften Winkel am Donaukai und die verlassenen Markthallen im Morgengrauen. Ich sträubte mich, und den Grund dafür wollte ich mir nicht eingestehen – was zweifelsohne ein törichtes Verhalten war.

Ich hatte mich in Andrássy verliebt. In ihn oder die stolze Galionsfigur der Magyaren, der ihre Unabhängigkeit über alles ging – spielte das eine Rolle? Er war all das, was der Kaiser nicht war. Und ich wollte ihn nicht verärgern. Ich wollte ihm zeigen, dass ich mich unter Kontrolle hatte. Das Blutbad von Korfu sollte sich nicht wiederholen. Ich würde meine Beute ehren, indem ich schnell tötete. Das war mein Vorsatz. Doch wie so oft strafte das Leben gute Vorsätze Lügen.

Nach einem Streit mit dem Kaiser verließ ich wütend die privaten Räumlichkeiten und begab mich nach draußen, wo ich an der Balustrade stehend auf die erleuchtete Stadt hinunterblickte. Die Stille der nächtlichen Burg umgab mich. Vom Gellertberg auf die erleuchtete Stadt hinabzublicken gab mir das Gefühl zu schweben. In mir tobte Wut. Des Kaisers ignorante Ansichten, seine Völker betreffend, verärgerten mich zutiefst. Das dumme Mädchen, das einst in Ischl mit romantisch verklärtem Blick in die Sonne geblinzelt hatte, wäre besser schon früher tot gewesen. Sie hätte mir damit einiges Leid ersparen können. Doch da stand ich nun, in der eisigen Winternacht, gedachte meiner Kinder, die ich kaum kannte; trauerte um das Leben, das ich hätte führen können; dachte an den Mann, der unerreichbar war für die Kaiserin von Österreich; dürstete nach dem Fleisch in den labyrinthischen Wegen der Stadt. Fast war mir, als hörte ich den Pulsschlag von Millionen. Mir schwindelte. Tränen ließen meinen Körper sich verkrampfen. Der Magen schmerzte, als hätte ich Nadeln hinuntergeschluckt. Ich übergab mich in den tiefen Schnee und zitterte.

Dann begann ich zu laufen. Erst langsam, dann schneller. Ich nutzte die Schatten und witterte einige Arbeiter, die am Donaukai die Lastkähne beluden. Es waren große Männer mit fettigen Haaren und kräftigen Armen, doch kosteten sie mich keine Mühe. Ich schlitzte sie auf, noch bevor sie auch nur ahnten, was über sie gekommen war. Nach dem ersten Mahl zog ich weiter. In den Gassen von Buda fiel ich einen überraschten Nachtwächter an. Dann folgte ich einer jungen Dirne, von deren vollen Brüsten ich trank, als ich von einem Haufen lärmender Soldaten gestört wurde. Ich ließ die Dirne in der Gosse liegen und verließ den Ort der Tat, bevor jemand auf mich aufmerksam werden konnte.

In einer der vielen Gassen, die zur Burg hinaufführten, stieß ich auf Ida Ferenczy, die mich besorgt in die Arme nahm und in meine Gemächer zurückbrachte. Die weise vorsorgende Ida – was hätte ich nur getan, wenn sie mir nicht begegnet wäre, mich nicht in den mitgebrachten sauberen Mantel gehüllt hätte? Sie schalt mein Verhalten töricht und gefährlich. Was, wenn die Kaiserin von Österreich mit blutdurchtränktem Kleid und blutigen Lippen an den Hof zurückgekehrt wäre? Weder Ida noch ich selbst wollten die Antwort auf diese Frage hören. Ich hatte unvernünftig gehandelt, und es war nicht zu verheimlichen, dass ich erneut einem Blutrausch erlegen war. Benommen ließ ich mich zu Bett bringen und hoffte, dass Andrássy nichts von alledem erfuhr. Ihn zu enttäuschen wäre das Letzte gewesen, was ich gewollt hätte.

Jedoch erfuhr er schon bald von meinem nächtlichen Ausflug. Denn es war jene Dirne, die ich so achtlos in der Gosse hatte liegen lassen, die schon in der folgenden Nacht ihre Kundschaft infizierte. Ich hatte das Miststück in der Eile, unentdeckt zu bleiben, nicht getötet – ein schweres Missverhalten. Sie war zu einem Schatten geworden, zu einer derjenigen Kreaturen, von deren traurigem Schicksal ich auf Korfu erfahren hatte. Sie dürstete es nach Blut, doch war sie kein Wiedergänger. Sie steckte jeden Menschen, den sie biss, mit ihrer Krankheit an. Glücklicherweise gehörten ausschließlich Arbeiter aus Buda ihrem Kundenkreis an, sodass nach zwei Tagen der Verdacht laut wurde, in diesem Stadtteil seien Fälle von Cholera aufgetreten. Die Epidemie breitete sich aus, und die Ärzte taten ihr Bestes, um des seltsamen Krankheitsbilds Herr zu werden. Es gab Gerüchte von Menschen, denen trotz der Kälte die Haut verbrannte, sobald sie ans Tageslicht traten. Man berichtete von bleichen Gestalten, die sich in dunklen Ecken zusammenkauerten, husteten und knurrten. Einige wurden ins Irrenhaus gesteckt, wo sie schnell verstarben. Ich hörte, wie man den Kaiser von den Vorfällen in Kenntnis setzte und sich darauf einigte, dass man es hier mit der Cholera zu tun haben müsse. Als ich im Sommer desselben Jahres erneut nach Budapest reiste, dieses Mal mit den beiden Kindern, hatte sich die Cholera über weite Landstriche verbreitet, und die Zahl der Seuchentoten stieg rapide an.

Muss ich erwähnen, dass mich Andrássy für mein Verhalten schalt? Er rief mir Korfu ins Gedächtnis und ließ sich über die Folgen meiner Pflichtvergessenheit aus. Er erbat Disziplin von seiner Kaiserin. Nie wieder dürfe ich dem Blutrausch erliegen, nie wieder einen Menschen zum Schatten machen. Es war nicht zu leugnen, dass ich großes Unheil über das Land gebracht hatte. Trotzdem sei ich noch eine junge Wiedergängerin und unerfahren, wenngleich ich das Gegenteil glauben mochte. Ich solle den Ratschlägen Idas Folge leisten.

Ich gab mich versöhnlich – und kehrte schon bald mit all den guten Vorsätzen ins verhasste Wien zurück.

Wieder die Gefangene der Hofburg, musste ich feststellen, dass die anti-ungarische Stimmung in der Hauptstadt nur mehr zugenommen hatte. Der Kaiser stand unter einem starken Druck. Österreich wurde von den Armeen Preußens und Italiens bedroht, täglich kamen Züge mit Verwundeten in Wien an, und Frankreich dachte nicht daran, uns zu Hilfe zu kommen.

Die alte Welt ging immer mehr zugrunde. Jeder konnte es sehen, und niemand wollte es wahrhaben. Erst als Österreich in den Friedensverhandlungen gezwungen wurde, die italienischen Provinzen aufzugeben und aus Deutschland auszutreten, erwachten die Menschen. Die Reparationszahlungen an die Preußen schmerzten, weil die böhmischen Länder sofortige Lebensmittelhilfe erbaten; die deprimierten österreichischen Soldaten wurden von Cholera und Typhus dahingerafft, und in Ungarn schürte man den Aufruhr. Niemand konnte die Zeichen der Zeit ignorieren – und der Kaiser wurde letztlich zum Handeln gezwungen.

Im Jahre 1867 kam endlich der »Ausgleich« zustande. Am 17. Februar wurde die alte ungarische Verfassung wiederhergestellt, und aus dem Kaiserreich wurde der Doppelstaat Österreich-Ungarn. Es gab zwei Hauptstädte, zwei Parlamente und zwei Kabinette. Andrássy wurde zum ersten Ministerpräsidenten der Magyaren ausgerufen, und Déak huldigte seinem Gefährten in einer denkwürdigen Rede. Am 8. Juni fand die Krönungszeremonie in der Stephanskirche auf dem Gellertberg statt. In einer feierlichen Messe wurde Franz zum König gesalbt. Andrássy setzte ihm persönlich, in Vertretung des Palatin, die Krone auf. Danach hielt Gyula die Krone über meine rechte Schulter und machte mich mit einem Lächeln auf den Lippen zur Königin von Ungarn. Selbst Franz Liszt nahm die Strapazen der Reise auf sich und kam aus dem fernen Rom herbeigeeilt, um seine eigens für diesen Tag komponierte Krönungsmesse aufzuführen.

Noch immer ist mir, als könne ich den Weihrauch riechen, als höre ich die Klänge der pathetischen Messe und den feierlichen Gesang. Und Andrássys wissenden Blick, als er während des nachfolgenden Banketts dem Kaiser und mir verkündete, dass dem Königspaar eine Privatresidenz zum Geschenk gemacht würde. Das Schloss Gödöllö mit seinen etwa einhundert Räumen lag eine Wegstunde von der Hauptstadt entfernt, inmitten eines großen Waldgebietes, das sich vortrefflich zu Reitjagden eignete. Bereits des Öfteren hatte ich den Kaiser um den Kauf eines solchen Anwesens gebeten, doch immer hatte er mit einem Verweis auf die Geldsorgen des Staates abgelehnt. Und nun wurde mir mein sehnlichster Wunsch von des Kaisers ungeliebtem Ministerpräsidenten im Namen des ungarischen Volkes erfüllt. Wie sehr genoss ich den Widerwillen in meines Mannes Augen, als er das Geschenk im Namen Österreichs dankend entgegennahm.

Heimlich machte ich Gödöllö bereits damals zu meiner zweiten Heimat. Es ermöglichte mir, allzeit meinen Ungarn nahe zu sein und dem grässlichen Wiener Hof zu entfliehen. Dort konnte ich Andrássy empfangen, lange Gespräche mit ihm führen und auf kräftigen Pferden durch die prächtigen Wälder preschen. Ich gestattete dem Kaiser sogar, sich erneut mit mir zu vereinigen. Das Kind, welches aus dieser Verbindung hervorging, sollte ganz dem ungarischen Volk gehören. Die Taufe der kleinen Valerie fand in Budapest statt, und in der Zwischenzeit tratschte man in Wien, dass dies nur das Kind Andrássys sein könne. Wie dumm der Pöbel doch war. Man sprach abfällig vom »ungarischen Kind« und missbilligte die überaus starke Zuneigung, die ich der Kleinen entgegenbrachte. Durch die süße Valerie erfuhr ich, was für eine Glückseligkeit ein Kind bedeutet. Ich fand den Mut, es zu lieben und bei mir zu behalten. Von Beginn an entzog ich die Kleine dem Zugriff der Kaisermutter. Wenngleich diese grässliche Frau auch tobte, duldete ich jetzt keinen Widerspruch mehr. Die Exekution ihres Lieblingssohnes Maximilian von Mexiko hatte ihr stark zugesetzt – was ich mir zunutze zu machen wusste.

Valerie reiste so oft wie möglich mit mir nach Gödöllö, wo sie die ungarische Sprache erlernte und die Bräuche der Magyaren kennenlernte. Ohne den Einfluss der Kaisermutter konnte ich die Kleine nach meinem Willen formen. Zum ersten Mal in meinem Leben hatte ich ein Kind, welches *mir* gehörte.

Hätte ich auch nur geahnt, welch schreckliche Bewandtnis es mit den Kindern hatte, so wäre ich nie dem törichten Bestreben verfallen, ihnen Liebe entgegenbringen zu wollen.

Doch nun, meine geduldigen Zuhörer, ist es an der Zeit – Ihnen von meinen Kindern zu berichten. Von Gisela und Rudolf, die mir so fremd waren. Von Valerie, die mich auf vielen meiner Reisen begleitete. Und von Ludwig, der sich mir am Ende verweigerte. Oh ja, ich kann Ihren vermutenden Blick bestätigen. Die Welt der Könige und Kaiser ist klein, und es war von Ihnen zu erwarten, dass Sie bei der Nennung des Namens aufmerksam werden würden.

Doch lassen Sie mich der Geschichte nicht vorgreifen.

Sie müssen es mir glauben – auf eine eigentümliche Weise war *er* mein Kind gewesen: Ludwig. Mein liebster Cousin, dem ich mich so verbunden gefühlt hatte. Wie oft unternahmen wir lange Spaziergänge und sprachen über die Musen. Ludwig, der König der Bayern, der die Einsamkeit liebte und die höfischen Zwänge hasste. Der Adler, der mir seine Seele offenbarte und es mir dennoch nicht ermöglichte, das Wesentliche zu erblicken. Ganz unverhohlen kann ich von mir behaupten, dass ich ihn geliebt habe. Ludwig, der schönen Männerkörpern huldigte und diesen genialen Schmarotzer Wagner protegierte; der den armen Kaintz, einen Schauspieler mit betörender Stimme, bis zur Erschöpfung Klassiker zitieren ließ; der sich mit meiner kleinen Schwester verlobte und dennoch keine Augen für die weibliche Sinnlichkeit hatte. Sein Umfeld mokierte sich über seine Neigungen, verabscheute die Orgien mit nackten Männern und jenen Enthusiasmus, aus Bayern ein Kulturland zu machen.

Bereits damals verstand ich, dass seine Verehrung für die Reinheit der Frauen umso tiefer empfunden war, je stärker er seine höfischen Jünglinge begehrte. Er saß in seinem goldenen Käfig und versuchte, den Visionen aus seinem Geist Gestalt zu verleihen, indem er die Staatskasse für den Bau von Opernhäusern und prächtigen Schlössern plünderte. Ludwig besaß den Mut, das zu tun, wonach es ihn in seinem tiefsten Inneren verlangte. Er setzte sich über all die Konventionen hinweg. Dafür, meine Zuhörer, bewunderte ich ihn. Dafür liebte ich ihn. Und deswegen beschloss ich, ihn zu meinem ersten Sohn zu machen – gerade so, wie Vathek mich zu seiner Tochter gemacht hatte. Er sollte mein Gefährte sein in den Jahren, die da kommen mochten.

Doch, wie so oft in meinem Leben, entwickelten sich die Dinge anders, als ich es erwartet hatte.

Während einer nächtlichen Wanderung entlang den Ufern des Starnberger Sees geschah es. Wir küssten uns zaghaft, und ich ließ mich dazu hinreißen, vom Blut meines Cousins zu kosten. Er wirkte überrascht und ein wenig verängstigt, jedoch überwog die Neugierde, sodass er sich ruhig meine Erklärung dieses absonderlichen Verhaltens anhörte. Ich erwähnte bereits, dass Ludwig anders war – doch haben Sie keine Vorstellung davon, *wie* anders er gewesen ist. Natürlich war er überrascht, zweifelsohne. Dennoch kostete es ihn kaum Mühe hinzunehmen, dass seine liebste Cousine eine Wiedergängerin geworden war. Es mag schwer fallen, sein Verhalten zu verstehen. Doch gab es für Ludwig viele Dinge, die den Augen gewöhnlicher Menschen verschlossen blieben. Er glaubte an Elfen, an Nixen und Flussgeister und die sagenhaften Geschöpfe, von denen Homer berichtete. Er war ein Schöngeist, für den die Natur eine Unzahl magischer Geschöpfe bereithielt. Viele schalten ihn deshalb einen Verrückten. Doch ist es wirklich Irrsinn, wenn man dem Verstand erlaubt, Dinge zu akzeptieren, deren man bisher nicht gewahr wurde? Zeugt es nicht vielmehr von einem offenen Geist, von Feinsinn und Intellekt? Für Ludwig war nichts von alledem widersinnig.

Jedoch überraschte mich zutiefst, dass er mein Angebot ablehnte. Ich traf ihn am nächsten Tag in seiner Grotte. Tief im Berg verborgen hatte er sich dort eine Märchenwelt errichtet und pflegte in einem Boot inmitten prächtiger Schwäne und zu den Klängen Wagners auf den sanften Fluten dahinzutreiben. Er genoss die Einsamkeit und die Ruhe dort unten. Und er widersetzte sich mir. Er widerstand. Zum ersten Mal erblickte ich den Irrsinn in seinen Augen; diesen tränennassen Augen, die mich stumm anklagten. Er wolle kein Wiedergänger sein, schrie er mich an, und die umherstehenden Lakaien stierten dümmlich zu Boden. Glücklicherweise waren Ludwigs Untergebene derartige Extravaganzen gewöhnt, sodass sie diesem Gefühlsausbruch keine übermäßige Bedeutung beimaßen. Ludwig steigerte sich in Rage, schrie und tobte. Er beklagte, dass sich seine liebe Elisabeth in eine Medusa verwandelt habe. Er beschuldigte mich, die ich einst ein so liebliches Wesen besessen hätte, hart und unnahbar wie Stein geworden zu sein. Ich hätte meinen Abscheu gegen den Pöbel kultiviert und könne nirgendwo mehr Schönheit erkennen. Er behauptete, dass ich so geworden sei, weil man eine Wiedergängerin aus mir gemacht hatte.

Nie wolle er so werden. Nie werde er mir aus freien Stücken folgen. Ich sei die Berghexe, vor der er sich als Kind immer gefürchtet habe.

Den Anschuldigungen folgte ein tränenreiches Liebesbekenntnis. Er kniete vor mir auf der Erde und küsste den Saum meines Kleides, raufte sich die Haare und bat mich um Vergebung.

Die Erkenntnis, dass ich einen Fehler gemacht hatte, schmeckte bitter. Weshalb hatte ich nur von seinem Blut getrunken? *Natürlich, weil Du von seiner Schönheit betört warst, dummes Gör,* schalt ich mich. Ich hatte eine unbändige Lust dazu verspürt. Ich besaß die Macht. Also hatte ich es getan. Andrássy würde erzürnt sein, wenn er davon erfuhr. Ich beschloss, ihm vorerst nichts von alledem zu berichten, und hoffte, dass Ida ebenso gut würde schweigen können.

Nach diesem Intermezzo mit Ludwig verließ ich Bayern umgehend und reiste zurück nach Wien. In den kommenden Monaten plagte mich jedoch ein schlechtes Gewissen, und da die Briefe Ludwigs ausblieben, beschloss ich nach einiger Zeit, ihn erneut aufzusuchen (dies natürlich in der stillen Hoffnung, ihn vielleicht doch noch bekehren zu können). Gemeinsam mit Ida reiste ich von einem Schloss zum nächsten, jedoch bloß um festzustellen, dass mein Cousin nicht im Hause weilte. Es wurde mir schnell zur Gewissheit, dass Ludwig vor mir floh. Ida berichtete mir, dass er Spione über das Land verteilt habe, die ihm von meiner Ankunft berichteten und ihn so rechtzeitig abreisen ließen.

Er wollte mich nicht sehen, mied den Kontakt. Gleichzeitig wurden die Gerüchte lauter, dass sich der König immer mehr von sich selbst entfremde. Die Herren im fernen München mutmaßten, der König sei einer Geisteskrankheit erlegen. Immer seltener kam er den Regierungsangelegenheiten nach. Man hörte Geschichten von seltsamen Kreaturen, die man in den Wäldern nahe Bad Ischl in den Wäldern erlegt hatte. Auch sollte es ein Dorf in den Bergen geben, aus dem alle Einwohner verschwunden seien, nachdem Ludwig während einer Wanderung dort gewesen sei. Man munkelte, der König sähe aus wie ein Tier. Er habe mit wirrem Haar, wildem Blick und geschwärzten Zähnen eine Abordnung aus München empfangen.

All diese Neuigkeiten machten meine Befürchtung zur Gewissheit. Ich hatte meinen lieben Cousin zu einem Schatten gemacht. Er war zu einer Kreatur geworden, die die Bauern des *Iszten Szek* als Vrolok bezeichnen. In meiner Selbstsucht und meinem Machthunger hatte ich geglaubt, ich könne ihn zu meinem Sohn, meinem treuen Gefährten machen. Doch war ich meinen Instinkten erlegen und hatte von seinem Blut getrunken.

Leider kann man Geschehenes selten rückgängig machen.

Was bleibt, ist tiefes Bedauern.

Zuletzt sah ich Ludwig, wie sein von Irrsinn gezeichnetes Gesicht aus einem Turmfenster auf mich hernieder starrte. Der arme Adler hoch über mir versteckte sich in der Dunkelheit vor seiner liebreizenden Möwe. Es war an einem unfreundlichen Herbsttag, als ich mit Ida in Neuschwanstein eintraf und man uns freundlichst mitteilte, dass der König zwar anwesend, jedoch unwillig sei, die

Gäste zu empfangen. Nichtsdestotrotz sollten wir uns in seinem Schloss wie zuhause fühlen. Voller Entsetzen glaubte ich, Tränen in den wilden Augen zu erkennen. Doch selbst jetzt, da Ludwig dem Irrsinn so nahe war, fühlte ich mich ihm verbunden. Noch immer liebte ich ihn. Als meinen Cousin und Sohn.

Ich frage Sie: haben Sie nie bemerkt, dass bei Shakespeare die Wahnsinnigen die einzigen Verständigen sind? So weiß man auch im Leben nicht, wo die Vernunft und wo der Wahnsinn sich findet, so wie man auch nicht weiß, ob die Realität der Traum oder der Traum die Wirklichkeit ist. Immer stärker neige ich dazu, jene Menschen für vernünftig zu halten, die man wahnsinnig nennt. Ist es denn nicht ein Faktum, dass man die eigentliche Vernunft oft für gefährliche Verrücktheit hält?

Doch schweife ich wieder ab.

Sie wollen das Ende der Geschichte hören. Nun gut – hier ist es: Ludwig wurde entmachtet, seiner Würden enthoben. Man glaubte, dass sein Irrsinn die Folge des Erbes sei. Man verhaftete ihn in Neuschwanstein und setzte ihn in einer Villa am Starnberger See gefangen. Die Ärzte berichteten, wie er dort auf dem Boden herumgekrochen sei, um Kakerlaken zu fangen. Einmal sogar habe er versucht, einem seiner Jagdhunde in die Kehle zu beißen. Doch dann habe sich sein Verhalten geändert. Er sei ruhig geworden, zuvorkommend und habe sich vollkommen gesittet verhalten. So gelang es ihm, die Erlaubnis zu erhalten, in Begleitung eines Arztes kurze Spaziergänge zu unternehmen.

Er täuschte sie alle. Es gab nicht einmal einen Abschiedsbrief. Letzten Endes zog man seinen Leichnam aus den Fluten des Starnberger Sees. Am Ufer fand man den geschundenen Körper des armen Arztes, der ihn begleitet hatte. Etwas hatte ihm die Kehle zerfetzt, und seine Gedärme fand man verstreut inmitten des hohen Grases. Eine Tatsache, die man natürlich vor der Öffentlichkeit zu verbergen wusste.

Ludwig war aus freiem Willen in den Tod gegangen. Und nun sagen Sie mir: Wo liegt die Grenze zwischen Wahnsinn und Verstand? Wo hört die Ordnung auf im menschlichen Geist? Ludwig war zwar zu einem Schatten geworden, doch hatte er sich nicht im letzten Moment einen Funken der Vernunft bewahrt? Ich konnte seine Verzweiflung spüren. Er hatte seinem Instinkt nachgegeben und den Arzt angefallen. Doch musste er im selben Augenblick erkannt haben, was aus ihm geworden war. Dieser Gedanke, so angefüllt mit Ekel und Abscheu vor sich selbst, hatte ihn dann den einzigen Weg gehen lassen, der ihm noch geblieben war: hinein in die Fluten.

Mein armer Sohn – ich trauerte um ihn. Doch sagen Sie mir: War *ich* grausam? Hatte ich nicht ihm die Wahl gelassen? Hätte er seinem Wahnsinn nicht ein Ende machen können, indem er mir zugestimmt, mein großzügiges Angebot angenommen hätte? Er hatte die Möglichkeit gehabt, freiwillig zu einem der unsrigen gemacht zu werden. Traf mich etwa eine Schuld, weil *er* dieses Geschenk ausgeschlagen hatte?

Ich wollte mich nicht schuldig fühlen und zügelte meinen Zorn und die Enttäuschung, mich in Ludwig geirrt zu haben.

Andrássy hingegen war außer sich vor Wut, als er von den Vorfällen hörte. Seit Monaten war ich ihm aus dem

Weg gegangen, jedoch hatte er von den Geschehnissen in Bayern gehört. Bis nach Budapest waren die Gerüchte gewandert, und selbst der Kaiser hatte sich Gedanken über die unglückseligen Zustände in Bayern gemacht. Natürlich sah niemand am Hof einen Zusammenhang zwischen den Vorfällen in Bayern und meinen Besuchen dort. Allenfalls rief der unglückliche Tod meines Cousins die Gefahr des Wahnsinns, der wie ein Damoklesschwert über den Köpfen des europäischen Adels hing, ins Gedächtnis der Massen zurück.

Das Leben jedoch tat das, was es immer tut. Es ging weiter. In Bayern herrschte nun Prinzregent Luitpold, weil der offizielle Nachfolger Ludwigs, dessen Bruder Otto, wegen Irrsinns nicht regierungsfähig war. Der Kaiser ging seinen Geschäften in Wien nach, was mir noch verabscheuungswürdiger erschien. Ich selbst reiste immer häufiger durch die Welt, und in den Pausen genoss ich die Jagdausritte in Gödöllö.

Dort, in Gödöllö, suchte mich Andrássy im Sommer 1873 auf und offenbarte mir, was es mit meinen Kindern auf sich hatte.

Gödöllö ließ mich der Welt entfliehen. In Wien fand die Weltausstellung statt, und nachdem in vielen Teilen der Stadt die Cholera ausgebrochen war (fragen Sie erst gar nicht, wie es dazu hatte kommen können), schien es mir ratsam zu sein, nach Ungarn zu reisen und mich auf meinem Landgut mit Zirkusleuten und Zigeunern zu umgeben, von ihnen die Künste des Dressurreitens und der Musik zu erlernen und mit von mir ausgewählten Aristokraten des Magyarenreiches auf die Jagd zu gehen. Im

Sommer des vergangenen Jahres war des Kaisers Mutter endlich gestorben, was meinen Gemahl in tiefe Depression und Hilflosigkeit gestürzt hatte. Hatte ich anfangs noch gedacht, das Leben am Hofe würde sich durch das Dahinscheiden der *heimlichen Kaiserin* verbessern, so musste ich schnell einsehen, dass vieles beim Alten bleiben würde.

Also ging ich auf Reisen.

Flüchtete nach Gödöllö.

Wo mich Andrássy in Begleitung eines Bauernjungen aufsuchte. Gyula trug seine Reituniform und wirkte erschöpft, als er den Salon betrat. Der Knabe an des Grafen Seite wirkte unruhig und fühlte sich sichtlich unwohl. Andrássy begrüßte mich standesgemäß, und als sich die Dienerschaft entfernt hatte, küssten wir uns freundschaftlich. Er war kein Freund großer Worte, und so kam er umgehend auf jene Dinge zu sprechen, die ihn bewegten. Andrássy, nunmehr Außenminister des Königreichs Ungarn und in dieser Funktion öfter in Wien als ich selbst, berichtete mir von der Weltausstellung und von den verzweifelten Bemühungen, die Cholera in den Griff zu bekommen. Bei der Erwähnung der Krankheit blitzte es in seinen Augen auf, und seine Mundwinkel zogen sich tadelnd nach unten. Während des Gespräches erwähnte er jedoch in keiner Weise, wer jener Bauernknabe in der zerschlissenen Kleidung war. Die ganze Zeit über hockte der Kleine mit dem zottigen Haarschopf neben dem Grafen in einem großen Sessel und blickte unruhig zwischen uns beiden hin und her. Dann, nachdem sich der Graf nach dem Befinden meiner Kinder erkundigt hatte, packte er den Knaben mit einer flinken Bewegung und schlitzte ihm mit einem

Messer die Kehle auf. Die dunklen Augen des Kindes waren weit aufgerissen vor Unglauben angesichts dessen, was ihm gerade widerfahren war. Andrássy hingegen, die zappelnde Kreatur in seinen Armen haltend, warf mir einen kalten Blick zu. Dann begann er vom Blut des Jungen zu trinken, ohne den Blick von mir abzuwenden.

Ich roch den süßen Saft und wollte mich zu ihm gesellen, doch wehrte er mich mit einer strengen Geste ab. Mich dürstete ebenfalls nach dem Lebenssaft, doch bezwang ich meine Gier. Den Grafen betrachtend, wie er sich an der Wunde des Kindes ergötzte, saß ich da und schwieg. Vielleicht ahnte in diesem Moment bereits ein Teil von mir, welche Bewandtnis es mit diesem Verhalten hatte.

Ich ahnte, was schon bald durch die Worte Gyula Andrássys zur Gewissheit werden sollte. Dass wir uns vom Blut nähren, um zu überleben, und dass wir Kinder zeugen mussten, durch deren Blut wir unsere Schönheit behielten. Der Bauernjunge war des Grafen Lenden entsprungen, Frucht einer flüchtigen Vereinigung mit einer Magd während seiner Flucht vor den österreichischen Häschern durch den Norden des Landes. Jetzt hatte er den Jungen mit sich genommen. Allein um mir zu zeigen, welche Bewandtnis es mit unseren Kindern hatte. Früher oder später mussten wir unsere Kinder töten, um die Reinheit unserer Gestalt zu bewahren. Wir würden nicht altern, versprach er mir, wenn wir vom Blut unserer Nachkommen tränken. Deshalb sei es wichtig, sie nicht zu lieben. Wir dürften keine Gefühle für den Nachwuchs entwickeln, weil dies unser Handeln hemmen würde. Es war Fleisch aus unserem Fleisch, gezeugt in der Lust des Augenblicks. Die grundlegenden Dinge des Lebens sind eben einfacher Natur. Unsere Kinder leben allein, um für *uns* zu sterben. Die Vermehrung findet auf anderem Wege statt (den ich bereits erwähnte). Eine simple Regel, welche von der Natur für uns aufgestellt wurde.

So sah ich also klar. Zweifelsohne war ich aufs Äußerste schockiert, dachte ich doch augenblicklich an Rudolf und die beiden Mädchen. So stand deren Schicksal also bereits fest. Jedenfalls bestätigte mich Andrássy in diesem Punkt. Es gäbe keine andere Möglichkeit, dem Altern zu entrinnen. Seine Stimme klang traurig, als er mir dies alles offenbarte.

Doch dauerte diese Fassungslosigkeit nur kurz an. Schnell ließ ich nach Ida rufen, die dafür Sorge trug, dass der Leichnam des Jungen verborgen wurde. Als ich Gyula betrachtete, wirkte er bereits wenige Augenblicke nach dem Mahl erquickt, wenngleich noch immer sehr ernst. Er legte mir nahe, den Übermut zu zügeln, damit wir vor der Welt verbergen konnten, was wir waren. Die Macht, die wir besaßen, konnte wie eine süße Gabe erscheinen, wurde er nicht müde zu betonen. Sie war leicht zu gebrauchen, doch solle ich mir vor Augen halten, dass ich auch Verantwortung trüge. Die Welt da draußen, so Gyula, würde schon bald zerfallen. Die Anzeichen waren überall zu sehen. Es lag der Geruch erneuten Krieges in der Luft. Überall stöhnten die Menschen, hungerten nach besseren Zeiten, nach einer Freiheit, die das aristokratische System ihnen niemals würde geben können. Zwischen den Staaten brodelte es. Russland agierte zunehmend aggressiver und meldete neue Besitzansprüche an. Österreich schlug sich auf die Seite Preußens, und in Ungarn wollte man sich nach wie vor der fremden Herrschaft entledigen.

Die revolutionären, antiklerikalen und antiaristokratischen Tendenzen nahmen zu, und Gyula sagte, dass Rudolf, mein eigener Sohn, einer der führenden Träger bürgerlichen Gedankenguts sei. Rudolf hatte den Grafen von klein auf bewundert. Bereits früh hatte er damit begonnen, Andrássy nachzueifern, wobei ihm sein Hang zur Wissenschaft und zur Schriftstellerei behilflich war, die richtigen Leute aus den intellektuellen Zirkeln kennenzulernen. Rudolf suchte den offenen Konflikt mit seinem Vater und sah sich selbst als Vorreiter einer neuen Weltordnung. Man hörte bereits von radikalen Verbindungen in der Hauptstadt, die Rudolf auf den Thron setzen wollten. Gerüchte, betonte Andrássy – wenngleich man sie auch nicht vollkommen ignorieren sollte.

Im Laufe des Gespräches unterbreitete mir der Graf dann einen Vorschlag, den ich erst Jahre später in die Tat umsetzen sollte.

Genauer: am 30. Januar 1889. Vieles war in all den Jahren geschehen, und nur weniges davon verdient hier eine genauere Betrachtung. Das Leben langweilte mich zusehends. Die Menschen langweilten mich. Der geistlose Pöbel, der nach Freiheit schrie. Schmutzige Leiber, die unsere Schlachtfelder rot färbten. Radikale schändeten das Werk Heines, und als ich dem jüdischen Poeten auf Korfu ein Denkmal errichten ließ, reagierte der Kaiser (wie auch das dümmliche Volk) intolerant und erzürnt. Andrássy zog sich aus der Politik zurück und besuchte mich hin und wieder auf Korfu, wohin ich mich immer wieder flüchtete, nachdem ich selbst der Vorzüge Gödöllös überdrüssig geworden war. Nach den Entwürfen klassischer Tempel hatte ich dort eine Villa erbauen lassen, dem Krieger Achill gewidmet. Ich bereiste die Welt und mied den Kaiser und meine Kinder. Immer öfter besuchte ich die englische Insel, um dort auf die Jagd zu gehen (Sie ahnen, dass ich damit nicht ausschließlich die Fuchsjagd meine). Graf Bay Middleton, mein Gastgeber, genoss die Gesellschaft der österreichischen Kaiserin, und zwischen den Verwandtschaftstreffen (mit Entsetzen wurde ich des aufgedunsenen Körpers Viktorias gewahr) traf ich einige englische Edelmänner, von denen mir Lord Ruthven (ein Bekannter Andrássys aus der Pariser Boheme) am liebsten war, weil sich vortrefflich mit ihm streiten ließ. Er nannte einen wunderbar abgründigen Geist sein eigen, und ich bedauerte es immer wieder aufs neue, dass er selten die Zeit für einen längeren Aufenthalt erübrigen konnte.

Zwischen all den Reisen und Beutezügen jedoch kehrte ich stets nach Korfu zurück. Dort, inmitten der saftigen Zitronenbäume, den Geruch des Meeres im Gesicht und mit geschlossenen Augen in den Tag träumend, traf ich dann endlich eine Entscheidung. Besorgt hatte ich in den letzten Monaten feststellen müssen, dass sich die Spuren der vergangenen Jahre immer deutlicher im Spiegel zeigten. Was mich an meine erwachsenen Kinder denken ließ. Die Kinder, die ihr Leben fernab von dem ihrer Mutter führten. Gedanken, die mich letzten Endes nach Mayerling brachten.

Ich bitte Sie – der Abscheu in Ihrer aller Augen ist doch unangebracht. Auch Sie werden schon bald nach den Gesetzen, die die Natur uns auferlegt hat, handeln. Trotz wird auch Ihnen nicht helfen, keinem von Ihnen.

Darum lauschen Sie weiterhin meinen Worten. Lassen Sie mich vom Untergang der Welt berichten.

Töten ist eine Kunst, meine Zuhörer. Das Fleisch bäumt sich auf und fleht um Leben. Doch es naht keine Hilfe, denn der Griff des Wiedergängers ist kräftig. Das Erkennen in den todgeweihten verzweifelten Augen, die um Gnade betteln, ist sinnlos, denn der Wiedergänger kennt kein Mitleid. Ein Skorpion empfindet keine Reue, weil er nur das tut, wozu er geschaffen wurde. Genauso der Wiedergänger. In jenem Augenblick, wenn die Beute mit dem Tode ringt, tut man das, wozu die Natur einen bestimmt hat. Es gibt keinen Zwist. Die Welt pulsiert, wenn man den Herzschlag der Beute fühlt. Hunger und Macht erzeugen einen unwiderstehlichen Rausch. Der Wiedergänger stillt seinen Durst und nimmt das Leben der Beute. Im Augenblick des Todes ist der Wiedergänger ein Gott.

Das ist es, was ich in Mayerling fühlte.

Ich folgte Rudolf und seiner Geliebten Mary Vetsera. Im Jagdschloss Mayerling gedachten die beiden einige intime Tage zu verbringen. Die Kälte war klirrend in jenem Winter. Ich entsinne mich, vor dem Anwesen im tiefen Schnee zu stehen. Mein Pferd, der brave »Nihilist«, wartet tiefer im Wald auf die Rückkehr seiner Herrin. Skrupel bemächtigen sich meiner, wenngleich auch nur kurz. Dann schreite ich auf die Pforte zu, bitte klopfend um Einlass. Die Lakaien stellen kein Hindernis dar. Für einen geübten Wiedergänger ist es ein Leichtes, in die Gedanken der Sterblichen zu schlüpfen. Sie lassen mich ein, ohne auch nur zu ahnen, dass es die Kaiserin ist, der sie soeben das Tor geöffnet haben. Flink bewege ich mich durch die Korridore, suche die Schlafgemächer auf, wo Rudolf und Mary, Wein trinkend und lachend, auf dem Bett sitzen. Verwunderte Blicke streifen mich, als ich eintrete. Rudolfs Lippen formen das

Wort *Mutter*, als ich den Raum durchquere und seine Geliebte mit einem einzigen Hieb niederstrecke. Tränen treten in meines Sohnes Augen, als ich ihn anfalle und wir in einer engen Umarmung in die weichen Kissen sinken. Ich ersticke seine Schreie mit einem tiefen Kuss, presse die Lippen auf die meines Sohnes und beiße mich in der Zunge fest. Das Blut beginnt zu fließen, und ich trinke, während das Zucken des Körpers unter mir schwächer wird. Wenn meine Zähne gegen die seinen schlagen, dann ist mir, als zerbreche Porzellan. In einem langen Kuss trinke ich mein neues Leben. Eine Schönheit, die all die Marterungen des Körpers nicht zu vollbringen vermochten, wird mein sein.

Dann ist es getan. Ich erhebe mich vom Bett, stehe da und betrachte den Leichnam. Der bewusstlosen Mary Vetsera streiche ich sanft durch das wallende Haar. Dann greife ich nach dem mitgebrachten Revolver. Der Wiedergänger, meine Zuhörer, tötet kunstvoll und unauffällig. Ich inszeniere ein Stilleben: Rudolf in halbsitzender Position, seine erstarrte Hand leicht geöffnet, im Glas neben dem Bett Cognac, daneben die Geliebte, ausgestreckt auf dem Bett, die offenen Haare über der Schulter, eine Rose in den gefalteten Händen. Zwei Schüsse zerfetzen die Stille. Zurück bleiben die Liebenden, die Schädel geborsten, der Revolver in der kalten Hand meines Sohnes.

Es ist getan.

Der Wiedergänger hat seine Unschuld verloren.

Graf Hoyos, Rudolfs Jagdgefährte, überbrachte die traurige Nachricht, kam mit der Todesmeldung geradewegs in meine Griechischlektion geplatzt. Mit der Disziplin und

Gefasstheit, die einer Kaiserin würdig ist, nahm ich die Neuigkeit entgegen und informierte den Kaiser. Vorher ließ ich seine Geliebte, die Schauspielerin Schratt, kommen, damit sie ihm Trost spenden mochte. Ich trauerte mit der Baronin Vetsera um ihre Tochter. Ärzte bescheinigten Rudolf eine Geisteskrankheit, da dem »Selbstmörder« ansonsten die kirchliche Beerdigung verwehrt worden wäre. Die Leiche des Kronprinzen wurde in seiner Wohnung in der Hofburg aufgebahrt, wo ich stundenlang neben dem Sarg saß und düsteren Gedanken nachhing. Ich betrachtete das wächserne Gesicht, und jener Anblick machte mir bewusst, dass mir das Leben erhalten bleiben würde.

Haben Sie je eine Leiche betrachtet? Auf allen toten Gesichtern ruht ein Ausdruck von Schmerz und Hohn. Es ist der Hohn des Siegers über das Leben, das so viel Leiden mit sich gebracht und das man endlich überwunden hat. Zum ersten Mal kam mir der Gedanke, ich könne Rudolf einen Gefallen getan haben. Ich hatte ihm den Tod geschenkt. Und war selbst mit dem Leben gestraft worden. Da entsann ich mich der Worte, die mir mein englischer Freund Lord Ruthven einst bei Kerzenschein und Absinth zugeflüstert hatte: *Das große Ziel des Lebens ist das Empfinden; zu spüren, dass wir existieren, wenn auch unter Schmerzen; es ist diese sehnsuchtsvolle Leere, die uns antreibt.* Guter Freund, hättest Du nur in diesem Augenblick der Schwäche bei mir sein können. Andrássy war, so hörte man, schwer erkrankt. Er tat das, was auch mir bald bevorstehen würde. Er inszenierte langsam und vorsichtig *seinen* Tod. Einzig die liebe Ida Ferenzcy hielt meine Hand, als Rudolfs Leichnam der Kaisergruft übergeben wurde.

Gleich neben seinem stand der Sarkophag der Kaisermutter, und dort sollten auch der Kaiser und ich einst enden.

Zum ersten Mal wurde ich mir des Problems bewusst, dem sich alle unserer Gattung irgendwann zuwenden müssen – und glauben Sie mir, es ist eine Ironie des Schicksals, dass dieses Problem ausgerechnet der Tod ist. Andrássy ging ein Jahr nach Rudolfs Selbstmord dahin, nachdem er elegant ein langes Leiden vorgetäuscht hatte. In den letzten Monaten vor seinem Dahinscheiden unternahm er keine Beutezüge mehr, wodurch seine Haut blass wurde und er kränklich wirkte. Er tat dies, ohne von mir Abschied zu nehmen. Nicht einmal Ida konnte mir sagen, was aus ihm geworden war, wohin es ihn verschlagen hatte – und, weitaus interessanter, unter welchem Namen er sich von nun an durch die Zeit bewegte. Ich vermisste ihn, und je länger er mir fernblieb, meinen Freund und Ratgeber. Und ich entsann mich seiner Prophezeiung – jener, die vom Untergang der alten Welt gekündet hatte. Wie recht er doch gehabt hatte. Mit Rudolfs Tod nun schien Österreich-Ungarns Zukunft gestorben zu sein. Die Welt hörte auf, sich zu drehen.

Ich verschenkte alle meine bunten Kleider, Schirme, Schuhe und alles, was Schmuck und Putz war, an meine Töchter Gisela und Valerie. Ich trug nur mehr Trauerkleidung, versteckte mein Gesicht hinter einem schwarzen Schleier und bereiste die Welt. Nie hielt es mich lange an einem Ort, und selbst das Achilleion auf Korfu konnte meinem Innersten keinen Frieden bringen. Einmal stattete mir Vathek dort einen Besuch ab, zwei Jahre nach dem Tod seiner ungarischen Identität. Es war nur ein kurzes Zusammentreffen, unpersönlich und voller Eile. Er befand sich in

Begleitung Lord Ruthvens, mit welchem er Griechenland und die Türkei bereiste – eine Reise, die Ruthven schon vor Jahrzehnten unternommen hatte. Danach wollte er nach England gehen, nach London, in die Stadt der Schornsteine.

Und ich?

Ich lebte mein Leben.

Doch es war ein grausames Leben geworden, meine Zuhörer. Den öffentlichen Ämtern hatte ich entsagt, ließ mich nur einmal noch zur Tausendjahrfeier Ungarns vom Pöbel feiern. Als Ida Ferenzcy mir von einem jungen Mann berichtete, dessen Hass auf den Adel so groß sei, dass er kurz davor stand, sich selbst und alle moralischen Bedenken zu vergessen, und schon seit längerem mit dem Gedanken an ein Attentat schwanger ging, horchte ich erfreut auf. Ida unterrichtete mich davon, während wir zu einer vierwöchigen Kur in Montreux weilten. Es war Anfang September des Jahres 1898, als ich während eines Spazierganges zum ersten Mal den Namen jenes arbeitslosen italienischen Hilfsarbeiters hörte, der mich von den Qualen meines Lebens erlösen sollte: Luigi Lucheni.

Über eingeweihte Mittelsmänner ließ Ida dem arbeitsscheuen Individuum zu Ohren kommen, dass Prinz Henri von Orléans, der Thronprätendent von Frankreich, nach Genf kommen würde. Der fünfundzwanzigjährige Anarchist reiste mit dem festen Vorsatz, seinen düsteren Mordplan in die Tat umzusetzen, nach Genf. Ich selbst reiste ebenso dorthin; offiziell, um der Baronin Rothschild einen Besuch abzustatten. Wir stiegen im Hotel »Beau Rivage« ab, und die Zeitungen berichteten darüber, ebenso wie über die verspätete Ankunft des französischen Prinzen. Lucheni erkor daher mich zu seinem nächsten Opfer (so hatte er die Reise wenigstens nicht umsonst unternommen). Alles entwickelte sich, wie Ida es vorausgesehen hatte.

In Begleitung meiner Hofdame Irma Sztárays begab ich mich dann zur Mittagszeit zum Linienschiff, das uns von Genf nach Montreux bringen sollte. Die restliche Dienerschaft war mit dem Gepäck bereits vorausgeeilt. Ich erinnere mich noch gut an den Geruch des Sees, die frische Brise und das leise Plätschern der Wellen. Plötzlich stürzte sich der Italiener auf mich, und kurz darauf spürte ich einen stechenden Schmerz in der Brust. Er hatte sich gut verborgen, und so hatte uns seine Attacke vollständig überrascht. Mit einer geschliffenen Feile stach er mir mitten ins Herz und erfüllte somit seinen Daseinszweck. Anfänglich befürchtete ich, die Wunde könne nicht groß genug sein. Man gewahrte kein Blut, und wütend dachte ich, dass das wertlose Individuum seine Bestimmung verfehlt haben könnte. Meine Begleiterin indes dachte, dass dies ein missglückter Raubüberfall gewesen sei. Erst als das Schiff schon vom Ufer abgelegt hatte, wurde mir schwarz vor Augen. Ich sank zu Boden und dankte insgeheim der lieben Ida Ferenzcy für ihre Weitsicht. Luigi Lucheni hatte seine Aufgabe erfüllt. Die aufgeregten Stimmen, die um mich herum in der aufkommenden Dunkelheit immer lauter wurden, verblassten nach und nach. Ich dachte an Vathek und Ruthven in Griechenland und daran, dass ich bald mit ihnen vereint sein würde. Jammern und Klagen war zu hören, als den anderen Mitreisenden die Schwere der Verletzung bewusst wurde.

Diese armen unwissenden Kreaturen!

Welch schwarzer Tag dies für sie war.

Mir hingegen schien es ein durchaus passender Moment zu sein.

Wenn ich einmal sterben muss, so legt mich an das Meer. Diese Worte entstammen einem meiner selbst gedichteten Verse.

Damals, vor der Begegnung mit Vathek, hatte ich immer gedacht, dass dies die See von Korfu sein würde. Doch hatte der Genfer See nicht ebenso die Farbe des Meeres? Hatte sich an diesem Tag nicht der Wunsch eines traurigen jungen Mädchens erfüllt?

Das Urteil überlasse ich Ihnen.

Es endete jedenfalls, wie berichtet wurde.

Am 10. September des Jahres 1898 starb die letzte Kaiserin von Österreich durch die Hand eines unbedeutenden Anarchisten. Die Welt erfuhr davon und glaubte es. Nur das, meine Zuhörer, war von Bedeutung. Und ist es noch.

Prinzessin Parvati und der Elefantenkopfgott

Einst lebte eine Prinzessin in einem prunkvollen Palast, und ihr Name war Prinzessin Parvati. Sie besaß ein Lachen, das sogar den Gesang der Vögel in den Bäumen an Anmut übertraf, und Augen, in denen jedermann nur Fröhlichkeit zu erkennen vermochte. Der Maharadscha und die Maharani liebten ihre einzige Tochter, und Prinzessin Parvati liebte den Maharadscha und die Maharani. Kein Leid hatte sie in ihrem jungen Leben gesehen, denn die Hässlichen und Kranken waren von den Wachen in unterirdische Verliese verbannt worden, auf dass ihr Anblick nicht die Straßen der prächtigen Stadt verunreinige und die Prinzessin nachdenklich stimme. So wuchs die Prinzessin heran, und ihre lachenden Augen sahen nur das Gute in der Welt.

Eines Tages dann, als die Engländer das Königreich besuchten, da verliebte sich die Prinzessin in einen jungen Offizier namens William Atherton. Und der junge Offizier verliebte sich in Prinzessin Parvati, denn auch er war jung, und das Lachen der Prinzessin und ihre fröhlichen Augen verzauberten ihn auf der Stelle.

Stunden um Stunden verbrachten die beiden miteinander (mit Erlaubnis des Maharadschas, versteht sich). Die Prinzessin erzählte dem Offizier die alten Geschichten der Hindus, und dieser lauschte ihren Worten, als seien sie süßer Honig. Und William erzählte der Prinzessin von einer Insel namens Irland und von langen Wintern und kurzen Sommern und dem Rauschen der See. Beide sahen schon schnell das Lachen in den Augen des anderen und wussten, dass ihrer beider Herzen füreinander schlugen.

Dann aber wurde das Regiment, dem William Atherton diente, an einen Ort geschickt, den die Einheimischen den Khyberpass nennen. Erbitterte Kämpfe tobten dort zwischen den Engländern und den Einheimischen, und nach einigen Tagen erreichte eine traurige Kunde den Palast von Pankot. William Atherton hatte, wie viele seiner Gefährten auch, beim Erstürmen des Passes sein Leben gelassen.

Das Lachen verschwand aus Prinzessin Parvatis Gesicht und die Fröhlichkeit aus ihren Augen. Sie schloss sich in ihre Gemächer ein und weinte am Tag und in der Nacht.

Dann, nach sieben Tagen und sieben Nächten bitterlichen Weinens, nahm der Maharadscha seine Tochter in die Arme und erzählte ihr die Geschichte vom Glücksgott Ganesh mit dem Elefantenkopf, der im tiefen Urwald wohne und Wünsche zu erfüllen vermöge.

Aufmerksam hörte Parvati ihrem Vater zu. Und als er ihre Gemächer verlassen hatte, da packte sie Vorräte in einen Beutel und machte sich unverzüglich auf den Weg in den tiefen Dschungel, wo sie Ganesh zu finden und um die Erfüllung eines Wunsches zu bitten gedachte.

Unterwegs traf sie einen Tiger.

»Du bist traurig«, sagte die große Katze.

»Ich habe meinen Liebsten verloren.«

»Ich könnte dich fressen«, schlug der Tiger vor, »dann wärest du wieder bei ihm.«

»Nein, das ist keine gute Idee.«

»Vielleicht hast du ja recht.«

»Ich suche Ganesh.«

»Sei auf der Hut«, warnte sie der Tiger. »Manchmal ist es besser, gefressen zu werden.«

Und er wies der Prinzessin den Weg.

Später traf Parvati einen Affen.

»Du bist traurig«, sagte der Affe.

»Ich habe meinen Liebsten verloren.«

»Du könntest bei uns Affen leben«, schlug der Affe vor. »Wir sind den Menschen sehr ähnlich.«

»Nein, das ist keine gute Idee.«

»Vielleicht hast du ja recht.«

»Ich suche Ganesh.«

»Sei auf der Hut«, warnte sie der Affe. »Manchmal ist es besser, mit den Affen zu leben.«

Dann wies er der Prinzessin den Weg.

Am Abend traf sie auf eine Spinne.

»Du siehst traurig aus«, sagte die Spinne.

»Ich habe meinen Liebsten verloren.«

»Du könntest dich in meinem Netz verfangen«, schlug die Spinne vor, »dann würde ich dich erlösen.«

»Ich bin schon in einem Netz gefangen«, entgegnete Parvati. »Und erlösen kannst du mich nicht.«

»Vielleicht hast du ja recht.«

»Ich suche Ganesh.«

»Sei auf der Hut«, warnte die Spinne. »Manchmal ist es besser, im Netz gefangen zu bleiben, als daraus befreit zu werden.«

Und auch die Spinne wies der Prinzessin den Weg.

Am Morgen des nächsten Tages erreichte Prinzessin Parvati die Stadt des Elefantenkopfgottes, die schaurig anzuschauen war mit all den Gerippen der großen Tiere. Bleiche Stoßzähne ragten aus dem Boden, und Lianen schlängelten sich um die dicken Baumstämme. Riesige Säulen säumten die Straßen, die vom Grün des Dschungels überwuchert waren.

»Du bist also zu mir gekommen«, sagte Ganesh, der riesig war und auf einem roten Kissen saß.

»Mein Liebster ist von mir gegangen«, erklärte Prinzessin Parvati.

»Und du hast die Geschichte von den Wünschen gehört.«

»Mein Vater, der Maharadscha, hat sie mir erzählt.«

»Hat dein Vater, der Maharadscha, dir auch erzählt, dass man für alles im Leben einen Preis bezahlen muss?«

Prinzessin Parvati war sich sicher, dass ihr Vater diesen Teil der Geschichte übersprungen hatte.

»Du musst mir etwas von dir geben, wenn dein Liebster wieder leben soll.«

»Was Ihr wollt«, gab die Prinzessin zur Antwort.

»Du besitzt ein Lachen, das sogar den Gesang der Vögel in den Bäumen an Anmut übertrifft«, dröhnte Ganesh.

»Und Augen, in denen jedermann nur Fröhlichkeit zu erkennen vermag.« Die kleinen Elefantenaugen musterten die Prinzessin, die geradezu winzig wirkte vor dem mächtigen Gott. »Gib mir diese Gaben, und dein Liebster wird wieder leben.«

Und ohne zu überlegen, willigte die Prinzessin ein.

Ganesh gab ihr eine Perle, die weiß und glatt war und schön, wie es das Lachen der Prinzessin einst gewesen war.

»Vergrabe diese Perle zwischen den Wurzeln eines Baumes und gehe dann zurück zum Palast.«

»Was wird geschehen?«

»Das, was immer geschieht«, antwortete Ganesh.

Mit diesen Worten schickte er Prinzessin Parvati fort.

Die Prinzessin tat alles, wie es ihr der Elefantenkopfgott aufgetragen hatte, und begab sich auch zum Palast zurück. Müde war sie und schlief ein, bevor die Dunkelheit hereinbrach. Und als sie erwachte, da stand ihr Vater neben dem Bett.

»Wir haben dich gesucht«, sagte der Maharadscha.

Prinzessin Parvati lächelte nicht, und ihre Augen spiegelten auch keine Fröhlichkeit.

»Ich bin im Dschungel gewesen«, antwortete sie. »Ganesh hat mir eine Perle gegeben, und in dieser Perle ist jetzt mein Lachen und die Fröhlichkeit aus meinen Augen.«

Ganz bleich wurde der Maharadscha, als die Prinzessin dies sagte.

»Ich habe den Preis bezahlt, den er verlangt hat.«

In diesem Augenblick wusste der Maharadscha, dass er die Geschichte von Ganesh besser niemals erzählt hätte.

Prinzessin Parvati aber lief schnell zum Palasttor, und dort stand auch schon der junge Offizier, der wunderhübsch aussah in seiner Uniform, die rot in der Mittagssonne glänzte.

»Da bist du ja wieder, mein Liebster«, sagte die Prinzessin und sprach seinen Namen aus, als ginge es um einen seltenen Schatz: »William.«

Doch der junge Offizier wich vor ihr zurück, als sie auf ihn zutrat.

»Was ist mit dir?«, fragte sie ganz bang.

»Du hast dich verändert«, sagte er argwöhnisch. »Dein Lächeln ist verschwunden, und deine Augen sind gar nicht mehr so hübsch, wie ich sie in Erinnerung habe.«

»Das ist der Preis gewesen, den ich zahlen musste.«

»Du hättest das nicht tun dürfen. In dein Lächeln und deine Augen hatte ich mich verliebt. Nicht aber in das ernste Gesicht, das mich jetzt anblickt.«

Tränen traten der Prinzessin in die Augen.

»Ich werde dich verlassen«, sagte der junge Offizier. »Denn mein Regiment zieht nach Bombay.«

Dann tat er, was er angekündigt hatte. Denn er war ein Offizier Seiner Majestät und stand zu seinem Wort, sogar wenn dieses Wort das Herz einer jungen Prinzessin brach.

So blieb Prinzessin Parvati einsam im Palast zurück.

An einem heißen Tag, als sie mit ihren Gedanken allein sein wollte, ging sie an den Rand des Dschungels, und da stand der Tiger.

»Du siehst traurig aus«, sagte der Tiger. »Hast du deinen Liebsten noch immer verloren?«

»Ich habe niemals einen Liebsten gehabt«, antwortete Prinzessin Parvati.

»Dann hätte ich dich besser aufgefressen«, meinte der Tiger, »denn es ist besser, aufgefressen zu werden, als niemals einen Liebsten gehabt zu haben.«

»Vielleicht hast du ja recht.«

Der Tiger sah sie lange an. »Vielleicht auch nicht«, sagte er schließlich.

Und ging seines Weges.

An einem Tag zur Zeit des Monsuns ging die Prinzessin erneut an den Rand des Dschungels und traf auf den Affen.

»Du siehst traurig aus«, sagte der Affe. »Hast du deinen Liebsten noch immer verloren?«

»Ich habe niemals einen Liebsten gehabt«, antwortete Prinzessin Parvati.

»Dann wärst du besser bei den Affen geblieben«, meinte der Affe, »denn es ist besser, bei den Affen zu leben und die Menschen zu meiden, als niemals einen Liebsten gehabt zu haben.«

»Vielleicht hast du ja recht.«

Der Affe sah sie lange an. »Vielleicht auch nicht«, sagte er schließlich.

Und ging seines Weges.

Eines Tages, als der Monsun längst vorüber war, ging Prinzessin Parvati durch die Straßen der Stadt, und an einem Fenster sah sie ein Spinnennetz.

»Du siehst traurig aus«, sagte die Spinne. »Hast du deinen Liebsten noch immer verloren?«

»Ich habe niemals einen Liebsten gehabt«, antwortete Prinzessin Parvati.

»Dann hättest du dich besser in meinem Netz verfangen«, meinte die Spinne, »denn es ist besser, sich in meinem Netz zu verfangen und aufgefressen zu werden, als niemals einen Liebsten gehabt zu haben.«

»Vielleicht hast du ja recht.«

Die Spinne sah sie aus ihren vielen Augen lange an. »Vielleicht auch nicht«, sagte sie schließlich.

Aber die Spinne ging nicht ihres Weges.

Stattdessen sagte sie: »Folge mir!«

Und Prinzessin Parvati folgte der Spinne, die sie unter die Erde führte, wo die anderen Spinnen lebten und sich die Verliese der Stadt in weiten Höhlen befanden, wo die Kranken und Hungernden des Reiches eingeschlossen waren, sodass sich kein Auge an ihrem Anblick würde stören können. Es gab Menschen mit fehlenden Gliedmaßen und solche, deren Gesichter von schwärendem Aussatz bedeckt waren. Da war eine junge Frau, deren milchige Augen nicht einmal das Leid um sie herum zu sehen vermochten.

Doch klagten die Menschen nicht, denn dies war das Leben, an das sie sich gewöhnt hatten. Sie hatten sich mit ihrem Schicksal versöhnt, auf eine Weise, um die sie die Prinzessin nur beneiden konnte.

»Schau nur hin«, sagte die Spinne zur Prinzessin, die den Blick nicht mehr abwenden konnte von all den Menschen, die hier unten in der Finsternis lebten und nur Lumpen trugen. »Schau hin und suche die Perle, die du unter dem Baum vergraben hast.«

Die Prinzessin, der die Menschen leid taten, sprach: »Ich bin Prinzessin Parvati, und in der Stadt, fern dieser dunklen Höhlen, und in dem prächtigen Palast meines Vaters ist Platz für euch alle.«

Und so führte sie die Menschen aus den Höhlen hinauf in die Stadt und nahm viele von ihnen mit in den Palast.

Noch am Abend des gleichen Tages ging sie zum Rand des Dschungels und traf auf den Tiger.

»Du siehst nicht mehr traurig aus«, sagte der Tiger.

»Ich habe gefunden, wonach ich so lange gesucht habe«, antwortete die Prinzessin.

Der Tiger schnurrte. »Wie gut, dass ich dich nicht gefressen habe.«

Dann zog er sich ins Dickicht des Waldes zurück.

Kurz darauf traf die Prinzessin auf den Affen.

»Du siehst nicht mehr traurig aus«, sagte der Affe.

»Ich habe gar nichts verloren«, antwortete die Prinzessin.

Der Affe kicherte. »Wie gut, dass du nicht zu uns Affen gekommen bist.«

Dann schwang er sich an einer Liane hinauf und war verschwunden.

Die Spinne jedoch hatte die ganze Zeit über ihr Netz zwischen zwei Ästen gesponnen.

»Du siehst nicht mehr traurig aus«, sagte die Spinne.

»Ich weiß, dass ich glücklich sein werde«, antwortete die Prinzessin.

Die Spinne krabbelte flink über das Netz, und da sah die Prinzessin die Perle, die mitten im Netz der Spinne an seidenen Fäden hing. Die Prinzessin streckte die Hand aus und pflückte die Perle behutsam aus dem Spinnennetz.

Die Spinne lächelte. »Wie gut, dass du dich nicht in meinem Netz verfangen hast.«

Dann fing sie eine Fliege und verspeiste sie.

Prinzessin Parvati aber dachte an den Offizier in der roten Uniform und daran, wie töricht sie doch gewesen war. Sie betrachtete die Perle in ihrer Hand und lachte ein Lachen, das sogar den Gesang der Vögel in den Bäumen an Anmut übertraf, und in ihren Augen lebte wieder die Fröhlichkeit, die immer schon dort zuhause gewesen war. Denn Prinzessin Parvati war glücklich.

Die Spinne sah es, der Tiger sah es, der Affe sah es.

Und tief im Dschungel sah Ganesh, der Elefantenkopfgott, es auch.

Herbsttage singen ihre Lieder

Herbsttage – sind die B-Movies der 50er:
Tarantula, Der Schrecken vom Amazonas,
Die unglaubliche Geschichte des Mr. C.,
Formicula, Die Dämonischen ... Der Blob.
Schwarzweißbunt, die Farben der Kindheit,
an die man sich erinnert in der Sonne, noch ganz warm,
und in den Schatten, die schon Winter flüstern.

Herbsttage – sind die Comics der 70er:
Spiderman, Batman, Das Ding aus dem Sumpf,
Micky Maus, Krieg der Sterne,
Geisterstunde.
Papier, das wie tote Blätter riecht und nach Leim,
und Taschenlampenschein spät abends,
während Regen und Nebel die Stille verschlucken.

Herbsttage – sind Träume, die zwischen Klingeln und
Pause
das Leben in der Schule bestimmen, sind
Yps, Raider und Flugzeugquartett in den Gängen,
wo es nach Caprisonne und Butterbrot und nassen
Sachen riecht ...
sind Blätter auf dem Schulhof, die

den einsamen Kämpfern auf ihren Missionen ins
Unbekannte
und Helden in Capes um die Schuhe wehen.

Herbsttage – sind unruhig pochende Herzen,
die noch immer die Lieder des Sommers singen,
wenn auch nur leise und manchmal und undeutlich …
und wir lächeln wissend, so sicher sind wir,
dass der Schrecken vom Amazonas noch immer da
draußen ist,
irgendwo, wie das Ding aus dem Sumpf …
und alles andere auch.

Wintermärchen

Der Augenblick, in dem die Dämonen der Vergangenheit auf die Geister kommender Tage treffen, ist gleichsam jener Moment, der es Wundern erlaubt, sich heimlich in die Welt zu schleichen. Und die Stunden, die Schlag Mitternacht wie Schneeflocken stöbern, könnten von Geschehnissen künden, die Tränen und Lachen in sich vereinen wie die alten Märchen, die für Kinder so wahr sind wie die Träume, die sie des Nachts begleiten.

So irrte in einer Silvesternacht, die eisig kalt und dunkel war wie unzählige Silvesternächte zuvor, ein Mädchen durch die frostklirrende Winterstadt. Ganz blau waren seine Hände und ganz bleich das verzweifelte Gesicht mit den traurigen Augen. Die wenigen Bücher, die das Mädchen in einem Sack über der Schulter trug, waren alles, was es besaß. Es hatte kein Zuhause, und da war niemand, der sich um es gesorgt hätte. Einsam und allein wanderte das Mädchen durch die Stadt und bot alte Bücher feil, die es in den Abfällen gefunden hatte. Gar traurig stimmte es das Mädchen zu sehen, wie manche Menschen die Geschichten behandelten, die ihnen anvertraut worden waren. Denn nichts Geringeres waren Bücher doch. Sie waren Geschichten, deren sich jemand angenommen hatte. Und jene, die Bücher verstießen, besaßen meist kalte Herzen, die niemals mehr Wärme würden empfinden können. Des Mädchens Großmutter hatte es gewusst. Eine Bibliothek hatte die alte Frau besessen, damals vor den Aufständen, als der Zar noch in der Stadt gelebt hatte. Doch das war nun vorbei, wie vieles andere auch. Die Bibliothek war den Flammen zum Opfer gefallen, und Großmutter hatte vor Gram die Augen geschlossen, noch bevor die nächste Silvesternacht auch nur genaht war. Vater war von wütenden Männern in abgetragenen Uniformen abgeholt worden, und Mutter war eines Tages nicht mehr von der Arbeit in der Fabrik zurückgekehrt.

Seit jenen Tagen irrte das Mädchen durch die Stadt. Es lebte von dem, was die Straßen ihm gaben, und bangte jede Nacht darum, einen Unterschlupf zu finden, der ihm Schutz vor der Kälte bot. Die Bücher, die es fand, tauschte es gegen Münzen oder Essen ein, und jedes Mal, wenn es eines der Bücher fortgab, da glaubte das Mädchen eben jenen Schmerz zu spüren, der seiner Großmutter den Lebensmut geraubt hatte. Heute jedoch hatte dem Mädchen niemand ein Buch abgekauft, denn die Menschen wollten feiern und nicht lesen in der Silvesternacht. Bitterster Hunger nagte an des Mädchens Körper, der ganz schwach und dünn war und kaum mehr mit dem Winter zu kämpfen vermochte.

Ja, es war die Silvesternacht, und hinter den Fenstern feierten die Menschen. Das Mädchen hörte Musik und Lachen und erinnerte sich an das Leben von einst. In einer schmalen Gasse fand das Mädchen eine Zuflucht, inmitten eines Schutthaufens, wo Bretter zu einer Art Verschlag aufgetürmt worden waren. Dort hockte die Kleine und betrachtete die Schneeflocken, die dicker wurden, je tiefer die

Nacht in die Gasse hineinfloss. Neuen Wind und immer mehr Eis brachte das Jahresende, und bald schon bot der Verschlag keinen Schutz mehr vor der bissigen Winternacht.

In seiner Verzweiflung griff das Mädchen schließlich zu den Schwefelhölzern, die es besaß, und einem zerfledderten Buch, das einst jemandem gehört hatte, der sich in den Geschichten darin verloren hatte. Schweren Herzens zündete das Mädchen das Buch an und wärmte sich an den zögerlich im Wind züngelnden Flammen, die Buchstaben fraßen und Seiten sich krümmen und schließlich zu Asche zerfallen ließen. Und als die Flammen das Buch verzehrt hatten und die Eiseskälte erneut heranschlich, da zündete das Mädchen ein weiteres Buch an. Viele der Geschichten, die da von den Flammen verzehrt wurden, kannte das Mädchen, und viele, die kannte es nicht. So weinte das Mädchen, denn es wusste, dass jene Geschichten niemals mehr wiedergeboren werden würden. In den zuckenden Flammen sah das Mädchen die Bilder vergangener Tage, Menschen, Orte, längst entschwunden. Bittere Tränen rannen dem Mädchen über das Gesicht. Denn noch vor Schlag Mitternacht waren alle Bücher und Geschichten in den Flammen gestorben.

Nur ein einziges Buch war noch übrig. Das Mädchen hielt dieses letzte Buch in den Händen, als sei es ein Schatz, so voller Geschichten und Erinnerungen, dass niemand seinen Wert würde bemessen können. Es war das Buch mit den Wintermärchen, aus dem die Großmutter dem Mädchen immer vorgelesen und das die alte Frau aus den Flammen der Bibliothek gerettet und ihrer Enkelin zum Geschenk gemacht hatte. Niemals würde sie dieses Buch verbrennen. Nein! Eher wollte sie kläglich erfrieren. Ja, so dachte das Mädchen.

Doch dann stürmte neuer Schnee in die Gasse, und schärfere Kälte biss dem Mädchen in die Haut. Die letzte Zuversicht des Mädchens gefror zu Eistränen, und am Ende entzündeten die steifen blauen Finger das allerletzte Schwefelholz, und der winzigen Flamme, die geboren wurde, bot das Mädchen das Einzige an, was es noch besaß.

Das Buch der Großmutter.

Und mit jeder Seite, die das Mädchen aus dem Buch herausriss, bot es den Flammen einen Teil seines Herzens an. Mit jeder Seite, die sich in der Gluthitze des Feuers krümmte, erstarb die Hoffnung ein wenig mehr.

Doch dann, mit einem Mal, vernahm das Mädchen die Stimme der Großmutter, die ihm eine Geschichte zuflüsterte, wie sie es früher immer getan hatte. Inmitten der Flammen, die von der letzten Seite des Buches aufstiegen, erkannte das Mädchen das Antlitz der alten Frau. Gütig lächelte die Großmutter ihr zu, umwob das Mädchen mit Worten so voller Wärme, dass sogar die Kälte der Winternacht ganz zu schwinden schien.

So schlief das Mädchen ein und begann zu träumen.

Es träumte von einer Frau, die im Pfandhaus eine alte Taschenuhr versetzte. Die Taschenuhr hatte die Frau einst von ihrer Mutter zum Geschenk erhalten. Ein Familienerbstück war die Taschenuhr, so voller Geschichten und Erinnerungen, dass niemand seinen Wert je würde bemessen können. Wie schwer der Frau das Herz wohl sein musste, dachte das Mädchen schlafend. Im Traum verließ die Frau das Pfandhaus, und in den Eiskristallen auf dem Schaufenster wurde sie mit einem Mal des Gesichts ihrer eigenen Mutter gewahr. Gütig lächelte die alte Frau ihrer Tochter zu, umwob sie mit Worten so voller Wärme, dass sogar die Verzweiflung über den Verlust der eigenen Tochter ganz zu schwinden schien.

Und mit einem Mal verstand das Mädchen, dass es gerade von seiner eigenen Mutter träumte, die damals nicht wieder nach Hause zurückgekehrt war. Dass sie beide einen Teil ihres Herzens fortgegeben hatten. Dass die alte Frau, die das Mädchen so geliebt hatte, zu Tochter und Enkelin gleichsam sprach, weil sie ihnen nur so den Weg zu weisen vermochte.

Als das Mädchen die Augen öffnete, läuteten die Glocken der Kirchtürme zur Mitternacht. Schneeflocken wirbelten durch die Gasse, und inmitten des Gestöbers stand des Mädchens Mutter und weinte vor Glück.

Denn der Augenblick, in dem die Dämonen der Vergangenheit auf die Geister kommender Tage treffen, ist gleichsam jener Moment, der es Wundern erlaubt, sich heimlich in die Welt zu schleichen. Und manchmal sind es die Träume von denen, die wir lieben und vermissen, die Tränen und Lachen in sich vereinen und zusammenführen, was sich einst verloren hat.

Cheapanooka's Creek

written at 3:17 p.m. on a Monday in autumn
and directed on a Wednesday and Friday afternoon
(a few weeks later) by Alan Smithee

Es ist Herbst. Der Mann betrachtet das Ortsschild und stellt fest, dass er ein Fremder ist. Früher einmal hat er hier gelebt und jeden Winkel der Wälder gekannt. Dann ist er fortgegangen. Hat studiert. An der UCLA und in Harvard. Jetzt ist er wieder hier. Steht vor dem Schild und liest den Namen der Stadt: Cheapanooka's Creek. Erinnerungen kehren zurück.

»Ich bin David Kincaid.« So stellt er sich im Sägewerk vor.

»Rob Kincaids Sohn.« Der Sägewerksbesitzer ist feist und schmierig. Er kennt David noch von früher. »Du brauchst also einen Job.« Es ist keine Frage.

»Ja.«

Die Menschen in dieser Gegend machen nicht viele Worte. »Du hast den Job.«

So ist das in Cheapanooka's Creek.

Fremde gehen in Cheapanooka's Creek in »Maddy's Motel«. Maddy Fosters Tochter heißt Susan. Sie trägt hautenge Jeans und eine Bluse, die ihre Brüste betont. David kennt sie noch von früher.

»Du bist also wieder hier«, sagt sie und fügt hinzu: »Professor.«

»Ja.« David weiß genau, wie sie das meint.

»Was willst du?«

»Kaffee.«

»Das meine ich nicht.«

David schaut zum Fenster hinaus. »Ich weiß.«

Sie lässt nicht locker. »Du bist einfach abgehauen. Damals. Wir waren ein Paar.«

David schweigt.

Sie bringt ihm den Kaffee. Das ist ihr Job.

David nippt daran.

Der Kaffee ist heiß.

So vieles bleibt unausgesprochen.

Es ist Abend.

Etwas haust in den dichten Wäldern, die Cheapanooka's Creek umgeben.

Drüben am Cheapanooka Lake zelten zwei Teenies. Sie trinken. Reden. Kiffen. Fummeln. Die Überreste des blutig verschmierten Zelts findet ein Spaziergänger am nächsten Morgen. Keiner weiß, was geschehen ist. Die Teenies bleiben vermisst.

David arbeitet im Sägewerk. In der Kantine erzählt man sich Geschichten. Von den Wäldern.

»Dummes Zeug«, sagt David.

»Du warst lange fort«, sagen die anderen.

Eine Fliege schwimmt zappelnd im Kaffee.

David fragt sich, ob es eine gute Idee war zurückzukommen.

Die Arbeit im Sägewerk ist hart. Nicht zu vergleichen mit der Arbeit in Harvard und an der UCLA.

David und Susan begegnen sich am Abend.

Sie reden.

Es ist, als sei er nie fort gewesen.

»Du hast dich nicht verändert«, sagt Susan.

»Du auch nicht.«

So sehen sie einander an. Lange.

Im Radio läuft »Smoke gets in your eyes«.

Etwas streift durchs Unterholz.

In dieser Nacht verschwinden zwei Katzen, ein Rottweiler, unzählige Wiesel, Mäuse, Ratten, ein Iltis und vier Waschbären. Ein Wildhüter wird ebenfalls vermisst. So ist das in Cheapanooka's Creek.

William Foxworth ist Polizeichef von Cheapanooka's Creek. Er sucht David im Sägewerk auf. »Ich brauche deine Hilfe.« Er erzählt David von dem, was in den Wäldern passiert. »Du bist der Experte.«

»Das bin ich nicht«, antwortet David. »Ich habe nur studiert.«

Immerhin.

Er willigt ein.

William Foxworth, David Kincaid und Susan Foster kennen sich von früher. Jetzt gehen sie in die Wälder. Es ist still.

»Es gibt kaum Fische in diesem Herbst«, sagt William Foxworth.

»Das ist nicht gut«, sagt David. »Das Gleichgewicht der Natur ist gestört.« Mit Utensilien, die er aus Harvard und von der UCLA mitgebracht hat, untersucht er den Waldboden, die Bäume und das Wasser des Cheapanooka Lake und des Cheapanooka River.

»Und?«, fragt Susan, die auch im Wald die hautengen Jeans trägt – und die Bluse, die ihre Brüste betont.

»Nichts«, sagt David.

»Verdammt«, sagt Susan.

William Foxworth sagt nichts.

Susan und David treffen sich am Abend. Sie haben Sex. Danach spricht David über das, was damals geschehen ist. Über den Unfall seiner Eltern, all die schlimmen Dinge.

»Du warst noch ein Kind«, sagt Susan.

»Trotzdem.«

In den Wäldern erwacht das Etwas, von dem die Holzfäller sich halbgare Geschichten erzählen. Es nähert sich Cheapanooka's Creek. Einige Menschen verschwinden in der Nacht.

Am nächsten Tag geht die Suche weiter. Der feiste Sägewerksbesitzer feuert David, weil es ihm an Arbeitsmoral fehle. David ist das egal. Er hat Wichtigeres zu tun. Und ist verliebt.

In der nächsten Nacht bezieht David gemeinsam mit William Foxworth einen ausgedienten Wildhüterposten im Wald. Beide sind wachsam. Trinken Kaffee, den Susan von Hand gefiltert hat.

Im Unterholz nähert sich etwas. Zweige brechen.

David und William Foxworth halten die Gewehre im Anschlag.

Dann sehen sie es. Werden Zeuge, wie ihm ein ausgewachsener Hirsch zum Opfer fällt. Als sich die Kreatur beobachtet fühlt, verschwindet sie in der Dunkelheit.

»Meine Güte«, keucht William Foxworth. »Das sah aus wie ein Biber.«

David verbessert ihn. »Das sah aus wie ein mutierter Biber.«

Die beiden sehen einander an.

Mutierte Biber also.

Sie folgen der Spur des mutierten Bibers.

»Wodurch mutieren Biber?«, fragt William Foxworth.

»Atomare Strahlung. Insektengifte. Chemikalien.« Und das sind nur einige der möglichen Gründe.

David ist ernsthaft besorgt. Er hat studiert und weiß, dass das biologische Gleichgewicht in Cheapanooka's Creek gestört ist. Damit ist nicht zu spaßen.

»Schau!«

Die Spur des mutierten Bibers führt nach Cheapanooka's Creek. Das ist nicht gut.

»Die Sommergäste sind wichtig für Cheapanooka's Creek«, sagt William Foxworth.

»Ich weiß«, sagt David.

Susan Foster hat den Sägewerksbesitzer aufgesucht, weil sie mit ihm über Davids Entlassung reden will. Der Sägewerksbesitzer grinst, als er die Bedingung nennt.

»Sie Schwein«, sagt Susan, die noch immer die hautengen Jeans trägt – und die Bluse, die ihre Brüste betont.

Das Grinsen des Sägewerksbesitzers erstirbt.

Da greift der mutierte Biber an.

»Das Sägewerk!« William Foxworth ist beunruhigt. »Der mutierte Biber will zum Sägewerk.«

»Ich habe das nicht gewollt.« Der Sägewerksbesitzer gesteht Susan alles, weil er jetzt Angst hat.

»Sie Schwein«, sagt Susan.

Die beiden konnten sich auf einen Stapel Bretter retten.

Unten nagt der bösartige mutierte Biber am frisch riechenden Holz.

»Er wird uns töten«, jammert der Sägewerksbesitzer. Ja, jetzt bereut er sein Handeln. Reste des Holzlacks hat er in den Cheapanooka River schütten lassen. Ganze Gebinde sogar.

»Sie Schwein«, sagt Susan, die ahnt, was er damit angerichtet hat. Sie arbeitet in einem Motel, und die Sommergäste sind wichtig für die Stadt, sogar im Herbst.

Der mutierte Biber hat rot glühende Augen. Die Barthaare triefen vor Gift. Das Monster riecht nach klarem Holzlack. Es faucht und grunzt, und der platte Schwanz mit den Stacheln schlägt in den Sand. Der mutierte Biber nagt eine Lücke in die Bretter, bis der Stapel ins Rutschen gerät. Der Sägewerksbesitzer verliert das Gleichgewicht und fällt dem mutierten Biber vor die Füße.

Der Sägewerksbesitzer schaut dem mutierten Biber jetzt direkt in die Augen. Der mutierte Biber schaut zurück. Er ist noch immer hungrig.

Der Sägewerksbesitzer kreischt, als die vor Gift triefenden Barthaare sich um seinen Hals legen und die langen Schneidezähne des mutierten Bibers in sein Gesicht beißen.

Susan schreit, weil der Anblick des sterbenden Sägewerksbesitzers eklig ist. Außerdem fürchtet sie, das gleiche Schicksal zu erleiden.

Ein Schuss streckt den mutierten Biber nieder. William Foxworth ist ein geübter Schütze. Und rechtzeitig zur Stelle.

David und Susan umarmen sich.

»Ich liebe dich«, sagt David.

»Ich liebe dich auch«, sagt Susan.

Der mutierte Biber, der, weil mutiert, noch bei Kräften ist, bäumt sich erneut auf.

Und wird wieder erschossen.

»Wir sollten sichergehen«, meint Susan.

David hat die zündende Idee. »Das Benzin!«

Der mutierte Biber hat keine Chance.

Es ist vorbei.

David und Susan haben zueinandergefunden. William Foxworth wird gefeiert. Und die Sommergäste bleiben nicht aus – nicht mal im Herbst. Das ist gut so. Für alle.

Die Sonne geht auf über Cheapanooka's Creek, dem Cheapanooka River und dem Cheapanooka Lake. Am Ufer betrachten zwei kleine mutierte Biber den Sonnenaufgang. Dann gehen sie schlafen. So lange, bis es dunkel wird.

Ende/Abspann

Nimmermehr

Wir besiegelten unsere Freundschaft mit einem Kuss und einer Geschichte. Der Kuss war ein Fingerhut und die Geschichte eine Lüge, aber beides war letzten Endes etwas, was Kinder, die noch an Märchen glauben, als magische Dinge bezeichnen würden. Es ist wirklich lange her, doch nur dann, wenn man die Zeit im Zeigertakt misst. Es war der Winter, in dem sich meine Eltern trennten, in dem ich mich zum ersten Mal verliebte; jener Winter, in dem ich von den unheimlichen Dingen erfahren sollte, die sich hinter den hohen Mauern von Burg Metzengerstein zutrugen. Es war eine magische Zeit, und dessen eingedenk ist es nur angemessen, mit dem Bild zu beginnen. Dem Bildnis des traurigen Junkers, der von der Leinwand verschwand, während die Welt im Schnee versank, als sei sie in einer dieser wunderbaren Glaskugeln gefangen.

Mitten in dem Gestöber aus wirbelndem Weiß, das seit Tagen das Firmament verdeckte, erschien Burg Metzengerstein, als sei sie einer der Geschichten entsprungen, die mir meine Mutter erzählt hatte, als ich noch ein kleines Kind war, still auf der Bettkante sitzend mit einem dampfenden Kaffee in der Hand, während ich mit aufgerissenen Augen und eine heiße Schokolade schlürfend jedem ihrer Worte andächtig lauschte. Gänzlich verwunschen ragten die hohen, eckigen Gebäude und die Türme mit ihren kegelförmigen schneebedeckten Dächern in den wolkenverhangenen Himmel, umgeben von dem kleinen Flüsschen Breitenbach, das sich um die Bergnase schlängelt, jenen schroffen Felssporn, der aus dem Hang am Rand des Tales vorspringt und an dem sich die uralten Befestigungsanlagen aus dunklem Stein festkrallen. Ein schmaler, steiler Zufahrtsweg führt in ungemütlichen Serpentinen ins Tal hinab.

»Gefällt sie dir?«, fragte mich Greta, als der halb verrostete Geländewagen, ein alter grüner Rover, dessen Farbe an allen Ecken und Enden abblätterte, vorsichtig über die feste Schneedecke vorankroch.

»Sie sieht aus wie die Burgen in den tschechischen Filmen, die ich als Kind gesehen habe.«

Sie musste lachen.

»Drei Haselnüsse für Aschenbrödel.«

Ihr Vater drehte kurz den Kopf in unsere Richtung und grinste.

Hier also würde ich die nächsten beiden Wochen verbringen.

Weihnachten in der Märchenfilmburg.

»Gefällt sie dir?«, fragte Greta erneut.

Und ich antwortete: »Ja.«

Wie ein verwunschener Ort, so kam sie mir vor.

»Es verirren sich normalerweise keine Menschen in diese Gegend«, erklärte sie mir. »Jedenfalls nicht im Winter. Und erst recht nicht kurz vor Weihnachten. Da sind die Leute lieber woanders.«

Ich zog es vor, ihr darauf keine Antwort zu geben.

Ich starrte nur weiter nach draußen, wo sich die Baumwipfel unter der Last der Schneemassen beugten und im

Wind ächzten. Es erschien mir alles so unwirklich, und doch war ich hier.

Letzten Endes hatte ich diesen Besuch meinen Eltern zu verdanken, ihnen und ihrem Unvermögen, ein wenig von dem Zauber zu bewahren, der ihnen einst Liebesschwüre entlockt hatte, oder wenigstens miteinander auszukommen, ohne einander ständig Vorwürfe zu machen und schreiend zu streiten. Vor wenigen Tagen erst hatte meine Mutter das Haus, in dem ich aufgewachsen war, verlassen, um mit einem Fremden zusammenzuleben, der (zumindest für meinen Vater und mich) aus dem Nichts gekommen war. Schlimme Dinge hatte meine Mutter gesagt, bevor die Tür endgültig hinter ihr ins Schloss gefallen war und dieses Geräusch eine Leere hinterlassen hatte, die sich seit jenem Moment in unser aller Herzen ausgebreitet hatte. Dinge, die sie meinem Vater ins Gesicht geschrien hatte, so dass seine sonst so beherrschten Gesichtszüge in tausend Scherben zersprungen waren. Dinge, die kein Kind seine Eltern sagen hören möchte.

»Man kann sich sein Leben oft nicht aussuchen«, pflegte Luzia Grillparzer, Gretas Großmutter, zu sagen.

Spontan hatte mein Vater daraufhin den Auftrag angenommen.

»Was hältst du davon, die Ferien auf Burg Metzengerstein zu verbringen?«

Er war in meinem Zimmer aufgetaucht, hatte im Türrahmen gestanden, irgendwie unbeholfen, in seinen Cordhosen und dem blauen Hemd, das er so mochte und an dem er jetzt, nachdem meine Mutter gegangen war, noch mehr zu hängen schien, weil sie es ihm im vergangenen Jahr geschenkt hatte. Den ganzen Tag über war ich durch die Innenstadt geschlendert, wo einlullende Weihnachtsmusik aus jedem Geschäft erklang. Eine Weile hatte ich mich auf der Domplatte herumgetrieben und den eisigen Wind in meinem Gesicht gespürt. Eine Gruppe kleiner Kinder hatte alte Kirchenlieder gesungen. Irgendwann war es dann unangenehm geworden. Eisspitzen auf der Haut hatten mich an die Schneekönigin denken lassen. Die Hände tief in die Taschen meines Parkas vergraben, war ich verdrossen nach Hause gestapft. Wo mein Vater nur darauf gewartet hatte, in die Stille meines Zimmers einzudringen, um mir diese seltsame Frage zu stellen, als ich gerade in einen Comic von Will Eisner vertieft war.

»Was hältst du davon, die Ferien auf Burg Metzengerstein zu verbringen?«

»Nie davon gehört.«

Irgendwie antwortete ich ihm immer öfter auf diese Weise. Kurz angebunden.

»Es müssen einige Bilder restauriert werden.« Er betrachtete gedankenverloren die Flut von Comicalben, die sich überall in meinem Zimmer stapelten, auf dem Boden, in den Regalen, selbst auf dem Fensterbrett und unter dem Kleiderschrank. »Das Übliche.« Er sah mich nicht an. Das tat er in letzter Zeit nie. Nicht mehr. »Ich dachte, dass uns eine Luftveränderung guttun würde.«

»Ja.«

Beide wollten wir hier weg.

Fort aus diesem Haus, wo alles daran erinnerte, dass jemand fehlte.

»Dann wirst du mich begleiten?«

»Ja.«

So war es also beschlossene Sache gewesen.

Während mich der Zug meinem Ziel immer näher brachte, betrachtete ich den grauen Rhein durch ein regentropfenbesprenkeltes Fenster. Bahnhöfe rasten draußen vorbei, so schnell, dass sich die Konturen der Gebäude und Menschen von der Geschwindigkeit des Zuges verwischen ließen. Remagen. Andernach. Koblenz. Vereinzelt erkannte ich hoch oben auf den Weinbergen alte Burgen, nur mehr Ruinen, zerfallen und traurig.

In allerletzter Minute hatte mein Vater einen Rückzieher gemacht. Statt gemeinsam mit mir das Gepäck im Wagen zu verstauen, hatte er mich zum Kölner Hauptbahnhof gebracht, mir einen Fahrschein in die Hand gedrückt und versprochen, in den nächsten beiden Tagen nachzukommen.

»Was ist das für ein Termin?«

»Etwas Geschäftliches.«

Er wusste, dass er ein schlechter Lügner war.

Und ich wusste, dass es etwas mit meiner Mutter zu tun hatte.

»Bis dann«, sagte ich zum Abschied.

Er nickte. »Pass auf dich auf.«

Wir sahen uns an.

Das Schweigen, das uns umgab, war unangenehm.

»Mach ich.«

In diesem Augenblick war mir, als habe ich kein Zuhause mehr. Als stünde ich auf dem Bahnsteig in einer fremden Welt, den alten Koffer meines Opas in der Hand und auf den Zug wartend, der mich einfach nur fortbringen würde. Weit, weit weg. Bis zum dritten Stern, wo ich rechts abbiegen müsste, und dann immer weiter bis zum Morgengrauen. Mein Opa war oft verreist. Ich dachte an ihn, und mir fiel auf, dass ich das schon lange nicht mehr getan hatte.

Irgendwie war mir, als hätte ich meine Heimat verloren. Alles, was mir bis dahin treu und lieb gewesen war.

»Burg Metzengerstein«, sagte mir Greta Grillparzer später, »ist *meine* Heimat. Das war sie schon immer.«

Sie wusste, wo sie hingehörte.

Darum beneidete ich sie.

»Wie alt bist du?«, wollte sie wissen, als wir uns begegneten.

»Sechzehn.«

»Hey, wie ich.«

Sie stand neben ihrem Vater, der eine Flanelljacke trug und dazu eine ähnlich gemusterte Mütze mit Ohrenklappen, feste Stiefel und dicke Handschuhe. Er zog einen Handschuh aus, schüttelte mir herzlich die Hand und stellte sich mir als Hans Grillparzer vor, Kastellan von Burg Metzengerstein. Das Mädchen, das hinter ihm stand, trug eine bunte Norwegermütze und einen Schal, den es über den Mund gezogen hatte. Dazu eine Bundeswehrjacke mit Kapuze, Bluejeans und feste Wanderschuhe.

Sie reichte mir ihre Hand.

»Ich bin Greta Grillparzer.« Sie zog den Schal vom Mund und lächelte freundlich.

»Jonathan Morgenstern«, sagte ich.

So klopfte das Schicksal an die Tür.

Sie trug ihr blondes Haar kurz geschnitten und zerzaust, als sei sie gerade aus einem tiefen unruhigen Schlaf aufgeschreckt und eilig in ihre Sachen geschlüpft. Auf den ersten Blick schien sie ganz anders zu sein als die Mädchen in der Schule.

»Die Burg«, erklärte sie mir, nachdem ihr Vater den Wagen vor dem Burgtor geparkt und uns zum Aussteigen aufgefordert hatte, »wurde vermutlich im frühen zwölften Jahrhundert erbaut. Es könnte aber auch früher gewesen sein.« Aus der Nähe wirkten die Mauern und Gebäude noch um ein Vielfaches gewaltiger. »Erstmalig erwähnt wurde sie im Jahre 1268. In den Schriften eines englischen Mönchs, der dem Grafen seinerzeit als Schreiber gedient und die ersten Chroniken der Familie angefertigt hatte. Vincent Usher war sein Name.«

Das Kopfsteinpflaster zu unseren Füßen war von einer dünnen Eisschicht überzogen, und man musste höllisch darauf achten, nicht auszurutschen.

Hinter uns wendete Hans Grillparzer den rostigen Rover und machte sich mit aufheulendem Motor daran, den steilen Hang hinaufzukriechen, was ihm, den Schneeketten sei Dank, auch gelang. Nur Augenblicke später hatte das Schneegestöber den Wagen und alle Geräusche verschluckt.

»Hörst du das?«, fragte Greta.

Ich lauschte. »Was denn?«

»Die Stille.«

Ich sah sie an. Es war kein Scherz gewesen.

»Wann hast du das letzte Mal eine solche Stille gehört?«

Wenn man darauf achtete, dann wurde einem schnell klar, dass nicht einmal ein Vogel sang. Dafür krächzte irgendwo im kalten Winterwald ein Rabe, ganz kurz. Dann war es wieder still. Da war nur das sachte Herabfallen der Schneeflocken, die ein dahingehauchtes Geräusch, das gar kein richtiges war, verursachten. Nicht einmal der Wind pfiff. Es war einfach nur still.

»Ich weiß nicht«, antwortete ich.

»Als ich klein war«, gestand sie mir, »da hat mir diese Stille oft Angst gemacht.«

Ganz helle Augen hatte sie, wie ein Schlittenhund.

Ich folgte ihr über das rutschige Kopfsteinpflaster bis hin zu dem verwitterten Burgtor, wo wir durch eine enge, niedrige Tür aus massivem Holz schlüpften.

»Das nennt man das Mannsloch«, erklärte Greta mir die schmale Tür, die in einen der Torflügel eingelassen war. Sie schien es zu mögen, Dinge erklären zu können.

Mit eingezogenen Köpfen schlüpften wir durch die Tür – das Mannsloch – in den Burghof hinein, und mir war, als sei die Zeit während der letzten achthundert Jahre zum Stillstand gekommen. Der Steinboden, auf dem wir uns bewegten, war uneben, urtümliches Felsgestein in roher Schönheit. Die Wohngebäude reckten sich zu allen Seiten in den Himmel. Die steilen Dächer waren mit schwarzem Schiefer gedeckt.

»Das Rübenacher Haus dort drüben«, erklärte Greta, »ist das größte der sechs Häuser, aus denen die Burg besteht. Außerdem gibt es noch die Häuser Rodendorf, Naunheim und Mörz und die beiden Kempenicher Häuser.« Ein Hund kam uns entgegen. Ein Labrador. »Die Häuser wurden übrigens nach denjenigen Orten benannt, auf die sie einen Ausblick ermöglichen.« Die neugierigen Augen musterten mich argwöhnisch. »Sag mal, interessiert dich mein Gequatsche überhaupt?« Der Hund bellte und wedelte freundlich mit dem Schwanz. »Das ist Zero«, stellte sie mir den Labrador vor.

»Toller Name.«

»Er versteckt immerzu seine Knochen und findet sie nicht mehr wieder.«

»So was passiert.«

»Er ist alt, musst du wissen.« Sie lachte und ließ sich die Hand lecken. »Und deswegen sucht er den ganzen Tag danach.«

Fröhlich beschnupperte mich das Tier. Den treuen Hundeaugen konnte man vermutlich keinen Wunsch abschlagen.

»Wegen vorhin«, murmelte ich, nachdem Zero das Weite gesucht hatte. »Tut mir leid. Aber ich war mit den Gedanken gerade woanders. Hat nichts mit dir zu tun. Oder der Burg.« Die Aussicht, mit jemandem über meine Probleme sprechen zu können, wirkte verlockend. »Es ist nur ...«

»Ja?«

Ich schluckte. »Nichts.«

Unsere Blicke trafen sich. Für einen Moment nur.

»Schon okay«, meinte sie.

»Es ist schön hier«, gestand ich.

Sie zog eine Grimasse.

»Nein, ehrlich. Ich meine es ernst.«

Die aus den grauen Wänden hervorstehenden Erker zeugten von geschickter Fachwerkskunst. Weiße Flächen, durchzogen von schwarzen Balken, inmitten dieses Geflechts verborgen, kleine tief liegende Fenster.

»Im Rübenacher Haus befindet sich unsere Wohnung«, fuhr Greta fort. »Dort bin ich aufgewachsen.« Sie war wirklich sehr mitteilsam. Andauernd redete sie. »Außerdem gibt es dort ein kleines Büro und ein mickriges Büdchen für Andenken. Dort oben«, fuhr sie fort, »ist dein Zimmer.« Ich folgte ihrer Hand und schaute zum Bergfried hinauf und wurde dort oben eines kleinen Fensterchens gewahr. »Genau dort«, bestätigte Greta meine Vermutung.

»Luftig.«

Sie grinste.

»Geboren bin ich übrigens im Haus Mörz.«

Verwundert hielt ich inne.

»Du bist hier auf der Burg geboren?«

»Meine Eltern sind nicht von hier. Papa lernte meine Mutter in Freiburg kennen. Mama studierte dort Geschichte. Wie Papa. In einem Seminar über den Hundertjährigen Krieg haben sie sich kennengelernt. Ist das nicht romantisch?« Ohne eine Antwort abzuwarten, fuhr sie fort: »Nach dem Studium, als beide noch keine richtige Anstellung hatten, reisten sie durch Deutschland, und als sie hier ankamen, suchte der Besitzer der Burg, Dr. Robert Graf zu Metzengerstein, gerade einen neuen Kastellan. Zufälligerweise. Tja, so sind wir im Breitenbachtal gelandet. Und so kam es, dass ich hier geboren wurde. Dort drüben, hinter dem schmalen Fenster mit dem Buntglas.«

Ich fragte mich, wie es wohl sein mochte, in einer Burg aufzuwachsen.

»Du bist sehr gesprächig«, sagte ich.

»Du nicht.«

»Hm.«

»Gleich lernst du meine Großmutter kennen.« Sie steuerte zielstrebig auf eine massive Holztür zu, aus deren Mitte uns ein großer Tierkopf mit einem eisernen Ring im Maul anstarrte. »Papa muss noch nach Münstermaifeld. Besorgungen machen.« Sie klopfte lautstark mit dem Eisenring gegen die Tür. »Außerdem muss er meine Mutter abholen.«

»Arbeitet sie dort?«

Gespielt verwundert, sah Greta mich an. »Hey, du hast ja eine Frage gestellt.«

Ich zog ein Gesicht.

Hielt mich an meinem Koffer fest.

»Ich bin nicht so geschwätzig«, gestand ich ihr. »Nicht heute.«

Sie nickte.

Zog sich die Mütze vom Kopf, zerwuschelte ihr Haar.

Mit einem Knarren öffnete sich die Tür mit dem Tierkopf.

»Du musst Jonathan Morgenstern sein«, begrüßte mich eine alte Frau mit lockigem schlohweißen Haar. »Unser winterlicher Gast mit dem klangvollen Namen.« Lachend ergriff sie meine Hand und schüttelte sie herzlich. »Ich bin Luzia Grillparzer.«

»So viele interessante Geschichten leben hier«, sagte Greta später, »und viele Geheimnisse ruhen in den kalten Mauern.«

Bei einem Stück selbst gebackenem Stollen und heißer Schokolade, die mich beide an die Winternachmittage meiner Kindheit zurückdenken ließen, erfuhr ich zum ersten Mal von dem Bildnis des traurigen Junkers.

»Er ist verschwunden«, erklärte mir Greta.

Natürlich dachte ich, dass es das Bild wäre, das verschwunden war.

»Nein, nicht das Bild«, verbesserte sie mich. »Nur der Junker darinnen.«

»Wie kann eine Figur aus einem Bild verschwinden?«

Luzia Grillparzer hatte ihrer Enkelin die Neuigkeit am Vortag mitgeteilt.

»Niemand kennt seine Geschichte«, erklärte Greta mir.

Luzia Grillparzer, die ihrer Enkelin die strahlend blauen Augen vererbt hatte, bemerkte während jener kurzen Augenblicke, in denen ich aus dem Wintermärchen in die wohlige Wärme hineintrat, ganz nebenbei, dass mein Vater wohl erst nach den Feiertagen auf Burg Metzengerstein eintreffen würde.

»Er wird heute Abend anrufen«, versicherte mir die alte Frau, deren Gesichtszüge unverkennbar die ihrer Enkelin waren. »Es gibt da wohl noch einige Termine, die er wahrnehmen muss.«

»Ja«, erwiderte ich, »die gibt es immer.«

Kurz darauf führte Greta mich die gewundene Treppe des Bergfrieds hinauf.

»Dort oben ist die Gästekammer«, sagte sie.

»Klingt nett.« Ich schleppte den alten Koffer, dessen bereits abgenutzte Ecken gegen die steinernen Treppenstufen stießen.

»Es geht dir nicht wirklich gut«, stellte sie fest, ohne sich nach mir umzudrehen.

Ich fragte mich, ob ich ihr antworten sollte.

Schließlich sagte ich: »Nein, nicht wirklich.«

»Willst du sie mir erzählen?«

»Was?«

»Deine Geschichte.«

»Da gibt es nichts zu erzählen.«

»Nein?« Sie blieb stehen und musterte mich.

»Nein«, antwortete ich.

»Das gibt es aber immer.«

»Was?«

»Etwas zu erzählen«, sagte sie, ohne den Blick von mir abzuwenden. »Jeder hat eine Geschichte zu erzählen. Und weißt du was?« Für einen Moment war es, als wartete sie auf eine Antwort. »Es ist wichtig, dass wir unsere Geschichte erzählen. Damit sie nicht in Vergessenheit gerät.« Dann drehte sie sich um und stieg vor mir die Treppe hinauf.

Ich folgte ihr.

Bis wir zur Dachkammer kamen.

»Und?«

»Was meinst du?«

Die Schlittenhund-Augen fixierten mich.

»Gefällt sie dir?«

»Die Dachkammer?«

»Ja.«

Die Einrichtung war karg.

Ein kastenförmiges Bett mit Himmel, ein schmaler Stuhl, darunter ein staubiger Teppich, in der Ecke ein niedriger Schrank mit verschnörkelten Verzierungen, die ein Einhorn und eine Jagdgesellschaft erkennen ließen. Das Fenster war schmal wie ein zusammengekniffenes Auge und tief in die Wand eingelassen.

Ich stellte meinen Koffer ab.

»Bist du müde?«

»Ja, bin ich.«

»Wie wäre es mit einer heißen Schokolade?«

»Unten bei deiner Großmutter?«

»Und selbst gebackenem Stollen.«

Eisig kalt war es in der Kammer. Hier oben würde ich wohl kaum den Rest des Tages verbringen.

»Ja, ich bin dabei.«

»Wirst du mir deine Geschichte erzählen?«

»Du bist ganz schön neugierig«, stellte ich fest.

Und lächelte, damit sie es nicht missverstand.

»So bin ich eben. Großmutter sagt, dass ich jedem meine Geschichten erzählen muss, ob er sie nun hören will oder nicht.« Sie lächelte zurück. Senkte den Blick, nur kurz. »So ist das.«

Ich rieb die dünne Eisschicht vom Fensterglas. Eisblumen funkelten, als sei der Frühling erstarrt.

Draußen war nichts als das Wirbeln dicker weißer Flocken zu erkennen.

»Weißt du, wie ich die Burg nenne?«

Ich sah sie an.

»Ich nehme an, du wirst es mir sagen.«

Fast war es ein Flüstern: »Burg Karfunkelstein.«

»Das klingt jetzt wirklich wie in einem der alten Märchenfilme.«

»Finde ich auch.«

»Willst du wissen, warum?«

Ich konnte mir ein Grinsen nicht verkneifen. »Du wirst es mir bestimmt sagen.«

»Ja«, antwortete sie, »das werde ich.«

Mit einem Mal fiel mir auf, wie hübsch sie war.

»Es ist nur eine kurze Geschichte.«

»Nun erzähl sie schon.«

Sie hatte es doch tatsächlich geschafft, mich neugierig zu machen. Köln wirkte mit einem Mal so unendlich weit entfernt. Irgendwie beschlich mich das Gefühl, als sei ich in einer neuen Welt angekommen.

»Als man Burg Metzengerstein errichtete«, begann Greta, und ihre Worte vermischten sich in meinen Gedanken mit den Schneeflocken, die wirbelnd die alten Zeiten zwischen die Eisblumen malten, »da suchte man nach einem geeigneten Gestein für die Fundamente dieser Burg. Einem Stein, der Wind und Wetter trotzen sollte. Bei der Suche der Steinmetze danach stießen sie auf der Höhe von Naunheim immer wieder auf ein weißes Lamm, das im Gebüsch verschwand, sobald man sich ihm näherte. Niemand schenkte dem Tier so richtig Beachtung, bis eines Tages ein Mann dem Lamm ins Dickicht am Wegesrand folgte. Er zwängte sich durch das dornige Gesträuch, bis er schließlich vor einem zerklüfteten Felsen stand, den das abfließende Regenwasser von Erde und Laub befreit hatte.«

Ich rieb mir die Hände.

»Der Mann klopfte mit seinem Stock gegen den Stein und vernahm einen hellen Klang. Dann begann der Stein mit einem Mal zu glühen, tiefrot, als sei er das Blut der Erde. Schnell entstand ein Steinbruch an jener Stelle, weil sich die Menschen natürlich erhofften, noch weitere dieser rot funkelnden Steine zu finden.«

»Was war es für ein Stein?«

»Ein riesengroßer Edelstein.« Gretas Augen leuchteten auf, und es fiel nicht schwer, sich vorzustellen, welche Art von Kind sie einst gewesen war. »Ein wunderschöner Granat von allerdunkelstem Rot.«

»Was geschah mit ihm?«

»Man brachte ihn hierher. An die Stelle, wo der Breitenbach sich um den Felsen schlängelt.«

»Und der Steinbruch?«

»Die Menschen gruben tief in die Erde hinein, fanden aber keine weiteren Granate. Nur grauen Basalt und schwarzen Schiefer, den es hier in der Gegend zuhauf gibt. Aber die Gesichter der Menschen hatten sich nach dem Fund verändert. Man erkannte Gier in ihnen, bitterste Habsucht und nagenden Neid.« Sie trat neben mich an das Fenster und folgte meinem Blick hinaus in die hereinbrechende Dämmerung. »Dort drüben ist es gewesen. Dort liegt Naunheim.« Sie war mir ganz nah, und ihr Atem bildete kleine Wölkchen in der eisigen Luft der Kammer. »Eines Tages wollten die Kinder aus Naunheim ihren Vätern, die im Steinbruch gierig schürften, das Essen bringen. Da tauchte das Lamm wieder auf. Die Kinder freuten sich darüber und riefen so laut, dass die Männer früher als gewöhnlich aus dem Steinbruch herauskamen. Doch kaum waren sie bei ihren Kindern, da stürzte die steil aufragende Wand des Steinbruchs in sich zusammen und begrub alles Arbeitsgerät unter den Geröllmassen. Die Kinder berichteten von dem weißen Lamm, und die Männer, aus deren Gesichtern mit einem Mal Habsucht und Neid verschwunden waren, nahmen ihre Kinder in die Arme. Alle waren entsetzt, knieten sich auf der Stelle nieder und dankten Gott dafür, dass er ihnen das Lamm gesandt hatte.«

»Was geschah mit ihm?«

»Dem Lamm?«

»Ja.«

»Es wurde niemals wieder gesehen.« Sie lächelte. Ganz zauberhaft. »Und der Granat, den man gefunden hatte, wurde gesegnet und in die Grundfesten dieser Burg eingemauert.« Der Klang ihrer Stimme füllte die Kammer aus. »Irgendwo dort unten muss er noch immer sein. Der magische Granat aus den Feldern von Naunheim.«

»Deswegen nennst du die Burg so?«

»Im Mittelalter bezeichnete man den Granat als Karfunkelstein.«

Ich wiederholte den Namen, als enthalte er die Magie, die mein Leben so bitter nötig hatte. »Burg Karfunkelstein.«

»Diese Mauern«, flüsterte Greta verheißungsvoll, »sind so voller Geschichten, Jonathan.«

Es war schön, sie meinen Namen vollständig aussprechen zu hören.

In der Schule rief man mich Pym. Wie den Reisenden in der Geschichte von Edgar Allan Poe. Kurz und bündig. Einfach nur Pym.

»Du magst diese Geschichten?« Eigentlich war es keine Frage.

»Ich bin nun einmal mit ihnen aufgewachsen.« Plötzlich fasste sie mich an der Hand und zog mich aus der Kammer. »Komm!«, drängte sie, und so folgten wir den spiralförmig absteigenden, schmalen Treppenstufen, dass mir beinah schwindlig wurde. Greta führte mich schnurstracks in den Rittersaal mit der schweren Eichenbalkendecke und den Familienwappen derer von Metzengerstein. Ein pechschwarzer Rabe zierte jedes der Wappen, funkelte mit seinem Dämonenauge in den Saal hinein. Der Rittersaal war, wie die meisten großen Räume der Burg, beheizt. »Einst diente dieser Raum den Bewohnern als Festsaal und Versammlungsort«, sprudelte es nur so aus Greta heraus. »Siehst du die Narrenmasken dort oben unter dem Mittelbalken und in den Ecken des Raums?« Ohne eine Antwort abzuwarten, erklärte sie: »Während der Verhandlungen herrschte Redefreiheit. Jeder durfte sagen, was ihm auf dem Herzen lag. Und dort hinten, siehst du die Schweigerose?« Ich betrachtete die in Holz geschnitzte Rose, die über dem Ausgang prangte. »Diese Rose tat kund, dass es eine Schweigepflicht gab. Niemand, der den Saal verließ, durfte über das, was hier drinnen gesprochen worden war, reden.« Sie sah mich mit ihren hellen Augen an. »Nun?«

»Was meinst du?«

»Du bist wirklich nicht sehr gesprächig, weißt du das?«

Ich schwieg.

»Etwas bedrückt dich, Jonathan, und du solltest darüber reden.«

»Nicht jetzt.«

Sie sah mich nur an.

Ich wich ihrem Blick aus und betrachtete die fratzenhaften Narrenmasken und die Schweigerose. »Vielleicht später.«

»Okay.« Erneut ergriff sie meine Hand und zog mich durch den Rittersaal, dorthin, wo ein riesiges Gemälde den Platz neben dem gleichermaßen riesigen Kamin zierte. »Das ist das Bildnis, von dem Großmutter sprach.« Es zeigte die Gabelung eines Weges in den Feldern, wo umgrenzt von dichten Sträuchern eine Bäuerin saß, die ein Kind in ihren Armen hielt. Zu ihren Füßen lag eine Karaffe, aus der sich Milch ergoss, und daneben ein Laib Brot.

»Das ist das Bild, dessentwegen du hier bist.«

»Ich?«

»Dein Vater«, verbesserte sich Greta schnell. »Es ist das Bildnis des traurigen Junkers, weswegen er den Auftrag bekommen hat.«

»Er ist aber nicht hier.« Die Bemerkung hatte ich mir nicht verkneifen können. »Er ist nie da, wenn ...«

Schweigend beobachtete sie mich.

Irgendwie wissend.

»Aber da ist kein Junker«, lenkte ich ab.

»Das habe ich dir doch gesagt.«

Ich trat näher an das Gemälde heran, bis ich die feinen Linien und Schattierungen in der Farbe erkennen konnte. Die dünne Staubschicht, die auf der Farbe lag, noch über dem etwas dunkleren, die Farben dämpfenden Firnis.

»Er war dort, Jonathan«, erklärte Greta mir und deutete auf die Stelle, an der die Karaffe mit der Milch auf dem Boden lag.

»Du meinst, dass dort ein Ritter gemalt war?«

Sie nickte.

»Ein Junker«, verbesserte sie mich.

»Und jetzt ist er fort?«

Abermals das Nicken.

»Wie soll das denn geschehen sein?«

»Niemand kennt seine Geschichte.«

»Das verstehe ich nicht.«

»Wenn die Geschichten der Menschen in Vergessenheit geraten, dann passiert dies auch mit den Menschen, von denen die Geschichte zu berichten wusste. Es ist so, als hätten sie niemals existiert.«

»Es ist ein sehr altes Bild«, suchte ich nach einer Erklärung, noch ohne recht zu verstehen, worauf sie hinauswollte. »Vielleicht sind die Farben im Lauf der Jahre einfach nur verblasst.«

»Schau!«

Sie deutete auf die Stelle mit der Karaffe. Ein schmaler Schatten lag über dem Gefäß. Ein Schatten, der irgendwo seinen Ursprung haben musste. In dem Bildnis stand die Sonne hoch am Himmel. Etwas fehlte in diesem Bild. Etwas, das zwischen der Sonne und der Bäuerin sein musste.

»Du glaubst, dass es der Junker war, der diesen Schatten geworfen hat?«

»Ich weiß es.«

»Aber wie kannst du es wissen?«

Ihre Antwort hätte rätselhafter kaum sein können: »Weil der Junker gestern Morgen noch dort war.« Die Augen, die wie Eisblumen waren, fixierten mich, ganz traurig. Mit einem Mal schien Greta die Fassung zu verlieren.

Trotzdem verstand ich nicht ganz, was sie mir da sagen wollte. »Niemand kann eine Figur aus einem Bild stehlen«, murmelte ich, war mir da aber nicht mehr so sicher.

»Der Junker wurde nicht gestohlen.«

»Sondern?«

»Er ist gegangen«, sagte sie, und Tränen traten ihr in die Augen. »Einfach fort.«

Ich schluckte.

Was hatte das alles zu bedeuten?

»Genau das, Jonathan, passiert«, presste sie mühsam die Worte hervor, »wenn man eine Geschichte vergisst.«

Draußen heulte der Wind zwischen den hohen Gebäuden.

»Ach, was soll's«, murmelte sie mit einem Mal und wischte sich trotzig die Tränen aus dem Gesicht. »Warum erzähle ich dir das alles? Es hat ja doch keinen Zweck.« Sie holte tief Luft. »Du hältst mich doch für bescheuert.« Sie betrachtete das Bild und sagte: »Deswegen hat mein Vater einen Restaurator angefordert. Das Bild soll untersucht werden. Papa glaubt, dass der Junker nur von Schmutz verdeckt wird. Aber das ist Blödsinn. Der Junker ist weg, und niemand wird ihn mehr in dieses Bild zurückbringen.«

»Greta?«

»Ja?«

»Ich verstehe nicht, was du mir damit sagen willst.«

Sie lachte.

Irgendwie verzweifelt.

»So richtig verstehe ich es selbst nicht.«

Etwas kratzte an der Tür, durch die wir gekommen waren.

»Das ist Zero.« Sie sprang zur Tür und öffnete sie. Der große Labrador steckte die Schnauze in den Rittersaal und bellte laut. »Großmutter bittet uns, nach unten zu kommen. Sie möchte dich gern kennenlernen. Außerdem gibt es heiße Schokolade und Stollen.«

»Das alles hat Zero gesagt?«, fragte ich.

»Nein.« Ein Lächeln deutete sich in den Winkeln ihres Mundes an. »Großmutter schickt Zero immer los, um mich zu suchen.« Sie tätschelte den Kopf des Hundes. »Und er nimmt seine Aufgabe sehr ernst.« Die letzten Tränen waren aus ihren Augen verschwunden, als sie sagte: »Komm, lass uns nach unten gehen.«

Burg Karfunkelstein, wie ich meinen Aufenthaltsort insgeheim zu nennen begann, schien mehr Geheimnisse zu bergen, als ich vermutet hatte. Hans Grillparzer, dem als Kastellan der Burg deren Instandhaltung und Bewirtschaftung anvertraut worden war, hatte am Vortag das Verschwinden des traurigen Junkers aus dem Bild bemerkt und sogleich nach einem Restaurator gesucht, der sich des Problems fachgerecht würde annehmen können. Nach einigen Telefonaten, während derer er hatte feststellen müssen, dass es kaum eine Restaurierungswerkstatt gab, die spontane Aufträge über die Feiertage hinweg annahm, war er dann, den Branchenverzeichnissen sei Dank, an die Werkstatt Richard Morgenstern in Köln geraten.

»Außer dem Bildnis des Junkers«, erklärte mir Greta später beim Abendessen, »gibt es hier noch einige andere Arbeiten zu erledigen. Ein Stuckspiegel aus dem Rokoko ist zu übermalen, und die stark abplatzende Fassung der Mutter Gottes Statue mit Punzierungen im Haus Kempenich ist zu erneuern. Glücklicherweise hat dein Vater den Auftrag angenommen.«

Unglücklicherweise, dachte ich insgeheim, war ihm dann noch etwas dazwischengekommen.

Bei Gretas Eltern ließ ich mir nichts anmerken. Zumindest gab ich mir Mühe, möglichst unbeteiligt und erwachsen zu wirken. Greta aber konnte ich nicht täuschen.

»Du hast damit gerechnet, stimmt's?«, fragte sie mich später.

»Es gibt immer einen Termin, der ihm dazwischenkommt.« Seit ich mich erinnern konnte, war das so gewesen. »Die Werkstatt ist ihm schon immer wichtiger gewesen.« Andauernd war da ein dringender Auftrag gewesen, der meinen Vater unabkömmlich gemacht hatte. Retuschierung einer Barockmalerei. Übermalung eines Stiftsaltars. *Gemälde, Ikonen, Sakrales und Kurioses* – so jedenfalls stand es in der Firmenbeschreibung. Skulpturen und Verkauf antiker Rahmen. Mein Vater stürzte sich auf alles, was alt war und vor dem Zerfall bewahrt werden musste.

»Er lebt inmitten seiner Pinsel, Tinkturen und Chemikalien.«

Mehr gab es nicht dazu zu sagen.

»Ist es schlimm für dich, die Feiertage hier verbringen zu müssen?«

Ich sah sie an. »Wer ist an Weihnachten schon gern allein?«

»Ich bin doch da«, sagte sie.

Lächelte aufmunternd.

Mir fiel auf, dass sie ein doppeltes Ohrläppchen hatte. Fünf silberne Ringe zierten es.

Ich nickte nur.

Und dachte über das seltsame Gespräch nach, das wir kurz nach unserer Ankunft mit Gretas Großmutter geführt hatten.

Luzia Grillparzer, die Zero ausgesandt hatte, um uns einzufangen, hatte im Wohnzimmer der Grillparzer'schen Wohnung den Tisch gedeckt. Alles roch genau so, wie es früher in der Mietwohnung meiner Großmutter gerochen hatte. Selbst das Porzellan war alt und schien einer anderen Zeit anzugehören.

»Willkommen in unserem bescheidenen Heim«, begrüßte sie uns. »Tretet ein und lasst ein wenig von dem Glück hier, das ihr beide mitbringt.« Sie lächelte, als wüsste sie von Dingen, die wir uns noch nicht einzugestehen bereit waren.

»Jonathan mag seine Kammer«, sagte Greta.

Höflich stimmte ich dem zu.

»Dabei ist es furchtbar kalt dort oben.« Luzia Grillparzer brachte die Dinge gern auf den Punkt.

Als wir eintraten, trottete Zero zu ihr und ließ sich den Kopf tätscheln. Der Hund fiepte wohlig und legte sich dann neben das prasselnde Kaminfeuer.

»Das mit deinem Vater tut mir leid.« Luzia Grillparzers Stimme war dem Kaminfeuer nicht unähnlich.

»Ja, mir auch.«

Schlohweißes Haar umrahmte ihr hageres faltiges Gesicht, und sie hatte die Augen eines jungen Mädchens: Gretas Augen. Ein Hauch aristokratischen Stolzes umwehte jede ihrer Bewegungen. »Erwachsene vergessen zuweilen, wie sie die Welt sahen, als sie einst Kinder waren.« Ein kühler Hauch von Eis und Schatten wehte mir entgegen, als sie das sagte.

Gezwungen lächelte ich. »Ich bin ja groß.«

»Bist du das?«

Ein Nicken, zu zögerlich, um aufrichtig zu sein.

Wir nahmen Platz.

Sie reichte mir ein Stück Stollen. »Niemand ist das, junger Jonathan«, widersprach sie mir mit der Stimme, die an knisterndes Holz erinnerte. »In unseren Herzen bleiben wir die Kinder, die sich an jedes Wort aus dem Mund ihrer Eltern erinnern und noch immer die Ungerechtigkeit spüren, die sie einst hat verzweifeln lassen.« Die hellen Augen wurden mit einem Mal ganz alt. »Ach, was rede ich denn da.« Jetzt zeigte Luzia Grillparzer das gleiche entwaffnende Lächeln wie ihre Enkelin. »Doch sag mir, wie gefällt dir die Burg?«

Bevor ich antworten konnte, bemerkte Greta: »Ich habe ihm das Bildnis des traurigen Junkers gezeigt.«

Neugierig musterte mich die alte Frau. »Hat Greta dir auch erzählt, was es mit dem Bildnis auf sich hat?«

»Sie hat mir gesagt, dass es keine Geschichte dazu gibt.«

»Ja, gestern Morgen war der Junker noch dort. Und das, obwohl keiner von uns jemals seine Geschichte vernommen hat.« Luzia seufzte. »Das ist das Problem, junger Jonathan. Wir kennen seine Geschichte nicht.« Bevor ich fragen konnte, was sie denn genau damit meine, fuhr sie fort: »Man muss die Geschichten einfach kennen, die sich um dieses Gemäuer ranken. Ganz wichtig ist das.« Die hellen Augen fixierten mich. »Kennst du die geheime Bedeutung, die man Geschichten zuschreibt, Jonathan?«

»Ich weiß nicht ...«

Verstohlen warfen sich Luzia und Greta einen Blick zu.

»Es ist wichtig, dass wir uns der Vergangenheit bewusst sind. Wenn man hier lebt, dann wird einem das tagtäglich deutlich. Das Bildnis unten im Rittersaal ist nur ein Beispiel unter vielen. Ein alter Antiquitätenhändler aus Mayen hat die Geschichte des traurigen Junkers jedenfalls gekannt. Als mein Sohn das Bildnis vor vier Jahren für den Grafen erstand, da wollte der Händler nicht mit der Geschichte herausrücken. Manche Geheimnisse, das war er nicht müde geworden zu betonen, sollten eben im Verborgenen bleiben.« Ein Schleier legte sich über ihre Augen. »Jetzt ist es zu spät.« Ihre Hand ruhte auf der zerknitterten Ausgabe der Rheinzeitung. Die Seite mit den Traueranzeigen lag obenauf. »Jetzt ist er dem Bildnis entschwunden.«

»Sie glauben, dass der Junker aus dem Bildnis verschwunden ist, weil seine Geschichte vergessen worden ist?«

»Ja.«

»Aber das ist doch gar nicht möglich.« Mein Vater hatte mir schon früh beigebracht, dass alte Bilder verblassen oder abblättern können. Aber niemals verschwanden sie einfach grundlos. Das war unmöglich. Bilder bestehen aus Leinwand und Farbe, und nichts davon löst sich in Luft auf.

Luzia ließ sich nicht von ihrer Meinung abbringen. »Er ist fort, oder etwa nicht?«

»Ja.«

Sie schüttelte den Kopf. »Es lohnt sich nicht, darüber zu streiten. Der traurige Junker ist nun einmal verschwunden. Daran können wir nichts ändern. Mit eigenen Augen haben wir gesehen, dass dort, wo er einmal gestanden hat, nichts mehr ist.«

Was nicht ganz richtig war. Es war nicht *nichts* mehr da. *Nichts* mehr hätte einen leeren Fleck bedeutet. Der aber nicht da war. Man konnte deutlich die gemalte Landschaft erkennen, die feine Maserung des Stoffes, auf den die Farbe aufgetragen worden war. Und da war noch der Schatten, den der Junker auf die am Boden liegende Karaffe geworfen hatte. Ein Schatten, dessen Ursprung nun verschwunden war.

»Es ist, was es ist«, sagte die alte Frau.

Und Greta brachte es auf den Punkt: »Ein Rätsel.«

»Warum ist seine Geschichte so wichtig?«, wollte ich wissen.

»Es sind die Geschichten aus alter Zeit«, erklärte Luzia, »die uns unsterblich machen. Und was ist der Tod schon anderes als das Vergessen?«

»Sie ist Philologin, musst du wissen«, gab Greta zu bedenken.

»Ich prüfe und übersetze alte Schriften, die von den unzähligen Geschichten zu berichten wissen, die sich hier auf Burg Metzengerstein zugetragen haben.« Ein höchst unternehmungslustiges Funkeln spiegelte sich in ihren Augen. »Das ist es, was ich gerade tue. Die Philologie«, erklärte sie mir, »umfasst Sprach- und Literaturwissenschaft und beschäftigt sich laut Lexikon mit der Untersuchung schriftlicher Quellen, der Gewährleistung ihrer Authentizität und der Wiederherstellung der ursprünglichen Form sowie der Einschätzung ihrer literarischen Bedeutung. Sprachen haben mich schon immer fasziniert. Und hier findet man selbst in den Staubkörnern zwischen den Steinen noch die Reste alter Geschichten. Man muss sie nur entziffern.«

»Deshalb interessiert sie also der traurige Junker.«

Sie schwieg und schaute in die Flammen des Kamins, die hoch aufloderten, als ein Lufthauch sie streifte. »Seine Geschichte … und die anderer dazu. Derzeit arbeite ich daran, die Leidensgeschichte der Elisabeth von Metzengerstein zu übersetzen. Wenn du möchtest, dann kannst du mich morgen im Turm des Hauses Mörz besuchen. Dort oben befindet sich mein Refugium Scriptorium, wie ich es nenne. In genau dem Raum wurde übrigens Greta geboren.«

»Hey, das war eine stürmische Nacht«, lachte sie. »Als die Wilddruden in der Dunkelheit heulten, als gebe es kein Morgen.« Ich fragte mich, wie es wohl für sie gewesen war, hier inmitten dieser Mauern aufzuwachsen. Mit all den Geschichten, die aus jeder Mauerritze hervorkrochen.

»Meine kleine verträumte Greta«, sagte die alte Frau und ergriff kurz die Hand ihrer Enkelin, drückte sie fest, um sie sogleich loszulassen. »Sie hat sich einmal in der wertvollen Wanduhr von 1443 versteckt, als sie glaubte, dass sich ein Wolf in der Burg befände. Ein andermal hat sie mein Sohn nur mit Glück davon abhalten können, den flämischen Bildteppich im Kempenicher Saal mit Filzstiften zu bemalen.«

»Ich war eben neugierig«, entschuldigte sich Greta.

»Was wir alle bestätigen können. Neugierig und aufgeweckt.«

Zero erhob sich von seinem Platz am Kamin und trottete zu Greta, stupste ihre Hand mit der Schnauze an und legte sich dann zu ihren Füßen nieder, wo er augenblicklich die Augen schloss und ins Reich der Hundeträume abglitt.

»Es gibt da ein Büchlein«, offenbarte mir Luzia Grillparzer, »in dem einige wenige kleine Geschichten zusammengefasst sind. Ja, ich gebe es zu. In aller Bescheidenheit. Es wurde von mir höchstpersönlich verfasst.«

»Es sind die Geschichten, die sich in diesen Mauern zugetragen haben.« Gretas Augen leuchteten. »Du kannst heute Abend darin lesen, wenn es dich interessiert.« Sie gab mir das Büchlein, das an seinem Platz auf dem Sofa hinter dem Kissen wohl nur darauf gewartet hatte, mir überreicht zu werden.

Der Titel war schlicht und prangte in geschwungenen Lettern auf einem schwarzen Einband:

Metzengerstein
von
Luzia Grillparzer

Das Büchlein war leicht, und als Greta es mir überreichte, da berührten sich für einen winzigen Augenblick unsere Finger und ließen mich einen flüchtigen Blick auf die Ewigkeit erhaschen. Nach altem Papier roch das Büchlein, wie die Bücher, Comics und Groschenromane, die ich als Kind auf dem Dachboden in unserem Haus in Köln nahe dem Severinstor gefunden hatte. Beinah schon automatisch schlug ich es auf und warf einen Blick ins Innere, studierte Inhaltsverzeichnis und Widmung.

Matthias Grillparzer

stand da geschrieben. Nichts sonst. Auf Seite drei, die unbedruckt war bis auf diesen Namen.

»Das ist mein Großvater.« Greta hatte mich beobachtet.

Ich schaute auf, fühlte noch immer das raue alte Papier unter meinen Fingern.

Luzia Grillparzer sagte: »Das ist eine lange Geschichte. Du wirst sehen, Jonathan, dass sich hinter manchen Worten eine ganze Welt verbergen kann.« Schatten tummelten sich in ihrem Gesicht. »Er ist schon lange tot, mein Matthias. Aber Geschichten hat er immer gemocht.« Ein eisiger Hauch wehte durch den Raum, und einen kurzen Moment lang suchte ich nach einer geöffneten Tür oder einem Fenster, das einen Spaltbreit gekippt war.

»Was hast du?«, erkundigte sich Greta.

»Es ist kalt.«

»Da ist nichts«, sagte Luzia.

Betreten schaute ich auf das Büchlein.

»Wenn du möchtest, dann werde ich dir von ihm erzählen.« Verstohlen zwinkerte sie ihrer Enkelin zu. »Aber nicht heute.« Das Kaminfeuer spiegelte sich in den Eisblumenaugen der alten Frau. »Nein, nicht heute.«

»Du wirst dich noch an all die Geschichten, die wir zu erzählen haben, gewöhnen.«

»So sind die Grillparzer-Frauen eben«, ergänzte Luzia. »Wir reden gern.«

Was ich mittlerweile bestätigen kann.

Denn in der Stunde, die ich in der Wohnung der Familie verbrachte, plapperten Großmutter und Enkelin pausenlos auf mich ein. Anekdoten von Greta, die als Kind durch die labyrinthischen Gänge hopste. Geschichten aus den Wäldern, in denen sich die Burg versteckte. Erzählungen von Beutereitern, die auf der Suche nach dem legendären Karfunkelstein aus dem Breitenbachtal gewesen waren, von dem selbst Hildegard von Bingen zu berichten gewusst hatte. Geheimnisse, die sich in den Dörfern auf dem Maifeld bei Kerzenschein zugeflüstert worden waren. Von den Wölfen, die in den harten Wintern vor Hunderten von Jahren den Wanderern aufgelauert hatten.

»Der Märchen gibt es viele.« Bevor Gretas Eltern zur Burg zurückkehrten, entschuldigte sich Luzia, weil sie im Refugium Scriptorium noch zu arbeiten habe. »Elisabeth von Metzengerstein ruft nach mir.«

Greta erklärte mir später, dass ihre Großmutter an einem ganz neuen Buch arbeite. »Sie will die Geschichte des legendären unglückseligen Burgfräuleins ganz genau aufschreiben. Jede freie Minute widmet sie dieser Tätigkeit. Du wirst schon sehen.« Dann bat sie mich, das Gespräch mit Luzia Grillparzer nicht zu erwähnen, wenn ihre Eltern eintreffen würden. »Es hat viel Streit in den letzten Monaten gegeben.« Sie machte eine wegwerfende Handbewegung. »Schon wieder so eine Geschichte«, meinte sie verlegen. »Als hätten wir nicht schon genug geplappert.«

»Ich werde nichts sagen«, versprach ich.

»Danke.«

Wir sahen uns an.

Beide hatten wir Geschichten, die darauf warteten, erzählt zu werden.

Und beide wussten wir, dass dies nicht der richtige Zeitpunkt dafür war.

»Du plauderst eben gern«, stellte ich schließlich fest.

»Ja.«

»Ich eigentlich auch.«

»Aber nicht immer.«

»Nein.«

»Nicht heute.«

Ich nickte.

Schluckte.

Hoffentlich, dachte ich, merkt sie mir nichts an.

Als Greta den Streit ihrer Eltern mit Luzia erwähnt hatte, da war etwas ganz tief in mir drinnen zerbrochen. Ein gläsernes Ding, das niemals wieder richtig ganz werden würde.

Niemals.

Nimmer.

Nimmermehr.

Greta, die Scherben erkannte, wenn sie welche sah, flüsterte nur: »Ist schon okay, Jonathan.«

Dabei ließen wir es bewenden.

Und das war gut so.

Ich schlief unruhig in jener Nacht.

Es war eisig kalt in der Kammer, und draußen heulte der Wind um die Zinnen, dass ich mich an die einsamen Nächte meiner Kindheit erinnert fühlte, als ich mit bis zum Kinn hochgezogener Bettdecke in der Dunkelheit meines Zimmers gelegen hatte, die Beine angewinkelt, so dass die Wesen, die ich unter dem Bett zu wissen glaubte, nicht nach meinen Füßen würden greifen können. Im nächtlichen Sturm, der Burg Karfunkelstein fest im Griff hatte und dicke Schneeflocken gegen das winzige Fenster der Kammer wehte, wurde ich der Stimmen meiner Eltern gewahr, die nur mehr Schreie waren, triefend vor Hass und Bosheit, so dass die Vorwürfe, in die sich die Worte verwandelten, die Bilder aus glücklichen Tagen förmlich in Fetzen rissen.

Als ich erwachte, fühlte ich mich leer und ausgelaugt.

Allein.

Leise flüsterte ich ihren Namen.

Greta Grillparzer.

Eine leise Melodie begleitete den Namen, und wenn ich dieser Melodie lauschte, dann verstummten die keifenden

Stimmen, die so falsch und voller Tücke im Flüstern des Windes hausten.

Ganz benommen und wie gelähmt lag ich da. Versteckte mich bis zur Nasenspitze unter der Bettdecke, wie ich es als kleines Kind getan hatte.

Dann hörte ich die Stimme.

Jene leise Stimme, die ein schauriges Wehklagen war, das ich zunächst als Sinnestäuschung abtat, schließlich aber doch nicht mehr ignorieren konnte. Einige Augenblicke lauschte ich angestrengt der Stimme, die unten aus dem Burghof heraufzudringen schien.

Dann fasste ich mir ein Herz und stand auf.

Eine dünne Eisschicht bedeckte das Buntglasfenster, durch das ich, wenn ich mich in die Fensterscharte hineinbeugte, einen Blick nach unten in den Burghof erhaschen konnte.

Was ich dort sah, machte mich gleichermaßen neugierig und erschrocken.

Eine im fahlen Licht der Laternen silbern glänzende Gestalt stand dort unten. Sie schien den felsigen Boden zu betrachten und verharrte dabei nahezu regungslos. Als sich meine Augen an das Dämmerlicht gewöhnt hatten, erkannte ich, dass die Gestalt einen silbernen Brustpanzer trug.

Die Gestalt, die einen traurigen Gesang angestimmt hatte, kniete sich mit einem Mal in der Mitte des Burghofs nieder und ergriff einen Gegenstand, der zu klein war, als dass ich ihn hätte erkennen können.

Kurz darauf trat eine weitere Gestalt aus den Schatten, die von den vorstehenden Giebeln des Kempenicher Hauses geworfen wurden. Der grüne Parka mit der Kapuze ließ keine Zweifel zu.

»Greta«, flüsterte ich überrascht.

Ganz sicher war ich mir, dass sie es war.

Doch wer war die andere Person?

Was tat sie dort unten, mitten in der Nacht?

Was auch immer die Gestalt mit dem Brustpanzer dort unten am Boden gefunden hatte, sie zeigte es Greta, die den Gegenstand in die Hand nahm und lange Zeit betrachtete. Dann gab sie ihn der geheimnisvollen Gestalt zurück.

Die beiden schienen Worte zu wechseln.

Kurz nur.

Dann ging Greta ins Haus zurück, und die Gestalt mit dem silbernen Brustpanzer verschwand in der undurchdringlichen Finsternis einer Ecke, in die das Licht der Laternen nicht zu fallen vermochte.

Ich rieb mir die Augen.

Verlassen lag der Burghof da. Fußspuren konnte ich von meinem Standort aus keine erkennen. Es gab nichts, was bestätigte, wessen Zeuge ich eben geworden war. Es hätte ebenso gut ein Traum sein können. Vermutlich, so sagte ich mir, war es auch genau das. Nichts als ein Traum. Nur ein Traum in einem Traum. So unwirklich wie die Wesen, vor denen ich mich als Kind gefürchtet hatte.

»Es ist, was es ist«, erinnerte ich mich plötzlich Luzia Grillparzers Worte.

»Ein Rätsel«, hatte Greta gesagt.

Genau das war es.

»Du musst geträumt haben.«

Beim Frühstück hatte ich Greta auf den nächtlichen Vorfall angesprochen.

»Aber ich habe es gesehen! Mit eigenen Augen!«

»Bist du dir auch ganz sicher?« Sie löffelte ihr Müsli aus.

»Nun ja.«

»Es war eine unruhige Nacht, und den ganzen Abend haben wir über den geheimnisvollen traurigen Junker gesprochen. Ich selbst habe oft Träume, die nur allzu lebendig wirken.«

»Du bist also nicht dort draußen gewesen?«

Sie legte den Löffel beiseite. »Mitten in der Nacht?«

»Ja.«

»Wann soll denn das gewesen sein?«

»Nach Mitternacht.« Sicher war ich mir nicht. »Ich meine«, murmelte ich, »ich habe nicht auf die Uhr gesehen. Es war einfach spät gewesen. Mitten in der Nacht. Vorher habe ich fest geschlafen.« Geisterstunde, dachte ich, und mit diesem Gedanken kamen Erinnerungen an alte Schwarzweißfilme zurück, Filme, die ich als Kind bei meinen Großeltern gesehen hatte.

»Du hast geträumt.«

»Das hat nichts mit dem zu tun, was ich gesehen habe.«

»Nein?«

Entschieden sagte ich: »Nein!«

»Wenn du meinst.«

Es war gut, dass Gretas Eltern diese Unterhaltung nicht mit anhören mussten.

Hans Grillparzer war in den Wald gegangen, um einen Weihnachtsbaum zu schlagen, und Gretas Mutter war nach Mayen gefahren, um die letzten Besorgungen für die Feiertage hinter sich zu bringen. Während des Abendessens am Tag meiner Ankunft hatte mich Hans Grillparzer über die Werkstatt meines Vaters ausgefragt und mir allerlei Dinge erzählt, die mich nicht wirklich interessiert hatten.

Die Restaurationsarbeiten an den Häusern hatten den ganzen Sommer in Anspruch genommen. Geduldig hörte ich mir Abhandlungen über die Verschalung der Dächer an, darüber, dass alles mit giftfreien Lösungen gegen Schädlinge behandelt worden war und die drei Schieferdächer neu gedeckt worden waren. Gretas Mutter beschrieb den eigentlichen Burgherrn, Robert Graf zu Metzengerstein, in dessen Privatbesitz sich die Burg befindet. Eine Flut an Informationen stürzte auf mich ein, und geduldig ließ ich es geschehen, während meine Gedanken abwechselnd nach Köln zu meinen Eltern wanderten und zu der bangen Frage, was wohl hinter diesem geheimnisvollen Termin, der die Anreise meines Vaters verhindert hatte, steckte.

Das Frühstück mit Greta allein einnehmen zu können, war dagegen eine wahre Wohltat.

»Die Gestalt, mit der ich angeblich gesprochen habe«, hakte sie neugierig nach, »du hast gesagt, dass er einen silbernen Harnisch trug?« Die Sonne war draußen durch die Wolkendecke gebrochen und ließ den Staub in der Luft vor unseren Gesichtern sanfte Tänze aufführen.

»Ja, es sah so aus.«

Immerhin wusste ich jetzt, was ein Harnisch ist.

»Kennst du die Geschichte der armen Agnes?«

Noch eine Geschichte also. »Nein.«

»Aber ich habe dir doch das Büchlein mitgegeben.«

»Metzengerstein, ja.« Daran hatte ich natürlich auch schon gedacht. »Ich habe aber kaum mehr darin gelesen. Ich war hundemüde. Eigentlich habe ich nur das Vorwort deiner Großmutter gelesen und das Inhaltsverzeichnis.«

»Du bist dir ganz sicher?«

»Ja.«

»Es befindet sich eine Geschichte darin«, sagte Greta geheimnisvoll, »die du gelesen haben musst. Es ist die Geschichte vom durchlöcherten Harnisch. Sie beginnt auf Seite vierundzwanzig.« Niemand konnte behaupten, dass sie das Büchlein nicht auswendig kannte.

»Warum sollte ich gerade diese Geschichte gelesen haben?«

»Weil ich bei der Gestalt, die du angeblich dort unten im Burghof gesehen hast, an die arme Agnes denken muss. Großmutter hat am Ende ihrer kurzen Erzählung geschrieben, dass man die arme Agnes noch immer des Nachts durch die Burg streifen sieht.«

»Eine Geistergeschichte also?«

Sie schüttelte den Kopf. »Nicht wirklich.«

»Willst du sie mir erzählen?«

Sie schaute zum Fenster hinaus, wo sich die Sonnenstrahlen silbrig glitzernd in dem Schnee brachen, der auf den Baumwipfeln lag. »Wie wär's, wenn ich sie dir auf einem Spaziergang erzähle?«

»Keine schlechte Idee«, willigte ich ein.

Wir schlüpften in warme Sachen und gingen nach draußen.

Am Morgen bereits hatte der Schneefall nachgelassen. Klirrend kalt war es geworden, und als wir in den Burghof hinaustraten, da bildeten sich augenblicklich nebelhafte Wölkchen vor unseren Mündern.

»Im fünfzehnten Jahrhundert lebte ein Graf auf dieser Burg«, begann Greta zu erzählen, während wir irgendwie unschlüssig im Burghof herumstanden. »Ein Graf, der seine hübsche Tochter Agnes schon im Kindesalter dem Edelmann von Braunsberg als Gattin zugesprochen hatte.

Als dann die Zeit der Verlobung gekommen war, stellte sich aber heraus, dass die beiden überhaupt nicht zueinanderpassten.«

»Geht die Geschichte gut aus?«

Greta sah mich nur an. »Agnes war liebreizend und gutmütig. Der Graf von Braunsberg hingegen war ein hartherziger und ungerechter Mann. Voll der wilden Verzweiflung bat Agnes ihren Vater, die Vermählung abzusagen, doch der störrische Burgherr ließ sich nicht von seinem Wort, das er denen zu Braunsberg einst gegeben hatte, abbringen.«

Ich scharrte mit dem Fuß im Schnee. An jener Stelle, an der vergangene Nacht die beiden Gestalten gestanden hatten. Dort, wo ich die beiden Gestalten *vermutlich gesehen* hatte, verbesserte ich mich insgeheim. »Die Verlobung fand also statt.«

»Genau dort drüben, im Rittersaal.« Greta deutete zum Haus Kempenich hinüber. »Es waren zahlreiche Gäste geladen, und die meisten von ihnen hatten sich auch eingefunden. Der hartherzige Graf von Braunsberg führte seine Braut mit finsterer Miene in den Saal hinein, um dann in ihrer und aller Gäste Gegenwart über die Mitgift und die Erbschaft zu verhandeln.«

»Was nicht nett war?«

»Keineswegs!« Greta ging unruhig auf und ab. »Als er seine Verlobte schlussendlich küssen wollte, verweigerte sie sich ihm, so groß war ihr Abscheu vor diesem Mann. Offen trat der Jähzorn des Grafen hervor. Aufs Schmählichste beschimpfte er Agnes und warf ihr am Ende sogar einen Handschuh ins Gesicht.«

Der Gedanke, dass all dies wirklich in diesen Mauern geschehen war, wirkte seltsam befremdlich.

»Die Verwandten der Braut griffen zu den Waffen, doch Agnes vermied das Blutvergießen durch geschicktes und beherztes Zureden. Der Braunsberger verließ mitsamt seinem Gefolge die Burg.«

»Einfach so?«

»Nein. Sie kündigten eine Fehde an.«

»Es war also noch nicht vorbei?«

»Es verging ein Jahr, und nichts war geschehen. Doch dann, eines Tages, ließ der Braunsberger mit einer List die Metzengersteins aus der Burg locken. Des Nachts drangen er und seine Mannen dann hier ein.« Mit ausgestrecktem Arm deutete sie zum Tor hinüber, das nach draußen führte. Burg Metzengerstein war wohl niemals eine Befestigung gewesen, die zu Zwecken des Kampfes erbaut worden war.

Ich betrachtete den Boden zu meinen Füßen, wurde aber keiner Fußabdrücke im Schnee gewahr.

Vielleicht, so dachte ich, hatte ich mich wirklich geirrt, und die Träume und die Müdigkeit hatten mir einen Streich gespielt.

»Hörst du mir noch zu?«

Ich fühlte mich ertappt. »Aber ja«, antwortete ich schnell.

Und Greta fuhr mit ihrer Erzählstimme fort: »Lautes Waffengeklirr und übelstes Getöse in dem engen Burghof weckten Agnes aus dem Schlaf. Sie trat ans Fenster.« Greta deutete zum Haus Rodendorf hinauf. »Von dort oben hatte sie wohl gesehen, wie eine Handvoll zurückgebliebener Knechte der Metzengersteins gegen die Übermacht der Braunsberger Gefolgsleute ankämpfte.«

»Was hat sie getan?«

»Sie wusste, dass der erzürnte Braunsberger sie verschleppen würde. Also ging sie in die Waffenkammer und legte sich den prachtvollsten Brustpanzer ihres Bruders an. Bewaffnet mit einem Schwert, schloss sie sich dann der kleinen Schar der Verteidiger an.« Ich versuchte mir vorzustellen, wie vor so langer Zeit an dem Ort, an dem ich nun stand, ein Blutbad stattgefunden hatte. »Der Mut der jungen Frau spornte die Männer von Metzengerstein an.«

»Konnten sie die Braunsberger vertreiben?«

Irgendwie hatte ich geahnt, dass die Geschichte nicht gut enden würde.

»Agnes wurde tödlich von einem Pfeil getroffen und sank zu Boden.« Greta blieb dicht neben mir stehen. »Genau hier, wo deine Fußabdrücke zu erkennen sind und wo du angeblich heute Nacht die Gestalt gesehen hast. Als die Männer von Metzengerstein diese Schandtat sahen, übermannte sie unbändiger Zorn, und sie erschlugen zuerst den Braunsberger und dann alle seine Gefolgsleute.«

»Ein trauriges Ende«, stellte ich fest.

»Damit war die Fehde beendet«, beschloss Greta ihre Erzählung. »Großmutter behauptet jedoch, dass man den Geist der armen Agnes noch oft um Mitternacht durch den Burghof streifen sieht.«

»Und du glaubst, dass es die arme Agnes war, die ich heute Nacht dort drüben gesehen habe?«

Sie lachte auf. »Nein, Jonathan. Ich glaube, dass du die Geschichte in dem Büchlein gelesen und dann davon geträumt hast.« Mit einem verschmitzten Lächeln fügte sie hinzu: »Warum ich in dem Traum vorkomme, kann ich allerdings nicht sagen.« Und bevor ich antworten konnte, fragte sie: »Gehen wir durch den Wald? Es gibt einen Wanderweg, der um Burg Karfunkelstein herumführt.« Spontan ergriff sie meine Hand und zog mich mit sich. »Bei der Gelegenheit zeige ich dir noch den Ort, den meine Großmutter ins Leben gerufen hat.«

So erfuhr ich von dem Tierfriedhof.

»Welche Geschichte hast *du* zu erzählen, Jonathan?« Ihr Mund schien keine Sekunde still zu stehen.

»Keine«, murmelte ich.

»Komm schon«, drängte sie mich. »Jeder hat eine Geschichte zu erzählen.«

Ich schwieg und trottete neben ihr den Waldweg entlang.

»Du hast traurige Augen«, bemerkte sie. Einfach so.

»Findest du?«

»Würde ich es sonst sagen?«

Der Schnee knirschte unter unseren Schritten.

»Du sprichst meinen Namen oft aus«, sagte ich nach einer Weile.

»Ja, und?«

Etwas verlegen sagte ich: »Das tun die wenigsten.«

»Er gefällt mir. Deswegen spreche ich ihn aus.«

Die Baumwipfel schüttelten hier und da den Schnee ab, wenn sie ein Hauch des eisigen Windes streifte.

»Jonathan«, flüsterte Greta.

Grinste.

»Jonathan Morgenstern.«

»In der Schule nennen mich die meisten Pym.«

»Pym?«

Ich nickte.

»Wie in der Geschichte von Edgar Allan Poe?«

»Ja.«

»Warum das?«

»Ist nicht so wichtig.«

»Ach, nein?«

»Mein Vater nannte mich früher oft Krümel. Weil ich so klein war.«

»Weil du ein Löwenherz hast?«

Ich lächelte.

Ein großer Rabe schwebte in der eisgrauen Luft über uns.

»Du siehst, Jonathan, die Geschichten umgeben uns. Überall.« Sie blieb stehen und schaute in den Wald hinein. »Geschichten sind so wichtig. Die wenigsten Menschen wissen das.« Die kahlen Gerippe der Bäume warfen lange Schatten in das Tal, in dessen Mitte sich Burg Karfunkelstein erhob, als sei sie tatsächlich einem alten Märchenfilm entsprungen.

Alles erschien mir mit einem Mal so unwirklich. Köln war so weit entfernt, dass ich mir gar nicht mehr vorstellen konnte, jemals dorthin zurückzukehren. Mir war, als hätte ich mein altes Leben dort abgelegt. Dieses Leben in dem Zimmer voller Comicalben, in das sich meine Eltern so selten verirrt hatten. Dies Leben in einer Schule, durch deren Korridore ich wie ein Fremdkörper schlenderte. Jene Stadt, die so kalt geworden war und in der Baustellen wie faulige Zähne aus dem Boden sprossen.

»Arthur Gordon Pym.« Beherzt griff sich Greta eine Handvoll Schnee und formte einen Ball daraus. »Nun sag schon!« Drohend hielt sie den Schneeball in ihrer Hand. »Dies«, sagte sie laut und theatralisch, »ist deine letzte Chance.«

Auf einmal musste ich laut lachen.

»Ist schon gut, ich erzähl's ja.«

Irgendwie hatte ich das Gefühl, dass es richtig wäre, ihr davon zu erzählen.

Erwartungsvoll musterte sie mich.

»In der neunten Klasse«, begann ich, »haben wir den Roman im Englischunterricht gelesen. Im Grunde genommen geht es um einen Jungen, der immer tiefer in die Tinte gerät, weil er sich von einem seiner Kumpels dazu überreden lässt, unüberlegte Dinge zu tun. Am Ende findet er sich als blinder Passagier auf einem Schiff wieder, auf dem er dann seltsame Abenteuer besteht. Nun ja, bestehen *muss*.«

»Was hat das alles mit dir zu tun?«

»Ich war der blinde Passagier.«

»Das verstehe ich nicht.«

»Ein Mitschüler hatte die Idee. Weil ich immer so ruhig bin. Und ...«

»Und?«

»Schüchtern.«

Sie lächelte. »Bist du das?«

»Ich bin der typische Schüler, den die anderen zwar nett finden, manchmal sogar richtig lustig, den aber niemand vermisst, sobald er einmal fehlt.« Jetzt, da ich neben Greta den Waldweg entlangging, waren die langen Schulkorridore mit den glänzenden Linoleumböden so weit entfernt, als gehörten sie gar nicht mehr in diese Welt.

Greta blickte zu Boden. »Die Schule«, murmelte sie, »kann ein grausamer Ort sein.«

Ich fragte mich, weshalb sie dies so sagte. Und musste wieder an den Altbau denken mit dem großen Tor und den hohen Fenstern. Den langen Schatten, die das geschichtsträchtige Gebäude im Sommer warf, und daran, dass einen diese Schatten immer frösteln ließen.

»Tja, so kam ich jedenfalls zu dem Namen. Unser Lehrer charakterisierte Arthur Gordon Pym als einen blinden Passagier. Er sei jemand, der immerzu seinen Gedanken nachhängt. Der am Ende nicht mehr zwischen Wirklichkeit und Traum unterscheiden kann.« Greta lauschte meinen Worten aufmerksam. »Jemand, den eigentlich niemand mehr vermisst, als er am Ende der Geschichte im Mahlstrom verschwindet.« Ich sah mich um und wurde wieder der tiefen Stille gewahr, die uns umgab. »Irgendein Klugscheißer rief dann in die Klasse: ›So wie Jonathan.‹ Das war's.«

»Seitdem nennen sie dich Pym?«

»Ja.«

»Und?«

»Was meinst du?«

»Ist es dir unangenehm?«

»Sie meinen es nicht böse«, antwortete ich. »So ist das eben in der Schule.«

»Bist du dir sicher?«

Ich nickte.

Sagte dann aber doch: »Nicht wirklich.«

Der Rabe, der vorhin unseren Weg gekreuzt hatte, war nun verschwunden.

Der Weg hatte uns mittlerweile um Burg Karfunkelstein herumgeführt, und wir traten jetzt in den tiefen Wald ein. Jedenfalls mochte er während der Sommermonate ein tiefer Wald sein, doch nicht unbedingt jetzt, wo sich die langen Baumgerippe in die fahle Mittagssonne reckten und mürrisch und lustlos ihre Äste im Wind baumeln ließen.

»Welche Schule besuchst du?«

»Das Kafka-Gymnasium.«

Sie musste grinsen. »Klingt richtig lustig.«

Jetzt war ich es, der ein Gesicht zog. »Als mich meine Eltern dort anmeldeten, da wusste ich noch nicht, was Kafka so angestellt und geschrieben hat. Vermutlich wäre ich sonst schon misstrauisch geworden, als ich zum ersten Mal das Gebäude betrat.«

»Und was tust du, wenn du nicht in der beschwingten Kafka-Schule bist?«

»Dies und das.«

Greta ging mit knirschenden Schritten neben mir her. Die bunte Norwegermütze hatte sie bis über die Ohren gezogen und den ebenfalls bunten Schal wie wild um den Hals geschlungen, so dass gerade ihre Nasenspitze dahinter hervorlugte.

»Du bist wirklich sehr gesprächig.«

»So bin ich eben.«

Trotzdem. Sie gab sich nicht mit dieser Antwort zufrieden. »Was magst du?«

Ohne zu überlegen antwortete ich: »Comics.«

Sie blieb stehen. Ihr Atem war feiner Nebel in der kalten Luft. »Wow!«

»Wow?«

Sie bestätigte: »Wow!«

»Normalerweise bekomme ich nur zu hören, dass dies nicht gerade die angesagteste Beschäftigung ist.«

»Was?«

»Comics zu lesen. Mit sechzehn.« Mühelos hätte ich eine Vielzahl dummer Sprüche zitieren können. »Bei den anderen Jungs kommt es eben nicht gut an.« Ein weiteres

Argument, das für den Spitznamen gesprochen hatte. Arthur Gordon Pym war ein seltsamer Eigenbrötler gewesen.

»Was genau liest du?«

Ich zuckte die Achseln. »Das Übliche. McKean, Moore, Eisner.«

»Und im Moment?«

»Armstrong.«

»*Blanketts*?«

Ich lächelte freudig. »Liegt oben im Turm in meiner Tasche.«

Beeindruckt sagte sie erneut: »Wow!«

Die Tatsache, dass sie Craig Armstrong kannte, wertete ich als gutes Omen. *Blanketts* war eine wunderschöne Liebesgeschichte und in zauberhaft schlichten Bilden erzählt. Außerdem gab es viel Schnee in der Geschichte.

»Nun ja«, stellte ich klar, »in meiner Klasse kommen Comics gar nicht gut an. Die besonders Schlauen lesen Rilke und Nietzsche. Intellektuelles Zeug ist momentan voll angesagt. Natürlich auch Kafka und Hesse.«

»Schwarz tragende Nihilisten, die Angst davor haben, fröhlich zu sein?«

»Mein Deutschlehrer bemerkte vor einiger Zeit süffisant kopfschüttelnd, dass es eine Schande sei, dass jemand, der einen Namen mit solch literarischer Vergangenheit trage, seine Zeit damit vergeude, dahingekritzelte Bildergeschichten anzuschauen. Ja, genau das hat er gesagt. Anschauen. Nicht lesen.«

»Dummköpfe, Idioten, Schwachköpfe, Pimpfe«, schimpfte sie. »Allesamt. Sie sollten wissen, dass es immer die Geschichte ist, die zählt. Egal in welcher Form.« Und als sie die nächsten Worte aussprach, da verlor ich mich ganz in den hellen Augen. »Ich zeichne selbst Comics.« Unsicher wartete sie eine Antwort ab. »Nicht besonders gut«, gab sie verlegen zu. »Na ja, ich kann dir welche zeigen. Nachher.« Und nach einer kurzen Pause fügte sie hinzu: »Wenn du möchtest.«

»Klar möchte ich.«

»Es sind Geschichten, die mit Burg Karfunkelstein zu tun haben.«

Irgendwie schienen alle, die hier lebten, auf die eine oder andere Art und Weise mit Geschichten verbunden zu sein. War das seltsam? Hätte es mir zu denken geben sollen? Selbst heute kann ich diese Frage nicht beantworten. Der Gedanke, dass Greta Grillparzer Comics zeichnete, schien mit einem Mal das einzige Weihnachtsgeschenk zu sein, das mir in diesem Jahr zuteil werden sollte. Dachte ich. Mir war, als habe ich jemanden gefunden, nach dem ich vielleicht mein ganzes Leben lang hätte suchen müssen.

»Es wäre toll, wenn du sie mir zeigst.«

Verlegen sahen wir uns an.

Von Ferne rief der Rabe etwas in den Wald hinein.

»Ich zeig dir erst einmal den Tierfriedhof«, meinte sie. »Wir sind bald da. Er liegt gleich hinter dem Friedhof.«

Still gingen wir nebeneinander her.

Einem schmalen Hohlweg folgten wir, der uns bergauf führte, bis wir auf eine mannshohe Mauer aus Bruchstein stießen, die uns den weiteren Weg versperrte.

»Hier endet der Weg«, sagte Greta.

Die Mauer umschloss einen kleinen Friedhof. Windschiefe Grabsteine ragten dort aus der Erde, verwittert und von dunklem Moos überzogen, teilweise gesplittert und mit Schnee bedeckt. Gusseiserne Kreuze und Marienstatuen, engelsgleiche Wesen mit verzerrten Gesichtern, die ihre langen Finger flehend gen Himmel richteten. In einigen dieser Hände lagen angeknabberte Äpfel, in anderen konnte ich große Körner erkennen.

»Das ist Vogelfutter«, erklärte Greta.

»Hm.«

Ein schmiedeeisernes Tor verwehrte uns den Zugang zum Friedhof. Ein finster dreinschauender Rabenkopf zierte die Flügel.

»Der Rabe ist das Wappen derer von Metzengerstein«, erklärte Greta. »Und falls du dich fragst, wer das Vogelfutter auf den Friedhof bringt ... das bin ich.« Sie zupfte den Schal vom Mund und atmete tief durch. »Die Luft hier draußen ist irgendwie frischer.«

Eisig kalt, dachte ich. Viel eisig kälter, als man es von eisig kalten Wintertagen gewohnt ist.

Ich atmete tief durch, und erneut fiel mir auf, wie still der Winterwald war. Es war, als halte die Natur den Atem an. Gerade so, als wolle sie die Toten, die dort drüben in ihren uralten Gräbern lagen, nicht in ihrem ewigen Schlaf stören.

»Wenn es mir nicht gut geht«, gestand Greta mit einem Mal, »dann komme ich oft hierher.«

Ich schwieg.

»Im Winter ist es einfach nur still hier draußen. Und im Sommer kann man dem Rauschen der Pflanzen lauschen und dem Geraschel der Tiere im Unterholz.« Sie sah mich an. »Dann kann man sogar die eigenen Gedanken hören. Die richtigen Gedanken, meine ich. Die, auf die man sonst nicht hört.«

»Zeichnest du hier draußen?«

»Manchmal.«

»Hm.«

»Meistens sitze ich einfach nur da. Drüben, auf dem großen Stein.«

Ein großer Findling ragte aus dem Gestrüpp am Rande der Friedhofsmauer.

»Aber manchmal zeichne ich auch. Es gibt eine Reihe von Comics, die in dieser Gegend angesiedelt sind. Einige sind beeinflusst von den Geschichten, die mir Luzia erzählt hat. Andere habe ich mir einfach ausgedacht.«

»Geschichten sind dir verdammt wichtig«, stellte ich fest.

»Sie sind überhaupt das Allerwichtigste.«

Mit einem Mal war mir, als hätte ich hinter einer Baumreihe ein Tier entlanghuschen sehen.

»Was ist los?«

Ich sagte es ihr.

»Ein Tier?«

»Ja.«

»Vielleicht Zero?«

»Du meinst, dass deine Großmutter ihn wieder losgeschickt hat, damit er uns sucht?«

»Zuweilen tut sie das.«

»Da!«, entfuhr es mir.

Greta folgte meinem Fingerzeig.

Etwas Weißes war hinter einem der dickeren Baumstämme verschwunden. Zierlich war es gewesen.

»Ich habe es auch gesehen«, flüsterte Greta.

»Es sah aus, wie ...«

Flink legte sie mir einen Finger auf den Mund. »Psst. Wir wollen es nicht verscheuchen.«

Wie angewurzelt standen wir da.

»Da ist es«, flüsterte Greta. »Ach, du meine Güte, das gibt's doch nicht.«

Fassungslos starrten wir hinüber zu dem Baumstamm.

»Ist es ...?«

Meine Begleiterin nickte nur.

Keiner von uns wagte einen Schritt zu tun.

Denn vor uns stand tatsächlich ein weißes Lamm.

Nur zögerlich kam es hinter dem Baumstamm hervor. Stakste auf seinen dürren Beinchen durch den hohen Schnee, und seine dunklen Augen strahlten eine seltsam wohlige Wärme aus. Winzige Schneeflocken hatten sich in der dünnen Wolle niedergelassen und glitzerten wie frostiger Tau am frühen Morgen. Das Tier schien keine Angst vor uns zu haben. Nahezu regungslos stand es da und betrachtete uns.

»Jonathan?« Ich spürte, wie Greta meine Hand ergriff.

Ganz durcheinander dachte ich an die Geschichte vom Karfunkelstein.

Vorsichtig kam das Tier einen Schritt auf uns zu. Es legte den Kopf schief, und mir war, als lächelte es uns an.

Gretas Hand zitterte.

Und ich glaube, meine tat es auch.

Wir blickten in die ehrlichen dunklen Augen des weißen Lamms.

Dann war der Wald mit einem Mal von lautem tiefen Bellen erfüllt.

Erschrocken rissen wir die Köpfe herum.

»Zero!«, entfuhr es Greta.

Als ich mich erneut nach dem Lamm umdrehte, war es verschwunden.

Einfach so.

Stattdessen kam Zero, der suchende Labrador, durch den Schnee auf uns zugesprungen. Ohne abzubremsen, sprang er mich an, zweifelsohne voller Freude, uns gefunden zu haben. Ich verlor das Gleichgewicht und setzte mich mehr oder weniger unsanft in den hohen Schnee, was Zero nicht davon abzuhalten vermochte, mir augenblicklich mit seiner warmen Zunge über das Gesicht zu lecken. Ich rang nach Atem, und als Zero von mir abgelassen hatte, sah ich, dass Greta in die gleiche Richtung starrte wie ich selbst.

»Es ist fort«, stellte sie fest. »Wie damals.«

»Du meinst die Geschichte.«

Sie nickte. »Als man in Naunheim den Karfunkelstein fand.«

Wir versanken beide in Schweigen.

Da sprang Zero an ihr hoch.

Sie streichelte ihn hinter den Ohren und gab ihm einen Kuss auf die Stirn.

Darauf schien der Labrador gewartet zu haben. Er lief zu der Stelle, wo wir eben noch das weiße Lamm gesehen hatten, und schnüffelte wie wild an dem Baumstamm, hinter dem sich das scheue Tier bis vor wenigen Augenblicken versteckt gehalten hatte. Er knabberte sogar an der Rinde, die ihm aber nicht zu schmecken schien.

»Luzia erwartet uns wohl in ihrem Refugium Scriptorium«, mutmaßte Greta.

Ich ergriff ihre Hand. »Komm!«

Zog sie hinter mir her.

Wir stapften durch den hohen Schnee abseits des Pfades, wo sich Zero bereits tummelte.

»Da!«

Sie wies auf die Stelle, an der noch vor wenigen Augenblicken das weiße Lamm gestanden hatte.

»Wie kann das möglich sein?«, fragte ich sie.

Greta starrte auf den Boden und zuckte ratlos die Achseln. »Ich habe keine Ahnung.«

»Das ist doch die Stelle, an der das Lamm gestanden hat?«

Sie stimmte mir zu.

»Die Abdrücke enden einfach mitten im Schnee.«

Schweigend standen wir da, während die langen Schatten der kahlen Bäume unsere Jacken berührten. Es gab keinen Zweifel. Die Spuren, die das Lamm im Schnee hinterlassen hatte, endeten tatsächlich an der Stelle, wo wir das Tier zuletzt gesehen hatten. Es gab keine Spuren, die zurück in den Wald führten. Rein gar nichts.

»Als hätte es sich in Luft aufgelöst«, murmelte ich.

Zero lief unruhig um die Stelle herum, an der die Spuren verebbten.

Ich musste an den traurigen Junker denken und die arme Agnes, die unten im Burghof erschienen war. Burg Karfunkelstein, so dachte ich insgeheim, hütet in der Tat mehr als nur ein Geheimnis. Und Greta, die neben mir stand und den Schnee zu unseren Füßen betrachtete, wusste entweder nichts davon – oder war nicht bereit, mit mir darüber zu reden.

Wie auch immer.

Was blieb, war ein Rätsel. Ein Rätsel, das selbst Zero zu wittern schien.

Wir folgten einem langen Hohlweg, der durch das Gehölz hinter dem eigentlichen Friedhof der Metzengersteins führte. Schließlich gelangten wir an den Ort, den Greta mir hatte zeigen wollen.

Etwas höher als der Friedhof, in dessen Nähe wir das weiße Lamm gesehen hatten, lag ein nahezu kreisrunder Platz, umgeben von dichten Tannen. Ein Ort voller ungelenk wirkender Schilder, die Kinderhände mühsam aus schiefen Brettern zusammengenagelt hatten, wo es winzige Grabsteine aus echtem Basalt gab, in die der Name eines lieben Haustiers eingemeißelt worden war. Die Inschriften erzählten kleine Dramen. Hunde, Katzen. Vögel, Hamster, Fische und Molche, die allesamt ihrem einstigen Haustierleben abgeschworen hatten und deren Überreste hier mit Hingabe beigesetzt worden waren.

»Es war Großmutters Idee gewesen.«

»Einen Tierfriedhof zu gründen?«

»Ja.«

»Aber wieso?«

»Sie hatte schon immer ein Herz für Tiere«, gestand Greta. »Und sie war an den Geschichten der Tiere interessiert.«

Wieder tauchten die Geschichten auf.

»Wenn wir die Tiere bestatten, dann müssen die Besitzer zum Abschied die Geschichte des Tieres erzählen. Das ist so eine Art Gebet, sagt Großmutter immer. Wenn wir uns der Geschichte des Tieres erinnern, dann wird es niemals in Vergessenheit geraten.«

Niemals.

Nimmer.

Nimmermehr.

Das war es, was ich in diesem Moment dachte. Und besonders wohl war mir bei diesem Gedanken nicht zumute.

Etwas an dieser ganzen Angelegenheit beunruhigte mich. Die Geschichten kehrten immer wieder zu mir zurück. Irgendwie. Unbändig. Unkontrollierbar. Warum, um alles in der Welt, waren alle hier nur so scharf darauf, irgendjemandes Geschichten zu erfahren?

»Du bist dabei?«

»Wobei?«

»Bei den Beerdigungen der Tiere.«

Zero tollte um uns herum und war ganz außer Rand und Band.

»Ja. Großmutter liest meistens etwas aus *Dr. Doolittle* vor. Etwas, was zu dem jeweiligen Tier passt.« Sie musste lächeln, als sie sagte: »Einmal hatten wir eine Kröte, die von einem siebenjährigen Mädchen als Kaulquappe gefunden worden war. Großmutter hat ihr ein Kapitel aus *Der Wind in den Weiden* vorgelesen. Und bei der letzten toten Maus, die wir hatten, habe ich *Stewart Little* gelesen.« So erfuhr ich, dass bei Katzen *Der gestiefelte Kater* zitiert wurde. Bei Fischen regelmäßig *Die kleine Meerjungfrau*, die Luzia Grillparzer wohl ein wenig variierte, so dass sie zu den jeweiligen Fischen passte.

Während sie mir von vergangenen Bestattungen berichtete, ging ich umher und betrachtete neugierig die Grabstätten. Meine Güte, es gab sogar ein Lämmchen, das auf den Namen *Schaf* gehört hatte, wie das verwitterte Holzkreuz uns versicherte. Unwillkürlich drängte sich mir die Frage auf, ob *Schaf* etwas mit dem weißen Lamm zu tun haben könnte.

»Ein seltsamer Ort«, gab ich zu. »Bist du oft hier?«

»Nein.«

Dabei ließ ich es bewenden.

Wir waren auf dem Rückweg zur Burg. Keiner von uns hatte seit dem Friedhof mehr über das Lamm gesprochen, und doch wussten wir beide, dass jeder von uns an nichts anderes mehr denken konnte. Wir hatten beide das Tier gesehen – und letzten Endes war es einfach so verschwunden. Als das Bellen des Hundes für einen Sekundenbruchteil nur unsere Aufmerksamkeit auf den heranstürmenden Zero gelenkt hatte, da hatte es sich in Luft aufgelöst.

Plötzlich sagte Greta: »Ich mag den anderen Friedhof viel lieber.«

Meine Antwort war eine Feststellung, nichts weiter. »Du magst die Gesellschaft von Menschen nicht sonderlich.«

»Die meisten Menschen sind so einfältig«, antwortete sie. »Sie verdammen, was sie nicht kennen. Wenn die Touristen Burg Karfunkelstein in den Sommermonaten besuchen, dann trampeln sie achtlos durch die Räume, lassen ihre Kaugummis auf den alten Steinböden mit den schönen Fliesen kleben, werfen ihren Müll einfach in die nächste Ecke.« Wütend funkelten ihre Augen. »Ich hasse sie. Es ist mein Zuhause, das sie so behandeln. Und ich dumme Gans muss sie auch noch führen. Denn das ist es, was Papa von mir verlangt. Ich bin Fremdenführerin auf Burg Karfunkelstein. Ich bin diejenige, die den Touristen die alten Geschichten erzählt und letzten Endes doch nur die Langeweile in den Gesichtern sieht. Nein, Jonathan. Ich mag die Gesellschaft der Menschen nicht besonders. In der Schule war ich immer das Mädchen, über das die anderen ihre Witze gemacht haben.« Die Hände hatte sie tief in die Taschen ihres Parkas vergraben, als sie neben mir herging.

»Wo gehst du zur Schule?«

»Nicht weit von hier, in Münstermaifeld. Aber ich mag das Gymnasium dort nicht besonders. Für die anderen bin ich noch immer das seltsame Burgfräulein, das selbst in den Pausen mit seinem Skizzenblock in den schattigen Ecken des Schulhofs sitzt und seinen Gedanken nachhängt.«

Zero kam angerannt und sprang an Greta hoch, bellte freudig und stob dann wieder davon, mitten hinein in den tiefen Schnee, der sich zu beiden Seiten des schmalen Weges auftürmte.

»Die Schule ist ein grausamer Ort«, stellte Greta erneut fest. »Wenn du nirgends dazugehörst, dann stehst du allein da. Es gibt keinen Mittelweg. Entweder du bist wie die anderen ...«

»Oder allein.«

Wir sahen uns an.

Einen Augenblick nur.

Doch, ach, so lange, dass ich mich noch immer daran erinnere.

»Hast *du* einen Spitznamen?«

»Warum fragst du, Jonathan?«

»Weil's mich interessiert. Du hast ja auch gefragt.«

Sie scharrte mit dem Fuß im Schnee.

»Wirst du es mir sagen?«, fragte ich sie.

»Das Geheimnis um den Namen lüften, den mir die anderen gegeben haben?«

»Ja.«

Nach einigem Zögern sagte sie: »Rumpelstilzchen.« Ganz leise sprach sie es aus. Beschämt. »Deswegen«, fügte sie unsicher hinzu und deutete auf ihr Ohr. Dasjenige mit dem doppelten Ohrläppchen, an dem fünf Ringe steckten. »In der Grundschule hatten die anderen Mädchen noch schlimmere Namen für mich. Frankensteins Braut und Metzengersteins Hexe waren noch die netteren Bezeichnungen.« Sie schluckte. »Ich sei als Kind im Wald von meinen Eltern ausgesetzt worden, und Ohrenschleifer hätten mich angenagt, als ich im Laub eingeschlafen bin. Andere tuschelten, ich habe mich in der Hexenkunst versucht, weil nur sie mein hässliches Gesicht hätte retten können. Zur Strafe dafür, dass ich den Spruch falsch aufgesagt habe, sei mir dann das Ohr mutiert. So ein Zeug eben. Kindereien. Dumme Sprüche. Aber sie haben mich mein ganzes Leben lang begleitet. Immer habe ich von den Kindern gehört, dass mein Ohr hässlich sei. Eine unbändige Freude hatten sie daran, es mir vorzuhalten.«

»Aber es ist hübsch«, sagte ich.

Erneut wich sie meinem Blick aus.

»Ich meine es ernst.«

»Manche«, fuhr sie fort, »sprachen von Burg Metzgerstein, auf der ein Schlächter sein Unwesen triebe. Der hätte mir das Ohr mit einem Messer geschnitten, und ich sei so miesepetrig, weil ich mich selbst niemals im Spiegel ansehen könne. Einige behaupteten, dass es auf der Burg keinen einzigen Spiegel gegeben hätte, damit mich meine Eltern immer in dem Glauben hatten lassen können, dass ich hübsch sei.«

»Du *bist* hübsch«, sagte ich.

Sie starrte mich an.

Jetzt war ich es, der den Blick senkte.

»Du wirst ja ganz rot«, hörte ich sie sagen.

»Das ist die Kälte.«

Sie musste lachen. »Ja, klar.«

Als hätte er nur darauf gewartet, ließ Zero ein lautes Bellen vernehmen, das durch das Tal hallte, als sei der Hund der Baskervilles im Moor unterwegs.

»Lass uns nach drinnen gehen«, schlug Greta rasch vor. »Luzia erwartet uns in ihrem Refugium.«

»Er ist wieder da!« Mit diesen Worten begrüßte uns die alte Frau bereits am Tor. Einen langen Mantel trug sie und dazu eine Pelzmütze. Ganz aufgeregt winkte sie uns zu, als sie uns bemerkte. »Greta, er ist tatsächlich wieder da!« Ein Stück Papier schwenkte sie über dem Kopf, triumphierend und freudig. »Er hat doch tatsächlich geschrieben, der alte Halunke. Du gute Güte, wer hätte das gedacht.«

Greta begann zu laufen, als sie ihre Großmutter am Tor stehen sah.

Ich folgte ihr.

Und als wir bei der alten Frau ankamen, waren wir beide ganz außer Atem.

»Wer«, keuchte ich, »ist wieder da?«

Ich stellte diese Frage, obwohl ich die Antwort bereits kannte.

»Der traurige Junker!«

Gretas Gesicht erhellte sich vor Freude. »Er ist wieder da?«

Luzia nickte.

In der einen Hand hielt sie ein Blatt Papier, das ein Brief gewesen sein mochte. Genau konnte ich das nicht erkennen.

»Überzeugt euch doch selbst!« Ohne eine Antwort abzuwarten, schritt sie durch das Mannsloch im Torflügel, überquerte den Burghof, wo ich in der Nacht die arme Agnes gesehen hatte, und verschwand im Haus.

Am Ende sah ich mit eigenen Augen, was Luzia Grillparzer uns bereits mitgeteilt hatte.

»Wie kann das sein?« Etwas anderes zu sagen fiel mir nicht ein.

Zu dritt standen wir vor dem Bildnis des traurigen Junkers im Rittersaal.

Und da war er.

In kräftigen Farben gemalt, die keine Spuren der Vergänglichkeit erkennen ließen. Erst recht gab es keinen Hinweis darauf, dass die Figur, die nunmehr klar und deutlich für alle zu sehen war, am Vortag noch gar nicht da gewesen war. Die Mutter mit dem Kind saß noch immer an der Weggabelung in dem Bild, an der sie auch während meines ersten Besuches im Rittersaal gesessen hatte. Der Milchkrug lag auf dem Boden, und dieselben Wolken, die kaum mehr waren als helle Tupfer in dem Himmelblau des Sommerhimmels, schwebten über dem Haupt des Junkers. Eine prächtige Rüstung trug er und einen Helm, der sein Gesicht nur erahnen ließ.

»Früher hat man sich wohl noch seine Geschichte in den Wirtschaften der Dörfer auf dem Maifeld erzählt«, sagte Luzia Grillparzer, die unsere Gesichter nicht einen Augenblick aus den Augen gelassen hatte.

»Du kennst die Geschichte?«

Überglücklich nickte sie.

Dabei schwenkte sie erneut das Blatt Papier, mit dem sie uns draußen zugewinkt hatte.

Zero stand zwischen Greta und mir und betrachtete seinerseits das Bildnis mit dem wohl größten Interesse, das ein kulturell gebildeter Labrador einem Gemälde von Lukas Cranach schenken kann.

»Mario Amontillado.« Die raue Stimme Luzias fand einen tiefen Widerhall von den Wänden des Rittersaals.

»Nie von ihm gehört«, stellte Greta fest.

»Das ist der Name des Antiquitätenhändlers, von dem dein Vater im Namen des Grafen dieses Bildnis erstanden hat. Mario Amontillado kannte die Geschichte des traurigen Junkers.« Geheimnisvoll fügte sie hinzu: »Vielleicht hat er noch viel, viel mehr gewusst, als wir uns zu erträumen wagen.« Sie zwinkerte mir zu, und mir fiel auf, dass sie eine Lesebrille trug.

Ich entsann mich der Tageszeitung, die ich in der Wohnung der Grillparzers gesehen hatte.

»Er ist doch gestorben«, sagte Greta.

Luzia widersprach ihr nicht. »Vorgestern.«

Sie klatschte in die Hände.

Voller Freude.

Und alle schraken wir zusammen.

»Ich dachte, er hat sie mit sich genommen.« Erneut klatschte Luzia in die Hände. »Aber das hat er nicht.« Überglücklich lachte sie laut auf. »Er hat sie mir geschickt, der alte Halunke.« Leiser, beinah schon andächtig dankbar, wiederholte sie: »Er hat sie mir doch tatsächlich geschickt. Der Brief kam heute mit der Post. Ich habe ihn vor einer Dreiviertelstunde unten im Wohnzimmer gefunden.«

Es war Greta, die die Frage dann endlich aussprach. »Was hat er dir geschickt? Was stand in dem Brief?«

»Aber Kind, das weißt du nicht?«

Natürlich ahnte Greta es.

»Die Geschichte des traurigen Junkers«, antwortete Luzia. »Und wisst ihr was?«

Wussten wir natürlich nicht.

»Es ist die Geschichte vom steinernen Brot. Na ja, nicht ganz. Ein wenig abgeändert ist sie schon. Doch im Grunde genommen ist es die Geschichte vom steinernen Brot.«

Ich betrachtete das Bildnis.

Noch immer zeigte es die Gabelung eines Weges in den Feldern, wo umgrenzt von dichten Sträuchern jene Bäuerin saß, die ein kleines Kind in ihren Armen hielt. Zu ihren Füßen lag eine Karaffe, aus der sich Milch ergoss, und daneben ein Laib Brot. Doch vor den beiden stand nun der traurige Junker. Sein Schatten fiel auf die Karaffe, genau dorthin, wo er auch hingefallen war, als der Junker sich nicht in dem Bildnis befunden hatte.

»Wollt ihr seine Geschichte hören?«

Greta warf mir von der Seite einen Blick zu.

»Ich werte dies als ein Ja.« Luzia war voller Tatendrang, und ich glaube, dass sie nichts davon hätte abhalten können, uns die Geschichte zu erzählen.

Zero, der wohl ahnte, was ihn erwartete, trottete von dannen.

»Es begab sich in den Wirren des Dreißigjährigen Krieges«, begann Luzia Grillparzer ihre Erzählung, »dass ein reicher Ritter aus Alflen seinen Sohn zu einem nahe gelegenen Kloster schickte, um sich dort Essbares zu erbitten. Ihr müsst wissen, dass in jener Zeit die Armen genauso hungerten wie die Reichen. Selbst auf dem Land wussten die Bauern nicht mehr, wie sie ihre Familien ernähren sollten, so viel Schaden hatte der Krieg angerichtet.«

Während die Worte der alten Frau den Saal füllten, beobachtete ich heimlich Greta, die ihrer Großmutter andächtig lauschte. Was, fragte ich mich, hat es mit all diesen Geschichten auf sich. Jeder hier war so begierig darauf, mir die alten Geschehnisse, die sich hier zugetragen hatten, mitzuteilen. Wozu das alles? Was steckte dahinter? Wie konnte es sein, dass eine gemalte Figur mit einem Mal verschwand, um dann am folgenden Tag wieder im Bild aufzutauchen?

»Jonathan, hörst du mir zu?«

Ertappt antwortete ich: »Ja, natürlich.«

Die alte Frau hob tadelnd den Zeigefinger. »Es ist wichtig, diese Geschichte zu kennen.«

Ich nickte.

Dann fuhr Luzia fort: »Die Mönche gaben dem Junker, welcher der Sohn des reichen Ritters war, einen Laib Brot mit auf den Weg, den der Junker in einem Sack verstaute.«

Draußen hatte es wieder zu schneien begonnen.

»Als er an eine Weggabelung bei Naunheim kam, sah er dort eine abgemagerte Frau mit ihrem kleinen Mädchen sitzen. Hilfesuchend streckte sie die Hände aus nach dem vorbeireitenden Junker und bat ihn um ein Stück Brot. Nur für mein Kind, bettelte sie. Aber der Junker war zu geizig, auch nur ein kleines Stück abzugeben. Er belog die Frau und behauptete, das schwere Ding in seinem Sack sei nur ein Stein, den er zum Beschweren des Sauerkrauts im Tontopf benötige. Er habe den Stein nur deshalb in den Sack gesteckt, damit er ihn besser tragen könne.« Luzia seufzte. »Ein besonders feiner Kerl war er nicht, unser Junker.« Sie lächelte. Doch nur kurz. »Der Junker ritt weiter und verließ den Weg, weil er nicht noch weiteren bettelnden Menschen begegnen wollte. Über Felder und Wiesen gelangte er schließlich nach Hause, wo er das Brot gerecht verteilen wollte. Alle standen sie mit hungrigen Mäulern um ihn herum, und der Speichel troff ihnen von den Lippen.

Doch das Messer des Junkers wollte das Brot einfach nicht schneiden. Immer wieder rutschte es ab.«

Greta stand jetzt dichter neben mir als zuvor.

»Das Brot«, erklärte uns Luzia, »war zu Stein geworden.«

»Die Strafe für den Geiz«, kommentierte Greta.

Die alte Frau stimmte zu. »Der Junker wurde von einem schlechten Gewissen geplagt, und er erzählte dem Vater von seinem schändlichen Versagen. Der alte Ritter, dessen Augen schon viel Schlimmes in der Welt gesehen hatten, trug dem Sohn auf, zurück zur Weggabelung auf dem Feld zu reiten. Einen Krug Milch solle er der armen Frau bringen, damit deren Not ein wenig gelindert werde.«

Greta knabberte nervös an der Unterlippe und lauschte gespannt den Worten ihrer Großmutter.

»Der Junker fand Mutter und Kind noch an der gleichen Stelle. Doch als er der Frau den Milchkrug geben wollte, da nahm sie ihn nicht an. Auch das Mädchen lag ganz ruhig in den Armen der Mutter.« Luzia schluckte, bevor sie fortfuhr: »Beide waren tot.«

»Warum müssen diese Geschichten immer auf diese Weise enden?«, fragte sich Greta laut.

»So ist das Leben nun einmal«, gab ihr die Großmutter zur Antwort. »So sind die Menschen.«

»Was passierte dann?«

»Der traurige Junker ritt zum nahe gelegenen Kloster und beichtete den Mönchen, dass er durch Hartherzigkeit und Geiz den Tod zweier Menschen verursacht habe. Die guten Mönche begruben Mutter und Kind in geweihter Erde.«

Das Bild wirkte mit einem Mal ganz anders. Die Karaffe, die dort auf dem Boden lag und aus der sich die Milch ergoss, die Mutter, die ihr Kind in den Armen hielt, der Junker, der vor den beiden stand. Erst jetzt bemerkte ich, dass die Gesichter von Frau und Kind nicht zu erkennen waren. Ganz verborgen im Schatten des traurigen Junkers waren sie.

»Er fand keine Ruhe mehr«, beendete Luzia die Geschichte. »Bald schon trat er ins Kloster ein, und als man ihm erlaubte, den steinernen Brotlaib auf den Altar zu legen, da fühlte er sich von seiner Schuld befreit und fand seinen inneren Frieden wieder.« Müde rieb sie sich die Augen. »Noch lange Zeit war das steinerne Brot eine Mahnung für alle Hartherzigen. Als später die Kirche verfallen war, hat man es allerdings nicht mehr gefunden.«

So endete die Geschichte vom traurigen Junker, der traurig war, weil er den Tod zweier Menschen verschuldet hatte.

»Und nun«, lauteten die abschließenden Worte der alten Frau, »ist er wieder da.«

Mit der Dunkelheit kamen erneut die Schneeflocken, die Burg Karfunkelstein, wie ich das Gemäuer fortan zu nennen begann, umhüllten, als gehöre sie nicht zu der Welt, in der ich bisher gelebt hatte. Den restlichen Nachmittag hatten wir hoch oben im Haus Mörz verbracht. In jenen Räumlichkeiten, die Luzia Grillparzer als ihr Refugium Scriptorium bezeichnete.

»Was hat es mit all den Geschichten auf sich?«, wollte ich wissen.

Der Raum mit der niedrigen Decke glich einer behaglichen Höhle. Schwere Regale aus dunklem Holz säumten die Wände. Folianten, staubige Wälzer und Schriftrollen, die bereits halb vergilbt waren, quollen aus den Regalen hervor. Hier und da gab es auch kleine Schränke mit Türen aus dickem bunten Butzenglas, das Lichtspiele an die Decke zauberte. Dahinter stapelten sich weitere Bücher. Dicke, dünne, alte, uralte, bekannte und vergessene Bücher, deren Gedanken den Staub im Licht der vielen Kerzen, von welchen die Kammer illuminiert wurde, tanzen ließen. Inmitten all der Bücher stand ein Tisch mit einem Grammofon, dessen riesiger Trichter lange Schatten an die Decke warf.

Luzia Grillparzer saß hinter ihrem Schreibtisch vor dem schmalen Fenster, durch das man nur mehr Dunkelheit erkennen konnte. Auf dem Tisch lagen aufgerollte Schriftrollen, massige Wörterbücher und ausgefranste Zettel aus dunklem Papier, das jahrhundertealt sein mochte, die Ränder ganz zerfleddert. Papier von der Sorte, die Falten der Weisheit aufweist.

Gegenüber des Schreibtischs stand ein rotes Sofa. Dort hatten Greta und ich selbst Platz genommen.

»Es sind die Geschichten, die uns unsterblich machen«, betonte Luzia Grillparzer erneut. »Das ist der Grund, weshalb ich mich mit ihnen beschäftige.« Sie deutete auf das Durcheinander aus Büchern, Papieren und dazwischen stehenden benutzten Tassen und Tellern, das den Tisch fest im Griff hatte. Dazu eine Lesebrille neben einem ledernen Etui und ein weißer Füllfederhalter. »Es ist meine Aufgabe, diese Geschichten für die Nachwelt festzuhalten. Denn der Tod ist das Vergessen. Wenn man geliebte Menschen vergisst, wenn man sich ihrer Geschichten nicht mehr erinnert, dann ist das Leben wirklich vorbei.«

»Das hat Greta auch gesagt.«

»Ich weiß.« Sie roch nach Rosenblättern, die der Wind verweht.

»Was ist mit dem traurigen Junker geschehen?«, wollte ich wissen.

Die alte Frau zuckte die Achseln. Im flackernden Kerzenschein wirkte ihr Gesicht von Falten zerfurcht, und dennoch konnte man in ihm die junge Frau sehen, die Luzia Grillparzer einst war.

»Ich weiß es nicht«, gab sie zur Antwort. »Nun ja, er ist wieder da. In dem Bildnis, wo er hingehört.«

»Aber wie ist er dorthin zurückgekommen?«

»Vermutlich«, antwortete sie, »auf die gleiche Art und Weise, wie er von dort verschwunden ist.«

»Das ist keine Antwort.«

»Ich habe aber keine andere.«

Greta sagte: »Und ich auch nicht.«

Ich betrachtete die beiden.

Großmutter und Enkelin, die mehr als ein Leben trennte und die einander ähnlicher nicht hätten sein können.

Wie konnte es sein, dass die beiden das Auftauchen des traurigen Junkers so bereitwillig hinnahmen? Immerhin war es ein Rätsel, das nach einer Auflösung verlangte. Es war ebenso mysteriös wie die Frauengestalt, die ich in der Nacht unten im Burghof hatte umherstreifen sehen, und das Lamm, das uns im Wald nahe dem Tierfriedhof begegnet war.

»Manchmal«, war Luzias Meinung dazu, »geschehen eben seltsame Dinge in dieser Gegend.« Sie nippte an dem Tee, der dampfend vor ihr auf dem Tisch stand. »Es gibt Sagen aus der Eifel, die von Bachnixen und Waldfrauen und verlorenen Rittern berichten. Geschichten von schiefen

Kirchtürmen, die der Teufel im Zorn verdreht haben soll. Anekdoten von schwarzen Hunden, die des Nachts durch die Gassen streunen und deren Augen rot glühend jeden Nachtwächter das Fürchten lehrten. Geschichten, Jonathan, sind eben nicht nur Geschichten. Sie sagen einiges aus über die Menschen, von denen sie erzählt werden. Die Sagen und Balladen der Menschen zu kennen heißt, die Menschen selbst zu kennen. Wenn man sich ihrer Geschichten erinnert, dann wird niemals ein Erzähler in Vergessenheit geraten.« Sie lächelte, und als sie die folgenden Worte aussprach, da lief mir ein Schauder über den Rücken: »Niemals. Nimmer. Nimmermehr.«

Greta fasste mit einem Mal meine Hand, ganz kurz nur.

»Du bist kreidebleich geworden.«

Wie hatte die alte Frau nur wissen können, was ich selbst schon einige Male zuvor gedacht hatte?

Luzia beobachtete mich neugierig. Irgendwie wissend.

»Alles in Ordnung mit dir, junger Jonathan?« Ihre Stimme war mit einem Mal ein Lied von Schnee und stillen Seufzern.

»Ja«, log ich. Alles andere als glaubwürdig.

Wieso konnte Luzia Grillparzer meine Gedanken lesen?

Oder war es ein Zufall, dass sie gerade jetzt diese Worte benutzte?

»Die Geschichte vom traurigen Junker«, fuhr Luzia von meiner Reaktion unbeirrt fort, »ist nur eine von vielen Sagen, die sich um die Burgen und Dörfer der Eifel ranken. Das nahe gelegene Maifeld ist auch nicht arm an düsteren Erzählungen. Die weinende Muttergottes am Wegekreuz, geheimnisvolle Tempelritter, windige Neunhollen und geizige Bauern.«

Sie sprach in Rätseln.

Was Greta, wie ich beobachten konnte, nicht weiter zu verwundern schien.

»Es ist unsere Aufgabe, diese Geschichten zu bewahren.«

»Ist es das, was Sie tun?«, fragte ich sie.

Luzia nickte. »All die Pergamente, Bücher und Folianten. Sie quellen über von Geschichten, die alle nur darauf warten, dass sie endlich wieder jemand liest.«

»Dass sie endlich jemand weitererzählt«, fügte Greta hinzu. »Sie brennen förmlich darauf.«

Mit einem Mal fühlte ich mich völlig verloren in all diesen Geschichten, die wie die dicken Schneeflocken dort draußen vor dem Fenster umherwirbelten. Die mich mit sich rissen, hinauf in schwindelnde Höhen. Und mich gar keinen klaren Gedanken mehr fassen ließen.

»Wir sind alle etwas seltsam«, sagte Greta.

Und allein ihr Lächeln war es wert, dass ich nach Burg Karfunkelstein gekommen war und mir all diese Geschichten anhörte. Doch da war noch etwas. Eine weitere Geschichte lag in der Luft wie ein Geheimnis, das sich nicht greifen lassen wollte. Eine Geschichte, die alle anderen Geschichten miteinander verbinden würde. Ein Rätsel, das der Enthüllung harrte. Ich spürte es ganz deutlich. Ich sah es in Gretas Augen und denen ihrer Großmutter. Mit einem Mal war mir klar, was mir schon viel früher hätte bewusst sein müssen. Dass die beiden ein Geheimnis teilten. Dass sie verschwiegene Verschwörerinnen waren und hinter all dem viel mehr steckte, als sie mir gegenüber zuzugeben bereit waren.

Ein lautes Geräusch riss mich aus den Gedanken.

»Der Wagen«, sagte Luzia mit einem Mal.

Unverkennbar hustete der Dieselmotor in der Dunkelheit.

»Meine Eltern.« Greta sprang auf und lief zum Fenster. »Sie sind gerade angekommen.« Schnell drehte sie sich zu mir um. »Ich gehe nach unten und helfe ihnen beim Auspacken.«

Und schon war sie verschwunden.

Luzia Grillparzers klare Augen fixierten mich.

Eine Weile schwiegen wir uns an.

Schließlich murmelte ich: »Tja.«

»Tja?«

Ich bestätigte unsicher: »Tja.«

Von draußen legte sich ein dünner Schneefilm auf das Fensterglas.

»Ich denke doch, Greta mag dich.« Die Worte fielen in die Stille wie ein Stein. »Sie mag dich wirklich sehr, Jonathan.« Mit einem belehrenden und zugleich amüsierten Blick musterte sie mich. »Das ist dir doch aufgefallen, oder?!«

Ich hüstelte.

Verlegen.

»Nun?«

Erneutes Hüsteln.

Dann ein zaghaftes »Nun ja«. Mich fröstelte.

»Oh, ihr Jungs.« Sie schüttelte den Kopf. »Habt die Augen weit geöffnet und seht doch nichts.«

»Sie ist nett«, gab ich zu.

Luzias Augenbraue hob sich skeptisch. »Nett?« Mit einem Mal war ich mitten in ein Verhör geraten. »Das ist ein schlimmes Wort, Jonathan. Wenn man Menschen wirklich mag, dann gibt es genügend andere Wörter, um dies auszudrücken. *Nett* ist gar nicht nett. *Nett* ist Zögern. Unentschlossenheit. Verlogen.«

Unruhig rutschte ich auf dem Sofa hin und her.

»Soll ich dir eine Geschichte erzählen?«, fragte sie mit nunmehr ruhiger werdender Stimme, die wieder die Farbe von dunklem Holz annahm.

»Wenn Sie möchten?!«

»Würde ich es nicht wollen, dann würde ich es kaum vorschlagen, oder?!«

Da hatte sie recht.

»Weißt du, Jonathan«, begann sie. »Greta war immer ein sehr stilles Kind. Aus dem ein stilles junges Mädchen geworden ist. Sie hatte niemals viele Freundinnen. Den meisten Eltern war es zu mühselig, die Kinder auf die Burg zu bringen. Und Greta hatte es sich zur Angewohnheit gemacht, die meisten Menschen nicht mit Namen anzusprechen. Dabei mag sie Namen. Wenn sie Geschichten liest, dann ist es ihr immer wichtig, welche Namen die Personen in den Geschichten haben. Denn der Klang eines Namens ist immer unverwechselbar.« Sie seufzte. »Deinen Namen, Jonathan Morgenstern, spricht sie sehr oft aus. Was gar nicht so ihre Art ist.« Die hellen Augen der alten Frau blickten wieder so streng wie vorhin. »Du verstehst doch, was ich dir damit sagen will?«

»Ja.«

»Dann lausche jetzt meiner Geschichte«, forderte sie mich auf.

Zero hatte sich zu meinen Füßen zusammengerollt und schnarchte leise vor sich hin.

Und Luzia Grillparzer begann zu erzählen.

Verwundert musste ich feststellen, dass es nicht irgendeine Geschichte war, die sie sich da für mich aufgehoben hatte. Nein, es war ihre eigene. Die Worte nahmen Gestalt an und knisterten in der Luft wie das Feuer, das die Holzscheite in dem kleinen Kamin verzehrte. Sie entführten mich dorthin, wo Luzias Wurzeln waren. Dorthin, wo alles begonnen hatte. Für Luzia Grillparzer. Und irgendwie, am Ende, auch für mich.

Bereitwillig ließ ich mich entführen, den ganzen langen, weiten Weg bis in jene Stadt, in der einst ein Mädchen gelebt hatte, das Greta zum Verwechseln ähnlich gesehen haben musste.

»Ich war in deinem Alter, Jonathan«, begann die Geschichte, »als ich Matthias kennenlernte. Das war 1938. Ich lebte damals in Wien, wo meine Eltern eine Apotheke führten. Zwei Wochen vor dem Einmarsch der Deutschen lernte ich ihn kennen.« Ganz verträumt blickte sie in die Vergangenheit, und ihre Worte beschworen eine fremde Welt herauf. »Noch immer kann ich den Rauch riechen«, flüsterte sie, und das Flackern der Kerzen begleitete jedes ihrer Worte. »Noch immer höre ich das silberne Besteck klappern. Ohne die Erlaubnis meiner Eltern trieb ich mich bei der Wiener Boheme herum. Im Herrenhof, dem wohl angesagtesten Literaturcafé der Stadt.«

Die raue Stimme der alten Frau zauberte rote Plüschbänke aus den Schatten ihres Refugium Scriptoriums, dazu runde Tische mit geschwungenen Stühlen. Schrullige und in ihrem Wortwitz den Gästen ebenbürtige Kellner servierten auf funkelnden Nickeltabletts Mokka und Kapuziner und mischten sich hier und da beiläufig in die Diskussionen der vielen Literaten und Künstler ein. Gespräche über Manuskripte, Politik und Malerei lagen in der Luft wie Nebel, vermischten sich mit dem Gemurmel der Gäste und dem Rauch der glimmenden Zigaretten.

»Ich fühlte mich wie einer dieser Bohemiens«, erinnerte sich Luzia Grillparzer. »Und es war dort, dass ich Matthias zum ersten Mal traf. Dass ich mich verliebte. An einem Abend im März, der in meiner Erinnerung niemals enden wird.«

Niemals.

Nimmer.

Nimmermehr.

Dachte ich.

»Wenn ich daran denke, dann kommt es mir vor, als sei es gestern erst geschehen.«

Der junge Student nahm an Luzias Tisch Platz, und so kamen die beiden ins Gespräch.

»Alle anderen Tische waren schon besetzt an diesem Abend.«

Matthias Grillparzer studierte Geschichte, und so redeten sie über die Dinge, die sich in der Vergangenheit zugetragen hatten und sich nun anschickten, erneut zu passieren.

»Die meisten Gespräche drehten sich damals um den Krieg.«

Die Unruhe in Wien war allgegenwärtig. Man sprach über Österreich und den schattenumwobenen Nachbarn Deutschland. Über die Politik, von der man in den Tageszeitungen las. Darüber, was die Studenten befürchteten.

»Der Anschluss war ein Schock«, gestand Luzia.

Über all das redeten die beiden. Später am Abend aber redeten sie über einander. Und noch viel später ergriff Matthias die Hand des jungen Mädchens.

»Er küsste mir die Hand, so zärtlich«, erinnerte sich Luzia. »Er küsste sie, und ich sah ihn an, und in den dunklen Augen lag ein ganzes Leben. So klar, so *richtig*. Es hatte auf mich gewartet. *Er* hatte auf mich gewartet.«

Zwei Wochen, nachdem sie sich in Matthias Grillparzer verliebt hatte und diese Verliebtheit erwidert worden war, marschierten die Deutschen ein. Österreich wurde dem Deutschen Reich angeschlossen, und das Leben in Wien begann sich zu ändern.

Was immer auch passiert, sagte Matthias, *wir werden beisammen bleiben. Du bist mein Leben. Meine Luzi. Das wirst du immer sein.* Er küsste sie. *Niemals wird es anders sein.* Die Tränen auf ihren Wangen berührte er ganz sanft mit dem Finger, einfach so, und flüsterte: *niemals, nimmer, nimmermehr.*

»Meine Eltern waren gegen die Beziehung zu dem Studenten. Er besäße gefährliche Ansichten, pflegte Papa mich zu warnen. Niemals würden meine Eltern der Beziehung ihren Segen geben und einer Ehe zustimmen.«

Sie können uns nicht trennen, versprach Matthias ihr. *Niemand kann das. Die Deutschen nicht und deine Eltern erst recht nicht.* Die Verliebtheit der beiden, die schon am ersten Abend im Herrenhof zarte Keime getrieben hatte, erblühte zu einer Liebe, die den Horizont erfüllte. Sie waren einander Sterne und Monde und alles, was ein Leben ausmachte.

»Wir heirateten heimlich.«

Das war 1941.

Noch im selben Jahr trat Matthias Grillparzer als aktives Mitglied der Widerstandstruppe 05 bei.

»Es war ein einfacher Code«, erklärte mir Luzia. »Die Null und der fünfte Buchstabe des Alphabets ergeben zusammen das Ö für Österreich.«

Einer muss es tun. Einer muss den Mut aufbringen. Wir werden es schaffen, und Wien wird wieder eine schöne Stadt sein. Matthias war kein leichtsinniger Mann. *Das wird nicht gut ausgehen,* warnte Luzia ihn. *Ich habe Angst.* Doch er ging nur auf sie zu, umarmte sie und flüsterte: *Ach, Luzi, die Welt gehört doch uns allein.*

Es kam, wie viele Dinge kommen. Matthias begann seine gefährliche Arbeit im Untergrund, und Luzia zog in seine kleine Wohnung in Simmering ein, nahe dem Zentralfriedhof.

»Er war ein Idealist.«

Während die Länder Europas in Flammen standen, wurde das Leben härter. Ende 1944 begann die Belagerung der Stadt. Die Rote Armee näherte sich Wien aus dem Norden und aus Ungarn. Immer öfter regnete es Bomben. Luzias Elternhaus in der Johannesgasse im ersten Bezirk wurde im Winter 1945 getroffen. Kein Stein blieb auf dem anderen.

»Meine Eltern starben in den Trümmern.« Sie seufzte. »Matthias und ich spazierten durch Schönbrunn, als der Angriff kam.«

Das sind die Roten! Er zog sie unter Bäume, als die Flieger den Himmel verdunkelten. *Hab keine Angst.* Luzia, die ihre Eltern nicht mehr gesehen hatte, seit sie den Namen Grillparzer trug, stand an deren Grab und sprach in ihren Gedanken all die Worte aus, die zu sagen sie in den letzten Jahren versäumt hatte. Sie hatte geahnt, dass etwas passieren würde.

Was dies war, das hatte sie nicht geahnt.

»Im Frühjahr stellte ich fest, dass ich schwanger war.«

Matthias Grillparzer war überglücklich.

Ich werde Papa, nur diese Worte. Und Tränen des Glücks.

Dann kamen die Russen.

»Wien ergab sich den Roten«, erinnerte sich Luzia, »und wir glaubten, dass nun alles besser werden würde.«

Wonach es zunächst auch aussah.

»Tagelang hatten wir uns kaum aus den Kellern getraut. Als es dann endlich so weit war, fanden wir nichts als Ruinen vor.«

»Die Sieger öffneten die großen Vorratskammern, die der deutsche Stadtkommandant bis dahin der Bevölkerung vorenthalten hatte.«

Jedermann durfte sich bedienen.

»Dann entdeckten die Russen die Weinkeller.« Ein Schatten legte sich über ihr Gesicht.

Matthias und Luzia gingen durch die Straßen und staunten über das Bild, das sich ihnen bot. Trinkgelage gab es und jauchzende Verbrüderungen mit den Befreiern. Sowjetsoldaten plünderten die Weinkeller der Stadt und tranken mit den Einwohnern der umliegenden Häuser. Immer ausgelassener wurde die Stimmung, und bald schon betranken sich die Soldaten immer mehr.

»Dann fielen die ersten Schüsse.«

Das geht nicht gut aus, sagte Matthias, als die Schüsse den Tag zerfetzten. Luzia ergriff seine Hand. Sah ihm in die dunklen Augen. *Was immer auch geschehen mag*. Er küsste sie sanft und flüsterte: *Niemals, nimmer, nimmermehr.*

»Das Leben kann ein Tier sein, manchmal, böse und gierig.«

In ihrem Eifer, mehr und mehr Fässer zu öffnen, begannen die Soldaten, wild und wahllos zu schießen. Frauen und Männer wurden getroffen. Wein und Blut vermischten sich zu einem einzigen dunklen Schrei.

»Da war dieses Mädchen«, näherte sich Luzia dem Unglück, das bereits in den düsteren Winkeln ihrer Erzählung lauerte, »ein Mädchen mit einer roten Jacke, ein kleines Ding mit blonden Zöpfen, das am Straßenrand stand. Matthias sah es zuerst. Zuerst das Mädchen und dann das Pferd.«

Es war das Pferd eines Russen, das, aufgeschreckt von dem tosenden Lärm, ausgebrochen war und in Panik durch die Menschenmassen stob. Ohne Orientierung galoppierte es auf das Mädchen zu.

»Matthias«, setzte Luzia an.

Und verstummte dann.

Sie atmete schwer, und erst nach einer Weile gelang es ihr fortzufahren.

»Er rettete das Mädchen.«

Und bezahlte dafür mit seinem Leben.

Das Pferd drückte Luzias geliebten Mann gegen eine Häuserwand.

»Ich konnte seine Rippen brechen hören.«

Sie war bei ihm, als er schwarzes Blut spuckte. Als er sie nur mit den Augen anflehte, seine Hand in die ihre zu nehmen und sie dann auf ihren Bauch zu legen, damit er die schwachen Tritte spüren konnte. Als er hustete und zu weinen begann. Sie war bei ihm, als er die Lippen bewegte: *Niemals, nimmer, nimmermehr.*

»Ich habe ihm die Augen geschlossen«, sagte Luzia, und ein eisig kalter Hauch umwehte ihre Stimme. »Ich habe sie geschlossen, mit meinen eigenen Händen. Dann habe ich ihm einen Kuss gegeben.«

Matthias Grillparzer wurde am 19. April 1945 auf dem Zentralfriedhof nahe Simmering beigesetzt.

Vier Monate später erblickte ihrer beider Sohn das Licht der Welt.

Luzia benannte ihn nach ihrem eigenen Vater.

Hans.

»Der Krieg war vorbei.«

Luzia erhob sich von ihrem Platz hinter dem großen Tisch und reichte mir ein gerahmtes Bild. Eine alte Schwarzweißfotografie war es, die eine junge Frau zeigte, die Greta hätte sein können und die von einem glücklich lachenden Mann in einem dunklen Anzug umarmt wurde, vor den Toren der Ruprechtskirche in Wien.

»Wenn ich Greta betrachte«, sagte Luzia, »dann glaube ich manchmal, in einen Spiegel zu schauen. Einen Spiegel, in dem die Zeit stehen geblieben ist.« Ihre Stimme war jetzt wieder wie knackendes Holz. »Wenn man einen Menschen findet, den man nicht mehr loslassen möchte, dann muss man ihn festhalten.« Sie zwinkerte mir zu. »Ich war so glücklich, damals. In jenen Jahren, die uns gemeinsam gehörten. Und dieses Glück spüre ich noch immer.«

Ich betrachtete die Fotografie in meiner Hand.

»Erkennst du das Glück, wenn es dir begegnet?«

Ich schwieg.

»Wenn du es erkennst, dann musst du es festhalten. Das ist überhaupt das Allerwichtigste.« Sie schenkte mir ein Lächeln voller Wärme und Güte. »Deshalb, Jonathan Morgenstern, habe ich dir meine Geschichte erzählt. Damit du verstehst, worum es hier geht.«

Und draußen schneite es, als gebe es kein Morgen.

In der Wohnung der Grillparzers hatten Gretas Eltern den Weihnachtsbaum aufgestellt und bereits zur Hälfte geschmückt. Allein den Baum zu sehen rief einige Erinnerungen wach. An Zeiten, in denen gemeinsam Weihnachtslieder gesungen worden waren. In denen wir in die Kirche gegangen waren und irgendwie alles einen Sinn ergeben hatte.

Jetzt machte gar nichts mehr Sinn.

Mein Vater war telefonisch nicht einmal zu erreichen. Vermutlich nahm er besagten Termin wahr, der ihm eine rechtzeitige Ankunft auf Burg Karfunkelstein unmöglich gemacht hatte. Halb benommen wurde mir bewusst, dass ich dieses Weihnachtsfest mit einer fremden Familie verbringen würde. Etwas, was ich vorher noch nie getan hatte. Mit diesem befremdlichen Gefühl aßen wir zu Abend, und dann entführte mich Greta in die Burg.

»In der Nacht sind die Schatten so voller Geheimnisse«, flüsterte sie und zog mich mit sich in die Rüst- und Waffenkammer im Rübenacher Haus. Eine umfangreiche Sammlung an sehenswerten Rüstungen und Hellebarden war hier untergebracht, darunter sogar einige orientalische Waffen. »Einige der Burgherren waren weit gereiste Ritter, und manche von ihnen hatten sogar an den Kreuzzügen teilgenommen«, erklärte mir Greta, als sie meinen neugierigen Blick bemerkte. »Graf Peter von Metzengerstein kämpfte seinerzeit vor Jerusalem und kehrte nie wieder aus der Gefangenschaft zurück.« Bilderfetzen, die an die alten Ritterfilme der 1950er-Jahre erinnerten, bestürmten mich. Kämpfende Sarazenen, unerfahrene Knappen und Helden, die irgendwie aussahen wie Errol Flynn und Robert Taylor. Der Gedanke, dass einst jemand die langen Hellebarden und massigen Hakenbüchsen benutzt hatte, war einfach nur erschreckend. Kündeten diese Waffen doch von Zeiten, in denen das Leben um so vieles härter als heute gewesen war. »Die Hellebarden«, sagte Greta, »dienten den Fußsoldaten dazu, die feindlichen Ritter während des Kampfes vom Pferd zu ziehen. Waren sie einmal gestürzt, so konnten sie aufgrund der schweren Rüstung nichts mehr tun und waren dem Fußvolk hilflos ausgeliefert.« Eine wahrlich grausame Zeit war dies gewesen.

»Irgendwie«, meinte ich, »hat sich seit dem dunklen Mittelalter nicht wirklich viel verändert in der Welt.«

»Großmutter hat dir von Wien erzählt?« Eigentlich war es eine Feststellung.

»Ja.«

»Sie hat viel erlebt. Und sie hat meinen Großvater wirklich geliebt.«

»Dabei war sie noch so jung gewesen.«

»Ja, kaum älter als ich es jetzt bin.«

Nachdenklich gingen wir durch die Burg. Die Kerzen ließen zackige Schatten unruhig an den Wänden tanzen, und unsere Schritte hallten auf dem Steinboden durch die nächtlichen Korridore.

»Die Geschichte vom Tod meines Großvaters«, sagte Greta, als wir im Kurfürstenzimmer strandeten, »begleitet mich seit meiner Kindheit.« Und ganz nachdenklich flüsterte sie: »*Wiener Blut*, kennst du dieses Lied?«

»Den Walzer?«

»Ja.«

»Was ist damit?«

»Luzia besitzt eine alte Schallplatte. Dickes schwarzes Vinyl und dazu noch übersät mit Kratzern, so dass man immer ein lautes Knacken hört, wenn die Nadel darüberkratzt. »Es ist dieses Lied, das sie seit jenen Tagen in Wien begleitet und dem sie auch heute noch oft lauscht.«

»Warum?«

»Sie haben es gespielt«, erklärte Greta, »nachdem mein Großvater gestorben war.«

Und dann erzählte sie mir den Rest der Geschichte.

Davon, dass Luzia mit leerem Blick durch die Stadt gewandert war, nachdem man Matthias fortgeschafft hatte. Alles war ihr gleichgültig geworden. Um sie herum versank die Stadt im Chaos.

»Die gefallenen Schüsse«, erinnerte sich Greta der Worte ihrer Großmutter, »hatten Hass auf die Befreier aufkommen lassen. Die Russen merkten das und revanchierten sich mit Brandschatzungen und Schlimmerem.«

In diesem Tumult durchquerte Luzia Grillparzer, in deren Bauch das Kind ihres geliebten Matthias heranwuchs, die Innere Stadt. Auf dem Platz vor dem Stephansdom hatten die Russen eine Handvoll Musiker zusammengetrieben, die, inmitten der Trümmer stehend, dazu gezwungen wurden, Wiener Walzer zu spielen. Betrunkene Sowjetsoldaten tanzten zu der Musik, mit österreichischen Mädchen und Frauen in den Armen.

»*Wiener Blut*«, sagte Greta. »Das war es, was sie spielten, als Luzia dort eintraf.«

Die Welt, so hatte es Luzia oft ihrer Enkelin geschildert, hatte sich in ein Tollhaus verwandelt. Wien war befreit. Matthias tot. Dazu die Musik. Dieser beschwingte Dreivierteltakt.

»*Wiener Blut*«, beendete Greta ihre Erzählung. »Für Luzia steht dieses Lied für alles, was ihr damals widerfahren ist. Es ist die Melodie, die alle Erinnerungen in sich birgt.«

Wir standen vor einem flämischen Wandteppich, der eine Jagdszene zeigte.

Die Geschichten, dachte ich, kommen auf Burg Karfunkelstein wirklich aus jedem Mauerspalt gekrochen. Überall schauten Gesichter auf einen herab, die mit Geschichten beschriftet waren, tief eingebrannt in die bleiche Haut aus Stein und Farbe. Dazu lauschte ich in Gedanken der beschwingten Melodie des Walzers, den Luzia Grillparzer damals in Wien vernommen hatte. Fast war mir, als müssten in jedem Augenblick die Gestalten in dem Wandteppich zum Leben erwachen und den Tanz beginnen.

»Deine Eltern erwähnen Luzia niemals«, stellte ich fest.

Greta, die vor der gotischen Kaminhaube stand und deren Gesicht im Kerzenschein fast engelsgleich wirkte, antwortete nicht sofort. »Um ganz ehrlich zu sein«, begann sie schließlich, »hat es in den vergangenen Monaten einige Streitereien gegeben, und eigentlich ist es unwichtig, worum es dabei ging. Jedenfalls reden sie derzeit nicht mehr miteinander. Luzia verkriecht sich in ihrem Refugium Scriptorium und kommt nur nach unten in die Wohnung, wenn meine Eltern fort sind.«

Bei einem dieser Streifzüge hatte sie dann den Brief des Herrn Amontillado an sich genommen. Ich fragte mich, ob Gretas Eltern von dem Brief wussten. »Keine angenehme Situation.«

»Ich vermeide es, ihren Namen zu erwähnen. Das gibt nur wieder neue Diskussionen darüber, ob Luzias Übersetzungsarbeit gut und überhaupt sinnvoll ist. Großmutter übe einen zu starken Einfluss auf mich aus. Andauernd bekomme ich das zu hören. Mama findet, dass ich zu wenig Kontakt zu Gleichaltrigen pflege. Ich sei eigenbrötlerisch und manchmal sogar richtiggehend garstig zu anderen Menschen.« Sie berührte flüchtig den Kamin. »Na ja, vielleicht haben sie da sogar recht. In der Schule bin ich die Seltsame, das komische Burgfräulein, das gute Noten schreibt und in den Pausen allein in den Ecken des Schulhofs sitzt und sein Notizbuch vollkritzelt.« Ihr Gesicht verriet mehr als ihre Worte. »Großmutter fördere dieses Verhalten, meint Mama. Und Papa betont andauernd, dass Luzia schon immer ihren Kopf durchgesetzt habe, was das Leben mit ihr nicht immer einfach gemacht habe.«

»Aber du magst deine Großmutter.«

»Ich liebe sie«, gab sie zu. »Mehr noch. Sie ist mein Vorbild.« Ganz leuchtende Augen bekam sie, als sie das sagte. »Luzia hat in ihrem Leben so viel aus eigener Kraft geschafft. Wow! Dafür muss man sie einfach bewundern.«

»Es ist gut, wenn man jemanden wie sie in der Familie hat.« Überraschend kalt klangen diese Worte, und irgendwie schienen sie gar nicht zu mir zu gehören.

»Was ist mit deinem Vater?«

»Ich habe versucht ihn zu erreichen.«

»Und?«

»Nichts.«

»Glaubst du, dass er noch herkommt?«

»Vor Weihnachten?«

Sie nickte.

»Nein.« Dessen war ich mir mittlerweile sicher.

»Ist es schlimm für dich?«

Ich atmete tief durch. »Nein, nicht wirklich.« Einen Moment lang fühlte ich mich ganz leer. »Doch«, gab ich zu, »ist es wohl. Es ist das erste Weihnachtsfest ohne meine Familie.«

»Willst du mir davon erzählen?«

»Ja.« Es verwunderte mich selbst, wie schnell mir diese Antwort über die Lippen kam.

»Hier?«

Unsere Blicke begegneten sich.

Wir schwiegen.

»Willst du die Comics sehen?«, fragte Greta.

»Ja«, murmelte ich, ohne zu überlegen, irgendwie glücklich und unsicher. Doch mit ganzem Herzen.

Das Comtessenzimmer befindet sich im Obergeschoss des Rübenacher Hauses und wirkte trotz der Kälte gemütlich, was wohl an den dekorativen Wandmalereien lag, die mit ihren üppigen Blumen-, Frucht- und Rankendarstellungen eine wohnliche Wärme zauberten. Hinter den Bleiglasfenstern heulte der Wind, und man konnte erkennen, dass sich erneut Schneeverwehungen zwischen den Fensterrahmen gebildet hatten. In der Mitte des Raumes befand sich ein auf Stufen stehendes, prachtvolles Himmelbett, dessen samtgrüner Baldachin mit spätgotischen Kampf- und Turnierszenen bestickt war.

»Hier habe ich mich schon als kleines Mädchen oft herumgetrieben«, gestand mir Greta. »Wenn die Touristen in den Raum kamen, dann habe ich mich dort im Bettkasten versteckt und mir vorgestellt, die Touristen seien böse Raubritter, die nach langer Belagerung in die Burg eingedrungen waren und mir, dem armen alleingelassenen Burgfräulein, nach dem Leben trachteten.«

Sie ging zum Bett hinüber, kletterte die Stufen hinauf, stieg flink hinein und zog hinter einem der Vorhänge einen Stapel staubiger Notizbücher hervor. Dicke Bücher waren es, fest in Leinen gebunden.

»Komm!«

Sie saß an der Bettkante und ließ die Füße baumeln. Den Kerzenleuchter hatte sie neben sich auf den schmalen Rand, der das Bett umgab und den man vorzüglich als Ablage nutzen konnte, gestellt.

Ich tat wie geheißen.

Nahm neben ihr Platz.

»Sei vorsichtig«, ermahnte sie mich.

Und überreichte mir das erste Buch.

Ich schlug es auf.

»Wow!«

Sie lächelte glücklich. »Die sind alle im letzten Jahr entstanden.«

Die Seiten waren voller Zeichnungen, manche davon mit Sprechblasen. Schwarzweiße Skizzen, flüchtig und doch akribisch von einem zarten Bleistift auf das grobe Papier gehaucht. Skurrile Gesichter aus der Nähe betrachtet, schön durch ihre Einzigartigkeit. Gesichter mit schrägen Zügen, die so liebenswert vertraut erschienen, dass man sich zu fragen begann, was denn an den Schönheitsidealen, die all die Zeitschriften zierten, so besonders sein sollte. Immer wieder tauchte ein kleines Mädchen auf, das meistens traurig wirkte, nachdenklich. Ein Mädchen, das die Haare kurz geschnitten und ein doppeltes Ohrläppchen hatte. Ein Mädchen, das in vielen Bildern immer aus den Schatten herauslugte, das gar nicht so recht zu all den anderen Menschen dazuzugehören schien.

»Herrje«, murmelte Greta, »das da ist Lady Luna. Meine Kreation.«

»Sie sieht aus wie du.«

Verlegen starrte sie auf die Skizze.

»Sie ist hübsch«, sagte ich.

»Findest du?«

»Ja.«

»Sie ist allein«, erklärte Greta. »Weil sie Lady Luna ist. Weil sie so gern Solaris treffen würde.« Sie überlegte kurz, suchte nach Worten. »Irgendwie weiß sie, dass es Solaris ist, nach dem sie sich sehnt. Der sie wärmen würde. Doch sie ist Lady Luna. Und sie gehört nun einmal in die Welt der Schatten. Nur dort kann sie atmen. Und wenn die Sonne die Schatten vertriebe, dann wäre es um sie geschehen. Also hat sie sich damit abgefunden, Solaris niemals in die Arme schließen zu können.«

»Es gibt kein glückliches Ende?«

Greta senkte den Blick. »Noch nicht.«

»Aber die Geschichte ist noch nicht zu Ende erzählt.«

Sie zuckte die Achseln.

Die Stille des verschneiten Winterwaldes umgab uns, selbst hier im Comtessenzimmer.

»Kennst du Peter Pan?«, wollte sie mit einem Mal wissen.

»Ja.«

»Richtig gut?«

»Na ja, es geht. Warum?«

»Es ist eine schöne Geschichte und ...«

»Und?«

Sie atmete tief ein und sagte dann: »Jonathan Morgenstern.«

Sonst nichts.

Erwartungsvoll begegnete ich ihrem Blick.

»Ich möchte dir etwas schenken.«

Ich sagte nichts.

Meine Hände zitterten ein wenig, glaube ich.

»Ich möchte dir einen Kuss schenken.« Und schnell fügte sie hinzu: »Ist das okay?«

Was sollte ich darauf erwidern?

Völlig überrascht saß ich neben ihr, unfähig mich zu bewegen.

Greta kramte flink etwas aus ihrer Hosentasche hervor und hielt es mir entgegen.

»Was ist das?« In dem flackernden Kerzenschein fiel es mir schwer, das kleine Ding zu erkennen.

»Das ist mein Kuss«, sagte sie ernst. Mit ganz glasigen Augen.

Es war ein Fingerhut.

Der silbern im Kerzenschein glänzte.

Sie ergriff meine Hand und legte den Fingerhut hinein.

»Dass ist mein Kuss«, wiederholte sie. »Damit du mich niemals vergisst.«

Ein Fingerhut.

So winzig und unscheinbar.

Und doch ein Versprechen.

Ganz fest, so fest.

Stumm saßen wir da.

Blätterten in den Notizbüchern, die so voller Zeichnungen waren, dass man den Geschichten gar nicht mehr entrinnen konnte. Die ganze Zeit über hielt ich Greta Grillparzers Kuss fest in der Hand. Ganz warm fühlte er sich an. Ich blätterte mich durch die Abenteuer der Lady Luna, und derjenige Teil von mir, der strahlte wie Solaris, ahnte bereits in jener Nacht, dass mein Herz Burg Karfunkelstein niemals mehr würde verlassen können.

Niemals.

Nimmer.

Nimmermehr.

Die Weihnachtsfeiertage kamen. An Heiligabend führte ich ein kurzes Telefonat mit meinem Vater, der pausenlos sein Fehlen entschuldigte. Er habe sich natürlich mit der Absicht getragen, in die Eifel zu kommen, doch hätten es nicht zuletzt die starken Schneeverwehungen unmöglich gemacht. Zudem, und das erwähnte er nur am Rande, habe er sich mit Mama in »ihrer« alten Kneipe in der Schildergasse getroffen. Viel geredet hätten sie und so weiter und so weiter. Frohe Weihnachten wünsche er mir, und Mama täte das natürlich auch. Er habe ihr die Anschrift der Burg gegeben, und warum sie sich noch nicht gemeldet habe, wüsste er nun selbst nicht. Versprochen, dies zu tun, habe sie natürlich. Na ja, ich würde sie ja kennen, und manchmal wäre sie da etwas nachlässig. Aber das sei nicht weiter schlimm, denn sie liebe mich und so weiter. Er käme nach Weihnachten, so schnell es nur ginge. Herr Grillparzer habe ihn gedrängt, mit den Restaurationsarbeiten anzufangen und so weiter.

»Frohe Weihnachten«, wünschte Greta mir.

Das war mehr als genug.

Dazu bekam ich noch ein Bild von ihr geschenkt. Eine Bleistiftzeichnung, die einen Raben zeigte, der auf einer verwitterten Mauer hockte. »Draußen beim kleinen Tierfriedhof«, erklärte sie mir, »trifft man ihn oft an.«

Schweigend nahm ich zur Kenntnis, dass die Streitigkeiten zwischen Luzia Grillparzer und Gretas Eltern wohl heftiger waren, als ich ursprünglich vermutet hatte, denn niemand erwähnte die alte Frau auch nur in einem Nebensatz. Luzia ließ sich ihrerseits auch nicht dazu herab, dem

Weihnachtsbaum einen Besuch abzustatten. Es war seltsam, wie sehr sich hier alle aus dem Weg zu gehen schienen.

»Am besten ist«, bat mich Greta, »du erwähnst sie nicht einmal.«

Natürlich tat ich ihr diesen Gefallen.

Keine Frage.

So gingen die Weihnachtsfeiertage in diesem Jahr vorüber. Die Welt war ein einziges Meer aus Schnee, der in immer dicker werdenden Flocken um die Burg wehte. Es schien nur Greta und mich zu geben in diesem Gewimmel aus stillem Weiß. Fast jeden Tag wanderten wir hinaus zum Tierfriedhof, und am späten Nachmittag meines vierten Tages auf Burg Karfunkelstein trafen wir dort erneut auf den großen Raben, der auf dem schiefen Grabstein hockte und von Zero, der uns bei diesen Wanderungen immer begleitete, freudig begrüßt wurde.

»Hat der Rabe auch eine Geschichte?«, wollte ich von Greta wissen.

»Er hat dem Fräulein Elisabeth gehört.«

»Elisabeth von Metzengerstein?«

»Ja.«

»Dem Fräulein, über das Luzia schreibt?«

Greta nickte. »Man sagt, dass ihr Geliebter nach seinem Tode in Gestalt eines Raben zu ihr zurückgekehrt sei.« Sie streckte den Arm aus und schnalzte mit der Zunge.

»Hat er einen Namen?«, fragte ich.

Das große Tier beobachtete uns mit seinen tiefschwarzen Knopfaugen.

Dann erhob es sich auf breiten Schwingen in die Luft und landete zu meiner Überraschung auf Gretas ausgestrecktem Arm.

»Nimmermehr«, begrüßte Greta das Tier und streichelte ihm über den Kopf, was dem Raben zu gefallen schien. »Das ist sein Name. Er ist der Rabe Nimmermehr.« Zero stand neben Greta im tiefen Schnee. Der Rabe schien ihm ein vertrauter Freund zu sein.

»Ist er zahm?«

»Nein«, antwortete Greta.

Seltsam.

Verhielt er sich doch so.

»Er lebt schon lange in der Gegend.«

»Wir sollten ihn fragen«, schlug ich vor, »ob er in diesen Wäldern ein weißes Lamm gesehen hat.«

»Er wird uns nicht antworten«, sagte Greta.

Nimmermehr musterte mich neugierig.

Legte den Kopf schief.

Fast konnte ich mein Spiegelbild in dem Dämonenauge erkennen.

Dann flog er davon und verschwand im Winterwald.

»Ist schon seltsam«, murmelte ich.

»Was?«

»Alles«, gab ich zur Antwort.

Greta widersprach mir nicht. »Burg Karfunkelstein ist schon immer so gewesen.«

»Wie?«

»Märchenhaft. Irgendwie.«

Ich dachte an den traurigen Junker und die arme Agnes mit dem prachtvollen Harnisch. Kein Wort mehr hatten wir über die Rückkehr des Junkers verloren. Jede Diskussion endete damit, dass wir uns die Tatsachen vor Augen hielten und es einfach keine Antworten zu geben schien. Der traurige Junker war aus dem Bildnis verschwunden gewesen und dann ebenso schnell wieder aufgetaucht, nachdem der Antiquitätenhändler aus Mayen dessen Geschichte an Luzia geschickt hatte. Die arme Agnes hatte ich auch nicht mehr gesehen, obwohl ich in den Nächten nach ihrem ersten Auftreten des Öfteren durch das Fenster zum Burghof hinuntergeschaut hatte. Und das weiße Lamm, das uns in der Nähe des Tierfriedhofs begegnet war, hatte der Winterwald genauso verschluckt, wie er es vor wenigen Augenblicken mit dem Raben Nimmermehr gemacht hatte.

»Als ich ein kleines Mädchen war«, erinnerte sich Greta, während wir über den Tierfriedhof schlenderten, »da bildete ich mir oft ein, dass ich eine imaginäre Freundin hätte. Jemanden, der nur für mich da wäre. Ein Burgfräulein aus alter Zeit, das in den Mauern der Burg nach einer Freundin suchte und diese dann in mir fand. So sehr glaubte ich daran, dass ich das andere Mädchen manchmal förmlich sehen konnte.« Eine Schneeflocke fiel ihr ins Gesicht und sah aus wie eine Träne, als sie schmolz. »Natürlich war dieses Mädchen nur meiner Fantasie entsprungen. Aber damals habe ich daran geglaubt. Der Zauber der Burg begann zu wirken. Bis heute bin ich hier gefangen. Dieser Ort ist so voller Magie, Jonathan. Als ich klein war, suchte ich mit dem imaginären Burgfräulein nach dem legendären Karfunkelstein von Naunheim.« Schneeflocken glitzerten in den Froststernaugen. »Wir schlichen uns hinunter in die Schatzkammer in den Kellergewölben des Rübenacher Hauses und durchstöberten die Kunstsammlung. Felsenfest war ich davon überzeugt, dort unten den magischen Karfunkelstein zu finden.« Sie lachte bei dem Gedanken daran. »Papa war natürlich stinksauer, als er mich dort unten fand. Ich hatte die Sammlung alter Kostbarkeiten ganz schön durcheinandergebracht. Dafür gab es dann Stubenarrest. Kannst du dir das vorstellen? Richtig altmodisch, hoch oben im Bergfried, wo ich mir wie Rapunzel vorkam.«

Ein Geräusch lenkte mich ab. »Was ist das?«

»Es ist nichts.«

Zero schnüffelte an einem der morschen Holzkreuze, an dem ein schwarzes Hundehalsband baumelte. Unruhig scharrte er mit den Pfoten im Schnee und jaulte so, als sei dort ein Freund von ihm begraben.

»Was ist mit Zero?«

Greta beobachtete ihn. »Manchmal führt er sich so auf, wenn wir hier draußen sind.«

Wir sahen einander an.

Einen Augenblick nur.

Doch lange wie die Ewigkeit ...

Rätsel wurden mit einem Mal greifbar.

Langsam stapfte ich durch den hohen Schnee auf Zero zu.

Greta trat neben mich.

Ergriff meine Hand.

»Manche Fragen stellen sich ganz von allein.«

Ein eisiger Wind blies mir die Haare aus dem Gesicht. Meine Hände begannen zu zittern.

»Jetzt kennst du die Antwort«, flüsterte sie.

Zero sah zu uns auf und wedelte mit dem Schwanz.

»Verstehst du es jetzt?«

»Ich weiß nicht.« Meine Stimme war ein krankes Krächzen.

»Halt mich fest«, bat Greta. Ihr Haar roch nach geschmolzenem Schnee und dem Wind, der die Eissterne küsste. »Halt mich fest und lass mich nicht wieder los.«

Lange standen wir dort, einander umarmend inmitten des Tierfriedhofs. Im Winterwald raunte der Schnee seine Bekenntnisse in die Stille, und ich spürte Gretas Herzschlag, ganz nah, ganz nah.

Zero bellte.

Nimmermehr war zurückgekehrt.

Und alle Geschichten verschmolzen mit einem Mal zu einer einzigen.

Im Refugium Scriptorium erwartete uns Luzia Grillparzer bereits.

»Ist es so weit?«, fragte sie.

Greta, die meine Hand seit dem Tierfriedhof kaum mehr losgelassen hatte, sagte nur: »Jonathan will sie hören.«

»Die Geschichte der Elisabeth?«

»Wir haben Zeros Grab gesehen. Und Nimmermehr.« Nur langsam hatte ich meine Stimme wiedergefunden.

»Elisabeths Raben.« Luzia nippte an ihrem Tee, ohne uns aus den Augen zu lassen. Es roch nach verwehten Rosen und stöbernden Schneeflocken im frostigen Winterwind.

»Was genau geschieht in den Mauern von Burg Karfunkelstein?« Wie sehr mir diese Frage seit meiner Ankunft auf den Lippen gebrannt hatte. Jetzt endlich durfte ich sie stellen!

»Ich werde euch die Geschichte erzählen«, versprach Luzia, »so wie sie niedergeschrieben worden ist in diesen Mauern. Vor langer, langer Zeit. Als es in den Wäldern des Breitenbachtals noch große Wölfe und Wipfelfrauen gab. Oh ja, damals war die Welt eine andere und doch wieder nicht.« Sie schlürfte ihren Tee und lehnte sich hinter dem Schreibtisch zurück. »Nehmt Platz«, bot sie an, »denn es ist eine lange Geschichte. Und obendrein ist sie wahr.« Verklärt lächelte sie. »Niemals ist eine Geschichte wahrer gewesen als diese.«

Wir taten wie geheißen.

Setzten uns nebeneinander auf die kleine Couch.

Lauschten der Stimme der alten Frau, die uns weit zurückführte in der Zeit.

Zero rollte sich zu unseren Füßen zusammen und schloss die Augen.

Wie früher in den Märchen, die ich als Kind gehört hatte, knüpften die Worte einen Teppich, in dessen Muster man sich verlaufen konnte, wenn man nur fest genug daran zu glauben vermochte. Jene Worte, an die sich jeder, der einmal ein Kind war, erinnern wird.

Es war einmal, es war einmal ... Die magischen Worte.

»Es war einmal eine junge Frau namens Elisabeth«, begann Luzia Grillparzer, »die lebte auf einer Burg im Nettetal bei Mayen, und diese junge Frau verliebte sich in den Herrn von Burg Metzengerstein. Das war Anno 1331. Elisabeth war die Tochter des Grafen Valdemar von Spießburgh, den Karl Metzengerstein eines Sommers traf. Während eines Gastmahls wurde er der schönen Elisabeth gewahr. Er verliebte sich auf der Stelle in die ruhige Frau mit dem langen Haar und bat ihren Vater um die Hand seiner Tochter. Der Graf aber verkündete, dass sie bereits dem Sohn eines Freundes versprochen sei und sich Karl ein anderes Weib suchen solle. Elisabeth war empört, beschimpfte ihren Vater unter vier Augen und weigerte sich, seiner Order Folge zu leisten.«

Voller Zorn stieß der Pfalzgraf sein Schwert in den Dielenboden und verließ fluchend das Gemach seiner Tochter. Nur wenige Augenblicke nach diesem Disput ließ er Elisabeth in einen abgelegenen Turm bringen, wo sie unter lautem Wehklagen eingesperrt wurde.

»Wahre Liebe«, sagte Luzia, »findet aber immer einen Weg.«

Eines Nachts, als Elisabeth von ihrem Fenster aus über die Wipfel der Nettetaler Wälder blickte, da flog ein Stein mit einer geschriebenen Botschaft durch das Fenster.

»Karl von Metzengerstein war gekommen, um sie zu befreien!«

Er schoss einen Pfeil hinauf zu Elisabeth. An diesen hatte er einen dicken Faden gebunden, dessen Ende wiederum an einem Seil befestigt war. Elisabeth ergriff den Faden und zog das Seil zu sich hinauf, befestigte es, und so konnte Karl von Metzengerstein unbemerkt zu ihr in den Turm gelangen.

Er sei gekommen, um sie zu befreien, gestand Karl dem überraschten Burgfräulein.

Elisabeth war den Tränen nahe, so gerührt war sie von ihres Liebsten Mut.

»So flohen sie von der Spießburgh bei Mayen. Karl brachte Elisabeth in die Abtei zu Maria Laach, wo ein Mönch, der das Vertrauen des Grafen genoss, die beiden Liebenden vermählte. Danach begaben sie sich ins Breitenbachtal und harrten der Dinge, die sich bereits schnell ankündigen sollten.«

»Was passierte dann?«

»Geduld«, murmelte Luzia.

Ganz fest drückte Greta meine Hand.

Zero schnarchte behaglich.

Draußen schneite es noch immer, als schüttle der Himmel all seine Flocken aus, um die Welt ein für alle Mal hinter einem Vorhang aus Stille verschwinden zu lassen.

»Passt auf! Folgendes müsst ihr wissen.«

Valdemar von Spießburgh war der Bruder des Kurfürsten Balduin, der Erzbischof von Trier war. Nun begab es sich, dass Balduin schon seit geraumer Zeit die Absicht hegte, sein Kurfürstentum auszuweiten. Die Besitztümer der Metzengersteins grenzten an die Ländereien des Erzbischofs und eigneten sich somit hervorragend für eine Okkupation.

»Es gab jedoch ein Problem.«

»Und das war?«

»Die beiden Söhne des kürzlich verstorbenen Theoderich Graf zu Metzengerstein waren Ritter des Reiches.«

»Karl hatte also noch einen Bruder.«

Sie nickte. »Elias.«

»Und beide lebten auf dieser Burg?«

»Ja«, schaltete sich Greta ein. »Burg Karfunkelstein ist eine Ganerbenburg. Das heißt, die verschiedenen Linien derer von Metzengerstein haben sich die Wohnräume in der Burg geteilt.«

»So eine Art Wohngemeinschaft?«

»Ja. Bergfriedensbriefe regelten das Zusammenleben. Jeder Linie standen bestimmte Häuser zu.«

Luzia nahm das Wissen ihrer Enkelin wohlwollend zur Kenntnis. »Zurück zu den beiden Brüdern.« Sie rieb sich die Augen und atmete tief durch, bevor sie fortfuhr. »Wie gesagt, gab es ein Problem.«

»Die Ganerbengemeinschaft?«

»Nein.«

Ich wartete gespannt.

»Die beiden Brüder der Familie Metzengerstein waren, wie ich eben erwähnte, Ritter des Reiches.«

Fragend sah ich Greta an.

Die antwortete: »Wären Valdemar und Balduin ohne Grund hier ins Breitenbachtal eingefallen, dann hätten sie sich den Zorn des Kaisers zugezogen.«

»Es musste also eine Rechtfertigung geschaffen werden für die Eroberung des Metzengersteinbesitzes.«

»Elisabeth!«, entfuhr es mir.

Luzia nickte. »Balduin erfuhr von Valdemar, dass Karl dessen Tochter verschleppt hatte.«

Während auf Burg Metzengerstein die Hochzeitsfeierlichkeiten in vollem Gange waren, schickte Valdemar einen Boten ins Breitenbachtal. Karl von Metzengerstein habe die Ehre des Grafen von Spießburgh beschmutzt, verkündete dieser.

»Nun war aber Balduin der Lehnherr des Valdemar von Spießburgh«, erklärte Luzia. »Die Ehre Balduins war somit gleich mit beschmutzt worden. Hinzu kam noch, dass Balduin und Valdemar Brüder waren.«

»Es war also eine List«, stellte ich fest.

»Genau.«

»Was geschah dann?«

»Der Bote verließ Burg Metzengerstein, nachdem er die ihm aufgetragenen Warnungen ausgesprochen hatte.« Luzia pochte mit dem Finger auf das Manuskript, das vor ihr lag. »Balduins Truppen«, fuhr sie fort, »warteten schon.«

»Aber dies war für alle durchschaubar«, gab ich zu bedenken.

»In der damaligen Welt«, erklärte Luzia mir, »war es nicht ungewöhnlich, dass Valdemar in dieser Familienangelegenheit seinen Bruder um Hilfe ersuchte. Natürlich war es ein abgekartetes Spiel gewesen. Valdemars Ehre musste wiederhergestellt werden.«

»Wie?«

»Ihm die Ländereien der Metzengersteins zu übertragen wäre eine ausreichende Genugtuung gewesen. Und Balduin hätte auf diese Weise seinen Machtbereich ausweiten können, ohne dem Kaiser auf die Füße zu treten.«

»Aber Karl widersetzte sich.«

»Natürlich!«

»Also musste Valdemar seine Ehre mit Gewalt zurückfordern.« Greta hatte es erkannt.

Das Heer des Kurfürsten war gerüstet für eine Belagerung. Späher der Metzengersteins brachten die Kunde vom Nahen des Feindes.

»Man verschanzte sich in der Burg, so schnell es ging«, sagte Luzia.

Bauern karrten Vorräte hinter die sicheren Mauern. Waffen wurden geschärft. Öl zum Sieden gebracht.

»Die Flitterwochen«, bemerkte Luzia, »schienen alles andere als angenehm zu werden.«

Die Brüder Karl und Elias rüsteten zum Kampf.

Derweil saß Elisabeth in ihrer Kammer und bangte um das Wohl des Gemahls.

»Nach einer Woche trafen die Truppen des Kurfürsten ein.« Wir folgten Luzias Fingerzeig hinüber zum Fenster. »Dort drüben, auf der Anhöhe, errichteten die Söldner eine Trutzburg.«

Die Belagerung begann.

Augenblicklich wurde Burg Metzengerstein die Lebensmittelzufuhr abgeschnitten. Die Söldner verschanzten sich in der Belagerungsburg. Von dort aus wurde Burg Metzengerstein mit Katapulten, die man aus dem Holz der nahen Wälder gefertigt hatte, beschossen.

»Nach zwei Jahren«, so Luzia, »waren die Metzengersteins ausgehungert.«

Karl und Elias hörten sich die Angebote des Kurfürsten an, der ihnen freies Geleit zusicherte, sofern sie in seine Dienste traten. Ansonsten seien beide Brüder des Todes, und man werde niemanden auf der Burg am Leben lassen.

»Karl war ein Mann mit Prinzipien«, sagte Luzia. »Er dachte nicht einmal über das Angebot des übermächtigen Feindes nach. Zu sehr fühlte er sich als Ritter Kaiser und Reich verpflichtet.«

Verzweifelt versuchten die Burgbewohner unter dem Kommando Karls einen Ausfall. Die Trutzburg zu erobern, war das Ziel dieses Angriffs gewesen. Mutig warf sich Karl mit seinen Mannen dem Feind entgegen, und sie fochten heldenhaft. Die Schlacht näherte sich dem Ende, und es sah nicht gut aus für die Metzengersteins.

»Da wurde Karl verraten«, sagte Luzia. »Von seinem eigenen Bruder.«

Gespannt lauschten wir dem Ausgang der Geschichte.

Denn Elias plagten keine Skrupel, die Loyalität zum Kaiser betreffend. Schon vor dem Ausfall seines Bruders hatte er im Geheimen einen Boten zur Trutzburg entsandt, um dem Erzbischof sein Einverständnis zu übermitteln. Und er warnte den Feind vor dem bevorstehenden Angriff seines Bruders.

»Elias war der Zweitgeborene gewesen, und als solcher hätte er niemals die Herrschaft über die Ländereien erlangt.«

Doch nun hatte sich das Blatt zu seinen Gunsten gewendet.

Er erkannte Balduin als seinen Lehnsherren an.

Und wurde in der Schlacht verschont.

»Das ist kein schönes Ende«, war Gretas Meinung dazu.

»Die Geschichte ist noch nicht vorbei.«

»Kann es denn noch schlimmer kommen?«

Der Gedanke, dass sich all dies hier in dieser Gegend zugetragen hatte, war wirklich befremdlich.

»Hört zu, ihr beiden!«

Elisabeth verfolgte die Schlacht von ihrem Turmfenster aus. In ihren Armen hielt sie das Kind, das Karl ihr geschenkt hatte. Der Kleine wimmerte an ihrer Brust, weil der Lärm der Schlacht ihm Angst machte. Unten im Tal wurde das Getümmel immer dichter. Hellebarden griffen wie dürre Arme nach dem Ritter mit dem Wappen der Metzengersteins auf seinem Harnisch, bekamen ihn zu packen und zogen ihn vom Pferd.

»Das Letzte, was Elisabeth von ihrem geliebten Mann sah, war eine Hand, die im Meer der Fußsoldaten unterging. Das Pferd kippte zur Seite, weil es auf dem Hang keinen Halt mehr fand und immer mehr Soldaten auf es eindrängten. Es kippte zur Seite und begrub seinen einstigen Herrn unter sich.«

Es war vorbei. Mit dem Tod des Burgherren war die Schlacht beendet. Elias, dessen wurde Elisabeth nun gewahr, ritt auf seinem Ross hinüber zum Feind, um seine Loyalität zu bekunden. Elisabeth wusste, dass Elias auf eine Heirat drängen würde. Er war unverheiratet und sie nunmehr Witwe.

»Niemals wollte sie eines anderen Mannes Weib werden«, sagte Luzia. »So trug sie einer Zofe auf, das Kind in Sicherheit zu bringen.«

Durch einen geheimen Tunnel floh die tapfere Zofe mit dem Kind, und niemals kehrte sie mehr zur Burg Metzengerstein zurück. Elisabeth aber stürzte sich aus einem Fenster der Burg zu Tode.

»Man munkelte, dass die Zofe mit dem Kind in einer Höhle in den Wäldern nahe Mayen gehaust habe. Mehrere Monate habe sie sich dort versteckt gehalten. Ernährt habe sie sich von den Früchten des Waldes, und das Kind sei von einer Hirschkuh gesäugt worden, die mehrmals am Tage zur Höhle gekommen sei. Nach Monaten des Ausharrens sei ein Ritter auf der Jagd durch die Wälder am Hochstein geritten. Er hat sich der Zofe mitsamt des Kindes angenommen.«

Greta merkte an: »Auf einer Burg am Rhein.«

»Man weiß es jedoch nicht genau«, brachte es Luzia auf den Punkt. »Letzten Endes sind alles nur Geschichten, die von Generation zu Generation weitergereicht wurden, gewisse inhaltliche Unstimmigkeiten eingeschlossen. Elisabeth von Metzengerstein jedenfalls starb auf dem harten Felsgestein des Burghofs, so viel ist sicher.«

Elias, erzürnt von dieser Freveltat, ließ den Leichnam der Burgherrin an einem geheim gehaltenen Ort in den Wäldern des Breitenbachtals begraben. Kein Kreuz und kein Stein sollte ihre Grabstätte zieren. Und sie sollte auch fernab von den Gebeinen ihres Mannes begraben sein.

»Doch man sagte«, fuhr Luzia fort, »dass ein großer Rabe von jenem Tag an zu der Stelle kam, wo Elisabeth begraben lag.«

Denn in den Stunden trauter Zweisamkeit hatte Karl von Metzengerstein ebenjenes Versprechen gegeben, dass er, sollte er sterben, zu seiner Elisabeth zurückkehren werde in der Gestalt eines großen Raben.

»Es war der Rabengott«, erklärte uns Luzia, »der damals das Wappentier derer von Metzengerstein war.« Worte, von einer uralten Stimme dahingeraunt, begleitet vom eisigen Hauch des Alters. »Und damit«, schloss sie ihre Erzählung, »wisst ihr beiden nun alles über das Schicksal der Elisabeth von Metzengerstein.«

Zero hob den Kopf und blinzelte in die Runde.

»Aber das, was ich draußen beim Tierfriedhof gesehen habe«, begann ich.

Luzia hob den Zeigefinger.

Gebot mir zu schweigen.

»Ich will dir etwas zeigen, Jonathan.« Sie erhob sich und bat mich, ihr zu folgen.

Folgsam tat ich, wie mir geheißen wurde.

In einer der dunklen Ecken des Refugium Scriptoriums stand ein großes Bildnis, das von einem Leinentuch verdeckt war. Ein massiver Holzrahmen lugte unter dem Tuch hervor und ließ erahnen, wie schwer das Bildnis sein mochte.

»Dein Vater«, hörte ich Luzia sagen, »wird uns die Echtheit dieses Bildes bestätigen, Jonathan. Das ist unter anderem der Grund, weswegen er herkommen muss. Letzten Endes war es nichts anderes als ein geschickter Schachzug.«

»Ich verstehe das nicht«, hörte ich mich murmeln.

»Dabei ist es so einfach.«

Mit einem Ruck zog Luzia Grillparzer an dem Leinentuch, das elegant zu Boden sank, wobei eine Staubwolke aufgewirbelt wurde.

»Darf ich vorstellen«, sagte Luzia feierlich, »Elisabeth und Karl von Metzengerstein.«

Ich starrte das Bildnis an.

Erkannte alles wieder.

»Wow!«, entfuhr es mir.

Greta musste unwillkürlich grinsen. »Wow?«

»Wow!«

Und Luzia schmunzelte: »Nun, mit dieser Bemerkung habe ich nicht gerechnet.«

Fassungslos betrachtete ich das Bildnis. Es zeigte Karl und Elisabeth von Metzengerstein, gekleidet in festliche Gewänder. Im Rittersaal standen sie, und ein Lichtstrahl streifte ihre Gesichter. Sie lächelten, wie sie es auf der Fotografie getan hatten, die mir Luzia Grillparzer nur wenige Tage zuvor gezeigt hatte.

»Es ist eine Fälschung«, stellte ich fest.

»Ach ja, ist es das?«

Ich starrte Luzia an.

Das Gemälde war eine mittelalterliche Version der in vergilbten Brauntönen gehaltenen Fotografie, die Luzia und Matthias Grillparzer am Tage ihrer Hochzeit vor der Ruprechtskirche in Wien zeigte. Am Tage ihrer heimlichen Hochzeit.

»Es ist unser Geheimnis«, flüsterte Greta neben mir und ergriff meine Hand. »Du darfst es niemandem verraten. Das musst du uns versprechen, Jonathan Morgenstern. Es ist, was es ist.«

Ich schluckte. »Was ist es?«

Keine der beiden Frauen gab mir eine Antwort.

Zero, an dessen Grab ich auf dem Tierfriedhof gestanden hatte, leckte mir die Hand und fiepte aufmunternd.

»Aber das«, stammelte ich, »das kann nicht sein.«

»Du weißt es doch schon lange«, sagte Luzia mit jener Stimme, die an prasselndes Kaminfeuer denken ließ.

Ich starrte das Bildnis an und sah die Ähnlichkeiten. Luzia und Matthias hatten heimlich und gegen den Willen all derer, die ihnen nahestanden, geheiratet. Genauso wie Elisabeth und Karl. Es hatte Blutvergießen gegeben. Während der Belagerung der Burg und während des Einmarschs der Roten in Wien. Beide Männer hatten treu zu ihren Idealen gestanden. Matthias war Patriot geblieben, als die Deutschen Wien besetzt hatten. Und Karl hatte zu Kaiser und Reich gehalten. Beider Tod wurde durch ein Pferd in der Menschenmenge herbeigeführt. Die Ähnlichkeit mit anderen Geschichten aus der Gegend war unverkennbar. Wackere Männer, Frauen im Harnisch, Liebe und Tod, immer wieder der Tod.

»Es ist eine Geschichte«, flüsterte ich. Unsicher. »Es ist alles nur erfunden.«

Die alte Frau nickte nur. »Geschichten«, sagte sie mit Nachdruck, »sind überhaupt das Allerwichtigste. Sie halten uns am Leben, junger Jonathan.«

Ganz fest ergriff Greta meine Hand.

»Nach dem Krieg verließ ich Wien«, erinnerte sich Luzia Grillparzer. »Ich zog nach Freiburg und fand Arbeit. Als Näherin, Reinemachefrau, Schreibkraft in einer Papierfabrik. Schließlich studierte ich Geschichte, bekam eine Aushilfsstelle an einer Schule und wurde am Ende Lehrerin. Nach einem halben Leben verschlug es meinen Sohn hierher ins Breitenbachtal, wo er eine Anstellung als Kastellan fand. Greta verbrachte damals jede freie Minute bei ihrer Großmutter. Bereits als kleines Kind liebte sie mein Refugium Scriptorium. Andächtig lauschte sie den Geschichten, die von der Vergangenheit der Burg zu berichten wussten.«

Dann sagte Greta: »Leider starb Luzia viel zu früh.«

Ganz ausgetrocknet war meine Kehle.

»Es war mein Herz gewesen«, erinnerte sich die alte Frau. »An einem Sommertag vor acht Jahren. Gerade noch will ich ein altes Pergament bearbeiten, und schon liege ich dort drüben auf dem Boden und bin tot.«

»Aber das ist nicht möglich«, murmelte ich.

»Warum?«, fragte Luzia. »Ich bin ein Geist.«

»Es gibt keine Geister.«

»Ach nein?«

»Nein, nur Geister*geschichten.*«

»Dann glaube daran, mein Junge. Du bist gerade in eine hineingeraten.«

Ich starrte die beiden an.

Dabei wusste ich doch genau, dass Luzia recht hatte. Geahnt hatte ich es, seit ich des Nachts die arme Agnes unten im Burghof gesehen hatte. Und gewusst hatte ich es, als wir im Wald auf das weiße Lamm gestoßen waren. Irgendwie war mir in all dem Schneegestöber sehr schnell bewusst geworden, dass die Geschichten, die um Burg Karfunkelstein kreisten, viel mehr waren als reine Fantasie. Nur hatte ich mich nicht getraut, mir dies selbst einzugestehen. Ich dachte an den eisigen Hauch, der mich so oft gestreift hatte.

»Was ist mit dem Bild?« Dem Bild, das ein Replikat des Hochzeitsfotos vor der Ruprechtskirche war.

»Das«, antwortete Luzia und lächelte gütig, »ist eine lange Geschichte.«

»Darf ich sie hören?«

Luzia sah zu dem Bildnis hinüber, und mit einem Mal waren ihre Augen ganz alte Augen geworden, so voll von dem Glanz dessen, was einst gewesen war. »Ja«, hörte ich sie flüstern. »Dafür bist du schließlich hergekommen.«

So offenbarte sich in mir in jener Nacht das Geheimnis von Burg Metzengerstein, die für mich auf ewig Burg Karfunkelstein sein würde. Während das Feuer in dem kleinen Kamin prasselte und der Wind an den Dächern rüttelte, der Himmel den restlichen Schnee über dem Breitenbachtal ausschüttelte, lauschte ich der knisternden Stimme der alten Frau, die der Welt der Geister ein Gesicht gab und mir zeigte, dass die Ahnen uns niemals gänzlich verlassen.

»Es sind diese Geschichten«, gestand sie mir, »die uns am Leben halten.« Ich erinnerte mich, dass ich sie dies schon einmal hatte sagen hören. »Du stirbst erst, wenn du aus den Erinnerungen der Menschen, die du in deinem Leben berührt hast, verschwindest. Wenn niemand mehr deine Geschichte kennt, dann ist es wirklich aus. Das, lieber Jonathan, ist der Tod, so wie die Geister ihn fürchten. Der Tod ist das Vergessen.« Sie seufzte. »Deshalb erzählen wir uns all die Geschichten. Wir tragen sie weiter von Generation zu Generation, und wenn wir Glück haben, dann stirbt niemand wirklich. Hast du nicht auch manchmal das Gefühl, dass jemand bei dir steht, den du nicht siehst? Der eine schützende Hand über dich hält?«

»Ein Schutzengel«, entfuhr es mir.

Diese Äußerung entlockte ihr ein Schmunzeln. »Nun, einem Engel bin ich noch nicht begegnet. Dafür aber anderen Geistern. Der armen Agnes aus dem Kempenicher Haus und dem traurigen Junker, der im Haus Mörz gelebt hatte, bis seine Geschichte verschwunden war. Mario Amontillado war der einzige Mensch, der noch des Junkers

Geschichte kannte. Und solange der alte Mann lebte, existierte der Geist des Junkers in diesen Mauern.« Ganz verträumt sagte sie: »Wie oft haben wir angeregte Gespräche über das finstere Mittelalter geführt. Er berichtete mir von seiner Hartherzigkeit, die nichts anderes gewesen war als der verzweifelte Versuch, vor seinem Vaters als tapfer dazustehen.«

»Sie haben seine Geschichte gekannt?«

»Aber natürlich, junger Jonathan.«

Greta konnte sich ein Grinsen nicht verkneifen. »Luzia ist aber ein Geist«, belehrte sie mich. »Und es bringt nichts, wenn ein Geist einem anderen Geist seine Geschichte erzählt.«

Das war es also! »Ein Lebender muss die Geschichte kennen.«

»Du sagst es.«

»Und du?«

Greta schüttelte den Kopf. »Ich hatte keine Ahnung davon.« Es folgte ein Kopfnicken in Richtung ihrer Großmutter. »Eigentlich war dies alles Luzias Idee gewesen. Sie hat mit dem traurigen Junker gesprochen und auch mit Herrn Amontillado aus dem Antiquitätengeschäft in Mayen.«

»Das verstehe ich nicht.«

Luzia rieb sich die Augen. »Wie denn auch, junger Jonathan. Die Welt der Geister ist kompliziert. Doch, nein. Eigentlich ist es gar nicht so schwierig zu verstehen. Am Ende war es ein Trick.« Sie rieb sich die Hände vor Zufriedenheit. »Herr Amontillado besuchte die Burg vor einigen Jahren, und ich offenbarte mich als das, was ich nun einmal bin. Er war schon damals ein alter Mann und kannte eine Vielzahl düsterer Geschichten aus seinem Heimatland. Er war keinesfalls verwundert, dass ich ein Geist war. Ja, er machte mir sogar einige Komplimente. Doch, halt. Ich schweife ab.« Ihre Stimme loderte wie eine eisige Flamme in einem erloschenen Kamin. »Mario Amontillado kannte die Geschichte des traurigen Junkers. Er erzählte mir davon, und ich bat ihn, diese eine Geschichte als ein Geheimnis zu bewahren. Natürlich offenbarte ich ihm meinen Plan. Und er erklärte sich einverstanden. Wenn er stürbe, das wusste ich, dann würde der traurige Junker aufhören zu existieren. Es wäre, als hätte es ihn niemals gegeben. Denn das ist es, was passiert, wenn man in Vergessenheit gerät. Man verschwindet. Spurlos.«

»Eines Tages würde der traurige Junker aus seinem Bild verschwinden«, fuhr Greta fort, »und wenn es so weit wäre, dann müssten wir gewappnet sein.«

»Das«, schaltete sich die alte Frau wieder ein, »war es, was ich Greta eingeschärft hatte. Wir mussten schnell arbeiten und uns meines ahnungslosen Sohnes und seiner noch ahnungsloseren Frau bedienen.«

»Luzia wollte eine Geschichte erfinden«, gestand mir Greta, »die eine mittelalterliche Version ihres eigenen Lebens sein würde. Auf immerdar könnte man dann ihre Geschichte in den Mauern von Burg Karfunkelstein erzählen.«

»Und niemals würde ich in Vergessenheit geraten.«

Das war es also, worum es hier ging.

»Doch dazu bedurfte es einiger Vorbereitungen.« Es schien Luzia Grillparzer Vergnügen zu bereiten, die Details der Verschwörung vor mir auszubreiten. Ganz stolz war sie auf ihren Plan, der nun endlich in die Tat umgesetzt wurde.

»Das Bildnis!«

»Du sagst es, junger Jonathan. Doch es war nicht ausschließlich das Bildnis. Wenngleich das Bildnis, wie ich zugeben muss, der beste Teil der Fälschung ist. Nein, die Papiere waren es, die ich voller Sorgfalt präparieren musste. All die Schriftrollen hier, all die vergilbten Bücher. Sie alle sind gar nicht echt.«

»Es sind bloß kunstvolle Fälschungen«, betonte Greta und warf ihrer Großmutter bewundernde Blicke zu.

»Ja, ganz schön mühselig war es, die Pergamente mit der alten Schrift zu versehen.«

»Aber sie hatte Hilfe.«

Luzia lächelte das Lächeln eines jungen Mädchens. »Der traurige Junker, dessen richtiger Name Giselher ist, und Agnes, die mittlerweile als recht glücklicher Geist im Haus Kempenich wohnt, halfen mir dabei, die richtigen Worte zu finden. Sie waren diejenigen, denen ich die eigentlichen Übersetzungen verdanke.«

»Sie meinen, dass die beiden die Geschichte der Elisabeth von Metzengerstein ins Mittelhochdeutsche übertragen haben?«

Sie grinste breit. »Jede Zeile, jedes Wort.«

Wohin sollte das alles nur führen?

Ich spürte Gretas Hand in der meinen und fühlte mich zu Hause. Es war ein verwirrendes Gefühl. Wohltuend und doch beängstigend. Burg Karfunkelstein würde bestimmt jedem Schneetreiben standhalten. Ganz anders als Köln mit all seinen Gassen und Straßen, die sich im düsteren Schatten des Doms versteckten.

»Dann gaben wir das Bild in Auftrag«, fuhr Luzia mit ihrer Erzählung fort. »Eine perfekte Fälschung sollte es werden. Ein Schwarzkünstler namens Pilatus Merstein fertigte es für mich an.« Nachdenklich schweifte ihr Blick zum Fenster. »Das ist jetzt schon fast fünf Jahre her. Die ganze Zeit über warteten wir darauf, dass etwas mit dem traurigen Junker geschehen würde.«

»Und schließlich war es so weit?«

»Vor wenigen Tagen«, antwortete Greta.

»Als der traurige Junker aus dem Bildnis verschwand, da wussten wir, dass der alte Amontillado gestorben war.«

»Papa war außer sich, als er das Fehlen der Figur bemerkte«, erinnerte sich Greta.

»Er weiß also nichts von Ihnen?« Geschickt hatte Greta es mit ihren Hinweisen auf familiären Streit verstanden, mich daran zu hindern, ihre Großmutter zu erwähnen. Hätte ich das getan, wäre es vermutlich zu einigen seltsamen enthüllenden Gesprächen gekommen, in deren Verlauf ich wohl erfahren hätte, dass Luzia Grillparzer schon lange tot und auf dem Friedhof hinten im Wald begraben worden war.

»Mein Sohn glaubt nicht an Geister«, sagte Luzia nur. War es Traurigkeit, die da in ihrer Stimme mitschwang? Bedauern? »Er tat das, was jeder Kastellan in seiner Situation getan hätte.«

»Er forderte einen Restaurator an«, dachte ich den Gedanken zu Ende.

»Genau.«

»So also kam ich hierher.« Immerhin war diese Frage damit beantwortet. »Aber warum musste ausgerechnet ein Restaurator nach Burg Karfunkelstein kommen?« Das war der Teil, wo die Geschichte Lücken aufzuweisen schien.

»Dein Vater, Jonathan, muss die Echtheit des Bildes bestätigen«, brachte Greta es auf den Punkt. »Denn nur wenn es sich nachweislich um ein altes Bild handelt, wird es uns erlaubt, es hier zu behalten. Graf zu Metzengerstein, der derzeitige Besitzer der Burg, duldet da keine Kompromisse. Nur echte Zeitdokumente dürfen in diesen Mauern aufbewahrt werden.«

»Es soll auf der Burg bleiben?«

»Mein Bildnis wird unten im Rittersaal hängen, gleich neben dem großen Kamin, und die Touristen werden die Geschichte vom Leid der Elisabeth von Metzengerstein zu hören bekommen, die nichts anderes ist als die Geschichte meines Lebens. Niemand wird mich jemals vergessen.«

»Aber es ist eine erfundene Geschichte«, gab ich zu bedenken.

»Sie ist wahr«, widersprach mir Luzia. »So wie die Gefühle, um die es in der Geschichte geht, wahr sind. Für die Menschen werde ich das Burgfräulein aus dem Nettetal sein, das hierherkam, weil es seine wahre Liebe gefunden hatte. Von der Belagerung der Burg wird man zu berichten wissen und dem gewaltsamen Tod des heldenhaften Ritters Karl von Metzengerstein.« Mit der Faust schlug sie trotzig auf die Tischplatte, so dass die Teetasse anklagend schepperte. »Denn genau so hat es sich zugetragen. Elisabeth hat Karl geliebt. Nur wenige Tage echten Glücks waren ihnen vergönnt. Und solange dieses Schicksal die Menschen berührt, werde ich leben. Hier, in den Mauern von Burg Metzengerstein.«

Mir schwindelte mit einem Mal.

War ich tatsächlich in eine Geistergeschichte geraten?

Mein Vater sollte die Echtheit des gefälschten Bildnisses zertifizieren, so dass es auf ewig hier ausgestellt würde? Luzia Grillparzer würde in der Geschichte der Elisabeth von

Metzengerstein unsterblich werden? Konnte es wirklich so sein? Die Teile des Puzzles fügten sich zusammen wie die Kapitel eines Buches, dessen Seiten man mit Wucht herausgerissen und in alle Himmelsrichtungen verstreut hatte.

»Wow!«

Greta drückte meine Hand.

Ganz fest, ganz fest.

»Das sagst du oft, wenn dir die Worte fehlen.«

Sie kannte mich mittlerweile ganz gut.

»Wow!«

Im Nachlass des Mario Amontillado hatte sich ein Brief befunden, den der Notar nach der Testamentseröffnung nach Burg Metzengerstein geschickt hatte. Zu Händen von Greta Grillparzer.

»So kehrte er in sein Bildnis zurück und auch auf die Burg«, erklärte mir Greta. Und bevor ich eine weitere Frage stellen konnte, fügte sie hinzu: »Ich selbst musste die Geschichte lesen. Die Lebenden müssen die Geschichten aus dem Munde der Lebenden vernehmen. Nur so funktioniert es.«

Skeptisch suchte ich nach einem fehlenden Stück dieser Erklärung.

Doch auch Luzia stimmte dem zu. »Es ist so. Glaube mir einfach, junger Jonathan.«

Zero, der noch immer zu meinen Füßen lag, rührte sich nicht.

»Was ist mit dem Tierfriedhof?«

»Greta unterhielt den Friedhof heimlich«, offenbarte mir Luzia. »Mit dem Geld, das wir durch die Begräbnisse der Haustiere verdienten, finanzierten wir die Fälschung der Dokumente.«

»Du hast keine Ahnung, wie teuer so etwas sein kann.«

Dem konnte ich nur zustimmen.

»Die Trauernden kamen nur dann hierher, wenn Papa und Mama fort waren.«

»Aber sie mussten doch vom Tierfriedhof gewusst haben«, gab ich zu bedenken.

»Sie dachten, dass die Leute von allein ihre Tiere dorthin brachten. Dass es Tradition sei. Irgend so etwas.« Sie machte eine wegwerfende Handbewegung. »Jedenfalls war es Papa egal. Er kümmerte sich einfach nicht darum, weil es für die Burg keinerlei Bedeutung hatte.«

»Und die Tiere?«

»Die leben alle in den Wäldern und in den Gewölben der Burg.«

Ich streichelte den Labrador.

»Zero?«

»Der Arme wurde von einem Sattelschlepper überrollt.« Greta sah den Hund mitleidig an, was Zero nicht weiter zu stören schien. »Aber daran kann er sich nicht mehr erinnern, nicht wahr?«

Zero wedelte mit dem Schwanz und bellte laut.

Deshalb erzählten die Menschen also die Geschichten ihrer Haustiere.

»Wow«, sagte ich schon wieder.

Der Gedanke, dass die Wälder des Breitenbachtals bevölkert waren mit den Geistern verstorbener Haustiere, ließ mich frösteln. Letzten Endes war dies einfach ein unheimlicher Gedanke. Ich stellte mir vor, wie goldige Hamster und hungrige Ratten und wuselnde Mäuse, die einst ein glückliches Leben in Kinderzimmern geführt hatten, nunmehr in den Erdlöchern und im Schutz des Waldes lebten, davon träumend, was einst gewesen war. Wie Wellensittiche sich im Geäst der Bäume breitmachten und Schildkröten durch das Gebüsch krochen und Molche sich in den Teichen tummelten.

Greta brachte es auf den Punkt: »Das ist das Geheimnis, das Burg Karfunkelstein umgibt.«

Eine einzige Frage blieb aber noch: »Warum ist Matthias nicht hier?«

Luzia erhob sich langsam und trat ans Fenster. »Er ist bestimmt noch in Wien. Dort, wo er gestorben ist.«

Ihre langen Finger berührten das Butzenglas.

»Dies ist das Fenster, aus dem sich Elisabeth in den Tod gestürzt hat«, sagte sie.

Und ich wusste, dass dies die Wahrheit war.

Eine Wahrheit, so wahr wie das Bildnis, das hier im Scriptorium darauf wartete, in den Rittersaal überstellt zu werden. So wahr wie die Geschehnisse aus dem finstersten Mittelalter, die förmlich in den langen Korridoren und gewundenen Treppenhäusern des alten Gemäuers zu schweben schienen.

Zero hob den Kopf und stupste mich an.

Die dunklen Hundeaugen schienen mir zuzuzwinkern.

Ich tätschelte seinen Kopf.

Kraulte ihn hinter dem Ohr, das daraufhin wohlig zuckte.

»Herrje, er fühlt sich so lebendig an.«

Greta sagte nur: »Er *ist* lebendig. Solange du an ihn denkst, ist er lebendig.«

Luzia Grillparzer ging zu einem Sekretär, auf dem das alte Grammofon stand. Eine Schallplatte lag auf dem Teller, und als Luzia die Kurbel des verstaubten Geräts drehte, da ahnte ich bereits, was geschehen würde.

Selbst Zero spitzte die Ohren.

»Es ist ihr Lied«, flüsterte Greta.

Und ich musste mit einem Mal an den Fingerhut denken, den ich noch immer in der Hosentasche bei mir trug.

Beide sahen wir zu, wie die alte Frau zu tanzen begann. Wie Luzia in kreiselnden Bewegungen durch die Kammer zu schweben schien. Leichtfüßig, als wäre sie ein junges Mädchen. Ungestüm, als wäre sie gerade inmitten des Künstlercafés der Liebe ihres Lebens begegnet. Glücklich, als sei der Augenblick vor der Ruprechtskirche niemals vorübergegangen. Hinter Luzia stand das große Bild. Elisabeth und Karl von Metzengerstein.

Und zur beschwingten Walzermelodie schwebten draußen vor dem Fenster die Schneeflocken hernieder, und wenn man genau hinsah, dann erkannte man ganz deutlich, dass auch sie tanzten. Glücklich und ungestüm und leichtfüßig. Wie Luzia Grillparzer, die niemals vergessen werden würde.

Ich könnte erwähnen, dass mein Vater doch noch auf Burg Karfunkelstein eintraf und die Restaurationsarbeiten durchführte. Dass er den Ursprung der gefälschten Dokumente auf das frühe 14. Jahrhundert datierte. Dass sich meine Eltern nicht wieder zusammengerauft haben, wie sie es wohl getan hätten, wenn dies ein Märchen gewesen wäre. Berichten könnte ich, wie die Grillparzers verwundert die alten Pergamente und Bücher hoch oben in der Kammer des Hauses Mörz entdeckten, verborgen in einer geheimen Nische, die jedermann bisher übersehen zu haben schien. Doch das ist alles nicht wichtig. Ich könnte davon erzählen, wie das große Bildnis im Rittersaal aufgehängt wurde, gleich neben dem großen Kamin. Oder davon, dass ich die Bekanntschaft der armen Agnes und des gar nicht so traurigen Giselher machte. Von den langen Spaziergängen durch die Wälder des Tales mit Zero könnte ich Kunde tun oder den stillen Stunden, die ich mit Greta im Comtessenzimmer verbrachte, wo ich ihr beim Zeichnen zuschauen durfte. Davon, dass sich mein Leben verändert hatte. Von dem Raben, der uns hin und wieder zuflog und von dem Luzia Grillparzer felsenfest behauptete, es sei die Seele ihres lieben Mannes, die in dem gefiederten Freund wiedergeboren worden war.

Von all diesen Dingen könnte ich berichten.

Doch ist das alles nicht so wichtig.

Nur eines will ich noch erzählen.

Eine Geschichte, die eine Lüge ist und letzten Endes doch etwas, was Kinder, die noch an Märchen glauben, als magisches Ding bezeichnen würden. Die Geschichte eines jungen Ritters, der aus seinem Heimatland fliehen muss, weil das Königreich, in dem er behütet aufgewachsen war, mehr und mehr in Scherben zerfällt. Nach langer Wanderschaft kommt er in ein Land aus Schnee und Eis, wo seltsame Gestalten in den Wäldern hausen. Schließlich erreicht er eine einsam gelegene Burg, der all das Eis nichts anzuhaben vermag, weil ein Schatz inmitten ihrer hohen Mauern gehütet wird. Ein großer Karfunkelstein, der mit seinem warmen Tiefrot alle Kälte fernhält. Das arme Burgfräulein aber, verkünden die Bewohner dem müden Ritter, sei krank. Alle Wände der Burg habe sie mit seltsamen Zeichnungen bedeckt, die niemand verstünde. Man habe Angst, dass sie den Verstand verliere. Der Ritter jedoch betrachtet die schlichten Zeichnungen und erkennt die Geschichten, die das Burgfräulein erzählt. Und als er ihr dann im Rittersaal gegenübersteht, da weiß er, dass sein Herz aus diesem Haus voller Bilder niemals mehr entkommen kann. Er erzählt dem Burgfräulein die Geschichten, die sie selbst gezeichnet hat. Während die Burg im Schnee versinkt, umarmen sich die beiden vor dem Karfunkelstein im tiefsten Gewölbe der Burg, und im sachten Schimmer des Edelsteins pochen ihrer beider Herzen, wie sie es niemals zuvor getan haben.

»Vielleicht«, flüsterte ich, »zeichnest du einen Comic daraus.«

Draußen vor der Burg standen wir.

Mitten im Schnee.

Gänzlich verwunschen ragten die hohen, eckigen Gebäude und die Türme mit ihren kegelförmigen schneebedeckten Dächern in den wolkenverhangenen Himmel.

Zero tollte weiter hinten zwischen den Bäumen herum.

»Ist das meine Geschichte?«, fragte sie.

Ich nickte nur.

Hoch oben in einem der Wipfel hockte der Rabe und wachte über uns.

Greta streckte die Hand aus und lächelte zögerlich.

»Niemals darfst du all das vergessen«, flüsterte sie.

»Niemals!«

»Nimmer.«

»Nimmermehr.«

Dann gab ich ihr den Fingerhut zurück.

Und endlich löste sie ihn ein.